Steffi Kirchner

Statera

Die Macht der Liebe

AF286565

Statera

Die Macht der Liebe

von Steffi Kirchner

für Jona

FSC
www.fsc.org
MIX
Papier aus ver-
antwortungsvollen
Quellen
Paper from
responsible sources
FSC® C105338

Bibliografische Information der Deutschen Nationalbibliothek: Die Deutsche Nationalbibliothek verzeichnet diese Publikation in der Deutschen Nationalbibliografie; detaillierte bibliografische Daten sind im Internet über dnb.dnb.de abrufbar.

Die automatisierte Analyse des Werkes, um daraus Informationen insbesondere über Muster, Trends und Korrelationen gemäß §44b UrhG („Text und Data Mining") zu gewinnen, ist untersagt.

Cover: Carina Gruber & Steffi Kirchner

Lektorat: J. Kirchner

Verlag: BoD · Books on Demand GmbH, In de Tarpen 42, 22848 Norderstedt, bod@bod.de

Druck: Libri Plureos GmbH, Friedensallee 273, 22763 Hamburg

ISBN: 978-3-7693-0512-8

2. Auflage

1

Die Musik scheint irgendwie dumpf. Wie eine leise Stimme im Kopf die mir zuflüstert. Du hast etwas vergessen…es ist sicher sehr wichtig. Aber die Stimme will einfach nicht klarer werden. Leise säuselt sie vor sich hin. Die Stimme ist weiblich. Beinahe die meiner Mutter. Nur älter. Ein logischer Gedanke, so erscheint es mir. Mama habe ich bereits seit fünf Jahren nicht mehr gesprochen. Und doch ist es ihre Stimme, die mir ein Dickicht an Worten ins Ohr singt. Es wird immer lauter.

Jetzt auch klarer. Ich hebe den Kopf und versuche die Augen zu öffnen. Warum sind meine Augen geschlossen? Seltsam. Langsam dringt mir ein Lichtstrahl mitten in die Augen. Beinahe bin ich gezwungen sie wieder zu schließen. Die Gedanken scheinen sich zu sammeln.

Ich bin allein. In meinem Bett. Die Lichtstahlen der Sonne sind langsam oberhalb des Plissees auf mein Kopfende geschimmert. Meine Mutter ist definitiv nicht in meinem Studentenzimmer. Es braucht ein paar Sekunden, bis sich meine Gedanken und mein Blick auf den Radiowecker fokussiert haben.

Dann setzt er ein - der Schreck!

Der Radiowecker muss mittlerweile bereits eine halbe Stunde vor sich hingesungen haben, denn ich habe verschlafen! Schnell schlage ich die Bettdecke zur Seite und suche mit meinen Zehen den Boden nach meinen Pantoffeln ab. Die knappen Lichtstrahlen der Sonne, die ausnahmsweise einmal scheint, helfen mir in dem ansonsten abgedunkelten Raum mein Ziel mit den Füßen zu finden. Ich raffe mich auf. Verknautscht im Gesicht schlurfe ich der Zimmertür entgegen. Tausend Dinge gehen mir im Kopf herum. War mein Kopf eben noch zwischen Traumwelt und Wirklichkeit gefangen, so ist er nun klar und versucht all die Gedanken auf einmal zu sortieren.

Wann habe ich eigentlich das letzte Mal in meinem Leben verschlafen? Wahrscheinlich noch nie. Zu mir passt es eher, dass mich eine innere Uhr eine halbe Stunde vor dem Wecker wachruft.

Welche Termine stehen heute alle an? Habe ich noch Zeit zum Duschen oder sollte ich es gut sein lassen und mit einer Katzenwäsche schnell durchs Bad huschen? Dann hätte ich die halbe Stunde sicher schnell wieder aufgefangen. Ich entschließe mich dazu.

Auf dem Weg zwischen meinem Zimmer und dem kleinen Bad am Ende des Flures begrüße ich Laura, meine WG-Freundin, nur knapp.

Sie ist guter Laune und begrüßt mich mit Handtuch um die Haare gewickelt freudig.

Ich lasse sie stehen, raune nur schnell, dass ich spät dran sei.

Die erste Vorlesung beginnt in einer knappen Stunde.

Ich hechte also schnell ins Bad. Zehn Minuten später, aber wunderbar erfrischt, stehe ich vor meinem Schreibtisch. Schlüpfe schnell in die Klamotten des Vortages, welche gestern ihren Weg über dem Schreibtischstuhl gefunden haben.

Noch immer denke ich an die Stimme meiner Mutter. Ich habe sie schon so lange nicht mehr gehört. Fünf Jahre.

Würde ich mich nicht so stressen, wäre jetzt genau der richtige Moment, um in Melancholie zu versinken. Hätte ich mir vorstellen können jetzt die Hand meiner Mutter zu nehmen und mit kleinen Händen über das Muttermal zwischen ihrem linken Zeigefinger und Daumen zu fahren. Oder mein Muttermal, welches sich an der gleichen Stelle befindet, wie ein Puzzleteil auf ihres zu legen. Ich erlaube es mir jedoch nur kurz in Gedanken zu versinken.

Den Geruch meiner Mutter immer noch in der Nase lasse ich das Plissee hoch und vertreibe mit dem Lichteinfall die Gedanken an ein früheres Leben. An ein Leben in Liebe und Zuneigung. An die Wärme und Zufriedenheit. An alles, was einmal war.

Mein Blick streift die Morgensonne. Meine Haut atmet auf. Seit Ewigkeiten haben keine Sonnenstrahlen meine Haut mehr berührt. Kein Vitamin D mehr bilden können. Wurde nicht mehr gewärmt von den wohltuenden Strahlen. „Kommst du noch frühstücken, oder kann ich den Tisch abräumen?" Laura ruft durch die noch halb geöffnete Zimmertür.

Ich reiße mich von den wunderbaren Strahlen ab und sammele mich.

„Ich beeile mich. Bin sofort da."

Wäre Laura nicht gewesen hätte ich trotz meiner vorherigen Eile den Weg zur Uni nicht eingeschlagen und wäre in Gedanken versunken am Fenster stehen geblieben. Wobei mich der Blick über ein mittelprächtiges Häusermeer sicherlich nicht hat inne halten lassen. Aber der Frage, wann ich das letzte Mal die Sonne genießen konnte.

Ich schlage mir den Gedanken aus dem Kopf, hebe in einem den Rucksack, den ich Gott sei Dank bereits gestern gepackt hatte, auf die Schulter und eile aus dem Zimmer in Richtung Frühstück.

Dem Duft von frisch aufgebrühtem Kaffee folgend schmiere ich mir so schnell wie möglich, mein Brot, stelle die Butter mit der anderen Hand bereits wieder in den Kühlschrank, stupse dessen Tür mit dem Fuß im Umdrehen an, um sie zu schließen, fasse mit der anderen Hand bereits meine Brotdose, um das Brot für später einzupacken und trinke einen Schluck der herrlich braunen Brühe nur um dann festzustellen, dass ich die Milch vergessen habe.

Egal.

Mit dieser zirkushaften Meisterleistung verabschiede ich mich aus der Wohnung und gehe zu Laura, die bereits ihre Schuhe überstreift und an der Wohnungstür wartet.

„Was ist denn heute Morgen los mit dir? Verschlafen?"
„Ja. Ach egal - jetzt bin ich hier - los geht's"
Normalerweise bin ich direkt mit dem Wecker klingeln wach und voll zurechnungsfähig. Aber heute wird garantiert nicht mein Tag werden. Ich habe es im Gefühl. Und mein Gefühl scheint mich nicht zu täuschen. Das verrät mir Lauras Blick als sie die Treppe voraneilend zum Fahrradkeller geht und mein Fahrrad entdeckt.
„Du scheinst gestern auf dem Heimweg doch in Etwas hinein gefahren zu sein. Dein Reifen ist platt."

Ich schaue mir das Schlamassel an. Die Stirn in Falten gelegt gehen meine Gedanken direkt zu Plan B hinüber. Bus oder zu Fuß?

Ich verabschiede mich schnell von Laura, die mir direkt vorschlägt mich auf dem Gepäckträger ihres Rades mitzunehmen. Aber ich lehne dankend ab. So würde nun mal nur ich zu spät kommen. Laura würde es pünktlich zur Vorlesung schaffen.

Ich hieve mir den Rucksack wieder auf die Schultern und mache mich auf den Weg.

Unsere Stadt ist morgens um diese Zeit nicht mehr verschlafen, aber auch nicht allzu hektisch. Als ich die Straße betrete, grüßt mich der Zeitungshändler aus dem kleinen Kiosk an der Ecke freundlich aber auch halb abwesend.

Alle Menschen, die ich erblicke, sind eilig unterwegs. Sie sind nicht unfreundlich, aber richtig warm bin ich in den letzten Jahren mit ihnen auch nicht geworden. Morgens grüßen immer die gleichen Menschen. Einige eilen davon, manche scheinen die Abgase der Autos förmlich zu inhalieren.

Kinder habe ich schon lange keine mehr in den Gassen spielen sehen. Sie hängen wahrscheinlich jetzt bereits in ihren Klassen und ärgern ihre Mitschüler.

Früher in meiner Kindheit war es anders. Laura war damals bereits mit mir befreundet. Wir waren eigentlich immer unzertrennlich.

Haben jeden Tag zusammen die Schulbank gedrückt und nachmittags in die endlos langen Sommerabenden hinein gespielt und später mit meiner Clique zusammen Eis gegessen oder was man halt so als Teenie macht.

Es fängt langsam an zu regnen.

Es wäre ja auch zu schön gewesen, wenn sich der Sonnenschein mal für einen ganzen Vormittag blicken lassen würde.

Ich gehe weiter immer die stark befahrene Straße entlang. Weiter an Häusern vorbei, welche dringend eine Renovierung notwendig gehabt hätten. Und zwar schon vor Jahren. Der Putz bröckelt ab, die Wände sind beschmiert. Aber so ist es halt eben. Als „armer Student" kann man sich nicht die teuersten Wohngegenden leisten.

Das Studentenwohnheim war vor zwei Jahren voll besetzt. Und da Laura und ich zusammen beschlossen hatten ein Medizinstudium zu beginnen haben ihre Eltern und mein Vater beschlossen die kleine Dreizimmerwohnung in dem nicht allzu teuren Stadtteil zu erwerben. Die Wohnung war eigentlich perfekt. Sie war nicht im Erdgeschoß - denn davon hat man zwei jungen Mädchen abgeraten, es sei viel zu gefährlich und zu leicht für Einbrecher - hatte je ein Zimmer für uns und eine gemütlich große Wohnküche mit Sofaecke.

Die Wohnung lag nicht allzu weit von der Uni entfernt, aber auch nicht so dicht an der Innenstadt, dass der Lärm des Alltagslebens zu stressig gewesen wäre. Ein Kiosk für den alltäglichen Lebensbedarf war auch um die Ecke und mein Vater war gut mit dem Bus zu erreichen. Außerdem lebten wir mietfrei. Wir beide waren also nicht unbedingt gezwungen neben dem Studium auch noch zu jobben, um die Miete zu zahlen. Was will man mehr?

Ich biege ab. Die Uni kommt bereits in Sichtweite. Laura ist längst da und sitzt womöglich schon in der Vorlesung, die in fünf Minuten beginnt. Meine Schritte werden immer schneller.

Ich hasse es zu spät zu kommen. Zu Verabredungen, zur Uni, damals zur Schule... egal wohin.

Die Aufmerksamkeit, die einem zuteil wird, all die Blicke die einen neugierig verfolgen wenn man dann seinen Platz einnimmt. Alle die Blicke scheinen mich dann zu durchlöchern und zu treffen wie Kugeln. Darauf habe ich definitiv keine Lust.

Ich fange also an zu laufen.

Das Gelände der Uni ist riesig. Der Teil mit meinem heutigen Hörsaal liegt jedoch glücklicherweise unmittelbar in meiner jetzigen Richtung und wenn ich mich anstrenge und noch einen Zahn zulege, werde ich ihn sicherlich rechtzeitig erreichen.

Ich laufe. Stoße auch nur fast mit einer Gruppe von lässigen „ichbinzucoolzumlernen" Studenten zusammen, haste weiter an ihnen vorbei und ärgere mich, dass ich vorhin nicht mehr Deo nach meiner Katzenwäsche benutzt habe. Ich müffele jetzt schon.

Nur ein kurzer Sprint, mein Körper arbeitet auf Hochtouren.

Egal, ich habe es geschafft und komme in der letzten Minute an.

Der Professor betritt zeitgleich mit mir den Hörsaal. Ich setze mich in die hintere Reihe und es kann losgehen.

2

Der Regen prasselt immer noch gegen die Scheiben der Universität. Ich sammele meine Unterlagen zusammen und stopfe sie etwas lieblos in meinen Rucksack, wobei einige Seiten verknicken. Mist!

„Esme?" Es ist Laura die sich zusammen mit Mark, einem Kommilitonen, nach Ende der Vorlesungen einen Weg durch die anderen Studenten zu mir nach hinten bahnt.

„Kommst du mit etwas essen? Heute steht mal kein Burger auf der Essensliste der Kantine."

„Ich denke schon, mein Brot von vorhin ist schon lange leer und ich habe einen Riesenhunger. Ich kann schon gar nicht mehr denken." Ich begrüße meine beiden Freunde freudig. Ist das doch der erste Moment des Tages, der mich etwas zum Verweilen einlädt. Der Stress des Vormittags fällt von mir ab.

Ich weiß schon, warum ich sonst nicht vorhabe zu verschlafen. Das zieht sich einfach durch den ganzen Tag.

Erst verschlafen, dann das kaputte Rad und der Regen.... Ich war plitsch nass, als ich vor einigen Stunden den Raum betreten hatte. Nasse Klamotten - ich kam mir vor wie ein nasser Hund. Hoffentlich werde ich mich nicht noch erkälten.

Da es für März auch noch außergewöhnlich kühl ist, war das neben der Angst zu spät zu kommen definitiv eine meiner Hauptsorgen.

Etwas vom Unterricht zu verpassen eher nicht. Da ich bislang eigentlich ziemlich gute Noten hatte und sich das Medizinstudium an mein Leben anzuschmiegen scheint. Schon als Kind habe ich es geliebt die Tiere um mich herum zu verarzten und meinem Vater Pflaster zu kleben, auch wenn er nicht verletzt war...

Es passte einfach direkt zu mir.

Bei Laura war es leider nicht immer so passend. Ihre Noten verrieten manchmal ihre Partylaune. Sie war eben eine richtige Studentin... mit allem, was man sich so vorstellen konnte. Party, morgens ausschlafen, die ein oder andere Vorlesung gar nicht erst besuchen, Typen deren Namen ich mir gar nicht erst merken wollte - da sie eh nicht wieder bei uns in der WG erscheinen würden....

Und so passt es auch sehr gut, dass sie mit Mark im Schlepptau anmarschiert kam.

„Dein Morgen war schon ziemlich stressig was?" witzelte Mark. „Ich schaue mir später mal dein Rad auf dem Heimweg an. Das lässt sich sicher schnell reparieren. Ansonsten brauchst du wahrscheinlich lediglich einen neuen Schlauch."

„Das ist sehr nett von dir, danke", hauche ich leise über meine Schulter, da ich bereits ihnen voran auf dem Weg durch die Menschenmenge zur Mensa bin.

Mein Magen grummelt. Ich hatte heute über Vormittag einfach zu wenige gegessen und in all der Hektik auch meine rosa Teekanne vergessen zu füllen. Lediglich ein kläglicher Rest vom Vortag war noch in der Kanne gewesen. Aber auch dafür war ich dankbar.

„Ich stelle mich schon mal an, sichert ihr uns doch schnell einen Tisch." Ich weise in die Richtung der wenigen Tische, die noch frei sind und eile zur Essensausgabe, als ich Jo entdecke.

„Na, heute mal keinen Burger?" Jo dreht sich um mit fragendem Blick.

„Wenn es nach mir ginge, hätte es so weiter gehen können. Jeden Tag Fleisch und ein Salatblatt als Alibi war doch auch vorhanden." Er lässt seinen Ellenbogen in meine Seite schnellen, um seinen Witz zu untermauern.

Die Schlange rückt weiter vor.

Nudeln oder Salat?

Ich entscheide mich für den Salat mit Hähnchenstreifen. Und bin dankbar bald an der Reihe zu sein. Wenn es so weitergeht, unterhält mein knurrender Bauch sonst die ganzen Studenten vor uns in der Reihe. Einige haben sich schon umgedreht. Sie dachten sicher ich würde sie gleich von hinten anfallen oder beiseite schupsen...

„Wo warst du denn heute Morgen? Wir wollten doch vor der Vorlesung noch einmal die Unterlagen von gestern zusammen durchgehen?" fragend schaut Jo sich um.

Das hatte ich ganz vergessen. Jetzt endlich lichtet sich in meinem Gehirn der Nebel des Morgens. Das Gefühl etwas vergessen zu haben schwindet und der Groschen fällt. Er fällt laut.

Weil ich mir das Tablett geschnappt habe und die Gabel und Messer lautstark auf den Boden rutschen.

Jo bückt sich im selben Moment in dem auch ich mich dem Besteck nähere. Wir stoßen zuerst mit den Händen und dann mit der Stirn zusammen. Blitzschnell fahre ich zusammen. Und nicht der Schmerz lässt mich dazu aufhorchen. Es ist das Gefühl, welches mich immer umgibt, wenn seine Haut ganz zufällig meine berührt.

Ich könnte nicht sagen, dass ich Tag und Nacht an ihn denken muss aber immer, wenn ich ihn sehe, schlägt mein Herz einfach etwas schneller.

„Oh Entschuldigung." Jo, alias Johann, hebt mit einem Griff Messer und Gabel hoch und reicht sie mir auf das Tablett.

Wir beide sehen uns nur einen Bruchteil einer Sekunde an, als auch schon die „nette" Dame der Mensa uns „der Nächste bitte" entgegen raunt.

Jo bestellt sich das Essen und ich bin an der Reihe.

Wir verlieren in den peinlichen Momenten zwischen dem Warten auf das Essen und dem Gang zu den andern beiden keine Worte mehr.

Es ist eine peinliche Stille.

Mein Kopf ist schwer wie Blei und meine Wangen scheinen rot zu sein. Außerdem schwitze ich. Die Arme halte ich ganz an den Körper gedrückt. Ich möchte nicht, dass er mich riecht.

Es war einfach ein ganz beschissener Morgen.

Das Essen entgegennehmend schlendere ich Jo hinterher zum Tisch. Dort unterhalten Mark und Laura sich mal wieder lautstark über irgend so eine Sitcom, bei der ich eh nie folgen kann.

Aber Laura achtet natürlich immer darauf ausreichend Lernpausen einzulegen, damit sie auch alle neuen Beziehungen und Dates im Fernsehen verfolgen kann.

„…oder was sagst du dazu?", fragend sieht mich Laura an und reißt mich so aus meiner Gedankenwelt.

Ich scheine sie ganz verwirrt aus meinen braunen Augen heraus anzustarren, denn sie wischt das Gespräch mit ihrem Arm quasi aus der Luft und fasst zusammen: „Mark fragt, ob wir am Freitagabend mit zur Studentenparty kommen?"

Zur letzten Party konnten wir beide nicht kommen. Ich, weil ich am Lernen für eine Klausur war und Laura, weil sie mit einer fürchterlichen Erkältung auf dem Sofa lag.

„Komm, du hast es versprochen!!" Laura schaut mich mit ihren geschminkten Augen von unten an.

„Ja, das stimmt. Und außerdem kommen wirklich alle. Auch Jo. Und es findet diesmal freitags statt. Du hast also am restlichen Wochenende noch ausreichend Zeit zum Lernen und dich in die Bücher zu versenken." Mark pflichtet Laura bei und schiebt ganz allmählich seinen Arm weiter in Richtung meiner Freundin.

Auch wenn die Beiden sich in Sachen körperlicher Liebe nicht lumpen lassen, ist ihre Beziehung, wenn man das so nennen kann, kompliziert. Wobei Beziehung wohl wirklich nicht das richtige Wort dafür ist.

Sie treten immer zusammen auf, Mark ist auch oft bei uns zu Besuch. Er sucht immer den Körperkontakt zu ihr, legt den Arm um sie oder hilft ihr beim Tragen von schweren Taschen.

Auch sie ruft ihn bei jeder sich bietenden Gelegenheit an oder vergewissert sich, ob er auch zu eben dieser Party kommt…

Aber zusammen sind sie nicht. Sie versucht ihn mit anderen Typen eifersüchtig zu machen oder sich selbst zu betäuben, da bin ich mir nicht so ganz sicher, aber den Schritt offen auf ihn zuzugehen - das scheint weit entfernt.

„Ok, ich komme mit, wenn ihr mir versprecht, Samstagmittag mit mir für die Klausuren zu pauken!"

Drei große Augenpaare starren mich ungläubig an.

Wahrscheinlich, weil sie dachten es bräuchte mehr Überredungskunst um mich auf eine Party mit schwitzenden aneinandergedrängten Körpern, Alkohol, wilden Knutschereien und lauter Musik zu überreden.

Aber schon vor ein paar Tagen, das Wetter ging mir mal wieder völlig auf den Keks, hatte ich mir überlegt das ich einfach etwas lockerer werden müsste, um die Launen des Wetters und meine drohenden Kopfschmerzen zu umgehen.

Nur Kopf runter und Lernen - das konnte doch bei Weitem nicht alles sein.

Davon wussten meine Freunde aber natürlich nichts.

Und ein Blick in die leuchtenden Augen verrät mir, dass sie sich riesig freuen mich durch die Menschenmenge auf die Tanzfläche zu schleusen – am Freitag.

„Esme, versprochen." Jo legt seine Hand auf den Tisch, Laura und Mark strecken sie ihm ebenfalls entgegen. Ein Blick zu mir und auch meine Hand gesellt sich zu ihren über den Tisch. Wir schlagen zu viert ein.

Der Rest des Mittagessens unterscheidet sich nicht groß von dem an anderen Tagen. Und doch erhebt sich in die anfangs gedrückte Regenstimmung ein kleiner Funke der Hoffnung auf ein aufregendes Wochenende.

In meinem Geiste gehe ich bereits meine armselige Partyklamottenauswahl durch und entscheide mich dazu später mit Laura darüber zu reden.

Eventuell müsste ich mir etwas bei ihr ausleihen. Oder noch einmal shoppen gehen.

Jeans gehen immer... aber was drauf? Bauchfrei ist gerade sehr angesagt, dass weiß sogar ich. Aber es ist definitiv nicht mein Stil. Der von Laura eher. Laura Partymaus. Aber nicht ich.

Ich beiße weiter auf den viel zu trockenen Salatblättern herum und schaufele mir das letzte Hähnchenstück auf die Gabel.

Die Stühle der Mitschüler rutschen auf dem harten Boden herum, was mir signalisiert, dass die Mittagspause sich dem Ende neigt.

Auch ich werde langsam fertig, schiebe alles auf dem Tablett zusammen und stelle mich mit meinen Freunden, um das Geschirr abzuräumen, als sich Jo noch einmal, für die anderen beiden unbemerkt, zu mir herumdreht und leise zu mir spricht: „Ich freue mich schon auf Freitag."

Dann ist er im Gedränge verschwunden. Er zu seiner Vorlesung, ich zu meiner mit den anderen beiden.

3

Abends bin ich wie gerädert. Die drohenden Kopfschmerzen, welche mich den ganzen Tag schon versucht haben niederzuschmettern, haben fast ihr Ziel erreicht. Immer wieder drängen sich Gedankensplitter von scheinbar vergessenen Momenten in mein Gedächtnis. Wie abgerissene Buchseiten. Gepaart mit einem tiefen Ziehen in der Stirngegend. Definitiv nichts Schönes.

Wahrscheinlich habe ich auch einfach zu wenig getrunken. Ich eile zum Wasserhahn in der Küche, um dem schnell Abhilfe zu schaffen.

Ich habe mich bereits vorhin umgezogen und bin eigentlich auch schon auf dem Sprung ins Ballettstudio ein paar Straßen weiter.

Ballett ist, neben meinem Studium, mein Leben. Seit ich klein bin hat mich meine Mutter zum Unterricht geschleppt. Zuerst hatte ich große Angst, dann große Freude und im Teeniealter einen großen Durchhänger. Aber dann half mir das Tanzen über so viele Hürden im Leben, dass ich nun nicht mehr wüsste, wie es ohne Tanzen gehen sollte. Wie sollte ich mich sonst meinen Gefühlen gegenüber öffnen? Wie ihnen Ausdruck verleihen, wenn nicht durchs Tanzen?

Und so habe ich schon vor einiger Zeit beschlossen selbst nicht nur Ballettstunden zu nehmen, sondern auch die Ausbildung zur Ballettlehrerin abzuschließen und nebenbei für Kinder Stunden in dem Studio zu geben. Meiner Trainerin kam dies sehr gelegen. Luise brauchte damals dringend Unterstützung. Und so konnte ich mir neben dem Zuschuss von meinem Vater auch das ein oder andere bereits in der Studienzeit leisten oder ansparen.

Das Wasser ist angenehm kühl. Es läuft meine Kehle, wie eine kühle Verheißung auf Besserung hinunter. Es hilft jedoch nichts.

Ich verabschiede mich von Laura, streife mir die Schuhe über die Füße und bin auch schon aus der Tür.

Der Weg führt mich an meinem Rad vorbei. Leider hat es mit einer schnellen Reparatur nicht funktioniert. Mark hat einen neuen Schlauch bestellen müssen und wird erst in den nächsten Tagen mein Rad flicken können.

Ich schlendere also erneut zu Fuß durch die Straßen hinein in die nahegelegene Altstadt, in der sich das Studio befindet.

Es ist ein schönes Gebäude. Abends angestrahlt von vielen warmen Leuchtern. Es sieht kultiviert aus mit den grünen Fensterläden und warmen Lichtern im Innenraum.

Jetzt, wenn es noch hell ist, reiht es sich eher in die Nachbargebäude ein.

Draußen warten bereits einige Kids, dass Luise sie einlässt.

Einen Schlüssel habe ich nicht. Ich stelle mich zu ihnen und bin froh, dass der Wind meine Kopfschmerzen mit auf Wanderschaft nimmt. Er hat sie auf dem kurzen Weg weggepustet.

Ich versuche mir trotzdem für morgen zu merken, dass ich mir dringend einen Termin bei meiner Heilpraktikerin machen sollte, da die Kopfschmerzen schon lange nicht mehr so heftig gewesen waren.

Ich blicke mich um. So habe ich auch mit meiner Mutter vor diesen Türen gestanden. Ein rosa Body, ein Trikot, an. Darunter eine Strumpfhose und darüber ein kurzes Röckchen. Ohne Bling-Bling. Einfach und alle gleich. Alle mit derselben Leidenschaft zum Tanzen. Zwar nicht am Anfang, aber zum Schluss.

Anfangs waren noch viele Kinder beim Training, aber über die Jahre sind nur die geblieben, deren Eifer ebenso groß war wie meiner. Der Eifer nach noch mehr Dehnungen und Drehungen. Noch kompliziertere Schritte, schnellere Wendungen und später auch Hebungen mit dem ein oder anderen Tanzpartner. Jungs sind seltener im Ballettunterricht zu finden.

Doch in meinem Alter waren ausgerechnet zwei eifrige Jungs.

Wir hatten viel Spaß miteinander. Sie waren einfach keine typischen Fußballjungs. Sie sind geblieben, bis sie ihre Ausbildung und Studium in eine andere Stadt verschlagen haben. Wir haben nur noch über das Handy Kontakt.

Die Türen öffnen sich. Die Kinder stürmen eng gedrängt durch die Pforte.

Die Eltern verabschieden sich wortlos und überlassen uns, Luise und mir, die Verantwortung. Der Regen setzt wieder ein. Die Kinder drängen schneller, denn keiner möchte nass werden.

Ich stehe am Schluss der Schlange und die Pforten des Himmels öffnen sich erneut an diesem Tag und leeren sich über mir aus.

Es ist einfach nicht mein Tag.

Der Unterricht findet im kleinen Ballettsaal statt. Luise ist mit den größeren Mädchen nebenan. Meine Kids sind heute auf Unruhe getrimmt. Rosa Body an rosa Body scheint heute nichts als Blödsinn im Kopf zu haben. Im Normalfall macht mir dies nichts aus. Ich tanze es einfach wett. Aber heute schlägt es mir aufs Gemüt. Ich rufe die Kinder zur Ordnung. Sie stellen sich in einer Reihe auf und die Musik erschallt.

Die Kinder sind in dieser Stunde mal Soldaten, die sich schreitend zu einer neuen Formation aufstellen, mal Elefanten die scheppernd von einer Ecke des Raumes zur anderen stampfen oder lautlose kleine Mäuschen die ungesehen herumeilen.

Was chaotisch begann endet wundervoll mit viel Freude an der Musik.

Die Stunde ist vorbei. Die Kinder kennen den Ablauf und verlassen nach einem kurzen Abschluss den Raum um ihn für die nächstgrößeren Kindern frei zu geben.

Es dämmert bereits.
Einen schönen Sonnenuntergang habe ich schon lange nicht mehr gesehen. In letzter Zeit ist die Sonne, wenn sie überhaupt einmal zu sehen ist, von der einen auf die andere Minute einfach nur vollends verschwunden. Meine sonst so sehr geliebte „blaue Stunde" - die Zeit, in der der Blauanteil im Dämmerlicht verschwimmt und den Blauanteil in sämtlichen Gegenständen zum Vorschein bringt, scheint nicht mehr zu existieren.
Die nächsten Kinder kommen in den Saal.

Wir wärmen uns auf. Zuerst an der Stange. Dann geht es in die Mitte. Die Konzentration scheint mit dem Alter der Kinder gestiegen zu sein. Die Stunde wird nicht mehr durch Herumgeaffe und Gemecker unterbrochen.

Alles verläuft nach Plan.

Nach dieser Stunde bin ich fertig. Ich verabschiede mich von den Teilnehmern und packe meine Sachen zusammen. Auf Luise muss ich nicht mehr warten, da ihre Stunde noch länger dauern wird.

Müde und erschöpft trete ich den Heimweg an. Immer wieder presse ich meine Finger auf mein einzigartiges Muttermal und versuche so den Kopfschmerz abklingen zu lassen.

Der Regen hat nachgelassen, so dass ich in einem ruhigeren Schritt durch die Straßen schlendern kann. Die dicke Winterjacke habe ich trotzdem bis nach oben geschlossen. An eine leichtere Jacke ist bei weitem nicht zu denken.

Die Menschen, die mir begegnen, grüßen nicht. Sie gehen in ihre Häuser, in der Hoffnung dort die nach außen schimmernde Wärme vorzufinden.

Früher war es anders. Oder zumindest in meiner Vorstellung. Früher waren die Menschen nett und freundlich. Es wurde gegrüßt und miteinander gesprochen.

Doch was hat sich verändert?

Ich versuche mir über solche Dinge nicht weiter Gedanken zu machen. Ich sollte mich mehr auf meine Aufgaben konzentrieren. Auf die Klausur, auf die nächste Ballettstunde, auf die Party am Freitag... auf Jo....
Er hat sich wieder in meine Gedanken geschlichen.
Heimlich, still und leise.
Dabei mache ich mir eigentlich gar nichts aus Jungs. So denke ich zumindest. Bislang kam ich ganz gut alleine zurecht. Mein Vater kommt immer, wenn ich ihn brauche,

vorbei um mir zum Beispiel beim Umzug zu helfen. Mark kümmert sich, als Freund, gerne um mein Rad. Ansonsten bin ich wunschlos glücklich. Ich habe einfach keine Zeit für Jungsgeschichten. Das ist Sache von Laura. Obwohl ich auch schon einmal eingeknickt bin. Schließlich handelt es sich manchmal auch eher um eine Art Gruppenzwang… man möchte schließlich nicht immer die Letzte mit einem Freund sein und unerfahren wirken…

Angekommen öffne ich die schwere Haustür mit meinem Schlüssel und trete ein, nehme die Stufen nach oben und bin froh Laura gerade nicht anzutreffen.

Ich streife die Schuhe ab, stelle die Tasche auf den Stuhl vor meinem Schreibtisch und gehe noch einmal zur Garderobe, um meine Jacke aufzuhängen.

Ich atme aus. Der Stress fällt ab. Allerdings nicht in einem so großen Maß wie ich es erhofft hatte.

Ein Bad ist das, was ich jetzt brauche. Aber nicht so wie Laura immer badet. Mit lautstarker Musik und geöffnetem Fenster, damit auch ja alle von ihren Lieblingssongs übertönt werden.

Nein, ganz heimlich und leise ein heißes Schaumbad, um auch den restlichen Stress abzuschütteln.

Kaum in der Wanne angekommen schlafe ich auch schon fast ein. Nur der Wasserrand, der an mein Gesicht grenzt, hält mich wach, indem er immer wieder leicht in meine Ohren dringt.

Endlich ist es Abend. Ich atme erneut tief aus und massiere mir den Handrücken wie vorhin. Es hilft. Ein alter Trick, den sowohl meine Heilpraktikerin als auch meine Mutter mir seit Kindertagen beigebracht hatten.

Als Kind dachte ich immer mein besonderes Muttermal, welches sich genau an dieser Stelle befindet, wäre für all die Reizüberflutung in meinem Kopf der An- und Ausknopf. Diesen zu stimulieren würde all die Gedanken in meinem Gehirn sortieren und wieder in Ordnung bringen.

Meine Heilpraktikerin, Salvina, hat nur mit den Augen gefunkelt und gelächelt. So, wie man es macht, wenn ein kleines Kind einem Erwachsenen Märchen erzählt.

4

Die Stufen hinauf zur Praxis von Salvina ziehen sich immer endlos. Und gerade mit den hämmernden Kopfschmerzen die bei jedem noch so kleinen Schritt wie Tackernadeln in die Kopfhaut einstechen. Schritt für Schritt. Nadel für Nadel.

Mein gequältes Gesicht hat es Laura bereits heute Morgen verraten, dass ich in der erste Stunde in der Uni fehlen würde.

Sie hatte mir nur schnell gute Besserung gewünscht und ist wieder in ihrem Zimmer verschwunden. Sie kam gestern Abend erst spät nach Hause. Hatte heute Morgen jedoch ein triumphierendes Lächeln auf den Lippen mit dem ich jedoch nichts anfangen konnte.

Stufe für Stufe. Immer hoch hinaus.

Ich habe mich schon immer gefragt, warum eine solche Praxis im vierten Stock untergebracht ist.

Die Tür ist geöffnet. Ich trete hindurch. Es befinden sich so früh am Morgen noch keine weiteren Patienten im Wartezimmer. Eigentlich befinden sich dort nie Menschen. Ich glaube Salvina hat das Wartezimmer nur eingerichtet, weil sie es so gemütlich gestalten wollte. Mit alle den Pflanzen und Korbsesseln. Mit den blauen, leichten Vorhängen und den Lichterketten dahinter. Die Bücherregale laden schon seit jeher dazu ein es sich gemütlich zu machen. Es ähnelt eher einer Leseecke. Eigentlich ist es schade, dass Salvina so gut organisiert ist, dass man niemals auch nur die Chance dazu hat, im Wartezimmer Platz zu nehmen.

Denn meine dritte große Leidenschaft sind Bücher. Bücher über Liebe, über Geschichte, oder auch ein guter Krimi. Eigentlich alles.

Und wenn die Atmosphäre dazu noch so herrlich zum Schmökern einlädt, würde man die Kopfschmerzen doch eigentlich gerne hier vor der Tür abladen und sich in die gemütlichen Korbsessel fallen lassen.

Doch auch heute scheine ich keine Chance dazu zu haben.

„Ach Esme - hallo! Du bist ja schon da. Setz dich doch schon einmal ins Behandlungszimmer. Ich bin sofort bei dir. Einen Augenblick noch."

Behandlungszimmer ist auch kein passendes Wort für diese Gemütlichkeit. Angenehmes Licht, Bilder an den Wänden, eine nette Sitzgruppe die das Farbschema aus dem Wartebereich aufnimmt. Alles so stilvoll und zum Wohlfühlen.

Ich entspreche ihrer Anweisung und schreite durch den Flur zu besagtem Zimmer. Meine Blicke wandern durch die fantasievollen Zeichnungen in den Bilderrahmen.

Engelhafte Gestalten - mit Flügeln und weißen Gewändern. Eine Zeichnung wie ein Kind sie wahrscheinlich gemalt hätte- die Engel- jedoch eindeutig von Meisterhand geschwungen. Es sind anmutige Gestalten. Sie strahlen Wärme und zugleich Autorität aus.

Im nächsten Bild sind ähnliche Gestalten zu erblicken. Allesamt Fantasiegestalten. Im Hintergrund weite Wiesen und Felder. Ein Palastgarten.

Und vor allem gutes Wetter. Das ist mir sofort aufgefallen. Die Bilder passen perfekt zum blau-grünen Farbschema der Praxis. Elegant und edel. Meine Füße finden den Weg zu dem Stuhl, auf dem ich üblicherweise sitze, wenn ich mich mit Salvina unterhalte. Ein Blick durch das angrenzende Fenster lässt kein gutes Wetter auf meiner Rücktour erhoffen.

Ich warte geduldig und massiere mir weiterhin abwechselnd die Schläfen und die Grube in meiner linken Hand in der Hoffnung auf Besserung.

Salvina betritt den Raum und schließt in einer Drehung die Türe, ohne auch nur einen Schluck ihres Tees zu verschütten.

Er duftet herrlich. Rose und leicht nach Karamell.

„Esme - dieselben Beschwerden wie immer?" Sie schaut mich von oben herab mit leicht geneigtem Kopf an. Aber auch wenn sie den Blick aus dem Stand heraus über mich gleiten lässt, komme ich mir nicht klein und verletzlich vor. Nicht dumm oder unwissend. Einfach nur wertgeschätzt und beachtet. Salvina hört zu und schaut sich die Lage an. Immer schon. Sie lässt berichten und die entsprechenden Schmerzen mit Bildern beschreiben, anstatt eine vorschnelle Diagnose zu stellen.

Manchmal kommt es mir vor, als ob allein durch ihr Zuhören die Schmerzen viel erträglicher werden und schwinden.

Wahrscheinlich beruht das auf die Tatsache, dass mir unsere Welt immer viel schneller und unbändig hektisch vorkommt.

Und hier bei ihr in der Praxis ist die Welt einfach stehen geblieben.

Die engelsgleichen Bilder schauen auf mich herab und scheinen mich mit den Blicken ihrer großen Augen zu durchlöchern. Aber auf eine angenehme Art und Weise. So als wollten sie sagen: „Wir wissen, warum du hier bist und wir können dich verstehen."

„Ja, genau, die Kopfschmerzen wurden in den letzten Tagen einfach unerträglich. Immer dieses Drücken an ein und derselben Stelle. Dazu auch manchmal dieses Rauschen im Ohr. Und gestern hatte ich eine angehende Migräne. Mir sind Bildfetzen durch den Kopf gegeistert. Von Szenen die mir nichts sagen. Unbekannte Menschen. Unbekannte Gegend. Sie waren kaum dort, waren sie auch schon wieder weg.

Ich denke ich habe leider etwas viel Stress im Moment." So beschreibe ich meine Lage und fügt ganz kleinlaut hinzu: „Und das Wetter schlägt mir aufs Gemüt."

„Ja, das Wetter...", ihr Blick gleitet durch das Fenster.

„Irgendwann wird es wohl wieder aufhören solch eine schlechte Laune zu verbreiten. Doch bis dahin sollten wir etwas gegen deine Schmerzen tun."

Sie erinnert mich noch einmal an die Technik mit dem Handdrücken.

„Und dabei wirst du völlig leer im Geist. Du vertreibst all deine Gedanken und kehrst einfach zu deiner inneren Mitte hin. Ich weiß, dass das eine große Anstrengung bedeutet, aber du kannst das schaffen. Deiner Mutter habe ich dies auch immer geraten. Wir haben es hier in der Praxis zusammen geübt, so wie ich es auch dir beigebracht habe." Zusammen setzen wir uns gerade hin.

Aber nicht auf das Sofa oder sie auf den Stuhl neben mir. Wir nehmen uns zwei Kissen und setzen uns im Schneidersitz darauf. Mit geradem Rücken. So wie im Yoga. Wir entleeren unseren Geist - so gut, wie es nun mal geht - und drücken auf die Grube auf dem Handrücken direkt unter meinem Muttermal. Den Geist zu entleeren, stellt für mich dabei die größte Hürde dar.

Das habe ich bislang nicht einmal geschafft. Aber meine Schultern entspannen sich. Das Grübeln hört auf und so langsam komme ich zur inneren Gelassenheit.

Wir besprechen noch die ein oder andere Atemübung und finden die nötige Ruhe.

Die Gelassenheit scheint sich von innen her in mir auszubreiten wie ein angenehmer Schatten. Die äußeren Reize verblassen und sämtliche Gefühle scheinen sich taub zu stellen, nur die innere Zufriedenheit stellt sich ein.

Hin und wieder schwirrt ein Gedanke an die Ballettstunde oder an die anstehenden Klausuren vorbei wie ein Vogel, der kurz hallo zu sagen versucht, sich dann aber eines Besseren belehrt und wieder verschwindet. Doch zu der völligen Gedankenleere gelange ich trotzdem nicht.

„Die Gedanken absolut abzuschreiben und den Kopf bis auf den letzten Rest zu leeren ist eine Meisterleistung. Das schaffen selbst die Erfahrensten nicht immer in ihrer Meditation. Aber du bist auf einem guten Weg. Denk immer daran, wenn du keinen Ausweg mehr weißt, konzentriere dich auf deine innere Mitte und mache die Übung wie besprochen."

Sie verschreibt mir trotzdem noch ein paar Kräutertees, damit ich besser schlafen kann und bringt mich dann noch zur Praxistür.

Auch jetzt ist kein weiterer Patient zu sehen. Wenn ich mich richtig zurückerinnere, habe ich tatsächlich noch nie einen anderen Patienten von ihr kennen gelernt. Aber ich bin von Salvinas Therapiestunden immer restlos begeistert. Manchmal erscheint sie mir als der einzige ausgeglichene und freundliche Mensch auf der Erde.

Sie hält mir die Türe auf und bevor ich mich von ihr verabschieden kann, ist sie auch bereits wieder im Inneren des vierten Stocks verschwunden.

Bevor meine Gedanken wieder auf Wanderschaft und hin zum Vergleich zwischen meiner Therapeutin und den weißen Wesen in den hübsch dekorierten Bilderrahmen schwirren können, trete ich meinen Heimweg an. Ich bin sichtlich erleichtert und das spüre ich auch deutlich in meinen Kopf.

Die Stelle an meiner Hand ist zwar mittlerweile gerötet und gereizt, aber sie scheint ihre Dienste getan zu haben.

Bevor ich zur Uni husche, mache ich einen kleinen Schlenker über ein hübsches kleines Kaffee, um meinen Bedarf an einem warmen Schwarztee zu decken. Bei dem herrlich warmen Duft nach Teilchen und Gebäck bin ich fast in Versuchung einzuknicken. Schaffe es aber gerade noch meine Augen von den leckeren Versuchungen zu leiten und bestelle mir wirklich nur einen Tee zum Mitnehmen.

Die junge Frau hinter der Theke reicht mir meinen Becher, ich ergreife ihn und eile zur Uni. Ich werde es wohl noch zur zweiten Vorlesung schaffen.

5

Beim Abendessen haben Laura und ich endlich noch einmal Zeit uns über den neusten Klatsch und Tratsch der vergangenen Woche auszulassen. Die neusten Gerüchte und Pärchen innerhalb der Uni werden genauestens betrachtet.

„Hannes ist wieder mit Jule zusammen." Laura dreht die Augen gekonnt nach oben, als ob sie sie komplett in ihrem Kopf verstecken möchte.

„Und ich dachte Jule wüsste mittlerweile Bescheid über all die Affären und wie er sie hintergangen hat. Warum lässt sie das mit sich machen?" Ich schaue Laura fragend an.

Warum ist Jule so tief gesunken? Hannes flirtet nicht nur mit den Mädels in ihrem Kurs. Nicht nur eine davon hat auch während seiner Beziehung mit Jule den Weg in sein Bett gefunden.

„Außerdem sieht er auch nicht besonders gut aus. Was hat er nur an sich?"

„Esme - jetzt mal wirklich! Meinst du nicht die Zahlen auf seinem Konto, oder wohl eher auf dem Konto seines Vaters, sind einige Argumente wert?"

„Ach, ich weiß nicht…geht es denn im Leben einfach wirklich nur um Geld, Macht und Sex? Gibt es keine wahre Liebe mehr? Nur Sex, Feiern und Prahlen? Das kann doch wirklich nicht alles sein im Leben. Was ist mit Familie und Freunden. Wahren Wegbegleitern und der Ehrlichkeit?" Bei diesen Worten habe ich mein Glas mit Wein immer höher gehalten um am Ende meiner wirklich beeindruckenden Rede das Glas zu schwenken und die liebliche goldene Flüssigkeit schwungvoll zum Mund zu führen.

Laura applaudiert. „Wirklich gute Rede Esme. Aber ich denke, wenn Jo an deiner Tür klingen würde und dir ein unwiderstehliches Angebot machen würde, na, da würdest du auch nicht nein sagen- oder?"

Wir schauen uns an... und lachen. Einfach nur herzliches Lachen. Über die Situation, darüber wie die Vorstellung wäre, wenn ich und nicht Laura zur Abwechslung einmal Sex im Zimmer hätte und Laura sich die Ohrstöpsel in der nächsten Apotheke besorgen müsste. Oder noch besser sich meine aus dem Badezimmerschrank ausleihen würde. Wir lachen und lachen. Klopfen uns gegenseitig auf den Rücken, wenn wir uns am Wein verschlucken und haben einen absolut gelösten Abend mit Wein und ohne Kopfweh.

„Es ist schon spät." Ein Blick auf die Wanduhr verrät uns, dass wir uns nur noch ein paar Stunden Schlaf gönnen können, da am nächsten Tag wieder Vorlesungen stattfinden würden.

„Ich werde eh erst zur zweiten Vorlesung eintreffen. Mark und ich möchten noch zusammen ins Kaffee zu einem gemütlichen Frühstück gehen. Kommst du mit?"

„Nee, nee, lass mal. Ich möchte euch nicht die Tour vermasseln. Außerdem habe ich vor die Vorlesung nicht zu verpassen."

„Na, wie du meinst. Dir viel Spaß mit dem Professor." Laura zwinkert mir zu und verlässt den Raum Richtung Bad als Erste.

„Euch auch viel Spaß. Bin gespannt, ob wir uns zur zweiten Stunde sehen." Mein Augenzwinkern ist nicht weniger zweideutig gedacht, als es auch klingt.

Als Laura im Bad fertig ist, schlendert sie in ihr Zimmer. Das Schließen der Zimmertür verrät mir, dass ich nun ins Bad kann. Nur mit Mühe kann ich mich aus den Zeilen meines Buches lösen, dass ich mir in der Zwischenzeit gegönnt habe.

Keine zehn Minuten später strecke ich mich in meinem gemütlichen Bett aus und lass meine Gedanken und Blicke durch mein Zimmer und den heutigen Tag wandern. Die Kopfschmerzen sind auf ein minimales Maß geschrumpft und es verspricht eine angenehme Nacht zu werden.

Als ich die Augen schließe, bin ich schon kurz später in die Traumwelt entflohen.

Plötzlich steht Laura neben mir am Bett. Sie schwingt die Decke zur Seite und schmiegt sich eng an mich. Wie ein kleines Kind an seine Mutter. Ich bin mir zwar nicht sicher, was das zu bedeuten hat, frage aber nicht nach.

In der nächsten Sekunde schweben die engelsgleichen Wesen aus den Bilderrahmen von Salvinas Praxis mir entgegen. Ich befinde mich auf einem der Sofas in der Leseecke ihrer Praxis. Schlage mein Buch zu und blicke dem leeren Blick des Wesens entgegen.

Ich packe nach Lauras Hand, aber sie befindet sich nicht mehr neben mir. Nicht im Bett und auch nicht in der Praxis.

Das Wesen schwebt langsam auf mich zu. Ja, es scheint zu schweben. Es hat keine Füße. Es schwebt ohne ruckartige Bewegung direkt auf mich zu. Die rechte Hand unter seinem feenartigen Gewand streckt sich aus und mit seinem Zeigefinger zeigt es auf mich.

Es spricht nicht. Es zeig nur. Es zeigt mit dem Finger und mit seinem ganzen fast durchsichtig weißen Körper. Ich blicke mich um, doch außer mir ist keiner im Raum. Ich bin allein mit dem Wesen.

Doch ich habe keine Angst. Es macht den Eindruck, als ob es ihm ähnlich geht.

Ein kurzes Flackern. Die Bilder vor meinem Auge flattern.

Mir wird kurz warm und meine linke Hand erglüht. Wahrscheinlich, weil ich den ganzen Tag auf dem Muttermal herum gedrückt habe.

Plötzlich liege ich wieder alleine in meinem Bett.

Etwas fehlt mir. Der warme Körper meiner Freundin, der sich an mich lehnt. Oder war sie es gar nicht?

Ein süßlicher Duft erfüllt das Zimmer.

Das Parfum meiner Mutter. Mohn und Blumenwiese. Den Duft kenne ich noch. Er ist mir so vertraut wie meine eigene Handschrift.

Ich atme ihn ein und versuche ihn zu halten.

Der Duft scheint mich komplett zu umhüllen. Er legt sich um mich nieder wie eine sanfte Decke um ein kleines Baby, um es leise in den Schlaf zu wiegen.

Meine Augen flackern erneut. Im nächsten Moment befinde ich mich auf der Wiesenlandschaft in den Bilderrahmen in der Praxis. Nur, dass es gerade Winter ist. Nichts erinnert mehr an die wilden Wiesen mit den Blumen. Eine dicke Schneeschicht legt sich um die Hügel und scheint alles in seinen Winterbann gelegt zu haben. Und doch riecht es angenehm nach Blumenwiese. Dafür muss eindeutig meine Mutter verantwortlich sein.

Meine Mutter. Elara war ihr Name. Doch meine Gedanken erlauben es mir nicht weiter abzudriften. Sie erlauben es mir nicht zu weinen oder gar nach ihr zu rufen.

Doch es ist eindeutig ihr Duft.

Ich drehe mich um. Sie muss hier irgendwo sein. Dieses Parfum kann man nicht irgendwo kaufen. Ich habe es fünf Jahre lang versucht in jeder Drogerie oder Parfümerie zu erwerben. Doch ohne Erfolg. Ich habe es gegoogelt, erfragt und mich erkundigt. Doch kein ausprobierter Duft brachte den gewünschten Erfolg.

Auch hinter den verschneiten Tannen ist sie nicht zu entdecken. Nirgends. Ich drehe mich und drehe mich und drehe mich. Schon schmiegt sich mein Körper in die mir ach so bekannten Ballettdrehungen und wiegt mich sanft zurück in den Schlaf. Doch ich möchte diesen Duft nicht verlassen. Er erinnert mich an eine Zeit, die ich am liebsten wieder zurück haben möchte.

An eine Zeit voller Liebe und Freude. An meine Mutter. Daran, wie sie mich jeden Morgen weckte, jeden Tag nach der Schule willkommen hieß oder verabschiedet.

Doch mein Gedankenkarussell dreht sich weiter und weiter. Ohne zu halten. Es dreht sich ins Unermessliche.

Bilder tauchen vor meinem inneren Auge auf. Bilder wie meine Mutter mich hält, nachdem ich mich am Knie aufgeschürft habe. Ich bin nicht älter als vier Jahre. Sie hält mich und streichelt mir behutsam über das Knie und meine Hand. Doch warum über die Hand? Über das Muttermal?

Ich sehe meinen eigenen Blick. Die Tränen getrocknet von den Händen meiner Mutter und ganz beseelt in ihrem Schoß. Jede Streicheleinheit auf meiner Handfläche bedeutet mir so viel und versetzt mich in Ruhe und Frieden.

Ein nächstes Bild verdrängt dieses von der Bildfläche. Meine Mutter in einem weißen Gewand. Es erinnert mich an die Engelfigur vom Anfang.

Dann Nichts. Schnee. Schneegestöber. Ein Palast, der sich hinter den Bergen hervortut.

Ein nächstes Bild. Ich drehe mich, drehe mich und drehe mich aus meiner Ballettkleidung heraus und aus dem Ballettsaal wird ein großer Thronsaal mit vielen Menschen am Rand. Alle schauen auf mich. Ich bin winzig klein. Die anderen Menschen riesig. Sie deuten mit dem Finger auf mich. Manche haben spitze Zähne, manche lange Ohren. Elfenartig. Jeder so einzigartig. Alle schauen meinen Bewegungen nach. Und dann wieder dieser Duft. Er scheint mich zu rufen, mich aufzufordern ihm zu folgen. Tränen laufen mir die Wangen hinab. Ich kann kaum noch atmen. Aber was hält mich so außer Atem?

Ist es der Anblick von meinem Ballett tanzenden Ich oder die Tatsache, dass ich in dem Traum gefangen bin und mich nicht zu befreien weiß?

Aber beim Anblick meiner Mutter, die sich langsam, aber sicher einen Weg durch die Menschenmenge bahnt kann ich nicht anders als mir zu wünschen, dass dieser Traum niemals endet. Ich war ihr lange nicht mehr so nahe gewesen.

Ihr Duft betört mich noch immer, als sich neben ihr ein hübscher junger Mann nach meiner Hand beugt und mir deutet ihm zu folgen.

Ich folge ihm. Ohne zu wissen, was er vorhat. Es ist nicht Jo, doch das macht mir nichts aus.

Er ist älter als ich. Doch ich kann ihn nicht einschätzen. Er hat eine einschüchternde Art an sich. Er deutet auf die Tanzfläche. Spricht jedoch nicht.

Er setzt an zu tanzen. Einen eher traditionellen Tanz. Kein Discogetue. Seine Bewegungen sich anmutig. Ohne Mühe schleudert er mich über die Tanzfläche und ich bin mir sicher, wir geben ein wunderschönes Bild ab. Meine dunklen langen Haare bilden einen wunderschönen Kontrast zu seiner goldenen Haut. Unsere Blicke treffen sich und dann verschwindet der Duft, das Bild, die Menschen.

Alles wird schwarz. Nicht ganz. Ich stelle fest, dass sich das Bild halten will. Es erfüllt mich mit solch einer Freude, dass mein ganzer Körper danach lechzt.

Ich möchte es festhalten, greife mit den Fingern danach, doch meine Hände greifen in eine schlabberige Nebelsuppe. Ein dicker undurchdringlicher schwarzer Nebel, der keine Wünsche zu würdigen weiß. Ein dicker Wust an schwarzem Nichts.

Keine Geräusche mehr, keine Musik im Hintergrund, kein tanzendes Paar.

Und plötzlich weiß ich nicht mehr, ob es ein Traum war oder Wirklichkeit. Ich bin so klar bei Verstand, dass ich nicht mal mehr merke, dass ich noch schlafe.

Ich schlafe?

Ich schrecke hoch. Mit glasklarem Blick wandern meine Augen zu meiner linken Hand. Sie ist warm, so als ob sie eben noch gehalten wurde. Von einem wunderschönen Mann mit goldener Haut.

Das Muttermal glüht förmlich. Mir wird schwindelig. Ich lege mich erneut hin und gönne meinen Augen eine Pause.

Bevor sich meine Gedanken sammeln können, bin ich auch schon wieder ins Land der Träume abgedriftet. Nur, dass mich dieses Mal leider kein schöner Traum und betörender Duft übermannt. Ein langer schwerer Schlaf übermannt mich und reißt mich mit sich wie die Wellen den Sand am Meer.

Als der Wecker ertönt, bin ich so ausgeschlafen wie selten. Obwohl mein Gewissen und Unterbewusstsein mir vorgaukeln, dass ich in der Nacht schwere Albträume erlitten habe. Auch das zerwühlte Bettzeug zeugt von einer lebendigen Nacht.

Doch mir mag es beim besten Willen nicht mehr einfallen, was ich geträumt haben soll.

6

Die heutigen Vorlesungen waren etwas zäh - wie auch zu erwarten war. Laura und Mark sind erst später zu uns gestoßen. Ihre Blicke trafen sich auch während der Vorlesungen ununterbrochen. Ich musste hin und wieder die Augen verdrehen, als Laura mich fragend ansah.

Sie kicherte.

Heute Abend würde die Party sein. Für alle anderen war es lediglich eine Party von vielen. Fast wöchentlich fanden entweder in den WGs oder im Wohnheim Feiern statt. Sie wurden oft ans schwarze Brett in der Uni gehangen, damit möglichst viele ihren Spaß dort haben konnten.

Doch ich ließ mich nicht allzu oft dazu hinreißen einer solchen Einladung zu folgen. Es ist nicht so, dass ich nicht Spaß haben kann, ganz sicher nicht. Es ist auch nicht so, dass ich keinen Alkohol vertragen würde. Vielmehr bin ich einfach zu ehrgeizig. So verkopft mein Ziel zu verwirklichen, dass ich keinen Nutzen in der puren Zeitverschwendung von nutzlosen Feiern und dem Brummen im Kopf am nächsten Tag sehen würde.

Doch auf heute Abend freue ich mich. Wenn da nur die Klamottenfrage nicht wäre.

„Wir gehen einfach Shoppen", ließ Laura von sich hören.

Und so machen wir beide uns von der Uni aus, anstatt direkt nach Hause, auf den Weg zur Altstadt. Dort befinden sich in unmittelbarer Nähe des Ballettstudios zahlreiche kleine Boutiquen mit wunderhübscher

Kleidung, kleine Blumenläden und nette Kaffees mit selbstgebackenen Torten und Muffins.

Früher waren wir beide öfter hier. Laura war auch immer noch oft hier, da bin ich mir sicher. Aber meine Zeit ließ es einfach nicht zu.

Es regnet mal wieder. Wir spannen den einen Schirm auf, den Einzigen, den wir in der Wohnung besitzen und gehen Arm in Arm unter dem kleinen bunten Schirm an den hübsch dekorierten Schaufenstern vorbei.

Kurz bevor der Himmel endgültig seine Pforten aufreißt und die Wasserfluten ihren Weg durch die Fußgängerzone finden, entdecken wir ein paar süße T-Shirts in der Auslage eines kleinen Ladens, suchen Schutz vor Wind und Wetter und vertreiben uns die Zeit mit der Anprobe.

„Laura, hier sieh mal - das würde dir mit deinen Haaren sicher gut stehen." Ich reiche ihr ein Shirt in Petrol. Ihre Lieblingsfarbe, dessen bin ich mir fast sicher. Der Anblick ihres Kleiderschrankes ließ keine andere Meinung zu.

Laura schwenkt einen Arm aus der Umkleide und bittet um das Shirt. Ruckzuck streift sie es über und präsentiert es mir.

„Oh ja! Das ist wunderschön. Mit einem tiefen Rückenausschnitt. Das wird Mark auch gefallen."

Ich werfe ihr das nächste Shirt über und wir müssen kichern.

Die Verkäuferin sieht verdutzt zu uns hinüber. Gott sei Dank ist sie mit einer älteren Kundin zugange und scheint keine Zeit an zwei Studentinnen zu verschwenden.

Der Regen draußen klatscht mit voller Wucht gegen die große Scheibe des Ladens, als wolle das Wetter uns sagen, dass wir uns Zeit mit der Anprobe lassen sollten.

Und das lassen wir uns auch nicht zweimal sagen. Laura reicht mir ein Blusenkleid mit dunkelroten Streifen entgegen. Der Kragen, den man wunderschön aufstellen kann, lässt einen tiefen Blick ins Dekolleté zu.

„Das steht dir wirklich ausgezeichnet. Kauf das!" Laura lässt keinen Zweifel offen. In Einkaufsangelegenheiten sollte man ihr sicherlich voll vertrauen.

Ich begebe mich wieder in die Umkleide und knöpfe das Kleid von oben nach unten auf. Dabei fällt mein Blick in den Spiegel und auf meine Hände die langsam, aber sicher all die zahlreichen Knöpfe öffnen.

Ich nehme die rechte Hand und fahre langsam über das herzförmige Muttermal auf meiner Linken.

Es ist so einzigartig, dass ich mich jedes Mal wundere, dass auch meine Mutter das gleiche Mal an genau der gleichen Stelle hatte.

Ganz dumpf kommt mir ein Gedanke, den ich jedoch kaum zu fassen bekomme. So als ob ich etwas Wichtiges vergessen habe. Etwas einzukaufen? Etwas für heute Abend? Für die Uni?

Doch bei all dem Grübeln will es mir nicht einfallen.

Ich knöpfe weiter das Kleid auf und steige hinaus. Der Blick auf das Preisschild lässt mich aufatmen. Das ist sicher drin.

Zwar kann ich mietfrei in der Wohnung von Lauras Eltern und meinem Vater leben und gehe neben der Uni auch noch jobben, aber große Sprünge kann ich dennoch nicht machen. Mein Vater unterstützt mich auch weiter finanziell, doch ich hätte ein schlechtes Gewissen sein Geld für unnötige Dinge auszugeben.

Essen und Schuldinge, das ist ok. Aber Unterwäsche oder Partykleidung, um einem Jungen zu gefallen, dabei hätte ich keinen Spaß meinem Vater auf der Tasche zu liegen.

Laura steckt noch weiter in der Umkleide. Um sie herum sieht es mittlerweile aus wie auf dem Trödelmarkt. Ich klaube einige Shirts zusammen.

„Welches Shirt nimmst du?"

„Ich denke das Petrolfarbene von am Anfang. Es hat meinen Teint am besten zur Geltung gebracht." Lauras Antwort folgt schnell aus der Kabine.

Das Wetter ist auch nach einer Dreiviertelstunde immer noch nicht besser. Langsam drängt die Verkäuferin sich uns auf.

„Wir sollten zahlen", werfe ich Laura die Worte zu.

Ich weiß, wie sehr sie es hasst von unfähigen Verkäuferinnen angemacht zu werden, die einem das absolut Falsche an Kleidung in die Kabine bringen und auch nicht auf die passende Farbauswahl achten.

Da bin ich ganz auf ihrer Seite. Und außerdem gibt es auch Tage, an denen man einfach mal nur Stöbern möchte, ohne direkt ein Vermögen an eine so oder so bereits vermögendere Ladenbesitzerin, als wir beide es waren, zu zahlen. Manchmal muss man auch einfach mal nur träumen dürfen.

Wir gehen zur Ladentheke. Laura mit ihrem Shirt und ich mit dem Blusenkleid. Beide froh über den Fund und darüber das ekelhafte Wetter mit guter Laune wett gemacht zu haben.

Doch auch nach dem Bezahlen schüttet es wie aus Eimern. Wir bleiben vor dem Laden stehen. Das kleine Glöckchen an der Ladentür hallt noch nach dem Schließen der Tür nach. Es erinnert an ein kleines Vögelchen im Frühling. Vögel, die ich bei diesem Sauwetter schon so lange vermisse.

„Sollen wir noch einen Tee trinken gehen?" schlägt Laura vor.

Der kleine gemütliche Laden ist direkt um die Ecke. Und zu zweit unter diesem kleinen Schirm sollten wir bei diesem Wetter erst gar nicht versuchen den Heimweg anzutreten.

„Eine gute Idee", stimme ich meiner Freundin lobend zu.

Doch auch selbst die wenigen Schritte zum Café verwandeln unsere Hosen in nasse Lappen, welche vom Regenwasser auf der Gasse getränkt werden.

Der Schirm hält dem Wind nicht stand und verbiegt sich nach oben. Die dicken Winterjacken, welche wir glücklicherweise gewählt hatten, halten den größten Regen ab, sodass wir zwar pitschnass aber nach dem Ausziehen der Jacken zumindest oben fast schon wieder trocken sind.

7

Das Café ist eines meiner Lieblingskaffees. Es bietet neben einem wunderbar reichhaltigen Teesortiment auch viele außergewöhnliche Backwaren in der Auslage an. Die Bäckerin, eine alte Dame die es sich zur Lebensaufgabe gemacht zu haben scheint, die Menschen mit ihren Gebäcken zu einem regelrechten Geschmacksorgasmus zu befördern, steht wie so oft, wenn ich hier vorbei komme hinter der Theke und blickt in ihren Laden hinein. Das Bedienen überlässt sie dem jüngeren Personal.

Aber das Backen noch lange nicht. Vor einigen Wochen habe ich mich länger mit ihr unterhalten. Sie macht den Eindruck eine der Personen zu sein, der das Wetter morgens in aller Herrgott Frühe in der Backstube nichts anhaben kann.

Sie hat es dort mollig warm und backt bei Schlagermusik locker vor sich hin. All die Törtchen, Muffins, Torten und Gebäcke, die einem das Wasser im Mund zusammenlaufen lassen.

Laura tritt an einen kleinen Tisch für zwei und nimmt mit Blick ins Innere der Gaststube Platz. Das ist tatsächlich unser beider Lieblingsblickwinkel.

Immer so, dass man beim Plaudern die Menschen beobachten kann. Niemals mit dem Rücken zum Raum.

Dieses Mal scheine ich Pech gehabt zu haben. Das beweist mir auch Lauras Grinsen im Gesicht. Wir bestellen zwei Schwarztees und je ein Stück gedeckter Apfelkuchen, lehnen uns in unserem Sitz zurück und freuen uns unseres Lebens, dass wir es nicht gewagt haben den Heimweg anzutreten.

Mittlerweile stürmen immer mehr Menschen in das Café und versuchen sich vor dem Weltuntergangswetter draußen zu retten.

„Hoffentlich lässt der Regen bis heute Abend nach. Um zwanzig Uhr treffen wir uns in der WG und machen uns mit den Jungs zusammen auf den Weg ins Studentenwohnheim." Laura hatte vorhin in einem Chat mit Mark und Jo den Plan geschmiedet.

„Zuerst wollte Jo uns mit dem Auto abholen, aber wenn wir laufen, kann er auch etwas trinken. Da müsste nur vorher die Sintflut beendet sein", fügt sie hinzu.

„Um ehrlich zu sein, frage ich mich, was das mit der globalen Erderwärmung noch auf sich hat. Seit mehreren Jahren sind die kompletten Sommer verregnet. Es gibt Hangrutsche, weil alles aufgeschwemmt ist und ans Freibad ist schon lange nicht mehr zu denken. Ich glaube den letzten warmen und genießbaren Sommer hatte ich als meine Mutter noch lebte." Jetzt war es raus. Die Worte sind mir einfach so über die Lippen gekommen. Und damit meine ich nicht das Wetter. Der Tod meiner Mutter war lange Zeit ein absolutes Tabuthema. Natürlich hatte ich in der Zeit der Trauer, also im ersten Jahr danach, immer mal wieder mit meinem Vater und auch meinen Freunden darüber gesprochen. Doch in letzter Zeit hatte ich es satt immer wieder daran erinnert zu werden. Immer wieder ausgelassene Stimmungen zu trüben oder um Mitleid hechelnd dazustehen mit Tränen in den Augen.

Doch am Tag, als sie starb, starb nicht nur ein Mensch, sondern auch ein Teil von mir.

Mein Vater hatte noch nie solch eine Bindung zu mir. Und das nicht nur, weil er ein Mann ist. Wir konnten nie Gespräche führen wie meine Mutter und ich.

Einige Zeit nach ihrem tragischen Tod habe ich sie auch verurteilt, dass sie mir kein Geschwisterteil hinterlassen hatte. Niemanden, der genauso empfand wie ich.

Klar war mein Vater, Jonas, auch in tiefe Trauer verfallen. Doch diese ist mit jeder Woche, die an Zeit verging, weniger geworden. Mittlerweile, nach fünf Jahren, hat er sogar hin und wieder Dates.

Mit einem Geschwisterteil könnte ich mich darüber unterhalten. Meine Trauer teilen. Es wäre jemand da, der genauso empfinden würde wie auch ich. Aber leider war mir das Glück nicht vergönnt.

Mir bleibt also nichts anderes übrig, als entweder die Stimmung bei meinen Freunden zu trüben oder alles an Gefühlen in mich hineinzufressen, bis ich platzen würde.

„Du vermisst sie noch sehr, stimmt's?!" Lauras Stimme reißt mich aus meinen Gedanken. Ich hatte gar nicht bemerkt, wie ich wieder abgedriftet war.

„Ja", war die einfachste Antwort und die ehrlichste. Tausend Worte können es nicht ausdrücken, was in diesem einfachen „Ja" steckt.

„Sie fehlt mir oft. In den unterschiedlichsten Situationen. Für die Party heute Abend zum Beispiel. Mit fünfzehn war ich noch zu jung für Jungs. Aber heute Abend hätte ich sie gerne vorher gefragt, ob ich so das Haus verlassen könnte, hätte mir gerne ihre Schminke geliehen oder nach einer passenden Kette gefragt. Weißt du, es ist schwer mir selbst nicht nachtragend zu sein, dass ich früher nie daran gedacht hatte im Alltag dankbarer zu sein. Was würde ich alles für eine ganz normale Situation geben?" Das war ein absolut ehrliches Eingeständnis. Das Gefühl, mit mir selbst verärgert zu sein, drängt sich mir schon so lange auf. Bislang konnte ich es kaum in Worte fassen. Aber Laura ist mir gegenüber immer absolut offen, sodass es mir ihr gegenüber auch unheimlich leicht fällt meinen Gefühlen freien Lauf zu lassen. Solange ich es nicht allzu oft tue und die Stimmung nicht zum Kippen zu bringe. Immerhin möchte ich auch weiterhin noch mit ihr zusammen in einer WG leben und nicht als der Stimmungskiller schlechthin bekannt sein.

Sie fasst meine Hand und tätschelt sie. So, wie meine Mutter es in einer solchen Situation sicher getan hätte. Bislang konnte ich die Tränen noch zurückhalten, doch nun, als sie mein Erkennungszeichen und Freundschaftszeichen zwischen mir und meiner Mutter, Elara, - mein Muttermal, mit ihren Händen streift, bahnen sich die Tränen ihren Weg durch die dichten Wimpern hinweg über meine Wangen und tropfen in dicken Platschern auf meinen Schoß. Es sind stille Tränen, die keiner weiteren Worte bedürfen.

Laura weiß die Situation zu nehmen und gesellt sich neben mich an meinen Stuhl, legt den Arm um mich und sagt einfach nichts. So sind echte Freunde.

Als kurze Zeit später die Bedienung mit unseren Kuchenstücken um die Ecke biegt, beinahe hätte sie auf die Pfoten des Hundes vom Nachbartisch getreten, sind die Tränen schon wieder versiegt. Es waren dankbare und reinigende Tränen, die mir sehr gutgetan haben.

Der Regen hat nachgelassen, unsere beiden Kuchen und Tees sind verputzt und wir machen uns Arm in Arm zusammen auf den Heimweg. Es ist schon spät geworden und es fängt bereits an zu dämmern.

Wir sputen uns, und streiten bereits auf dem Nachhauseweg, wer von uns beiden zuerst unter die Dusche darf.

Dieses Mal habe ich den Vortritt, welchen ich auch sofort in Angriff nehme, als wir die Türe unserer Wohngemeinschaft öffnen.

Das Wasser wäscht den letzten Rest an Sorge und Trauer von mir und meiner Seele. Als ich aus der Dusche trete, das Handtuch umgelegt und in mein Zimmer gehe, muss ich grinsen als Laura bereits einen angesagten Song aus der Küche zu mir hinüber trällert.
Der Fernseher läuft nebenbei auf stumm und zeigt auf einem Nachrichtensender jedoch die brutalen Kriegssituationen auf der Welt. Schnell schnappe ich mir die Fernbedienung, um diesen furchtbaren Bildern keine Chance zu lassen uns den heutigen Abend zu verderben.

Meine WG-Partnerin ist absolut in Partystimmung und lässt sich heute garantiert nicht davon abbringen mich auch darin zu versetzten.

8

Als die Jungs um kurz nach zwanzig Uhr die Wohnung betreten sind wir beiden Mädels kaum wieder zu erkennen. Wir sind nicht mehr die beiden strengen Medizinstudentinnen aus der Uni. Vor ihnen stehen zwei wunderhübsche zwanzig-jährige Frauen, die genau wissen was sie möchten. Und nichts davon hat mit Lernen, Uni oder Büchern zu tun.

„Wow, ihr Hübschen!" Mark tritt als Erster ein und bewundert mit einer kleinen Drehung erst mich und dann deutlich länger Laura. Was durchaus in Ordnung für mich ist. Ich persönlich hasse das Getue der beiden. Keiner traut sich eine ernsthafte Beziehung anzusprechen oder erwägt es auch nur darauf einzugehen. Lieber leben sie wie bisher frei und offen und vögeln einen nach dem anderen, ohne dem Bedeutung beizumessen.

Allein dass ich so vulgär denke lässt mich fast aus der Haut fahren.

Bei mir und Jo ist es anders. Er ist ein netter Junge. Eigentlich ist er mir auch nicht direkt aufgefallen. Er besucht nicht die gleichen Kurse wie ich. Doch vor einiger Zeit befand er sich merkwürdigerweise immer während der Pausen zufällig in meiner Nähe. Mit Laura ist er bereits länger befreundet. Daher dachte ich anfangs es wäre wirklich reiner Zufall, dass wir uns andauernd über den Weg laufen. Aber irgendwann hatte Laura in einer scheinbar beiläufigen Bemerkung einmal durchblicken lassen, dass nichts von alledem dem Zufall zuzuschreiben sei.

Seitdem geht er mir nicht mehr aus dem Kopf. Wobei es eher an eine kleine Verliebtheit als an eine große Liebe grenzt. Doch auch das ist ein wunderschöner Gedanke, der es sich lohnt, zu Ende zu denken und ihn zu genießen.

„Das Kleid steht dir ausgezeichnet. Hast du es dir neu gekauft?" Das war Jo, der gerade hinter Mark zu Tür hereingetreten ist.

Laura hatte vorhin noch schnell einen Wein vorbereitet und verteilt diesen bereits in die vier Gläser.

Dann reicht sie jedem von uns eins und prostet uns zu.

„Auf uns und einen unvergesslichen Abend."

Das Zwinkern in ihren Augen galt definitiv mir.

Wir unterhalten uns noch über verschieden Themen rund um die Uni und die Professoren. Die einzelnen Pärchen, die sich fanden und wieder trennten. Die ein oder andere Unmöglichkeit und machen es uns auf dem kleinen Sofa in der Ecke der Wohnküche gemütlich. Normalerweise sitze ich immer allein in der Ecke des Sofas und verschlinge ein Buch, anstatt mich zum Vorglühen für eine Party an dieser Stelle zu treffen.

Doch die Meditationsübungen der letzten Tage und der feste Entschluss mich mal lockerer zu geben haben mich fest in der Hand, um den heutigen Tag zu genießen.

„…wir werden feiern bis zum Morgengrauen…" Ich habe Laura nicht komplett zugehört, aber diese Wortfetzten weiß ich zu würdigen. Wenn sie das so plant, dann sollte man am nächsten Tag möglichst keine Termine haben.

Der Regen hat glücklicherweise nicht wieder eingesetzt und so machen wir uns gemeinsam auf den Weg ins

Wohnheim. Es liegt unmittelbar am Universitätsgelände. Mark und Laura voran und Hand in Hand, was mich schon etwas innehalten lässt. Allerdings auf eine freudige Weise. Jo und ich hinter ihnen her, fest in ein Gespräch über die besten Urlaubsorte aus unserer nicht allzu reichhaltigen Erfahrung vertieft.

„Ich bin definitiv ein Bergmensch." gab Jo mir zu verstehen. „Ja, ich liebe die Berge auch sehr. Die Kühe auf den Weiden und die frische Bergluft. Aber ein kleiner See darf ruhig zum Abkühlen vorhanden sein." stimme ich ihm zu.

Und so betreten wir nach einer guten halben Stunde das Gebäude des Wohnheims. Wir müssen auch nicht lange nach der WG-Party Ausschau halten. Bereits jetzt kommen uns einige lallende Menschen aus einer Richtung entgegen. Dabei haben wir noch nicht einmal zweiundzwanzig Uhr. Mein Blick gleitet von meiner Armbanduhr den Gang gerade aus.

Die Musik ist auch kaum zu überhören. Die Partys in dem Wohnheim scheinen legendär. Generationen von Studenten der Uni sprechen darüber, was sie alles im Vollrausch angestellt haben, welche Mädchen sie verführt oder welchen Jungen sie geknutscht haben. Wobei ich definitiv davon ausgehe, dass nicht nur geknutscht wurde. Aber alles Weitere ist definitiv deren Privatsache. Die Tür zum Zimmer im Wohnheim steht offen. Die Tür ist auch nicht mehr zum Schließen geeignet, denn dann würden die Menschen in der Wohnung wie eine Horde Sardinen in der Dose zusammengepfercht werden. Die Tür bleibt definitiv offen.

„Ich schaue mal nach ein paar Drinks." Mark macht sich auf in Richtung Küche. Wir anderen gesellen und durch die schwitzige Menge in einen Raum, der wohl ein Schlafzimmer war - früher mal. Jetzt befinden sich dort unzählige Menschen an Menschen und versuchen ihr Körper so galant wie möglich zur angesagten Musik aus den Lautsprechern zu bewegen. Der Blick dabei immer auf die Menge gerichtet, um die Hoffnung ja nie aufzugeben, dass das ein oder andere Beutetier in die Falle geht. Eine Sekunde zu lange den Blick auf die tanzende und suchende Person gerichtet und zack- ist man gefangen. Ob Junge oder Mädchen, das spielt oft auch keine Rolle.

Laura liebt dieses Spiel. Aber nicht heute. Heute scheint sie nur Augen auf Mark geworfenen zu haben.

Mark, der ihr einen Drink aus dem Bowlengefäß schöpft.

Mark, der zu ihr hinüberschaut.

Mark, der so galant wie möglich vier volle Getränkebecher durch die Menge an Menschen hievt, ohne über diese zu fallen.

Mark, der ihr tief in die Augen blickt als er zu uns stößt.

Mark... Mark... Mark.

Ich bin mir nicht sicher, ob ich mit einer verliebten Laura zurechtkomme.
Die bisherigen Bettgeschichten waren für mich unkomplizierter.

Wir stoßen an und der Beat erfasst auch uns und aus unserer lockeren Stehparty wird ein Tanzen.

Die Becher sind schnell geleert, die Jungs organisieren neue und das Spiel geht von vorne los. Nur, dass auch ich dieses Mal mitspiele.

Mit Jo, der mich aus einigen Meter Entfernung fragend anschaut und mir zwei verschieden Flaschen mit Getränken zur Auswahl in die Luft hält.

Jo der mich grinsend ansieht, als ich das gleiche Getränk wähle, wie auch er es getan hätte.

Jo, der Mark einfach stehen lässt und nur Augen für mich hat.

Jo, der den Anmachversuchen der anderen Frauen auf dem Weg von der Küche zu mir hinüber ausweicht, ohne diese mit Blicken zu würdigen.

Jo, der nun mir gegenübersteht und ich nicht weiß, wie ich ein Gespräch anfangen soll.

Jo, dem das anscheinend aufgefallen ist und mich auf die Tanzfläche zieht.

Wir tanzen also. Tanzen ist absolut mein Ding. Das kann ich. Dann muss ich mir kein Gespräch einfallen lassen. Kein Thema, um es mit vielen Wiederholungen auszuschlachten, Hauptsache es geht der Gesprächsstoff nicht aus. Das ist einfach zu unangenehm. Ein Date ohne Gesprächsstoff. Laura würde das sicher nie passieren. Sie ist die Date Königin.

Ob Sport, allgemeine Politik, das Wetter oder belanglosen Kram aus der Zeitung. Sie weiß immer genau das Richtige im richtigen Moment, um die Gespräche auf Vordermann zu halten und keine unangenehme Lücke auftreten zu lassen.

Aber hier kann mir Laura nun wirklich nicht weiterhelfen.

Wir tanzen bis uns warm wird, wobei mir schnell warm wird bei dieser Masse an Menschen. Jo kommt mir immer ein Stück näher. Es ist nicht unangenehm. Es fühlt sich gut an. Und ich tanze ihn auch näher an. Ich bin aufgeregt. Mein Muttermal zuckt, als wolle es mir etwas sagen. Nur was? Aber mein Gehirn hat jetzt Sendepause. Ich bin mir sicher, dass zu viel denken in einer solchen Situation nicht nützlich ist. Alle Vorkehrungen sind getroffen, ich nehme die Pille und Jo ist ein netter Kerl, der sich garantiert nicht nach einer Nacht verabschiedet. Also kann ich diese Angelegenheit nun getrost dem Schicksal überlassen. Wir kommen uns immer näher. Die Musik wird immer schneller und schneller. Er tanzt, ich tanze. Von den anderen bekomme ich nichts mit. Wir schauen uns tief in die Augen. Er beugt sich hinunter zu mir und ich stelle mich leicht auf die Zehenspitzen. Höre auf mich zum Rhythmus der Musik zu bewegen.

Und da ist er. Der Moment in sämtlichen Liebesfilmen. Der Moment der immer eine Ewigkeit dauert. Der Moment kurz vor dem erlösenden Kuss.

Er rückt noch ein Schritt näher an mich heran und fasst mich mit seinen Armen ein. Ich lege die Hände an seine Brust. Ich bin bereit mich von ihm einfangen zu lassen. Bereit für den Kuss in der Menschenmenge.

Bereit für alle Augen ersichtlich mich hier und jetzt erobern zu lassen. Er schaut mir noch einmal tief in die Augen, als ob er auf mein Okay wartet. Als ich die Augen schließe und den Mund ihm entgegenstrecke, sieht er es als genehmigt an und drückt seine weichen Lippen auf die Meinen.

Der Moment, in dem im Liebesfilm die überaus dramatisch sensible Musik zum Einsatz kommt und alle Nebengeräusche ausblendet.

Hier und jetzt gibt es keine anderen Menschen nur mich und Jo.

Ich war bislang davon ausgegangen, dass mein Herz in genau diesem Moment anfangen würde zu flattern. Aber es tut es nicht. Wahrscheinlich bin ich dafür schon zu alt. Oder es ist nicht der Richtige?!

Meine Gefühle sind taub.

Ich genieße den Kuss. Seine Zunge bittet darum Einlass gewährt zu bekommen. Ich gestatte es. Ich genieße es auch. Aber ich komme mir ganz und gar nicht so vor wie auf einem Höhenflug. Weder werden meine Wangen rot vor Scham oder Liebesglück, noch bekomme ich weiche Knie. Ich dachte im Vorhinein es würde ein wenig anders ablaufen. Aber ich mache weiter. Ich genieße es mein Gehirn auf Sendepause gestellt zu haben.

Nur langsam recken sich meine Ohren wieder der Musik entgegen, empfangen wieder die Geräusche der anderen. Da ist Laura neben mir, die Mark mittlerweile auf der Tanzfläche förmlich verspeist.

Dagegen scheinen wir ein überaus frommes Pärchen abzugeben.

Wir lösen uns voneinander und schauen einander an. Ich kann ein mädchenhaftes Grinsen nicht unterdrücken. Es war schön. Mehr aber auch nicht.

Er schaut mich an, führt mich mit an der Hand weg von der Tanzfläche hin zu einem Fenster und somit weg von Laura. Weg von meinem Haltegriff. Weg von meinem Rettungsring.

Aber dieser Rettungsring scheint im Moment wirklich nicht an mich zu denken. Mark und sie verschlingen sich vor den Augen der Menge. Es wird gerade so heftig, dass ich überlege ihnen einen guten Rat und unsere Schlüssel zu geben.

Aber immerhin scheinen sie zueinander gefunden zu haben.
Was lange währt, wird endlich gut. Oder wie sagt man immer so?
Jo schaut mich liebevoll an.
Doch er macht nicht den Eindruck zu wissen, was wir reden sollen. „Soll ich uns noch einen Drink holen gehen?" „Ja, danke, das wäre sehr nett." Ich verdrehe vor mir selbst die Augen. Wie alt bin ich? Fünfzehn?

Ich brauche doch keinen Alkohol, um intim mit einem wirklich attraktiven Typen zu werden. Unsere Wohnung ist nicht weit entfernt. Die Laken in dieser Wohnung hier sind sicher nicht frisch bezogen, und wenn doch hat sich eben ein Partygast in vollem Bogen darauf übergeben.

Mark und Laura schreiten über beide Backen strahlend zu mir herüber.

„Jo ist uns gerade noch ein Getränk organisieren. Möchtet ihr auch?" Ich weise mit meinem Kinn in Richtung Küche.

„Ja, lass, ich geh schon", deutet Mark nicht ohne Laura noch einen Abschiedskuss auf den Mund zu drücken.

Kaum ist er weg schauen wir Mädels uns an. Es gibt nichts dazu zu sagen. Es ist offensichtlich.

„Und Jo?"

„Ja, er ist ganz nett und süß."

„Nett und süß sind die Geschwister von langweilig."

Dass muss sie mir allerdings nicht erklären. Ich weiß auch, wovon ich da spreche. Doch dann kommen die Jungs auch schon wieder zurück. Sie kommen allerdings nicht allein. Im Schlepptau haben sie noch einige Mitstudenten aus unseren Kursen.

Wir verfallen sofort in die verschiedenen Themen rund um die Uni.

Jo und ich tauschen immer wieder Blicke aus. Seine Hand sucht nach meiner, um sie nur leicht zu berühren. Es fühlt sich gut an. Jedoch nicht vertraut und sicher, auch nicht aufregend und spannend, sondern... ganz nett.

Der Abend geht so schnell vorbei. Wir tuscheln immer weiter. Wir lachen und genießen. Die Gruppe löst sich langsam auf. Ein paar Jungs haben vorgeschlagen noch weiterzuziehen. Wir sind eigentlich todmüde und gehören ins Bett. Doch auch Laura drängt dazu weiter Party zu machen. Doch für mich ist hier Feierabend. Mir tun die Füße weh, ich bin müde und ein leichtes Stechen hinter der Stirn verrät mir, dass ich es mit dem Alkohol besser hätte sein lassen sollen.

Und außerdem möchte ich die Gelegenheit nutzen mich dezent von Jo zu verabschieden. Ich möchte keinen bedeutungslosen Geschlechtsverkehr mit ihm haben. So bin ich nicht. Ich wittere die Chance so einer unangenehmen Situation zu entgehen.

Er scheint das allerdings nicht ganz so zu sehen.

Als ich mich verabschieden möchte, legt er einen Arm um meine Schultern und meint: „Ich bringe dich noch sicher nach Hause."

Doch ich versuche mich galant aus der Situation heraus zu reden und scheine Laura einen Moment zu lange mit einem hilflosen Blick angestarrt zu haben.

Sie drängt sich zwischen uns beide und eilt mir zur Hilfe: „Schon gut Jo, ich bringe Esme nach Hause und hole mir in einem eine dickere Jacke mit. Mit so einer Kälte habe ich gar nicht mehr gerechnet."

Es ist nur eine halbe Lüge. Eigentlich gar keine. Sie hat tatsächlich vor sich dicker zu kleiden.

Jo lässt nur widerwillig den Arm von meinen Schultern, doch bei Lauras Hartnäckigkeit bleibt ihm keine andere Chance.

„Wir sehen uns dann morgen Nachmittag zum Lernen." Ich zwinkere der Gruppe zu. Hoffentlich hat Johann in dieses Zwinkern nicht allzu viel Hoffnung auf eine aufregende Zweisamkeit gelegt.

Ach, egal. Ich lasse die Situation so stehen. Wir beide, Laura und ich, verlassen die feiernde Meute und betreten den ruhigeren Flur. Erst hier merke ich wie stickig es in dem Zimmer war. Ich atme einmal tief durch bevor wir beide leicht schwankend den Weg zum Ausgang nehmen.

9

Laura schaut grinsend in meine Richtung. Erst nehme ich es gar nicht wahr, doch dann werden meine Wangen vor Verlegenheit rot.

„Was?"

„Wie – was? Du und Jo also?!"

„Naja, sah ganz danach aus, oder? Aber ich bin mir wirklich nicht ganz sicher..."
Wir bahnen uns den Weg zum Ausgang. Überall stehen noch feiernde Menschen mit halb gefüllten Pappbechern in den Händen. Draußen die Raucher.

Wir passieren sie und spannen den Schirm draußen auf, denn es hat bereits wieder angefangen zu tröpfeln.

„Was heißt denn hier nicht ganz sicher? Er ist doch absolut dein Typ. Und außerdem hast du mir selbst erzählt, dass du ihn ganz süß findest."

„Ja, süß schon. Aber... da war Nichts... bei dem Kuss. Es war einfach ein Kuss. Nichts weiter. Keine großen Gefühle."

„Na, meinst du da sind immer sofort innige Gefühle? Immer sofort Liebe auf den ersten Blick?"

„Ich bin bislang schon davon ausgegangen." Ich komme mir wie ein naives Kleinkind vor. Entweder es ist der Alkohol, der mich die tiefe Reinheit meines Gewissens ausplaudern lässt oder ich weiß es auch nicht.

„Ich dachte immer, dass ich es sofort spüren würde, wenn ich den Mann fürs Leben finde."

Laura lacht leicht auf. Jedoch lacht sie mich nicht aus. Es ist eher ein gutgemeintes Lachen, welches sich mit dem Tätscheln meines Armes mischt.

„Aber Jo muss doch jetzt nicht der Mann fürs Leben werden."

„Aber ich will keine bedeutungslosen One-Night-Stands." Dies sage ich in einem etwas zu scharfen Ton. Wir laufen etwas schneller durch den Regen, als ich Laura am Arm festhalte und sie zu mir umdrehe.

„Also versteh mich nicht falsch", sage ich, als ich ihr in die Augen schauen kann, „ich verurteile dich nicht dafür, aber ich bin so nicht gestrickt. Das ist nicht meine Art. Ich käme mir dabei nicht richtig vor, wüsste nicht mit einer solchen Situation umzugehen." Wir verharren eine Weile, obwohl uns der Regen mittlerweile an die Beine klatscht.

„Ach, schon gut. Ich bin dir nicht sauer. Dafür sind Freundinnen doch da, oder nicht? Wir sollten uns die Wahrheit sagen dürfen." Sie dreht sich bereits wieder um und wir gehen wortlos unseren Weg dahin.

Die Lichter des Wohnheims lassen wir hinter uns. Die Straße, die am Tag noch so freundlich wirkte, ist nachts nur spärlich beleuchtet. Ich weiß gar nicht, was ich gemacht hätte, falls Laura mir nicht angeboten hätte mich nach Hause zu begleiten. Hätte ich dann Jos Angebot aus Angst angenommen? Aber dann hätten wir vor unserer Haustür gestanden, es hätte geregnet, ich hätte ihn noch mit hoch genommen zur Wohnungstür zum Verabschieden - und dann? Dann hätte ich in Sekundenbruchteilen die Freundschaft zu ihm zerstört. Oder ich wäre einen weiteren Kuss eingegangen und hätte mich und meine Gefühle selbst betrogen mit allem, was danach folgen würde.

Ich mache mir einfach zu viele Gedanken.

„Wie kommst du denn gleich wieder zu den andern?" möchte ich von Laura wissen?

„Hör mal, ich bin öfter in der Gegend abends allein unterwegs. Meinst du mich würde immer ein so netter Junge wie Jo bis zum Haustür begleiten?" Darüber hatte ich mir bislang wirklich keine Gedanken gemacht.

„Ich werde schon zu den anderen finden. Außerdem habe ich mehrere Kurse in Selbstverteidigung durch. Mit mir legt sich Keiner an."

Ein Auto fährt mit ausreichend Tempo an uns vorbei und geradewegs durch eine dicke Pfütze am Straßenrand. Es kommt, wie es kommen muss - wir sind klitschnass von den Schuhen bis zur Hüfte.

„Ach, igitt! Muss das sein?" Laura schimpft den Möchtegernprollos in dem dunklen Wagen hinterher.

Doch als wollten diese sich das nicht zweimal sagen lassen, geschweige denn sich den Mittelfinger, den Laura zur Wutbekämpfung nach ihnen ausgestreckt hat, weiterhin ansehen, leuchten die roten Bremsleuchten des Wagens auf und die Türen springen auf.

Heraus treten vier junge Männer in schwarzen Lederjacken und Jeans. Die Gesichter sind mir unbekannt, doch mich beschleicht das Gefühl, dass ich sie trotzdem nie wieder vergessen werden kann.

Da der Wagen nicht weit von uns entfernt zum Stehen kam, sind die Männer schnell bei uns und kesseln uns beiden ein. Laura und mir bleibt noch nicht mal genügend Zeit um in Panik zu verfallen. Schon drängen sie uns auseinander. Der Schirm wird zu Boden gestoßen und er schwirrt mit dem Wind davon. Meine Handtasche plumpst auf den Boden, doch ich achte nicht darauf. Denn als der eine Kerl mich in eine enge, dunkle Gasse zieht, setzt ein heftiger Kopfschmerz bei mir ein. Zuerst gehe ich davon aus, dass der Mann, der mir am nächsten steht, mit seiner Faust ausgeholt und mir mitten auf dem Bürgersteig eine verpasst hat, doch dann merke ich, dass der Schmerz von innen herrührt. Das kann ich jetzt nicht gebrauchen. Die Situation ist brenzlig. Die Männer lassen keinen Zweifel daran, was sie vorhaben.

Die Autotüren stehen noch weit offen, so dass ihnen jederzeit die Flucht möglich ist. Oder uns. Werden wir es schaffen ins Auto zu springen und zu fliehen. Doch was, wenn noch ein anderer Mann, der Fahrer, im Auto sitzt und auf sie wartet?

Ein lauter Klatscher reißt mich aus den Gedanken. Laura sackt flehend und wimmernd zu Boden. Sie haben sie geschlagen und gedemütigt.

Mein Kopfweh erlaubt mir noch einen letzten Blick auf meine Freundin, wie sie die Hände in Abwehrhaltung vor ihr Gesicht hält und um Gnade winselt. Der nach Schweiß und Qualm stinkende Mann zu meiner linken lässt meinen Arm nicht locker, sodass ich um wieder Herr meiner Sinne zu werden, schnell den rechten Arm um meine linke Hand schlinge und mein Muttermal stimuliere. Ich muss dringend die Kopfschmerzen beseitigen, denn meine Augen gehorchen mir nicht mehr. Sie flackern und lassen kaum noch Licht hindurch.

Der Regen, der unaufhörlich auf uns niederprasselt, ist die einzige Abkühlung, die mir Linderung verspricht. Meine rechte Hand streichelt erst sanft und dann heftig massierend das Muttermal.

Obwohl es keinen Unterschied macht, kneife ich die Augen zu und wünsche mir nichts sehnlicher, als dass meine Freundin und ich als Sieger aus dieser Situation hervorgehen.

10

Irgendetwas scheint meine Bitte erhört zu haben. Meine Kopfschmerzen lassen abrupt nach. Ich traue mich nicht meine Augen zu öffnen, kneife sie weiter fest zusammen. Mit einem heftigen Ruck werde ich nach oben befördert.

Gerade als ich mich frage, wie die Männer das denn geschafft haben, da sie mich doch bestimmt nicht so einfach in die Luft werfen können, öffne ich zaghaft die Augen. Der Windstoß, welcher mich in die Höhe geschleudert hat, trifft mich wie ein Schlag.

Ich lande auf beiden Beinen und sacke in die Hocke. Das Gleichgewicht kann ich nicht halten, so dass ich nach hinten auf meinen Hintern und mein Steißbein knalle.

Doch der Fall wird gedämpft durch... Schnee!?!?

Ich bin verwirrt. Ich erhebe mich und streife mir den Schnee von meiner Winterjacke. Kurz kommt mir der Gedanke, dass ich froh bin, mich warm genug gekleidet zu haben, doch schon im nächsten Moment blicke ich suchend um mich. Wo ist Laura? Wo ist die Bedrohung? Was ist mit mir geschehen? Wahrscheinlich war die Situation vorhin einfach zu viel für mich und meinen angeschlagenen Geist. Die Migräne oder Kopfschmerzen oder was auch immer lassen keine andere Gefahrensituation mehr an meinem Körper zu. Ich habe aufgegeben und habe mich einem erholsamen Schlaf hingegeben. Ich versuche zwanghaft wieder aufzuwachen. Was werden die Männer mit den schwarzen Lederjacken jetzt mit meinem leblosen Körper tun? Ich möchte es mir gar nicht vorstellen. Mir wird schlecht. Das kann einfach nicht wahr sein. Ich drehe mich im Kreis und weiß einfach nicht, wie ich das Gefängnis des Schlafes verlassen soll. Ich weiß einfach nicht wohin mit mir selbst.

In dem Moment voller Panik musst du deine innere Ruhe wieder finden.

Das ist gar nicht so einfach. So langsam sammelt sich mein Körper in dieser Notsituation wieder. Ich kneife die Augen wieder zu und gebe eine Druckpunktmassage auf meine empfindliche Stelle, auf das Muttermal. Ich versuche mich krampfhaft zu entspannen und öffne die Augen. Doch nichts geschieht.

Naja, fast nichts. Immerhin bin ich jetzt etwas ruhiger. Mein Atem fließt wieder und unterstützt nicht mehr stoßweise die Panik.

„Du bist in Sicherheit, du bist in Sicherheit..." Immer wieder versuche ich mir dieses Mantra vorzubeten. Wäre ich jetzt gläubig, würde ich sicher zu meinem Gott beten. Doch das habe ich bislang nicht und es käme mir an dieser Stelle auch heuchlerisch vor.

Doch wo ist Laura?

Wie geht es ihr und kommt sie mit den Kerlen allein zurecht? Wie kann ich ihr helfen, wenn ich doch aus der Situation geflohen bin... wohin auch immer?

Meine Augen fokussieren sich auf eine weite verschneite Winterlandschaft.
Es ist helllichter Tag und der Schnee reflektiert so stark, dass ich die Augen etwas zukneifen muss. Moment, denke ich, wir haben März - richtig?!

Warum um alles in der Welt hat es gerade zehn Zentimeter geschneit. Und warum ist es mitten am Tag?

Es muss also ein Traum sein.

Doch so langsam dämmert es mir. Ein Déjà-vu sackt in meine Gedanken.

Ich war hier schon einmal. Und nun prasseln die Gedanken so stark auf mich ein, all die Bilderschnipsel aus den vergangenen Nächten, dass ich nicht mehr anders kann als mich rückwärts in den Schnee sinken zu lassen. Meine Beine scheinen mich mit all den Gedanken, die so schwer auf mir lasten, nicht mehr tragen zu können. Sie versagen mir den Dienst. Ich fange an zu zittern, während meine Augen und mein Gehirn mir einen Streich zu spielen versuchen.

Immer wieder verschwimmt Traum und scheinbare Realität. Oder soll ich sagen vergangener Traum und aktueller Traum?

Die Bilder der vorherigen Nächte mit den jetzigen Bildern vor meinen Augen. Die Schneelandschaft, die engelhaften Wesen mit den großen Augen und ... und der Geruch.

Es lässt mich kurz innehalten. In all dem Getöse in meinem Gehirn ist mir das bislang noch gar nicht aufgefallen. Der Geruch, dieser eine unverkennbare Duft, ist stärker denn je. Auf jeden Fall stärker als in all den Gedankenblitzen oder seit den vergangenen fünf Jahren. Dieser Duft, den ich immer versucht habe irgendwo in der Stadt aufzutreiben. Das Parfum, dass so herrlich nach Mohn und Blumenwiese, nach unbeschwerter Kindheit und Erinnerungen duftet. Ich habe es gefunden. Oder hat es mich gefunden. Ich atme mit all meinen Möglichkeiten noch einmal tief ein und versuche den Traum so lange festzuhalten wie nur irgendwie möglich. In meinem Traum war der Geruch schneller, als es mir lieb war, wieder verschwunden. Doch dieses Mal scheint er zu bleiben.

Doch wer verströmt ihn? Irgendwo muss doch die Person, die ihn aufgetragen hat, stehen. Ich öffne von dieser Erkenntnis getroffen die Augen und schaue blitzartig in alle Himmelsrichtungen. Doch da ist niemand. Da ist nur Schnee, Schnee und Schnee.

Schnee auf den Hängen, Schnee auf den Bäumen, Schnee auf … auf einem Schloss, ganz weit in den Hügeln.

Mir dämmert eine weitere Erinnerung. Die Bilder in den hübschen Rahmen meiner Heilpraktikerin.

Dies ist haargenau dieselbe Landschaft. Die Bäume, die sich sachte im Wind wiegen.

Der Schnee, der alles zu verschlingen droht, aber auf eine wunderschöne und anmutige Art und Weise erstrahlen lässt.

Dieser Palast mit den scheinbar unendlich vielen Türmchen und Winkeln. Ähnlich dem Schloss im Disneyland. Ja, so kommt es mir scheinbar vor. Unzählige Wendungen, gedrehte Erker, Türmchen und Ecken. Und alles mit einer wunderbaren Schneehaube versehen. Alles ist in Weiß getaucht. Alles, aber auch wirklich alles.

So sieht es in unserer Stadt noch nicht einmal im dicksten Winter aus.

Und die Temperaturen? Eisigkalt! Erst jetzt fällt mir auf, dass ich immer noch zittere.

Ich erhebe mich langsam aus meiner Schockstarre. Und was jetzt? Wie komme ich wieder zurück?

Ach, und Laura? Mir ist es, als hätte ich sie fast vergessen. Sie und die brenzlige Situation. Wie komme ich hier weg? Doch ich erlaube meinem Kopf keine weitere Zitterpartie. Ich muss jetzt all meine Gedanken zusammenhalten, eine logische Erklärung für alles finden und wieder zurück und nach Hause verschwinden.

11

Gerade, als ich in meinem Kopf alle Fakten zusammentragen möchte, nehmen meine Ohren ein Geräusch wahr.

Es ist erst weit entfernt, sodass es sich ganz leise an mein Ohr anschmiegt, um zu einer dauerhaften Melodie zu werden. So wie ein Rasenmäher, der samstags einfach mit zum Landschaftsbild gehört und man ihn, trotz der Lautstärke, fast überhört, weil er so selbstverständlich mit ins Bild passt. Doch diese Geräusche sind viel leiser. Viel würdevoller. Und doch viel dramatischer für mich. Denn wenn dort Geräusche auftauchen, dann muss ich mich schnell verstecken. Denn wo Geräusche sind, da sind auch Menschen. Böse Menschen? Oder werden sie mir helfen wieder nach Hause zu gelangen? Verstecken oder nicht? Was ist besser? Setze ich auf das Gute in diesen Menschen?

Aber immerhin bin ich vor den letzten Menschen, denen mit den schwarzen Jacken, geflohen. Und entkommen.

Da werde ich sicher nicht den Nächsten blindlings in die Arme laufen. Was, wenn sie zusammenhängen. Schwarz und weiß arbeiten zusammen?

Mir ist übel. Ich bin mir außerdem meiner Anwesenheit in diesem Traumland noch immer nicht sicher. Bin ich wach oder träume ich? Bin ich in eine tiefe Ohnmacht gefallen oder habe ich Fieber?

Kurz habe ich Angst, ich müsse mich übergeben.

Denn der Zusammenhang erschließt sich mir blitzschnell.
Für den unwahrscheinlichen Fall, dass sich mir innerhalb der nächsten Minute ein Versteck auftut - in dieser großen weiten und vor allem weißen Landschaft, wie sollte ich da meine Fußabdrücke im Schnee verschwinden lassen?

Meine Gedanken rasen. Doch bevor ich einen Entschluss fassen kann, sind sie auch schon da. Und ich erstarre noch weiter.

Sie kommen mir vor wie alte Bekannte. Die engelsgleichen Wesen aus Salvinas Bildern. Lange weiße hübsche Gewänder, die mit dem Wind zu tanzen scheinen.

Sie schmiegen sich wie selbstverständlich ins Landschaftsbild ein, wirken würdevoll und friedlich. So, als wäre allein die Tatsache ihrer Erscheinung Grund genug mit dem Zittern aufzuhören.

Doch meine Glieder wollen meinem Verstand nicht gehorchen. Sie schlackern in unbehilflicher Weise vor sich hin, als ob das jemandem etwas nützen würde. Weder hilfreich zur Flucht noch um einen gefassten Eindruck zu erwecken.

Die Meute hat vor mir angehalten. Sie halten direkt vor mir inne. Schwebend einige Zentimetern über dem Boden.

Eine lautlose Stille erhebt sich über die Landschaft.

Die Geräusche von vorhin sind verhallt.

Es sind mindestens zwanzig von ihnen, ihre Gesichter sind mir zugewandt. Sie starren mich mit großen Augen und gefühlsloser Miene an.

Ihr Anführer, oder wie auch immer ich ihn bezeichnen soll, tritt aus der Masse heraus und gleitet geradewegs zu mir hinüber.

Einige Meter vor mir hält er inne, so als ob er wüsste, dass ich würde fliehe wenn er sich mir aufdrängt. Er behandelt mich wie ein scheues Tier.

Diesen Eindruck scheine ich auch bei ihnen hinterlassen zu haben.

In meinem Gehirn laufen die Prozesse innerhalb weniger Sekunden ab. Die Zeit scheint still zu stehen. Mehrere Gedanken sprudeln gleichzeitig in meinem Kopf herum. Allerdings sind es fast alles Fragen und keine Antworten:

Fliehen oder bleiben? Sind es Freunde oder Feinde? Bin ich wach oder am Träumen? Was tun?

Doch so stark sich auch mein Kopf beschäftigt, mein Körper bleibt in derselben starren Haltung wie bislang. Nur das instinktive Zittern verrät, dass ich noch am Leben bin.

„Komm, Esme, folge uns. Wir tun dir nichts. Wir führen dich heim."

Es klingt wie ein Singsang. Es ist eindeutig meine Muttersprache. Doch noch nie hat jemand so wunderschön meinen Namen gesäuselt. Ja, fast gesungen.

So, als ob sie mir, und nicht ich ihnen - aus Angst bei lebendigem Leib aufgefressen zu werden – eine Ehre erweisen müssten.

Sie formatieren sich um und bieten mir einen Platz in ihrer Mitte.

Als ob ich mich zu ihnen gesellen würde. Im Leben nicht!

Doch was soll ich sonst tun?

Der Chef der Truppe - oder ist es eine Frau - so genau kann ich es nicht erkennen, es ist mir im Moment auch wirklich egal, deutet mir meinen Platz zu.

Und meine schlickernden Beine gehorchen. Wessen Willen, ist mir allerdings unklar. Meinem Instinkt sicher nicht. Denn der sagt immer noch: FLIEH!

Du tust das Richtige. Vertraue ihnen.

Es ist die Stimme von vorhin, die in meinem Kopf zu flüstern beginnt. Doch kaum hat sie angefangen verstummt sie auch schon wieder.

Meine Füße stapfen durch den Schnee mitten hinein in die Menge der mir unbekannten Wesen.

Und doch fühlt es sich nicht fremd, sondern auf eine sonderbare Art und Weise sehr vertraut und richtig an.

Sie setzen sich in Bewegung und auch meine Beine wandern mit. Und mit jedem Schritt, den ich gehe, schwirrt die Luft um mich herum und wirbelt diesen wunderbaren Geruch, der mir in die Nase weht, auf.

Ob es nur an dem Geruch liegt, dass ich mein Leben diesen Wesen anvertraue oder ich denke, dass ich eigentlich doch noch schlafe und mir im Traum gewiss nichts geschehen kann - ich weiß es nicht.

Wir bewegen uns in einer schweigenden Formation über die schneebedeckten Hügel immer geradeaus in Richtung des Palastes.

Jener Palast der so einzigartig in die Höhe reicht, zwischen verschneiten Hügeln und Wäldern.

Ob die Wesen, deren Name mir noch immer unbekannt ist, schneller sein könnten, wenn meine menschlichen Beine nicht so verweichlicht wären von dieser absurden Situation. Doch wen kümmert es?

Sie scheinen sich jedoch mir und meiner Bewegung anzupassen. Ganz so, als sei ich ihnen kostbar und nicht ihr Feind, der in ihr Land eingedrungen sei. Denn um ehrlich zu sein - das bin ich eigentlich.

Ich unterscheide mich stark von ihnen. Weder bewege ich mich so galant, noch sind meine Klamotten von einer solchen Eleganz. Alles an ihnen scheint einfach nur von unschätzbarem Wert. So, als würden sie ihre reine Seele nach außen tragen. Engelsgleich eben.

Wir wandern über all die Hügel und zwischen den Wäldern hindurch. Andere Gestalten sehe ich nicht. Doch inmitten der Wesen kann ich auch nichts weiter erkennen. Zwischendurch streift immer mal wieder ein Gewand meiner Mitwanderer meine Hände. Es fühlt sich gut an.

Wir mögen mittlerweile sicher eine gute Stunde gewandert sein. Meine Beine sind kraftlos. Hatte ich vorhin doch erst eine wilde Party hinter mir und wollte mich eben noch in mein gemütliches Bett kuscheln.

Für die bisherige Wanderung mussten meine Körperteile noch einmal den letzten Rest an Kraft aufbringen. Nun drohen sie mir langsam zu versagen.

Aber der Palast kommt immer näher.

Nun sind wir schon so nah daran, dass ich die einzelnen kleinen Fensterchen und die Vorhänge darin betrachten kann. Doch Menschen oder andere Wesen sind mir trotzdem nicht begegnet.

Wir stoppen. In meinen Gedanken versunken kommt es für mich sehr abrupt. Beinahe wäre ich dem Wesen vor mir in die Hacken gelaufen. Doch da es schwebt, wäre auch das nicht geschehen. In dieser absurden Situation muss ich ein Kichern unterdrücken. Sarkasmus hat mir schon immer gelegen.

Die Tore des Palastes öffnen sich und das, was sich mir beim Eintreten offenbart, ist nicht in Worte zu fassen.

Das Innere des Palastes ist ein unendlich riesiger Saal, an dessen Seiten sich unzählige Treppen unendlich weit nach oben wenden. Jede Menge kleine Balkone schlängeln sich an den Seiten um diverse Säulen. Die Wärme und der angenehme, mir bekannte Geruch, der mir entgegensteigt, heißen mich willkommen.

Obwohl es mir nicht erklärlich ist, fühle ich mich hier sicher. Noch ist mir nicht bekannt, wozu ich in diesen prachtvollen Palast geführt werde. Um hingerichtet oder gekrönt zu werden? Doch ich fühle mich zum vielleicht ersten Mal in meinem bescheidenen Leben sicher und willkommen.

Wahrscheinlich ist es ein Wunschtraum, der mich umgibt.

Jetzt ist mir jedoch auch klar, warum ich auf meiner Wanderung keinem Wesen begegnet bin. Sie tummeln sich alle in diesem Gemäuer.

❦ 12 ❦

Rechts und links von mir weichen die Wesen, die mich geleitet haben, zur Seite und nur ihr Anführer bleibt in meiner unmittelbaren Nähe.

Nun wird mein Sichtfeld freier und ich erblicke tausende der unterschiedlichsten Wesen.

Viele sind menschenähnlich. Doch ihr Licht und Glanz im Gesicht, auf ihrer Haut, stammen nicht aus der meinigen Welt. Sie glänzen scheinbar von innen heraus einen göttlichen Schein.

Andere sehen Tieren ähnlicher als Menschen. Doch stehen sie auf zwei Beinen.

Manche berühren den Boden. Manche sind winzig, andere wiederum riesig. Fast doppelt so groß und bullig wie ich. Manche schweben in der Luft, manche fliegen. Einige haben mittelalterliche Gewänder an, andere lassen viel Haut durchschimmern. Glänzende Haut, so als wären sie sehr kostbar.

Doch eines haben alle Kreaturen gemeinsam.
Sie starren mich an.
Mit ihren Elfenaugen, ihren Engelsaugen, ihren bullig großen Augen, aus Schlitzaugen heraus oder aus schwarzen Löchern... sie starren allesamt in meine Richtung. Und dann geschieht etwas sehr Eigenartiges.

Eigenartiger noch als alles Bisherige.

Die Wesen sinken auf die Knie. Sie verbeugen sich in meine Richtung.

Mein Blick wandert automatisch hinter mich. Prüft ob dort eine mächtige Gestalt, ein König oder Zauberer oder was auch immer hervorgetreten ist. Irgendetwas, wodurch sich diese Reaktion der Wesen rechtfertigen lassen würde. Doch außer der geöffneten Pforte kann ich nichts finden.

Die Pforte bleibt offen. Der Weg nach draußen ist mir nicht versperrt.

Doch wie zur Aufmunterung, säuselt der Wind mir zu: Weiter, weiter.

War es der Wind oder wieder die Stimmer in meinem Kopf? Es ist mir unerklärlich, doch die Stimme ist rein und greifbar. Sie ist real. Ich tue, was sie sagt.

Und so schreite ich immer weiter. Einen schier endlosen Gang durch den Palastsaal. Mein einziger Begleiter ist der Engel schräg vor mir. Mein Begleiter seit der Ankunft in dieser wundersamen Welt.

Der Weg zieht sich endlos. Und immer mehr seltsam gekleidete Wesen zeigen sich mir. Und allesamt verneigen sie sich vor mir.

Doch warum? Weder kenne ich sie, noch habe ich etwas getan, wodurch es sich rechtfertigen ließe.

Es ist mir schleierhaft.

Doch der Geruch und die Stimme im Wind zieht mich weiter, weiter, immer weiter.

Vor mir taucht ein Podest auf. Ein Podest mit sieben prächtigen und mächtigen Stühlen. Wahrscheinlich jeder davon ein Thron.

Auf der linken Seite sitzt ganz außen eine wunderschöne Frau mit einer blauen Kappe. Daneben ein Mann im grünen Gewand. Der nächste Thron ist unbesetzt.

Ganz rechts eine Frau in lila gekleidet gefolgt von einem schwarz gekleideten eleganten Mann jüngeren Alters. Daneben ein goldener Mann und in der Mitte eine prächtig gekleidete Frau, welche sich als einzige erhoben hat und eine Willkommensgeste mit ihren Armen bereitet.

Die Haare der Frau sind zu einer eleganten Frisur aufgetürmt und halten in der Mitte eine wertvolle Krone. Dies scheint die Königin dieses Landes zu sein.

Ich weiß nicht wie ich mich bewegen, was ich fühlen oder denken soll.

Muss ich mich an Regeln halten? Täte ich besser daran, zu wissen was ich tun soll?

Will sie mich verurteilen? Als Eindringling oder Feind?

Aus den Nachrichten ist mir diese Königin sicher nicht bekannt. Sie sieht zwar aus wie eine Frau mittleren Alters, jedoch weder wie die britische, belgische oder dänische Königin. Ihr Gesicht sagt mir überhaupt nichts.

Und dabei schaue ich mir jede Doku über die Königshäuser Europas an.

Doch wenn mein Gehirn mir keine Streiche spielen sollte, habe ich in der freien Wildbahn Europas auch noch keine dieser anderen Fabelwesen gesehen.

Sie sind eindeutig nicht von dieser Welt.

„Liebe Esme, willkommen in Statera!"

Die Hand der Königin deutet eine Runde durch den mächtig, protzigen Saal.

„Wir haben dich schon lange erwartet, wobei Ort und Zeit für uns ungewiss waren."

Sie schaut mich bedacht von oben herab an.

Ich stehe vor dem Podest. Mehrere Stufen führen hinauf zu den Thronen.

Die anderen glänzenden Menschen auf den Königsstühlen strahlen pure Macht und Stärke auf mich aus.

Bei genauem Hinsehen ist auch jede der Personen, ob männlich oder weiblich, bewaffnet bis an die Zähne. Säbel, Messer, Degen oder Schwert. Manche sogar alles auf einmal. Und das sind lediglich die Waffen, die ich mit bloßem Auge innerhalb von Sekunden erblicken kann.

Sie haben sich allerdings nicht erhoben. Auch die Königin scheint lediglich zu stehen, weil sie mich willkommen heißen möchte.

Ich wage ihr nicht zu antworten. Wahrscheinlich würde meine Stimme kläglich versagen.

Ein Blick über meine Schulter beweist mir, dass das Publikum um mich herum noch immer auf den Knien verweilt. Fast so, als handele es sich hier um eine religiöse Veranstaltung mit einem fast göttlichen Ritus.

Mein Blick wendet sich wieder zur erhobenen Königin.

Ihre liebliche Stimme erklingt erneut: „Hab keine Angst vor uns, wir sind gewiss nicht deine Feinde.

Die Prophezeiung verriet uns, dass dich weder Raum noch Zeit mehr von uns trennen werden, sollte die Zeit reif sein."

Ich verstehe sie nicht. Sie spricht meine Sprache, sicher, aber ihre Worte bilden in meinem Kopf keinen Sinn.

Welche Prophezeiung?

Sie deutet auf eine Stehle vor ihrem Thron. Er ist in Glas gehalten. Darin befindet sich ein altes Buch. So viel kann ich von unterhalb der Stufen sehen. Es ist aufgeschlagen und ihr Blick gleitet ehrwürdig darüber. Sie kommt mir zwei Schritte entgegen und hält vor der ersten Stufe inne. Ich weiche instinktiv zwei Schritte zurück.

Ein Schaudern geht durch die Menge.

Ich wage es nicht jemanden zu verärgern und trete sofort wieder einen Schritt auf sie zu.

Uns trennen lediglich ein paar wenige Stufen.

Ihr Ausdruck ist gönnerhaft und liebevoll. Keine Spur von Gewalt oder Missgunst.

„Dir all unser Dasein zu erklären wäre nun in dieser Runde fehl am Platz. Aber eine unter uns, wird sich um dich kümmern und dich über die Begebenheiten in unserem Reich informieren."

Eine kleine Menschengestalt tritt aus der Menge heraus zu mir. Mir wird schwindelig. Die Beine drohen mir den Dienst wieder zu versagen, doch ich kann mich gerade noch so selbst retten. Und sei es auch nur, weil ich es nicht riskieren möchte von einem der Wesen gehalten zu werden.

Salvina kommt auf mich zu. In ihrem Gesicht ein breites Grinsen. Auch sie hatte sich zuvor vor mir niedergekniet. Ihre kleine anmutige Figur kommt die letzten Schritte zu mir und reicht mir mütterlich die Hände. „Ich denke, du kennst sie?" fragt die Königin. „Ja", mehr bringe ich nicht über die Lippen. Ich bin mit allem überfordert, versuche diese Begegnung einfach nur hinter mich zu bringen und hoffe mich gleich - in aller Seelenruhe - übergeben zu können. Mein Magen rebelliert, ich bin müde und gereizt.

Doch Salvina hält mich bei den Händen und streichelt mit ihren sanften Fingern in einer galanten Bewegung, die außer uns beiden keiner mitbekommt, über das Muttermal, welches sich zum zweiten Mal in meinem Leben vergrößert zu haben scheint. Das erste Mal war es nach dem Tod meiner Mutter. Nun schon wieder.

„Geht nun", weist die Königin uns bestimmend, aber freundlich an.

Und wir gehen. Vielmehr geht Salvina, und ich schlurfe neben ihr her immer darauf bedacht einen Fuß vor den anderen zu setzen, um ja nicht der Länge nach auf den edlen und glänzenden Boden zu fallen. Wir nutzen einen anderen Ausgang als vorhin. Und sobald wir von der Bildfläche verschwunden sind, ertönt lautes Geraschel und Getöne. Die Wesen erheben sich und Musik erschallt. Göttliche Musik mit Harfen und Geigen. Es scheint mir im hinteren Eck meines Kopfes der Gedanke an eine große Feier zu kommen. Doch es ist mir egal. Es ist mir scheißegal.

Ich kann mich nicht mehr zusammenreißen. Ich kann und will es nicht mehr. Hier und jetzt am Hinterausgang des Palastes sacke ich in mir zusammen.

Der einzige Halt bieten mir Salvinas Arme, die für ihre kleine Statue ziemlich kräftig wirken.

Sie fängt mich auf. Mein Bewusstsein lässt mich nicht abschalten und gönnt mir nicht die Gnade einer Ohnmacht. Doch die Tränen und ein tiefes Schreien bahnen sich den Weg durch meinen Körper. Ich schreie voller Inbrunst so wie ich noch nie in meinem Leben geschrien habe. Ich schreie mir meinen Frust, meine Angst und Enttäuschung von der Seele.

Denn das ist es, ich bin tief in mir drin erschüttert. Erschüttert von Salvina, die mich zwar liebevoll hält, aber innerlich doch so erschreckt hat.

Wie kann sie von all dem hier wissen und mich hier her gelockt haben mit ihrer süßen kleinen Gestalt, mich jetzt so hier halten, wo ich einen Ausweg in mein Leben suche?

Ich versteh alles nicht mehr. Ich bin ratlos, in einer Traumwelt gefangen und das Aufwachen bereitet mir mehr Mühe als jemals bei einem Albtraum. Ich weine und weine, schreie und schreie und ich will kein Ende finden.

Der Schnee um uns herum kühlt mich langsam ab.

Wie gerne würde ich jetzt einfach die Augen schließen und in der dunklen Gasse neben meiner Freundin wieder aufwachen. Mit den Kerlen würde ich schon fertig werden. Das sind irdische Gestalten. Was soll mir schon passieren? Im Zweifel gebe ich ihnen, was sie wollen, sei es Geld oder was auch immer, damit hätte sich die Sache erledigt.

Aber jetzt und hier? Ich sehe keinen Ausweg.

„Komm mit, es wird alles gut. Jetzt wo du hier bist, ist alles wieder in Ordnung. Du wirst schon sehen. Es wird dir gefallen und Freude bereiten." Worte, die meine Ohren wahrnehmen, aber mein Herz nicht berühren.

Salvina richtet mich auf, nimmt mich bei der Hand und führt mich weiter zu einem Pferd, dessen Anwesenheit ich bislang nicht bemerkt habe. Es ist ein weißes Pferd. Auch dieses Wesen neigt den Kopf voller Anmut und scheint mir zu huldigen. Weswegen um alles in der Welt! Weswegen?

Ich bin geneigt erneut in einen Schreikrampf zu verfallen, will mich dem aber nicht hingeben. Also tue ich das, was Salvina von mir verlangt. Ich steige auf das Pferd. Sie gleitet anmutig hinter mich und fasst sicheren Handes die Zügel.

Als kleines Kind wollte ich immer reiten lernen. Wahrscheinlich so wie jedes kleine Mädchen. Ich hatte niemals Angst, auch nicht vor den größten Pferden. Doch jetzt bereitet mir das Reiten ohne Sattel und Halt enorme Panik und Respekt. Doch Salvina umfasst mich mit ihren beiden Armen sicher und führt uns zusammen hinaus in die verschneite Landschaft.

Immerhin hat sich der Wind gelegt.

Wir reiten wortlos dahin. Doch ich merke, dass Salvina, anders als ich, voller Freude steckt und sich mir gerne in einem riesigen Vortrag über die Begebenheiten offenbart hätte. Doch es scheint noch nicht die Zeit gekommen zu sein, um mir alles zu erklären. Das hatte die Königin doch gesagt, richtig?

Und etwas von einer Prophezeiung und von mir.

Meine Gedanken kreisen.

Die Landschaft zieht an uns vorüber. Wir reiten und reiten. Salvina kennt keine Pause. Sie ist wohl an das Reiten gewöhnt. Mühelos schmiegt sich ihr Körper an jede Bewegung des Pferdes an. Hebt und senkt sich. Doch meiner liegt wie ein nasser Sack auf dem Rücken des Pferdes. Und wäre Salvina nicht, könnte ich mich beim besten Willen nicht auf dem Rücken des Tieres halten.

Wir reiten sicher schon einige Stunden. Es begegnet uns keiner. Es ist menschenleer. Oder wie sagt man hier? Wesensleer?

Ich weiß es nicht. Und ich habe auch keine Gelüste darüber zu philosophieren.

Vielleicht ist das aber auch die Strafe, weil ich nicht mit Jo mitgegangen bin? Ein absonderlicher Gedanke. Was soll Jo denn damit zu tun haben? Die Strafe Gottes für nicht gewollten bedeutungslosen Sex? Käse!

Wir reiten weiter. Es wird langsam dämmerig, als vor uns ein anderer Palast auftaucht.

Er sieht anders aus. Viel neumodischer. Mit noch mehr Glas und an einen Hang gebaut. Er gefällt mir. Hier komme ich mir eher vor wie in meiner Welt. Der erste Palast hat entweder im Mittelalter oder in Disneyworld gestanden. Dieser hier könnte in Hollywood stehen.

13

Wir reiten genau auf ihn zu und bleiben vor den Toren stehen. Das Pferd senkt sich, als ob es mir helfen möchte. Zahlreiche Diener stehen parat, um uns mit einem Knicks zu begrüßen. Doch Salvina hält nicht inne.

Sie springt vom Pferd direkt neben mich. Nimmt mich am Arm und wir betreten über die Treppe den neumodischen Palast.

„Herzlich willkommen im Land der Liebe."

„Im Land der Liebe?" Eine ernst gemeinte Frage meinerseits. Ich muss das Gesicht wirklich sehr verzogen haben.

Salvina kichert. „Ich weiß, dass das bei euch Menschen anrüchig klingt, aber ja, im Land der Liebe. Es ist dein zukünftiges Zuhause. Aber alles zu seiner Zeit." Sie macht einen halben Luftsprung vor sichtbarer Freude.

„Ich kann es noch gar nicht fassen, dass du es tatsächlich hierhergeschafft hast. Wir haben dich so sehnsüchtig erwartet..." Sie hält lediglich inne, weil wir beide nun nicht mehr alleine sind. Ein glänzendes weibliches Wesen hält neben uns an. Sie verzieht keine Miene verbeugte sich aber salopp vor uns und weist uns den Weg zu einem Salon. Oder sollte ich eher sagen zu einem wunderschön prächtigen Glassaal. Mit Blick über das ganze Land bis hin zu dem von hier aus klitzekleinem Glaspalast am anderen Ende der Welt. Es ist umwerfend. Abertausende von Lichtern erhellen den Raum. Er ist eingerichtet mit einer üppigen Sofalandschaft, kleinen Tischchen und Vorhängen in angenehmen Pastellfarben.

Ich bin positiv überrascht, dachte ich doch, man hätte mich zurück ins Mittelalter versetzt.

Salvina und ich nehmen Platz. Zwei Gläser füllen sich, wie von allein, mit Wasser und wir greifen zu. Ich bin so durstig, dass mir der Gedanke ich könnte mit diesem Wasser vergiftet werden erst gar nicht kommt. Als mein Glas geleert ist, füllt es sich erneut und ich setze es erneut an. Bis ich keinen Durst mehr verspüre.

„Es ist sehr schwer einen Anfang zu finden. Ich denke ich überlasse es deiner Mutter dir eine Erklärung abzuliefern."

Ich bin verwundert und für einen kleinen Moment hoffe ich auf eine Nahtoderfahrung, welche mich mit meiner Mutter zusammenbringen wird.

Doch Salvina muss mich dahingehend enttäuschen, als sie auf einen Stapel fein geordneter Briefe weist.

„Diese Briefe soll ich dir von deiner Mutter aushändigen. Ich habe sie all die Jahre sicher verwahrt."

Sie legt eine kleine bedeutungsvolle Pause ein, so als ob sie sich an die große stattliche Frau erinnert. Elara. Die leider viel zu früh meine Seite verlassen hatte. Stumme Tränen bahnen sich einen Weg über meine Wangen. Ich sehe keinen Grund sie an ihrem Weiterlaufen zu hindern.

„Ich habe sie verwahrt, um sie dir genau in diesem Moment zu überreichen. Sie werden dir helfen zu verstehen. Sie werden dich sicher auch ärgern und aufregen, aber sie sind in Liebe verfasst. Dessen kannst du dir sicher sein."

Sie reicht mir den Stapel, der mit einem roten Band zusammengefasst ist. Es werden mindestens zwanzig Stück sein. Alle in dem gleichen hübschen Briefpapier.

Und würde es nicht eh andauernd nach dem Geruch meiner Mutter duften, wäre ich mir sicher die Briefe würden ihn auch nach all den Jahren noch verströmen.

„Danke!" Ich nehme die Briefe entgegen und drücke sie mir ans Herz in der Hoffnung dessen schnellen Schlag dadurch etwas zu mindern. Diesen und den Schmerz, den die Worte Salvinas darin hinterlassen haben.

Sie streichelt mir über die Oberschenkel.

„Komm, lass uns etwas essen. Du musst hungrig sein. Mit leerem Magen lässt es sich nicht gut denken." Salvina deutet in Richtung eines großen Esstisches. Vielmehr noch würde das Wort Tafel dazu passen.

Wir gehen hinüber. Meine Briefe fest umklammert, so dass die Fingerknöchel weiß hervortreten. Immer noch in der Angst, sie könnten sich in Luft auflösen, sollte ich meinen Griff lockern.

Mittlerweile ereilt mich eine Ungeduld und Neugier. Am liebsten hätte ich die Briefe direkt hier verschlungen und nach Antworten gesucht. Doch Salvinas Rat etwas Essen zu mir zu nehmen, erscheint mir durchaus als sinnvoll. Denn immerhin bin ich den zweiten Tag hintereinander auf den Beinen, ohne Schlaf, dafür mit einer durchzechten Nacht.

Der Esstisch ist dezent mit einer kleinen Blumenvase mit Trockenblumen dekoriert. Ansonsten ist er leer. Salvina deutet mir auf einen Stuhl in der Nähe und weist mir, mich zu setzten. Sie selbst nimmt mir gegenüber Platz. Sonst ist keiner im geräumigen Wohn-Essbereich zu entdecken und wie durch Zauberhand deckt der Tisch sich selbst.

Er fährt deftiges und herrlich duftendes Essen auf. Von Fleisch über Gemüse und Kartoffeln, Saucen, Dips und Brot. Ich traue meinen Augen kaum. Aber da mich der Anblick der verschiedenen Wesen, die schwebenden Engel oder die Tatsache in eine andere Welt abgetaucht zu sein bislang nicht zu Tode erschreckt haben, wird es ein herrliches Festmahl nun sicher auch nicht tun.

Mein Glas füllt sich erneut mit Wasser.

„Nimm, solange es warm ist. Guten Appetit."

Salvina wartet noch einen höflichen Moment ab, damit ich als Gast zuerst die Möglichkeit habe mir Essen auf den Teller zu legen, doch ich verharre noch in ungläubiger Starren. Die Briefe meiner Mutter habe ich noch immer an mich gedrückt und traue mich kaum sie auf den Tisch neben mich zu legen.

Der Duft des Essens ist betörend. Die Briefe lege ich zur Seite und fange an mir aufzutun.

Die Gabel gleitet mir zum Mund und bei dem ersten Bissen schmelzen meine Gedanken dahin. Es schmeckt himmlisch.

Schweigend nehmen wir das Mittagessen – Abendessen - Frühstück- was auch immer, zu uns. Es fällt meinem Gegenüber sichtlich schwer. Immer wieder schaut sie mich prüfend an. So als ob sie erwartet, dass ich gleich geisterhaft verschwinde oder losheulen würde. Beides wäre möglich, doch ich reiße mich zusammen.

Wir beenden unser Mahl - meine Henkersmahlzeit? - und Salvina sucht nach Worten.

„Wir haben dir hier ein Zimmer hergerichtet. Eigentlich ist es schon immer dein Zimmer. Ich denke, es wird dir gefallen. Wenn du dich erst einmal eingelebt hast."

„Wie lange werde ich hierbleiben müssen? Wann bringst du mich zurück?"

Die Fragen platzen aus mir heraus.

Am liebsten hätte ich wie ein kleines Kind gejammert, dass ich nach Hause möchte, doch soweit, dass ich mir diese Blöße gebe, bin ich noch nicht.

„Du musst gar nichts. Du bist freiwillig hier. Nur, dass du das noch nicht verstehst. Doch lies zuerst die Briefe deiner Mutter, dann wird sich alles klären. Komm mit, ich zeige dir, wo dein Zimmer ist."

Salvina geht mir voran. Eine edle Treppe am Ende der Wohnlandschaft hinauf ins erste Obergeschoss. Auch hier ist so viel aus Glas gebaut, dass es sich anfühlt, als würde ich mitten in der Natur stehen. Hell und gemütlich aber modern und warm. Der Schnee von draußen kann der Wärme dieses Hauses nichts anhaben.

„Hier ist dein Reich." Sie deutet auf eine Tür und öffnet diese.

Wäre ich nicht eh schon sprachlos, würden mir jetzt die Worte fehlen. Es handelt sich um ein opulentes Zimmer. Mit Bett, Schreibtisch, riesigem Schrank, Schminktisch, Sitzgruppe und genügend Platz zum Tanzen dazwischen. Die meisten Wände bestehen auch hier aus Glas. Ich fühle mich, obwohl der Tatsache, dass ich es nicht verstehe, wohl.

Ich nehme die Briefe meiner Mutter noch enger an mein Herz und schreite in den Raum. Es fühlt sich warmherzig an. Die helle Einrichtung ist nicht erdrückend. Die Vorhänge wehen, als ich an ihnen vorbei gehe, als wollten sie mich willkommen heißen.

Ich blicke mich zu Salvina um. Die Frau, der ich bislang, wie keinem anderen in meinem Leben vertraut habe. Meiner Heilpraktikerin, die meine Mutter als Freundin bezeichnete. Die Frau, von der ich ausgegangen bin, dass ich mich auf sie verlassen kann.

Ich bin hin und her gerissen, wie ich mich ihr gegenüber verhalten soll. Bin ich sauer auf sie? Hat sie mich entführt? Mittlerweile wird man mich sicher zuhause suchen. Es müssen Stunden vergangen sei, seitdem ich spurlos verschwunden bin.

Obwohl! – Was mag mit Laura geschehen sein? Falls ihr etwas Fürchterliches zugestoßen ist, wird sie mich nicht auf die Vermisstenliste setzten können. Und die anderen kommen erst morgen Nachmittag zum Lernen. Falls sie überhaupt kommen. Oder sie schlafen ihren Rausch aus und hoffen so der Lernerei zu entkommen.

Dann vermisst uns erst wieder jemand am Montag. Und das ist noch verdammt lange hin.

Mein Blick festigt sich wieder auf Salvina.

„Ruh dich aus. Morgen sehen wir weiter. Und du wirst sehen, sobald du die Briefe deiner Mutter gelesen und verstanden hast, wird sich alles klären." Sie tätschelt mir den Arm. Mich in die Arme zu schließen, scheint sie sich nicht zu trauen.

„Falls du etwas brauchst, melde dich einfach. Dir wird kein Wunsch verwehrt. Und nur noch eins", sie dreht sich bereits zum Abschied zur Tür, „wir sind heilfroh, dass du den Weg zu uns gefunden hast." Ihr Gesicht blickt mir noch einmal wohlwollend und herzlich entgegen.

Ich stehe immer noch steif zwischen Bett und Schreibtisch. Nicht die geringste Bewegung ist von mir ausgegangen, als Salvina mir zum Abschied mit der Hand winkt und indes die Türe schließt.

14

Meine liebe Esme, jetzt da du diesen Brief in deinen Händen hältst bis du mindestens 10 Jahre alt, da ich diesen Brief hier kurz nach deinem 10. Geburtstag aufgesetzt habe.

An deinem Geburtstag sind Papa, du und ich wandern gewesen, erinnerst du dich? Eine kleine Wanderung durchs Tal an einem kleinen plätschernden Bach entlang. Es war ein wunderschöner, sonniger und sorgenfreier Tag. Kurz danach hat sich jedoch etwas weltbewegendes ereignet, was mich dazu gezwungen hat, dir diese Zeilen zu schreiben.

Aber dazu später. Eins möchte ich dir noch vorneweg sagen: du kannst Salvina vollends vertrauen. Sie ist, oder wenn du diese Zeilen liest, war, meine treuste Freundin und Wegbegleiterin. Wir haben uns geschworen bis über den Tod hinaus füreinander da zu sein. Sie wird es dir beweisen können. Frag sie einfach danach.

Nicht, dass du meinst wir waren ein Paar. Nein, dem war nicht so. Geliebt habe ich in meinem Leben aus reinstem Herzen nur dich, Jonas und deinen Vater.

Vor Schreck lasse ich den Brief in meinen Schoß fallen. Kurz nachdem ich in meinem Zimmer allein zurückgelassen wurde, habe ich mich auf das bequeme Bett gesetzt, die kleine Lampe, die den Raum wunderschön indirekt beleuchtete, angeschaltet und habe mir den ersten Brief genommen, um nach Antworten zu suchen. Meine Augen haben förmlich danach gegiert jedes Wort in der hübschen, mir bekannten Handschrift zu lesen. Die Briefe waren wirklich von Elara, meiner Mutter. Daran gibt es keine Zweifel. Sie hat ihn sogar mit demselben Lieblingsfüller geschrieben, mit dem sie damals meine Zeugnisse und Klassenarbeiten unterschreiben hatte. Schwarzer Füller. Eindeutig. Kein Zweifel.

Doch bei den Worten - dein Vater - werde ich stutzig. Jonas ist mein Vater. Daran bestand für mich nie ein Zweifel. Was möchte sie mir sagen? Meine Gedanken fangen an zu kreisen.

Doch die Antwort werde ich nur aus dem Brief erfahren. Ich lese weiter und versuche meine Gefühle zu unterdrücken.

Jonas war der beste Ersatzvater für dich, den ich mir hatte vorstellen können. Damals als du und ich aus meiner Welt geflohen sind, hat er uns aufgenommen und umsorgt, als wären wir schon immer seine Familie.

Er hat dich geliebt, als seiest du seine Tochter. Daran darfst du keinen Zweifel hegen. Ihn trifft auch keine Schuld an allem. Er musste mir schwören, dass er es dir nicht verrät. Ihm ist es sicher schwergefallen, doch er scheint seinen Schwur eingehalten zu haben. Jetzt in diesem Moment wird er spüren, dass ich es dir verraten habe, und eine Last wird ihm von den Schultern fallen. Eine Last und ein wenig Wehmut, da ich ihn nun ein Stück weit weiter verlassen habe.

Du musst mir auch jetzt, über den Tod hinaus versprechen Jonas zu liebe und nicht zu verurteilen. Tust du es?

Erneut muss ich den Brief aus den Händen legen. Damit hatte ich nicht gerechnet. Ein Versprechen an meine tote Mutter? Wie soll ich ihr das ausschlagen? Auch wenn ich es nicht verstehe. Wie soll sie denn das Ganze überprüfen? Tot ist tot und es ist keiner im Zimmer, der dieses Versprechen mit anhört.

Aber tief in meinem Herzen weiß ich, dass ich Jonas, meinen Vater, liebe und ihn nicht verurteilen werde. Anscheinend steckte er in einer ähnlichen Situation wie ich gerade.

Und just in diesem Moment, als mir dies klar wird, kribbelt ein Gefühl meinen Rücken hinauf, das mich erschauern lässt.

Ich nehme mir die Überdecke vom Bett und lege sie mir über die Schultern.

Dann nehme ich den Brief zur Hand und fahre fort.

Wer genau dein eigentlicher Vater ist, das möchtest du sicher sofort wissen. Doch diese Geschichte muss noch warten. Nun erkläre ich dir erst einmal meine geliebte Welt. Mein geliebtes Statera.

Statera ist ein Königreich fernab von deiner bisher bekannten Welt der sterblichen Menschen.

Statera ist aufgeteilt in sieben Gebiete. Falls du bereits im Palast von Statera warst, hast du sicher die Throne gesehen. Es waren sieben an der Zahl.

Die Königin hat in der Mitte Platz genommen. Sie ist die Herrscherin des Landes. Doch ihr eigentliches Gebiet ist gar nicht allzu groß.

Unsere Länder, das Land der Eitelkeit, des Zorns, des Neides, des Glauben, der Hoffnung und der Liebe sind bedeutend größer.

Das Haus, in dem du dich gerade aufhältst (so war mein und Salvinas Plan, ich hoffe, es ist auch so gekommen) ist das Haus der Liebe.

Hier kannst du schalten und walten, wie du möchtest. Es ist dein eigentliches Zuhause. Das Haus steht dir stets zu Diensten und wird dich mit allem versorgen, was du brauchst.

Du wirst auch nicht allein hier leben. Es gibt viel Betriebsamkeit in und um das Haus herum.

Es gibt eine Armee, die du anführen wirst, es gibt Berater, Untergebene und auch Freunde, die immer an deiner Seite stehen werden. Aber auch all dies soll dich nun nicht überfordern. In der Zeit, in der ich nur sporadisch das Land der Liebe führen konnte, hat mein General einiges an Aufgaben übernommen. Und er hat mir einen treuen Dienst erwiesen. Auch ihm kannst du vertrauen. Sein Herz ist rein und es ist offen für dich und mich.

Es ist sicher schwer von einem sterblichen Leben hinein in diese Welt zu geraten. Ich kann es nachvollziehen, denn mir ging es andersherum ähnlich. Mein Vorteil war eventuell, dass ich von beiden Welten wusste. Du wirst sehr überrascht gewesen sein, als du nach Statera gekommen bist.

Aber du wirst es schaffen, das liegt dir im Blut. Dessen kannst du dir hundertprozentig sicher sein.

Du kannst alles im Leben meistern, du musst es nur wollen.

Kannst du dich noch an deinen ersten Ballettauftritt erinnern? Damals in der Stadthalle vor all den Menschen. Zuerst warst du ängstlich, dann aber hast du all deine Ängste über Bord geworfen und hast das Publikum an die Wand getanzt. Du hast Feuer im Blut! Du schaffst es.

Ach, und nur so: ja, wir sind wirklich unsterblich in diesem Land. Es gibt nur wenige Dinge, die uns wirklich töten können. Du wirst ebenso lernen müssen die Schwachstellen eines jeden Avas kennen zu lernen.

(Ava so ist unsere Bezeichnung anstatt Menschen)

Deine Unsterblichkeit ist noch nicht besiegelt, nur weil du nach Statera gekommen bist.

Doch es wird sich alles fügen.

Es wird schwer für dich sein, diese Zeilen zu verstehen. Doch du wirst es schaffen. Bei Fragen wende dich an Salvina. Ich liebe dich bis in die Unendlichkeit hinein.

Deine Mama

Die Tränen fließen in Strömen meine Wangen hinab. Meine Nase läuft und ich fühle mich wie durch den Wolf gedreht. Ich greife zu der Schachtel mit Taschentüchern, die auf meinem Nachttisch erschienen ist.

Das Haus wird sich um mich kümmern - das scheint zu stimmen. Es kümmert sich mütterlich.

Meine Augen brennen und die Tränen wollen nicht versiegen. Ich fühle mich allein. Allein auf dieser Welt hätte ich gerne gesagt, doch wo ist das? Wie gelange ich denn wieder zu Jonas, zu Laura, zu meinen Freunden? Wo ist das? Liegt dort ein Meer dazwischen? Oder muss ich meditieren, um dorthin zu gelangen?

Wie bin ich denn eigentlich hierhergekommen?

Ich habe tausend Fragen! Und ich bekomme keine Luft mehr. Ich muss hier raus.

Doch bestimmt sind die Türen verschlossen. Sie wollen mich hier festhalten und gaukeln mir etwas vor. Ich verstehe die Welt nicht mehr. Meine Gedanken rasen und ich bin so verwirrt wie noch nie in meinem Leben.

Ich springe auf und nehme die Türklinke in die Hand. Zuerst warte ich ab, ob mich etwas daran hindert, doch dies scheint nicht der Fall, was mich verwundert. Doch sie lässt sich öffnen.

Kaum habe ich die Tür geöffnet trete ich hinaus in den Flur. Dort schaue ich mich lediglich zum Alibi schnell um, ob jemand meine Flucht beachtet. Dem ist nicht so. Ich stürme die Treppe hinunter und bewege mich auf den Ausgang zu. Die nette junge Dame von vorhin, die uns im Haus zur Begrüßung empfangen hatte, ist nicht mehr zu sehen, Salvina auch nicht. Ich flüchte durch die Tür, die sich auch erstaunlich leicht öffnen lässt und stürme hinaus. Hinaus in das Schneegestöber. Und erst nach einigen hundert Metern fällt mir etwas elementar Wichtiges ein: Wohin?

Vorhin sind wir mit dem Pferd hierhin geritten. Es hat lange gedauert, bis wir da waren. Und nun sehe ich weder ein Pferd, noch könnte ich überhaupt reiten.

Und selbst wenn ich laufen würde. Wohin sollen mich meine Beine denn tragen?

Die Erkenntnis trifft mich wie der Schlag. Ich sacke in mich zusammen und erst da überkommt mich die Müdigkeit mit ihrer vollen Wucht. Ich sacke vollends zusammen, inmitten in die Schneelandschaft und verliere

das Bewusstsein. Die Gnade der Ohnmacht ist in mich
gefahren.

15

Langsam blinzele ich mit den Augen. Ich versuche einen klaren Gedanken zu fassen. Wo bin ich? Welche Zeit haben wir?

Mein Blick gleitet hinüber zu der Wand, an der ich Laura mit den zwei schwarzen Jungs vermute. Die Männer, die sie verdreschen. Panik steigt in mir auf. Ich rappele mich hoch. Doch Laura taucht nirgends auf.

Und überhaupt erinnert nichts an meiner Umgebung an die bedrohliche Situation.

Die Erinnerung an gestern kehrt erst langsam wieder zurück.

An Statera, an die Königin und an die Wesen, die Avas, an Salvina und an das Haus der Liebe.

Und nun dämmert es mir auch, wo ich mich befinde. Es ist mein Zimmer. In meinen Lieblingsfarben gehalten, so als ob das Haus mich verwöhnen möchte. Dunkles Rot mit Weiß und Beige. Nicht aufdringlich, sondern ganz dezent und stilvoll. So, wie ich es mir bei einem Wunschbudget auch selbst eingerichtet hätte.

Eine sachte Bewegung zu meiner Seite lässt mich herumfahren. Es ist die nette junge Dame vom Willkommenskomitee, die mich anlächelt.

„Na, da haben wir dich ja wieder. Konntest du dich ausruhen? Heute verspricht es ein schöner Tag zu werden. Komm, schlag die Beine aus dem Bett und komm zum Frühstück."

Während sie das sagt, springt sie von meinem Bettrand auf, schwingt die Vorhänge in einem Zug auf die Seite, öffnet das Fenster zum Lüften und weist mir mit bestimmender Handbewegung den Weg zum Flur und Treppenhaus, jedoch nicht bevor sie mir die Beine von der angenehm weichen Bettdecke befreit.

So viel gute Laune am Morgen muss man erst einmal vertragen.

„Ich bin übrigens Jana."

„Du bist die Bedienstete, die mich und Salvina begrüßt hat, oder?"

„Ja. Ich arbeite hier im Haus. Aber eine Bedienstete bin ich sicher nicht. Schließlich befinden wir uns ja nicht im Mittelalter, oder?"

Sie wirft mir einen kecken Blick zu, dem man nicht böse sein kann.

„Komm mit, das Frühstück wartet."

Ich schwinge die Beine aus dem Bett und schaue an mir herab. Mein neues Blusenkleid hängt nicht verkrumpelt vom Schlaf an mir herab. Stattdessen bin ich in ein wunderhübsches dunkelrotes Satinnachhemd gekleidet.

Jana scheint meinen Blick richtig zu verstehen.

„Keine Sorge, es hat dich keiner nackt gesehen." Sie lässt diese Bemerkung so alltäglich stehen und wirft mir einen dazu passenden Morgenmantel aus reiner Seide entgegen.

„Wir sind hier ganz zwanglos. Du kannst natürlich so mitkommen, es ist immerhin dein Haus. Aber wenn du dir lieber zuerst etwas anziehen möchtest, bitte schön…" Sie gleitet zu dem wuchtigen Kleiderschrank an der anderen Seite des Zimmers und öffnet eine der großen Schiebetüren. „Hier haben wir deine Kleidung verstaut."

Ich scheine sie entgeistert anzustarren. Die Kleider, nicht Jana. Denn was sich dort vor mir offenbart sind unzählige schicke und elegante Anzüge, Kleider, Röcke und Blusen, Shirts und Pullover. Viele davon in meiner Lieblingsfarbe. Viele auch ganz neutral in wollweiß. Jedoch alle elegant und umwerfend.

„Was ist auf der anderen Seite des Schrankes?"

Jana schiebt die eine Tür zu, die andere dafür auf.

„Hier befindet sich deine Kampfausrüstung. Allesamt in echter Handarbeit extra für deine Größe angefertigt. Du wirst sowohl in der eleganten Kleidung als auch in den Lederklamotten umwerfend aussehen, da bin ich mir sicher."

Solche Kleidung habe ich noch nie gesehen. Geschweige denn getragen. Es kommt mir seltsam vor an einem so friedvollen Haus an Kampfausrüstung zu denken. Alles, was in meinem bisherigen Leben mit Kämpfen zu tun hatte, fand in den Nachrichten statt. Und wenn ich dazu keine Lust mehr hatte, habe ich einfach das Knöpfchen betätigt und die Kiste ausgeschaltet.

„Aha." Mehr bringe ich nicht über die Lippen.

Jana schließt auch diese Tür wieder und wir gehen zusammen Richtung Treppenhaus. Von unten ertönen Stimmen. Ich bin nicht mit Jana allein.

Es sind männliche Stimmen. Ich schaue an mir herunter. Soll ich da wirklich mit meinem Nachthemd und mit einem seidenen Morgenmantel einem fremden Mann begegnen?

Doch all meine Gedanken kommen zu spät. Wir wurden bereits gesichtet.

16

Ich gehe weiter. Und bleibe vor der Frühstückstafel stehen. Das Bild was sich mir hier bietet ist genauso opulent wie das letzte Essen, das ich hier eingenommen habe.

Süßes Frühstück, deftiges Essen, Pfannkuchen, Obst, Müsli... alles, was das Herz begehrt.

„Magst du einen schwarzen Tee?" Salvina reißt mich aus den Gedanken. Ich setze mich und nehme den Tee entgegen.

Es waren die Stimmen von Salvina und dem älteren, grimmig dreinblickenden Mann, der mir nun am Tisch gegenübersitzt, die ich gehört hatte.

„Esme, das hier ist General Gerold. Er ist der General deiner Armee. Du wirst viel Kontakt zu ihm halten müssen. Ihr beiden arbeitet Hand in Hand. Aber dazu werden wir noch kommen."

Er streckt mir höflich die Hand entgegen. Ich sehe keinen Grund dieser Geste auszuweichen und erwidere.

„Guten Morgen."

„Einen guten Morgen, Esme. Ich hoffe, du konntest dich bereits ein wenig mit der Situation vertraut machen. Die Zeit für überschwängliches Getue rast uns davon."

Ich schaue fragend zu Salvina.

„Ja, Gerold, wir arbeiten daran." Sie spricht über mich hinweg, was mir sehr recht ist, um einem weiteren Gesprächsverlauf aus dem Weg zu gehen.

Der General legt sich Essen auf. Salvina scheint bereits mit dem Frühstück begonnen zu haben. Ich tute es dem General gleich.

Müsli mit Obst und Quark. Zuhause wäre es mir einfach zu viel Arbeit gewesen morgens das Obst zu schnippeln. Beim Gedanken an zuhause werde ich schwermütig.

„Du wirst schon sehen, die Armee ist top in Schuss. Alle warten sehnsüchtig darauf dich zu sehen. Viele konnten gestern nicht mit in den Palast. Er ist einfach zu klein für alles Avas. Die Lageberichte habe ich dir auf deinen Schreibtisch gelegt."

„Gerold, sie ist gestern erst angekommen. Wie kannst du an ihrem zweiten Tag erwarten, dass sie bereits Lageberichte liest. Lass ihr erst einmal Zeit, um anzukommen und die Lage zu verstehen."

„Ach, papperlapapp. Die Lage ist ernst. Nicht bedrohlich, aber ernst. Wir müssen..."

„Genug jetzt." Salvina wischt mit der Hand vor seinem Gesicht herum. Er begreift und verstummt.

„Zuerst einmal müssen wir Esme Zeit geben, um sich der Situation und ihrem neuen Leben bewusst zu werden."

„Und zuallererst solltet ihr sie nicht verhungern lassen", gibt Jana von der offenen Küche aus zu bedenken.

„Genau, danke, Jana." Es war gar nicht schnippisch von Salvina gemeint.

Der General beißt in ein Brötchen. So als ob er sich selbst daran hindern möchte weiter zu sprechen. Er ist ein großer stattlicher Mann. Wahrscheinlich so zwischen fünfzig und sechzig. In Altersschätzungen habe ich schon immer versagt. Doch wenn diese Wesen hier unsterblich sind, wie alt sind sie dann wirklich?

Ich widme mich meinem Müsli und stecke mir den ersten Löffel in den Mund, kaue, schlucke, der nächste Löffel.

Meine Frühstücksbegleiter sind ebenfalls verstummt.

„Esme, morgen gibt es, dir zu Ehren, eine kleine Willkommensfeier am Palast. Eine Art Zusammenkunft, an der alle mit Rang und Namen vertreten sein werden. Es ist wichtig für dich daran teilzunehmen und dir einen Eindruck von der Macht, die uns umgibt zu verschaffen.

Ich mag dich nicht verschrecken, aber es wird anders sein, als du es dir vorstellen magst." Salvina schiebt sich den letzten Rest ihres Frühstücks in den Mund.

„Es wäre ratsam, wenn du dich vorher etwas ausruhst und dir eventuell mit Jana zumindest dieses Haus hier schon einmal genauer anschauen würdest. Damit du hier bereits heimisch wirst, bevor wir die anderen auf dich loslassen."

Bei dem Wort loslassen überkommt mich ein Schauer bei dem Gedanken, wie eines der Tierwesen sich mit seinen Krallen über mich hermacht.

„Oh, ja, das wird großartig. Ich zeige dir alles. Alles im Haus und dahinter, die Höfe, die Ställe. Das wird toll."

Ganz beherzt klatscht Jana in die Hände. Würde ihr Äußeres mir nichts anderes verraten, man hätte denken können sie wäre ein sechsjähriges Mädchen, das zu Weihnachten eine Puppe geschenkt bekommt.

Sie wirbelt zu uns herüber.

Ich beende mein Essen. Meine benutzte Schüssel verschwindet. Der General hat sein Mahl beendet und auch Salvina scheint fertig mit dem Essen.

Die beiden erheben sich genauso wie ich.

„Wir sehen uns dann morgen im Palast, Esme." Der General deutet eine Verbeugung an und entschwindet noch bevor ich seine Verabschiedung erwidern kann.

Kaum ist er zur Tür entflohen, lassen Jana und Salvina ein Gelächter ertönen, das es in sich hat.

Die beiden japsen nach Luft.

„Da hast du dem alten General aber ganz schön die Sprache verschlagen" Salvina japst bei jedem Wort und weint Tränen.

„Was ich? Aber ich hab doch gar nichts gesagt."

„Ja eben. Er wollte sich direkt mit dir über die Armee, Kriegsführung, Zeit und Ort eurer Besprechungen und, und, und unterhalten."

Jana pflichtet ihr bei: „Er hätte am liebsten direkt losgelegt. Es war ihm in der vergangenen Zeit schon nicht leichtgefallen sich darauf einzustellen, dass es eine Weile dauern würde, bis du ihm in Sachen Kriegsführung unter die Arme greifen kannst, wenn überhaupt. "Die beiden lachen weiter während ich mich aufmache in mein Zimmer, um mich anzukleiden. Jana folgt mir die Treppe hinauf.

Sie öffnet die Türe des Schrankes mit der hübschen Kleidung und hält mir einen Vorschlag hin. Ich nicke mit dem Kopf, nehme die Kleidung und gehe in das angrenzende Badezimmer.

Das Bad ist ausgestattet mit einer großen in den Boden eingelassenen Badewanne, in der sicher auch zwei Menschen Platz finden könnten. Ansonsten ist es viel größer als die Badzimmer, die ich bislang besessen hatte. Entlang der Wand am Waschbecken erheben sich einige große Spiegel.

Ich schlüpfe schnell in die modernen Leggins und muss innehalten bevor ich in den Wollpullover schlüpfen kann. Zuvor hatte ich es nicht wahrgenommen, doch an meinem Rücken rankt etwas Dunkles an meiner Wirbelsäule entlang. Ein Tattoo. Ich erschaudere. Es sieht gut aus, doch wann ist denn das geschehen? Während meiner Ohnmacht? Gewiss nicht. Doch dann erinnere ich mich vage an das Ziehen am Rücken, als ich meiner Mutter das Versprechen gab. Ich versuche später daran zu denken und nachzufragen.

Jana wartet am Schminktisch und weist auf ein Repertoire aus Schmuckstücken. Ich wähle eine lange Kette. Der Anhänger, der zwischen meinen Brüsten baumelt, ist aus rotem Stein. Durchsichtig und er bricht das Licht tausendmal.

„Der hat deiner Mutter auch immer besonders gutgestanden."

Ich schlucke. Das ist der Schmuck meiner Mutter.
„Es sind alte Erbstücke deiner Familie. Sie gehören jetzt dir."

Schnell schließt Jana die Schublade des Schrankes wieder, bevor mir vor lauter Sentimentalität die Tränen kommen können. Ich bürste mir die Haare und stehe gestylt in meinem neuen Zimmer. Beinahe komme ich mir wie eine Prinzessin vor. Aber irgendwie scheine ich so etwas jetzt auch zu sein, oder? Es ist so unwirklich.

„Jana, was hat das mit dem Tattoo auf meinem Rücken auf sich?"
„Was? Lass mal schauen." Ich zeige ihr meinen Rücken. Sie fährt vorsichtig darüber.
„Hast du jemandem ein Versprechen gegeben? Oder dich auf etwas eingelassen?"
„Ja, meiner Mutter. Obwohl sie doch gestorben ist."
„Ah ja. Das erklärt Einiges. Hier bei uns tragen wir die Versprechen offen auf der Haut. Die Zeichen ermahnen uns das Versprechen auch einzuhalten." Ich versuche die Worte, die ich gehört habe zu verstehen und mit einer toten Frau in Einklang zu bringen, doch Jana lässt mir keine weitere Zeit.

„Am einfachsten ist es, wenn wir hier im Haus anfangen. Ich zeige dir alle Zimmer. Von oben nach unten, in Ordnung?"
Ich nicke nur knapp, kann die Spannung aber gar nicht mehr ertragen.
Das Haus hat insgesamt drei Stockwerke. Die oberen beiden sind mit einem Haufen Schlafzimmer bestückt. Opulente Zimmer, hübsch eingerichtet, nicht zu überladen, dennoch sehr wertig. Jedes verfügt über ein eigenes Badezimmer. „Oftmals übernachten Gäste spontan hier."

Die gewundene Treppe führt uns hinab in das Erdgeschoß. Hier befindet sich neben einem Gästebad der großzügige und völlig in Glas eingefasste Wohn-Essbereich. Die Wände nach innen sind durch riesige

Bücherregale gesäumt. Überall stehen Pflanzen und Lämpchen, die das Haus bei Nacht bestimmt in eine Wohlfühloase verzaubern können. Im hinteren Teil des Hauses befindet sich ein großes Arbeitszimmer mit Schränken voller wichtig aussehender Bücher, Berichten, Mappen und allerhand Schriftkram. Die Wände sind ausgestattet mit Karten. Mein Blick streift eine riesige Karte, die eingeteilt zu sein scheint in sieben Bereiche. Das Herzstück ist mit dem Symbol eines kleinen Palastes versehen. Das muss der Palast von Statera sein.

Sternförmig davon gehen die sechs anderen Bereiche ab.

Gebirge, Flüsse und Wald ist überall zu verzeichnen. Rund herum scheint ein Meer zu verlaufen.

Wir befinden uns auf einer Insel?

„Das ist unsere Welt. Statera. Auf dieser Karte haben der General und deine Mutter alle Manöver und Pläne geschmiedet. Du wirst sie sicher noch brauchen können. Aber jetzt sehen wir weiter." Mein Blick bleibt noch einen Moment auf die Karte gerichtet. Das Reich der Menschen ist nicht darauf eingezeichnet. Ich hätte es mir allerdings auch denken können. Immerhin ist auch in unseren Atlanten in der Schule niemals von Statera die Rede gewesen.

„Hier ist dein Schreibtisch, an dem finden oft Besprechungen im kleinen Kreis statt. Wenn alle Lords und Ladys anwesend sind, geht ihr am besten in den Wohnbereich. So hat es deine Mutter auch immer gehalten."

„Lords und Ladys?"

„Ja, so ist euer Titel. Also der deiner Mutter und der anderen fünf. Deiner ist es noch nicht, aber da arbeiten wir dran, ja?"

Jana redet mit mir so, als ob ich bereits in alle Geheimnisse des Hauses und dieser absurden Welt eingeweiht wäre. Aber das bin ich definitiv noch nicht. Wir gehen weiter. Die Wände, die den Arbeitsbereich und den Hinterausgang voneinander trennen, sind mit Bildern gesäumt. Ich halte inne und schaue sie mir an. Dort sind unzählige Bilder meiner Mutter. Meine Mutter auf einem Pferd, an einem See, im Palast, in diesem Haus und schwanger.

Mir versetzt dieses Bild einen Schlag in die Magengrube. Schwanger? Also habe ich entweder Geschwister, oder ich bin als Ungeborenes bereits in diesem Land gewesen?

Jana sieht, worauf mein Blick gerichtet ist, sie geht jedoch nicht darauf ein und zwitschert fröhlich vor sich hin, dass sie mir jetzt dringend die Ställe und den Hof zeigen möchte. Auf den Keller bräuchten wir sicher nicht einzugehen. Da wäre es jetzt eh zu düster. Nur einen kleinen Hinweis gibt sie mir, dass nämlich dort in einem riesigen begehbaren Tresor die Heiligtümer des Landes untergebracht sind.

Dahin haben aber lediglich der General, Salvina, damals meine Mutter und nun ich Zutritt.

Wir treten hinaus in das Tageslicht. Der Schnee liegt noch immer Zentimeter hoch auf der Wiese.

Doch was zuvor von diesem wunderschönen Haus verdeckt war, ist eine riesige Hofanlage.

„Dort drüben sind die Pferdeställe, dort die Behausungen der Mitarbeiter, die in und um das Haus wirken, dort Ställe und Werkstätten. Deiner Mutter war es immer sehr wichtig einen eigenen Garten zu bewirtschaften. Diese Aufgabe hat sie irgendwann in die Hände unserer fähigsten Gärtner gelegt. Ich denke, wenn der Schnee einmal abgetaut ist, wird er sicher schnell erblühen.

Weiter dort drüben findest du die Gewächshäuser, die auch jetzt ausreichend bepflanzt sind, damit wir uns selbst erhalten und versorgen können. Auch das war deiner Mutter immer sehr wichtig. Sie wollte niemals von einem anderen Volk abhängig sein.

Wohlgewollter Handel, aber niemals abhängig."

Wir gehen hintereinander einen engen Pfad entlang. Der Schnee wurde hier zur Seite geräumt, so dass unsere Schritte auf dem Kies hörbar sind.

„Ach, du wirst sehen, es wird dir alles so gut gefallen. Es ist herrlich hier. Deine Mutter hat ganze Arbeit geleistet und den Laden ordentlich auf Vordermann gebracht nach deinen Großeltern …"

Daran hatte ich bislang noch gar nicht gedacht. Ich hatte Großeltern gehabt?

Im Land der Menschen hieß es nur immer, dass die Eltern meiner Mutter verstorben seien. Oma und Opa von Jonas Seite her hatte ich natürlich bis zu deren Tod ausreichend kennen gelernt.

Dass es hier jedoch noch weitere Verwandte geben könnte, soweit hatte ich noch nicht gedacht.

„Deine Großeltern waren eher etwas … naja … altertümlich." Sie sagt es mit einem koketten Zwinkern in

111

den Augen, dreht sich indes um und zeigt mir die ganze Hofanlage, die sich weitläufig in die Wiesen erstreckt.

Und so ging es weiter und weiter, bis ich erschöpft mit Jana zum Essen eile und anschließend in meine Kissen sinke.

Es war ein langer Tag gewesen. Ein langer, aber auch wunderschöner Tag. Jana ist mir in der kurzen Zeit, in der wir uns nun kennen, bereits sehr vertraut geworden.

Bevor mir die Augen restlos zufallen, kann ich ein Lächeln nicht unterdrücken. Ein dankbares Lächeln für einen schönen Tag und einen netten Menschen an meiner Seite. Ach nein, eine Ava, ich vergaß.

17

Bereits in aller Frühe bin ich an diesem Morgen geweckt worden. Jana kam in mein Zimmer, legte mir Kleidung auf meinen Schminkhocker und bat mich schnell zum Frühstück zu erscheinen. Ich tat wie mir geheißen.

Ich fühlte mich ausgeruht, hungrig und setzte mich in Bewegung.

Und nun, wo ich hier am Frühstückstisch sitze verstehe ich langsam auch die Aufregung.

„Wir hatten ganz vergessen, dass wir dich ja auf herkömmlichen Weg in den Palast transportieren müssen, also mit dem Pferd."

„Na, wie denn sonst?"

„Hör zu, Esme, wir beherrschen allerhand an Zauber, die du dir bislang gar nicht vorstellen kannst. Manche von uns können Feuer speien, manche fliegen, wieder andere können dich in Sekunden in Hypnose versetzen. Deiner Vorstellung sind da keine Grenzen gesetzt.

Aber gelegentlich vergessen auch wir, wie menschlich du doch bist." Salvina spricht weiter: „Wenn wir von einem zu dem anderen Ort eilen, dann fliegen wir entweder, wenn uns die Gabe geschenkt wurde, oder wir verdünnisieren uns."

„Verdünnisieren?"

Ich muss schmunzeln. Salvina hat doch mit mir im Reich der Menschen gelebt. Sie muss das jetzt doch auch komisch finden, oder etwa nicht?

„Ach, jetzt verstehe ich. Ja, anscheinend ist dieses Wort irgendwie ins Reich der Menschen gelangt. Aber genau so, wie sich dort die Menschen still und heimlich verabschieden und verschwinden ist es hier bei uns. Nur, dass es normal ist. Sieh her."

Und in der nächsten Sekunde sehe ich wie ihr Körper sich ganz langsam auflöst und wie ein Geist durchsichtig wird. In der nächsten Sekunde steht sie hinter der Küchenzeile.

„Das nennen wir verdünnisieren."

„Und ich finde das trifft es, oder?" juckst Jana die mittlerweile auch an unserem Tisch Platz genommen hat.

„Und wie komme ich jetzt zu dem Palast?"

„Deshalb haben wir dich vorhin so schnell geweckt. Die Versammlung beginnt in knapp drei Stunden. Zwei Stunden werden wir auf dem Rücken eines Pferdes brauchen. Und bei deinen Reitkünsten … eventuell auch etwas länger."

„Hätte ich gewusst, dass ich das können muss, hätte ich es früher gelernt." Meine Antwort muss schnippischer ausgefallen sei, als es mir bewusst war. Salvina eilt zu mir.

„Nein, alles gut. Wir machen dir keinen Vorwurf. Es ist kompliziert genug. Wir wollten dir nur die Chance lassen noch pünktlich zu deiner eigenen Versammlung in den Palast zu kommen."

Ich schlinge mein Frühstück herunter. Mir bleibt kaum genug Zeit den Tee zu schlürfen so heiß ist er.

Dann eile ich mit Jana im Schlepptau in mein Zimmer und streife mir den ersten Rock des wunderschönen Ballkleides über. Dann den Überrock und Jana schnürt die Korsage am Rücken mit einer eleganten Schleife zusammen.

Es ist ein Traum in Chiffon, Seide und Tüll in dunklem rot. Es steht mir ausgezeichnet, das muss ich schon sagen.

„Und wie soll ich damit jetzt reiten?"

„Ach, das wird schon. Wer schön sein will muss leiden, oder?" Jana flicht mir die Haare zu einem wunderschönen Zopf und steckt ihn mir hoch. Ins Haar hinein steckt sie mir Perlen und kleine Glitzerblumen. Nicht kitschig, einfach wunderschön. Wie eine Braut an dem schönsten Tag ihres Lebens.

„Und jetzt nichts wie weg runter aufs Pferd." Jana treibt mich zur Eile.

Ein Stallbursche reicht mir die Zügel. Heute stehen drei weiße Pferde, diesmal eines mit Sattel, vor uns. Der Bursche hilft mir auf das weiße Ungetüm. Und dann geht der wilde Ritt auch bereits los.

Wir reiten den gleichen Weg, den ich vor wenigen Tagen zu diesem Haus genommen habe, zurück. Es dauert gut zwei Stunden bevor wir den großen Palast betreten.

Jana streicht mir die Haare wieder zu einer Frisur und fegt mit einer Handbewegung alle Strapazen der Anreise von meinem Antlitz. Eindeutig die angedeutete Magie.

Meine Schmerzen am Hintern hat sie mir jedoch nicht genommen. Sie gibt mir zu bedenken, dass sie mich so anspornen, möchte das Reiten zu erlernen.

Über diesen Witz kann ich nicht lachen.

Dieses Mal nehmen wir den prächtigen Vordereingang. Nicht den, durch den wir den Palast beim letzten Mal verlassen hatten.

Ein dicker roter Teppich drückt den Schnee platt und heißt uns willkommen. Unzählige der Engel stehen rechts und links für uns wie eine Allee aus wunderschönen Bäumen. Wir treten jedoch nur zu zweit durch die Tür. Jana verabschiedet sich in Richtung Wirtschaftsgebäuden und verspricht bei der Heimreise wieder zu uns zu stoßen. Salvina und ich betreten das Gebäude wie Königin und Königin. Mit gerecktem Hals und geradem Rücken. So haben sie mir vorhin noch einige Tipps und Ratschläge erteilt. Zeig ja keine Schwäche. Immer geradeaus schauen. Sprich nur, wenn du gefragt wirst, oder überlass das Reden lieber mir, tu dies und nicht das.

Ich hatte es mir nicht alles merken können.

Doch jetzt bin ich dankbar ein Hofleben im Schnelldurchlauf erfahren zu haben.

Der Innenraum des Palastes ist lange nicht mehr so voll wie bei meinem ersten Betreten. Wir müssen eine ganze Weile laufen bis wir zu einer langen Tafel kommen.

An dieser Tafel sitzen in etwa dreißig Avas. Alle in extravagante Kleidung gehüllt. Alle kostbar und gutaussehend. Die Kleidung wie auch die Wesen. Alle mit demselben herrlichen Glanz auf der Haut. Lediglich mein Gesicht ist nicht in Glanz gehüllt. Und das macht mich besonders. Ich falle durch meine Dunkelheit auf, während es um mich herum glitzert.

Das war mir vorhin gar nicht bewusst gewesen, dass ich komplett anders war.

Außerdem tragen alle, mit Ausnahme der Königin, Waffen an ihren Körpern. Nicht versteckt, sondern ganz offen. Und sie machen auch keinen Hehl daraus, dass sie diese bei Bedarf verwenden würden.

Ich werde gemustert. Mit unzähligen Blicken verschlungen und durchbohrt.

Die erst Begegnung in diesem Saal war eine Feier, das hier jedoch kommt einer Prüfung gleich. Obwohl noch keiner den Mund aufgemacht hat.

„Salvina."

„Königin."

Salvina knickst. Ich tue es ihr gleich.

Vielleicht hätte ich vor dieser Begegnung erst alle Briefe meiner Mutter lesen sollen oder mir Nachhilfe nehmen sollen. Die offene Feindseligkeit, die in diesem Raum herrscht, ist zum Greifen nahe.

„Schön, Esme, dass du hier bist." Das sagte die Königin bereits am ersten Tag. Doch langsam beschleicht mich der Gedanke, sie könnte gelogen haben.

„Nehmt doch Platz und setzt euch zu uns." Wir tun wie uns geheißen.

„Ich habe euch heute eingeladen, um Esme willkommen zu heißen und gleichzeitig einige Themen mit euch zu besprechen. Außerdem wollte ich Esme die Gelegenheit geben einen Blick in die Prophezeiung zu werfen. Ich bin mir sicher Salvina hat ihr bereits einiges über unser Land berichtet, aber die kostbare Schrift allein ist die Offenbarung des Geheimnisses. Nicht wahr meine lieben Lords und Ladys."

Ein Raunen geht durch die Menge.

Ich erblicke die fünf Lords und Ladys. Sie sind deutlich an den Kronen und Diademen auf ihren Köpfen zu erkennen. Die anderen Avas scheinen ihre Berater oder hohe Untertanen zu sein. Die Blicke der hier versammelten Wesen sind ganz unterschiedlich. Die Lady in blau scheint mir wohlgesonnen. Der Lord in schwarz hat nichts außer einem arroganten Blick für mich übrig.

„Fangen wir doch mit der Prophezeiung an, meine Liebe." Die Königin ist aufgestanden und an meinen Rücken getreten. Ich halte mich schlicht an die Anweisung mich nicht umzudrehen und starr geradeaus zu schauen. Doch ich nehme die Bewegung in meinem Rücken bewusst wahr.

„Komm mit, ich werde dir einen einmaligen Einblick gewähren."

Ich erhebe mich von meinem gewaltigen Holzstuhl und schiebe ihn über den Boden. Das Geräusch füllt den ganzen Saal auf eine unangenehme Art und Weise. Mir stellen sich die Haare im Nacken auf. Der Versuch nicht aufzufallen ist schlichtweg gescheitert. Das Grinsen meines Gegenübers, der Lord in schwarz, ist nicht zu übersehen. Immerhin scheint er seinen Spaß zu haben.

Fast so als hätte ich vergessen wie das mit dem Laufen funktioniert storkse ich zur Königin.

Sie steht an der Glasstehle und weist darüber. Das Buch, welches sich bereits an meinem ersten Tag darin befand liegt noch immer aufgeklappt darin von Glas verdeckt.

Doch nun schwingt der Glasdeckel zur Seite.

Die Königin lässt ihre Hand erneut darüber schweben und ein Druck, woher auch immer, umgibt meinen Körper.

„Da die Schutzzauber des Buches nun für eine kurze Zeit aufgehoben sind kannst du einen Blick in das edle Buch werfen. Ich zeige dir den Weg."

Sie nimmt mich bei der Hand und weist mir die Zeilen, die Schnörkel. Doch ich kann diese nicht entziffern. Es sind mir fremde Zeichen. Gerade möchte ich sie darauf aufmerksam machen als sich ein Strudel aus dem Buch über mich ergießt und mich mitreist. Die Königin an der Hand kreisen wir, und kreisen wir und kreisen wir. Die Farben verschwimmen, mir wird schlecht.

Doch als mir das bewusst wird, ist die turbulente Reise auch bereits beendet.

Ich stehe in einem blühenden Land. Es ist groß und hügelig. Trotzdem kann ich weit blicken. Es scheint Frühling zu sein.

Ich erblicke die Königin. Sie bittet mich leise zu sein und kein Wort zu sagen in dem sie den Zeigefinger an die Lippen legt.

Auf das, was mich jetzt erwartet bin ich nicht vorbereitet.

Vor mir steht meine Mutter. Schwanger. Und jünger als ich sie in Erinnerung habe. Zuerst strahlt sie, dann, es geht alles sehr schnell, ist sie nicht mehr schwanger. Sie hält ein Kind im Arm. Es ist nur der nackige Arm des Kindes zu erblicken. Doch dort erkenne ich es ganz genau - mein Muttermal. Mein Erkennungszeichen. Es ist noch winzig. Ich streichele mein erwachsenes Muttermal. Es scheint zu glühen.

Mein Blick gleitet wieder zu meiner Mutter. Sie rennt. Sie rennt unaufhörlich. Immer weiter. Bis sie sich verdünnisiert. Dann ist lange Zeit nichts zu sehen. Doch das Wetter ändert sich. Es schneit unaufhörlich. Würden die Königin und ich nicht irgendwo wie ein Geist über dem Boden schweben, wir würden im Schnee versinken. Es blitzt und donnert. Die Kinder, die ich im Hintergrund vorhin wahrgenommen hatte, sind verschwunden. Es sind schon lange keine Kinder mehr zu sehen. Die Mienen der Menschen die nun unser Blickfeld betreten werden immer düsterer. Und es ist immer weiter am Schneien. Dann sehe ich etwas Bekanntes. Ich sehe mich. Ich sehe mich in dieser Welt ankommen. Sehe meinen Weg zum Palast und schließlich ins Land der Liebe.

Bis hier her schien es eine Art Zusammenfassung meines Lebens zu sein.

Doch das, was nun kommt ist mir unerklärlich.

Ich sehe mich, einen Tanz, einen Kampf, sehe Aufgaben auf mich zukommen, sehe Kriege und viel Blut.

Doch was ich direkt wahrnehme, ist das Wetter. Es ändert sich. Es wird wärmer und die Kinder fangen wieder an zu spielen. Und was ich dann sehe, ist erschreckend und beinahe wäre mir ein Schrei entflohen.

Und dann endet die Vorstellung. Die Königin schaut mich an und ich bin mir bewusst was nun geschehen wird.

Bevor wir die Landschaft verlassen, spricht die Königin ohne ihren Mund zu öffnen zu mir: „Das war dein Teil der Prophezeiung. Nur du und ich und die Weisen dieses Landes, die den Text verfasst haben wissen, was darin geschrieben steht. Ich bitte dich keinem Wesen jemals davon zu berichten, bevor der Teil nicht wahr geworden ist, da ansonsten schreckliches Unheil droht. Denen die es gehört haben und denen die es betrifft. In deinem Fall alle. Alle Kinder, die Avas, die Menschen. Alle."

Sie reicht mir die Hand mit einer stummen Geste und als ich im vollen Besitz meiner geistigen Kräfte die Hand ergreife, erweitert sich das Bildnis auf meinem Rücken.

Die Königin nimmt mich an der Hand und wir verlassen die Prophezeiung wie wir sie auch betreten haben.
Nun stehen wir wieder vor der versammelten Lordschaft. Sie blicken uns mit neugierigen Blicken an. Ich habe kein Zeitgefühl dafür, wie lange wir unterwegs waren. Die Königin nickt mir zu und lässt meine Hand los. Meine Aufgaben für heute sind nicht beendet, das ist mir durchaus bewusst.
Trotzdem nehme ich neben Salvina Platz und nicke auch ihr zu, damit sie weiß, dass ich es überstehen werde.
Auch wenn mir innerlich angst und bange ist.
Die folgende Besprechung zieht sich in den Tag hinein. Es geht um strategische Führungen und Zusammenlegungen von Armeen, Regeln, die ich definitiv nicht verstehe und Paragraphen irgendwelcher Gesetze.
Doch in meinem Kopf dreht sich alles nur um meine kleine Reise mit der Königin.

Der Tag endet genau so abrupt wie er begonnen hatte. Die schweren Stühle gleiten über den Boden. Manche der Lords verdünnisieren sich noch an Ort und Stelle, manche verabschieden sich förmlich. Von mir verabschiedet sich lediglich die Lady in blau, bevor sie ihre Schwingen spannt und nach draußen tritt.

Salvina und ich verlassen als eine der Letzten das Gebäude. Jana steht bereits bei den Pferden.

„Mensch, das hat ja ewig gedauert. Es wird schon dunkel."

Ja, stimmt. Es fängt an zu dämmern. Den Heimritt müssen wir also teils auch im Dunklen bestreiten. Es sieht trotzdem nicht bedrohlich aus. Sondern wie eine Märchenlandschaft.

„Was denkst du?" Jana kommt mit ihrem Pferd neben mich.

„Ich überlege, was sich alles in diesen Wäldern aufhält."

„Ach, da ist so allerlei. Neben Hirschen und Hasen auch allerlei magische Geschöpfe. Große und auch Kleine. Aber da wir hier im Land der Liebe sind, brauchst du dich davor nicht zu fürchten." „Warum?"

„Du wirst deren Herrscherin werden, dessen bin ich mir ganz sicher. Warum sollten sie dir etwas Böses wollen?" Die Antwort klang rhetorisch.

Ja, warum sollten sie mir etwas Böses wollen? Ich muss wieder an die Prophezeiung denken. Müdigkeit umgibt mich. Ich bin froh, als wir das Haus erreichen, ich mich wärmen und die Augen schließen kann.

18

Ich träume von üppigen Landschaften, Berge und Flüsse. Meiner Mutter, wie sie ihren Mann, er hat leider keine Gesicht, an die Hand nimmt und mit ihm die Täler singend und nach Frühling lechzend herab läuft.

Ich freue mich so mit ihr. Die Freudentränen regnen auf sie herab und sie wirft sich in die Arme des Mannes.

Dann blitzt es und mein Traum wird schwarz.

Es wird schwärzer als schwarz, es ist tiefdunkle Nacht.

Ich erwache im Morgengrauen. Die Vorhänge sind zugezogen, das war sicher Jana. Doch ich steige aus dem Bett, um sie zu öffnen. Ich möchte das weite Land, welches sich unter der Schneelandschaft versteckt, begutachten.

Das hier soll alles mir gehorchen? Ob sie sich da sicher ist? Doch auch die Prophezeiung …. Ich erlaube mir den Gedanken nicht. Er macht mir Angst. Nie zuvor habe ich vor solch riesigen Aufgaben gestanden.

Ich husche wieder zurück ins Bett und krame den zweiten Brief meiner Mutter aus der Schublade. Sie hat die Briefe alle mit Datum versehen, was es mir einfacher macht sie zu ordnen.

„Meine Liebe,

ich hoffe, du hast den ersten Schrecken gut weggesteckt. Doch, da bin ich mir sicher. Du kannst das schaffen. Du warst immer ein taffes Mädchen. Doch sei dir gewiss, mir ist bewusst vor was ich dich da nicht bewahren konnte.

Denn sobald du diese Briefe liest, bist du zu einem wichtigen Teil meiner Heimat geworden. Du bist so wichtig wie die Luft zum Atmen. Dein ganzes Volk baut auf dich. Glaube mir. Lange haben wir versucht dich vor dieser Aufgabe zu beschützen. Doch es ist uns wohl nicht gelungen. Salvina, die dir die Briefe nur im Notfall hat geben sollen, wird es dir bestätigen.

Wir haben versucht dich vor diesem brutalen Schicksal zu bewahren. Denn du kannst dir auch hier sicher sein, das Land, in dem du dich befindest, ist nicht immer friedlich. Du musst Stärke in Worten und Taten folgen lassen. Ich hoffe, du wirst genügend Zeit haben, um dich vorbereiten zu können. Doch das kann ich dir nicht versprechen. Alles, was jetzt für dich folgt haben Salvina und ich nur für den Notfall geplant. Unser eigentlicher Plan war dich ins Land der Menschen in Sicherheit zu bringen. Dich behütet aufwachsen zu lassen und ein irdisches Menschenleben voller Glück erfahren zu lassen.

Die Macht der Götter hat dieses Vorhaben zerstört. Durch den Zorn und die Macht haben sie sich hinreißen lassen mich dahin zu raffen und dir so die Chance auf ein Menschenleben genommen.

Erinnerst du dich an unser beider Muttermal? Ja, natürlich tust du das.

Dieses Mal ist kein herkömmlicher Schönheitsfleck. Er hat dich gezeichnet, als du gerade geboren wurdest. Ich habe den gleichen. All deine Vorfahren, die an der Macht im Land der Liebe waren, haben dieses Zeichen getragen. Und ich bin mir sicher jetzt gerade ist das Zeichen so groß wie noch nie in deinem Leben. Es ist das Zeichen dafür, dass du die nächste Herrscherin des Landes bist. Und deine Kinder werden dir folgen.

Darin liegt die Lösung und auch das Problem.

Es gehen nicht nur angenehme Aufgaben mit der Herrschaft überein. Sicher wirst du die Tugenden an den Tag legen, die ich dir in deinem bisherigen Leben, welches wir zusammen erleben durften, beigebracht habe. Ich habe dich in jede verdammte Ballettstunde geschleift, damit dein Körpergefühl sich ganz natürlich anfühlt. Damit du sensibel wirst für deine Bewegungen. Damit du mit Eleganz auftreten kannst und weißt dich zu benehmen.

Viele Dinge, die mir in deinem Leben wichtig waren, wirst du nun gut brauchen können. Und falls du mal nicht mehr weiterweißt, dann reibe dein Muttermal und versuche dich zu erinnern.

Ich versuche dir so nah wie nur irgend möglich zu sein.

Außerdem vergiss bitte nicht, dass du dich auf Salvina verlassen kannst. Sie ist eine zuverlässige Partnerin und wird dir uneigennützig mit Rat und Tat zur Seite stehen. Sie würde ihr Leben für dich und das Land, das ich einst so geliebt habe, geben.

Schau dir ihren Arm an, dann verstehst du, was ich meine.

Ruh dich nun aus. Die Rätsel unseres Landes lassen sich nicht in einem Brief erläutern. Dazu bräuchten wir beide viel Kraft. Kraft, die ich jetzt nicht mehr aufbringen kann.

In Liebe Mama"

19

Ich muss eingeschlafen sein. Der Brief meiner Mutter liegt neben mir im Bett. Mein Blick ist immer noch darauf gerichtet, nur meine Lieder haben sich zwischenzeitlich über die Augen gesenkt. Ein Blick auf meinen Wecker verrät mir, dass es nicht mehr allzu früh an diesem Tag ist. Trotzdem hat mich keiner geweckt.

Ich schlüpfe in Alltagskleidung und schlendere in den Badepalast. Im Spiegel sehe ich meinen Rücken. Er wird immer verzierter. Wunderschön schmiegt sich das neue Tattoo an das vorherige, gerade so, dass man nicht mehr weiß, wo das eine beginnt und das andere endet. Als ich das Badezimmer verlasse, steht Jana vor mir.

„Guten Morgen, Esme. Du hast Besuch. Ich wollte dich nur vorwarnen."

„Guten Morgen. Etwa wieder der General?"

„Nicht ganz. Es ist sein Sohn Nathan. Glaub mir, er ist ein wesentlich angenehmerer Zeitgenosse. Du wirst ihn mögen. Er ist zwar mindestens einhundert Jahre älter als du, aber ..." Sie zwinkert mir zu.

An die Vorstellung hier dauerhaft sesshaft zu sein und mir einen Mann aus diesen Wesen auszusuchen, habe ich mich noch nicht gewöhnt. Ich bin mir nach dieser Prophezeiung auch nicht sicher, ob das mein Weg sein wird. Doch daran möchte ich nicht denken.

Ich sammele meine Briefe zusammen und stecke sie in die Schublade.

Dann folge ich Jana aus meinem Zimmer und nehme die Stufen hinunter zum Frühstück.

Er blickt mich bereits von seiner Sitzgelegenheit am Frühstückstisch herauf an. Sein Haar ist rötlich, ähnlich dem seines Vaters. Nur nicht ganz so penetrant. Die Augen grün. Ein tiefes Grün. Ich kann es nur aus dieser Entfernung erkennen, da sie mich förmlich anzustrahlen versuchen. Und dieser Glanz auf seiner Haut verwandelt ihn in ein atemlos schönes Geschöpf. Beinahe bin ich mir nicht sicher, ob ich jemals einen so wunderschönen Menschen gesehen habe. Nein, Mensch gewiss nicht. Aber auch kein Ava. Am Rücken spannt er seine Flügel zusammen, so dass diese nicht die Einrichtung der Küche zerdeppern. Sehr rücksichtsvoll.

Die letzten Stufen nehmend steuere ich mein Ziel an. Seine Hand. Ich ergreife sie und eine wollige Wärme durchzieht meine Glieder. Es entflieht mir ein kaum hörbares Brummen, dass sich bis tief in meine Mitte zu ziehen scheint. Solch eine Reaktion habe ich von meinem Körper noch nie verspürt. Solch ein inniges von Inbrunst geprägtes Aufseufzen meiner Glieder.

Ich hoffe nicht, dass irgendjemand in diesem Raum meine Reaktion bemerkt hat. Vor allem nicht Nathan.

Doch ich schätze, ich bin im Gesicht etwas errötet.

Dennoch sagt keiner etwas zu dieser Begebenheit.

„Ich freue mich, dass du wohlbehalten angekommen bis, Esme." Er nimmt meine Hand und drückt ihr einen leichten Kuss auf die Oberfläche. Ich komme mir furchtbar kitschig vor, doch ich genieße es.

„Guten Morgen. Nathan ist dein Name, richtig?"

„Ja, genau. Ich bin der Sohn deines Generals. Als du gerade geboren wurdest, habe ich bereits hier gearbeitet. Damals habe ich dich schon kennen gelernt. Und ich muss sagen, du bist definitiv größer geworden... und hübscher." Seine Augen senken sich. Auch er scheint etwas verlegen über seine Ausdrucksweise.

Doch das macht nichts. So komme ich mir nicht mehr als Einzige dumm und naiv vor.

„Meine Aufgabe in den nächsten Tagen wird es sein, dich durch dein Land zu führen. Wir werden einen mehrtägigen Ausflug unternehmen und ich werde dir alles erklären. Die Avas und Kreaturen zeigen, die sich in den Wäldern des Landes aufhalten."

„Oh." Damit hatte ich nicht gerechnet.

„Bist du nicht neugierig?"

„Doch auf jeden Fall. Ich freue mich darauf. Nur ist es so, dass, ... dass ich nicht sonderlich gut reiten kann. Und ich besitze keine Kräfte, um mich zu verdünnisieren. Uns wird also nicht viel anderes übrig bleiben, außer zu laufen. Und das erscheint mir doch sehr weit, wenn ich die Karte aus dem Arbeitszimmer richtig im Kopf habe."

„Du hast recht. Das Land ist riesig. Und wir wollen zwar nur das Land der Liebe bereisen, dennoch würden wir Wochen dafür brauchen, falls wir laufen sollten. Daher schlage ich dir etwas anderes als Transportmittel vor."

Er breitet die Flügel aus und ein Windhauch streift mein Gesicht.

„Ich soll mit dir fliegen?"

„Ja, klar, was ist so abwegig daran?"

„Stimmt, was soll daran abwegig sein? Daran oder an Wesen, die über dem Boden schweben und Engeln ähnlicher sind als Menschen, oder die Tätigkeit des Verdünnisierens, oder dass das Haus mir Essen zubereitet und die dreckigen Teller auf wundersame Weise bearbeitet?"

„Ja, genau." In seinem Gesicht ist zu entnehmen, dass er mit Sarkasmus sehr wohl umzugehen weiß.

„Aber erst solltet ihr frühstücken." Salvina hat recht.

20

„Ruckelt das immer so?" Ich habe Angst mein Frühstück von oben über die Weiten des Landes zu verstreuen.

„Es würde weitaus weniger wackeln, wenn du dich ruhig verhalten würdest."

Nathans Antwort kommt etwas vernuschelt daher, was davon kommen mag, dass er meine dunklen Haare vor dem Gesicht hat und diesen ausweichen muss.

„Ich gebe ja mein Bestes, aber es ist immerhin meine erste Flugerfahrung … puh … habt ihr keine Höhenangst?"

„Höhenangst, nein, was ist das?"

Ich mache einen Ansatz ihm dies zu erklären, doch ein verschmitztes Lachen hallt an meinem Ohr.

„Kurz dachte ich, ihr kennt noch nicht einmal den Begriff hier."

„Doch alles gut. Du wärst auch nicht mein erster Passagier, der sich übergeben müsste. Aber daraus habe ich gelernt. Ich versuche mich ehrenhaft zu benehmen. Genieße du nur einfach den Flug. Der nächste Halt ist in einem Dorf noch vor dem großen Gebirge. Ich dachte mir, den Weg vom Palast zu deinem Haus kennst du ja bereits. Wir reisen jetzt immer weiter gen Norden, Richtung dem großen Meer zum College. Dann hast du die Luftlinie deines Landes komplett kennen gelernt."

Kurz nach dem Frühstück waren wir aufgebrochen. Hatten alle möglichen Lebensmittel und zwei Feldflaschen in einen Rucksack gesteckt, den ich mir vorne auf den Bauch geschnallt hatte. Außerdem befinden sich darin noch eine minimale Anzahl an Wechselkleidung. Mehr würden wir nicht brauchen, es sei ja schließlich kein Wellnessurlaub. Dickere Kleidung und Handschuhe sollte ich noch tragen, da es allein durch die Flughöhe schnell kälter werden würde. Gesagt, getan, und schon ging es los.

Nathan war auf Anhieb eine angenehme Begleitung.

Er erklärt mir unaufgefordert viele Begebenheiten des Landes. Von den Dörfern, den Flüssen und deren wilde Tücken, die einzelnen Handelsbeziehungen zwischen den Ortschaften, ihre Vorzüge und auch geografischen Nachteile. Die Landschaft zieht wie ein Film an uns vorüber. Das gelegentliche Ruckeln bekommt meinem Magen allerdings gar nicht. Ich versuche mich trotzdem zusammen zu reißen. Eine wochenlange Wanderung ist wohl keine Alternative.

Und nach und nach scheint sich mein Körper an die Höhe und Luftströmungen zu gewöhnen.

„Fliegst du gerne?"

„Soll die Frage ernst gemeint sein? Ich liebe es. Jeder, der die Fähigkeit dazu hat liebt es. Ich mag es die Welt von oben zu beobachten." Er legt eine Pause ein und fährt dann mit rauer Stimme, die mir vom Ohr durchs ganze Mark dringt, fort: „Es ist eine gute Möglichkeit der hektischen Welt auf dem Boden zu entfliehen. Du wirst sehen, dass es nicht immer nur so zuckersüß im Land sein kann, wie du es in den letzten Tagen erfahren hast."

Seine Stimme klingt nachdenklich, ernst und … sexy. Ich kann mir nicht helfen, aber mein Körper reagiert auf

Nathan wie noch auf keinen anderen männlichen Körper in meiner Umgebung. Außerdem habe ich bislang noch nie in einer solch innigen Umarmung mit einem Mann so lange verharrt. Ich schaue an mir herunter und erblicke den in Leder verpackten muskulösen Arm meines Begleiters. Ich gerate trotz luftiger Höhe ins Schwitzen.

„Muss ich mir Gedanken machen? Also ich meine, ... was genau meinst du? Droht dem Land ein Krieg oder etwas Böses?" Ich traue mich nicht mein Land zu sagen. Es fühlt sich so betrügerisch und unecht an.

„Unser Land steht schon so lange inmitten einer Bedrohung. Sie ist überall. Mit dem Auge nicht direkt zu sehen und mit den Armen nicht zu fassen. Doch sie ist da."

Wir fliegen weiter. Ich traue mich nicht nachzuhaken.

„Du wirst es alles noch erfahren. Wir sollten nur zuerst einmal in dem Dorf ankommen. Dann habe ich den Auftrag dir all deine Fragen zu beantworten. Dich über die Geschichte des Landes und deinen Aufenthalt hier aufzuklären."

Eine Spannung in meiner Brust macht sich breit. Teils aus Neugier, aus Höhenangst aber auch aus Angst vor einer grauenhaften Bedrohung. Wir folgen dem langen Fluss, der uns bereits ab seiner Quelle kurz hinter dem Haus bis zum Meer begleiten wird.

Es handelt sich um die Lebensader des Landes. Zahlreiche kleinere Bäche und Flüsse speisen ihn auf unserer Reise und wir beobachten das Treiben von oben.

Große Schiffe schmücken den großen Fluss, der schlichtweg auch so heißt, wie Perlen an einem blauen gewellten Band.

Sie bringen Getreide, Baustoffe und Lebensmittel aller Arten aus den Weiten der Länder.

„Dort drüben, siehst du die Häuser hinter dem Wald? Das ist unser Ziel für heute."

Ein Dorf mit etwa einhundert Häusern kommt immer näher. Nathan lässt sich die letzten Meter gleiten, um dann unmittelbar vor dem gemütlich wirkenden kleinen Gasthaus zu stoppen. Es handelt sich um ein kleines Backsteingebäude mit weißen Fensterchen. Hinter jedem Fenster leuchtet eine kleine Lampe, Kerze oder Leuchte. Es lädt zum Verweilen ein.

Der Schnee unter unseren Füßen knirscht.

Nathan geht voran zur Tür, öffnet diese und lässt auch mich eintreten.

Der Gastwirt lehnt an der Theke. Viel Betrieb herrscht am späten Nachmittag nicht.

Nathan spricht mit dem Wirt, gibt jedoch unser Namen nicht bekannt. Aus erklärlichen Gründen.

Im Flug sagte er mir bereits, dass meine Anwesenheit zwar bekannt sei, auch mein Name, doch mein Gesicht noch nicht präsent wäre. Er würde es für besser halten, wenn nicht die Ava- Scharen herbei gestürmt kommen würden, um mich zu begrüßen. So könnten wir unbeschwerter reisen.

Dem habe ich unwissender Weise zugestimmt.

Unsere beiden Zimmer liegen im ersten Geschoß. Wir nehmen die enge Treppe, um uns dort frisch zu machen.

„Wir treffen uns in ein paar Minuten unten am Eingang, dann zeige ich dir vor dem Abendessen noch das Dorf."

Mit diesen Worten dreht er sich um und verschwindet in seinem Zimmer.

Auch ich mache mich daran mein durch den Flug verwirrtes Haar wieder gebändigt zu bekommen und eine Schicht der dicken Kleidung von mir zu schälen.

Kurz darauf beginnt die Führung in dem, für dieses Land typischen Dorf.

„Hier findest du den Bäcker, dort drüben den Gemischtwarenladen und dort den Schmied."

„Ihr besitzt in jedem Dorf einen Schmied?"

„Ja, klar, wer soll denn sonst die Waffen schmieden? Die Herstellung eines Schwertes braucht seine Zeit."

Darüber hatte ich mir bisweilen keine Gedanken gemacht. Auch Nathan ist nicht unbewaffnet gereist. Sein großes Schwert trägt er in einer Scheide über den Rücken gespannt. Mehrere kleine Dolche zieren seine Seiten. Und ich bin mir sicher es gibt Körperregionen, die weitere Waffen verstecken. Ich habe nicht genau nachgesehen.

„Und was ist mit den Frauen - kämpfen sie auch?"

„Ja, manche. Bei uns ist es nicht so wie bei euch Menschen. Hier sind auch Frauen in Sachen Verteidigung und Kampf geschult. Wir haben ein College extra für diese Krieger. Auf dieser Schule werden die fähigsten Kämpfer ausgebildet. Es gibt noch weitere Außenlager und Posten. Aber das College ist die größte Einheit. Mit zehn Jahren verlassen die Kinder ihre Familien und wenn sie mit zwanzig Jahren die Schule verlassen, sind es starke Krieger. Natürlich entscheiden sich nicht alle dafür. Es gibt auch andere Berufe und ländliche Schulen, Klöster und Bauern. Doch die Krieger eines jeden Landes haben einen besonderen Stellenwert unter den Bewohnern. Sie leben für die Verteidigung des Landes und sind unabdingbar."

In seinen Augen hat sich ein Glanz gebildet. Ganz so, als wüsste er ganz genau was es bedeutet ein Krieger zu sein.

„Und du hast dieses College auch besucht?"

„Ja. Auch ich bin mit zehn Jahren mit meiner Kampfkariere dort gestartet. Es war eine harte Zeit. Es gab viel Grobes und allerlei Beleidigungen, die ich über mich ergehen hab lassen. Doch es hat mich auch stark werden lassen.

Jedes Jahr kurz vor der Sommersonnenwende, am längsten Tag des Jahres, findet unter dem Himmel von Statera ein Wettbewerb mit den fähigsten Kriegern eines jeden Landes statt. Das Duell der Krieger. Es gibt nur einen Gewinner. Ich konnte mich nach dem Abschluss an der Schule dazu qualifizieren und habe mich gegen meine Mitstreiter beweisen können. Ich habe gewonnen."

Ich schaue ihn mit bewundernder Miene an. Nicht nur sein Äußeres wirkt wie ein starker Krieger, auch sein Inneres scheint vor Stärke zu strotzen.

„Und wozu dient dieser Wettkampf?"

„Der Sieger des Kampfes hat einen Wunsch der Götter frei. Er kann sich alles, aber auch wirklich alles wünschen.

Es gibt keine Tabus. Doch ist der Wunsch einmal ausgesprochen kann er nicht mehr revidiert werden."

„Alles?"

„Alles!"

„Auch, Tote wieder auferstehen zu lassen?"

„Ja, alles!"

Wir gehen weiter. Die Dorfschule sieht verweist aus. Die Eingangstür hängt schief in den Angeln und die Fenster sind teilweise zerstört.

„Was ist hier geschehen?"

„Ich gehe davon aus, dass die Avas dieses Dorfes keinen Sinn mehr darin gesehen haben dieses Gebäude aufrecht zu erhalten. Es ist eine Schule für die Kleinsten. Die noch keine zehn Jahre alt sind. Doch von diesen Kindern gibt es fast keine mehr im Land."

„Was - warum nicht?"

„Das ist eine sehr lange Geschichte. Was hältst du davon, wenn du mir die Frage gleich beim Abendessen erneut stellst und ich dir dann restlos alles erzähle was deinen Aufenthalt hier so besonders macht?"

Ich willige ein. Wir schlendern noch einige Minuten weiter durch die Straßen. Nun fällt es mir auch auf. Es gibt kein Kindergeschrei in den Gassen. Keine Ballspiele oder Herumgetobe. Wir hätten früher bei solch einem Schnee so lange Schneeballschlachten geschlagen, bis wir abends todmüde von unseren Eltern hineingeschleift wurden.

Das Abendessen schmeckt gut. Rindfleischeintopf mit irgendeinem gestampften Gemüse. Unerkennbar, aber gut. Und warm. Das tut gut.

„Also", schießt es aus mir hervor, „was hat das jetzt mit den Kindern auf sich?"

„Bist du bereit für die volle Wahrheit? Bist du bereit dich darauf einzulassen?"

„Wie soll ich das beurteilen, wenn ich den Hintergrund nicht kenne?"

„Da scheinst du recht zu haben." Er grinst verführerisch und tunkt sein Brot erneut in die stückige Suppe.

„Die Geschichte beginnt mit deiner Mutter." Er geht wohl davon aus, dass ich die Geschichte vertragen kann.

„Sie war die Herrscherin der Liebe. Sie war eine sehr gute Herrscherin. Wahrhaft mit Liebe. Sie liebte alles an ihrem Land. Die Menschen, die Kreaturen die keinen Namen trugen, die Krieger, ihre Armee, die Mitarbeiter, ihre Familie, die Tiere und ihre Arbeit. Sie verkörperte die perfekte Herrscherin. So weit so gut. Doch irgendwann kam der Tag der Tage. Sie verliebte sich. Jedoch nicht in einen Unsterblichen des Landes, nein, in einen Gott höchstpersönlich. Und er sich in sie. Es war eine verbotene Liebe. Eine Liebe die unvorstellbares Unglück und Folgen mit sich brachte. Zuerst trafen sie sich heimlich. Die anderen Götter ahnten nichts davon. Doch es nahm weiter an Fahrt auf. Die beiden liebten sich innig. Sie ließen die Wellen höher denn je an das Land preschen, Blitze donnerten auf die Welt und furchtbare Unwetter tobten, wenn sie sich liebten. Doch das war jeweils nur von kurzer Dauer. Immer nur dann, wenn sie sich trafen. Doch es geschah, dass deine Mutter schwanger wurde. Und zwar mit dir."
Das hat gesessen!
Ich verschlucke mich an der Suppe.

„Mein Vater ist ein Gott? Wie soll das möglich sein?"

„Nicht nur irgendein Gott. Er ist der Gott des Zorns, Ira. Er ist der Mächtigste unter ihnen. Doch auch die beiden wussten, dass sie einen Schritt zu weit gegangen waren. Es gibt Mittel und Wege im Vorhinein eine Schwangerschaft zu unterbinden. Auch im Nachhinein. Doch das wollte deine Mutter nicht.

Sie floh mit dir kurz nach der Geburt. Man war hinter euch her. Die Götter wollten euch verstoßen. Doch wer einmal verstoßen ist, dem droht ein großes Unglück. Und die Möglichkeit jemals wieder dieses Land zu betreten wird ihm genommen. Und wenn ihr gestorben wärt, weil sie euch jagten wäre eh alles vorbei gewesen.

Deine Mutter hatte nicht nur Angst um dich und sich. Nicht nur Angst vor deinem Tod, sondern auch um ihr Land. Um alle Bewohner darin. Ihrem Tod wiederum hatte sie bereits lange zuvor ins Auge sehen müssen. Davor schreckte sie nicht zurück.

Sobald sie das Land verlassen musste, würde es ohne Herrscher dastehen. Und wie soll ein Land funktionieren, wenn nicht einer die Zügel zusammenhält?

Sie hat es versucht. Hat sie wirklich. Doch es ist leider nicht komplett so verlaufen wie sie es sich vorgestellt hatte."

Er schiebt sich einen weiteren Löffel der warmen Suppe in den Mund.

„Sie hatte eine Führungsriege mit verschiedenen Aufgaben betraut. Gerold, mein Vater, übernahm alle Aufgaben, die mit der Armee zusammenhingen. Das ist bereits vorher sein Job gewesen. Doch nun erhielt er völlige Entscheidungsfreiheit. Salvina war die Mittelsfrau. Sie reiste zwischen deiner Mutter, also dem Land der

Sterblichen, und Statera hin und her. Jana kümmerte sich, trotz ihrer jungen Jahre, um Haus und Hof. Ich half meinem Vater, wo ich konnte. Außerdem halfen uns zwei weitere mächtige Krieger in Entscheidungsfragen beziehungsweise als Kontaktpersonen zu den anderen Ländern. Ismail und Aaron. Die beiden wirst du auf unserer Reise übrigens auch noch kennen lernen."

Ich schlucke mein Gericht unzerkaut hinunter, da ich so voller Spannung an den Lippen meines Gegenübers klebe.

„Ein paar Jahre hat das Ganze auch funktioniert. Deine Mutter ließ dich irgendwann sogar stundenweise allein bei Jonas, um gelegentlich hier nach dem Rechten zu schauen. Die Angst jedoch immer im Rücken nie wieder zu euch stoßen zu können, wenn sie erwischt werden würde. Wir, die Führungsriege, meisterten das Unmögliche, wirklich gut. Die Avas hatten auch Respekt vor uns. Das war nicht das Problem. Auch drohte kein Krieg mit benachbarten Ländern oder den Ländereien weit über dem großen Meer. Nein es war vielmehr so, dass uns die Liebe genommen wurde.

Der Liebe, also deiner Mutter, wurde das Herz vergiftet.

Die Götter bekamen irgendwann mit, dass deine Mutter das Land doch noch hin und wieder betrat. Sie schickten Späher aus, um sie aufzuspüren. Solange sie im Land der Sterblichen blieb, war es den Göttern egal. Dort war sie nicht mächtig, doch hier im Land der Unsterblichen war sie eine der Mächtigsten. Sie konnten sich von ihr nicht so auf der Nase herumtanzen lassen. Sie konnten es nicht zulassen, dass sie ihre eigenen Regeln aufstellte. Die Götter sind da schon sehr temperamentvoll. Da konnte auch dein Vater nichts anrichten. Er hatte sogar angeboten sich für euch beide bestrafen zu lassen. Doch diesen Verlust konnten sich die anderen Götter, die Göttin der Liebe, der Eitelkeit, des Neides, des Glaubens und der Hoffnung nicht leisten. Und sie wollten es auch nicht. Also ließen sie sie aufspüren und vergifteten mit einem Zauber ihr Herz.

Doch nicht nur sie siechte so über Wochen dahin. Auch das ganze Land leidet bis heute. Der Kreis zieht sich sogar noch viel weiter. Die Ausläufer dieses Fluches zieht sich bis ins Land der Sterblichen durch.

Ist dir nicht aufgefallen, dass auch dort seit mittlerweile fünf Jahren keine Kinder mehr geboren werden? Oder dass das Wetter fürchterlich ist?

Oder das auf der Welt keine Liebe, keine tiefe Verbundenheit mehr zu existieren scheint? Dass die Länder sich gegenseitig langsam anfangen mit Kriegen zu bombardieren?"

Wie als ob ich vorher blind gewesen bin, fallen die Schuppen von meinen Augen.

Doch, das war mir aufgefallen. Doch diese Begebenheiten hatten sich wie schleichende Prozesse in mein Leben geschlichen. Wie schlechte Angewohnheiten.

Ich mache eine zustimmende Kopfbewegung und er fährt weiter fort: „Dieser Zustand hängt mit der fehlenden Liebe zusammen. Deine Mutter ist vor zwanzig Jahren aus unserem Land geflohen. Damals fing es hier bei uns an. Das Wetter und die Launen der Avas änderte sich. Seit nunmehr zwanzig Jahren schneit es hier. Es ist kalt und die Lebensmittelherstellung stellt uns vor viele existenzielle Fragen und Probleme. Wir sind zwar unsterblich vom Grunde her, aber wenn wir keine

Nahrung zu uns nehmen, sacken auch wir ohnmächtig in uns zusammen. Außerdem stellten wir nach einiger Zeit fest, dass keine Kinder mehr geboren wurden. Keine kleinen Avas. Und somit würden wir irgendwann ausgerottet sein. Das war viel schwerer als das Wetter zu verkraften.

Bis du fünfzehn wurdest suchte uns deine Mutter immer vorsichtig auf und gab uns weitere Anweisungen. Wir hatten es perfektioniert uns mit ihr zu treffen. Doch wir hatten damals einen Verräter in unseren Reihen. Wen wissen wir bis heute nicht. Nur, dass es keiner aus der direkten Führungsriege sein kann. Denn wir hatten es uns gegenseitig geschworen." Er hält inne und zieht sich sein weißes Shirt, welches er sich anstatt seiner Lederjacke übergestreift hatte, aus seiner Lederhose. Sofort wird für mich sein dunkles Tattoo auf seiner glänzenden Haut sichtbar.

„Dieses Tattoo zeugt von unserem Bündnis. Hätten wir es verletzt, wäre der Verräter einen qualvollen Tod gestorben. Er hätte sich selbst umgebracht. Um deinen fünfzehnten Geburtstag herum besuchte uns deine Mutter ein letztes Mal. Dort lauerten sie ihr auf. Die Götter. Sie vergifteten ihr Herz. Sie konnte sich gerade noch zu dir schleppen. Salvina witterte die Gefahr und folgte ihr. Doch auch sie konnte nichts gegen dieses Gift tun. Seit diesem Zeitpunkt blieben ihr nur noch wenige Wochen. Dann starb sie. Sie starb leider einen qualvollen, langsamen Tod. Sie hat es euch gegenüber nie zugegeben. Sie ließ euch im Glauben es ginge ihr gut, solange sie sich noch selbst aufrecht halten konnte. Erst als es gar nicht mehr ging, hat sie euch mit dem Halbwissen das ihr vertragen konntet betraut."

Die Tränen rinnen unaufhaltsam mein Gesicht entlang. Ich mache keine Anstalten sie daran zu hindern. Ich bin meiner Mutter in diesem Moment so nah wie schon lange nicht mehr. Ich bin auf einer erschreckenden Weise Nathan so dankbar für die Wahrheit. Für die volle Wucht der Wahrheit, die mich so unerschütterlich trifft. Doch ich gebe mich keiner Sentimentalität hin. Es sind dankbare Tränen. Tränen des Stolzes. Für die Bürde, die meine Mutter auf sich genommen hat um das Richtige zu tun. Für mich und für ihr Land da zu sein. Sie hat sich förmlich zerrissen. Ihr Tod hat ihr keine seelischen Schmerzen bereitet. Ihr war es lediglich wichtig, dass ich überlebe und ihr Land weiter existiert.

Wie kann eine Person diese Last einer ganzen Welt allein auf ihren Schultern tragen?

„Um die Zeit deines zehnten Geburtstages herum fing sie auch an dir die Briefe zu schreiben. Sie waren nur für den Fall gedacht, dass es wichtig sei dich in dieses Land zu führen. Sollte es nicht wichtig sein, hielt es deine Mutter für dich sicherer in der Welt der Menschen zu bleiben. Weit weg von den Göttern und den Gefahren die hier auf dich warten könnten. Doch es stellte sich immer mehr heraus, dass wir dich hier brauchen. Sehr sogar."

Obwohl wir uns erst seit kurzer Zeit kennen, streckt er seine Hand aus und tätschelt mir die Meine über den Tisch hinweg. Der Schmerz, der sich in meiner Brust breit gemacht hatte lässt sich etwas besänftigen.

„Zur Zeit ihres Todes hat sich der Fluch der fehlenden Liebe auch bei den Menschen breit gemacht. Dort herrschen nur noch schlechtes Wetter und Naturkatastrophen. Die Kappen schmelzen, der Meeresspiegel steigt und droht Menschen und Land unter sich zu begraben. Die Menschen bekriegen sich und sind gereizt. Es wird von Jahr zu Jahr schlimmer.

Die Führungsriege hat beschlossen dich in unser Land zu führen. Doch hier kam die Prophezeiung ins Spiel. Der Teil, den das ganze Land kennt, besagt, dass nur diejenige Statera retten kann, die aus freien Stücken in unser Land kommt und sich dort die Macht das Land zu retten erkämpft.

Verstehst du, was ich dir sagen möchte?"

Ich verstehe seine Worte. Doch mein Gehirn kann es nicht verkraften. Alles, was ich verstehe, ist das meine Mutter aus Liebe zu mir gestorben ist. Gestorben, ohne die Chance ihr Land zu retten, weil ich ihr wichtiger war als alles andere. Ich schließe meine Augen und sehe sie vor mir!

„Verstehst du, was ich dir damit sagen möchte?"

Die Frage drängt sich wieder in mein Bewusstsein.

„Nicht wirklich. Erläutere es mir. Bitte." Flüstere ich ihm mit geschlossenen Augen zu. Als ich sie öffne, blickt er mir direkt in die Augen.

„Das bedeutet, dass du freiwillig hier hergekommen bist, weil dich tief in deinem Herzen etwas dazu beweg hat. Wir konnten dich nicht herführen. Das hätte all unsere Pläne durchkreuzt. Aber die Liebe zu deiner Mutter und deren Liebe zu unserem Land hat dich hergerufen. Und nun steht deine Entscheidung an. Die Entscheidung für oder gegen uns. Für oder gegen dieses Land, die Welt der Avas und alles, was uns ausmacht.

Die Welten sind aus dem Gleichgewicht geraten als die Liebe versiegte. Und du…" er deutet liebevoll auf mein

Muttermal, „… du bist die Nachfolgerin der herrschenden Liebe. Nur du oder deine Nachkommen können uns retten. Aber das auch nur, wenn du dich freiwillig für uns entscheidest und an die Macht der wahren Liebe gelangst."

„Mehr nicht?" Auch in traurigen Situationen, oder gerade dort, hilft mir Sarkasmus oft aus der Misere.

Ich wische mir die Tränen aus den Augen und fange an zu realisieren, dass ich eine wichtige Schlüsselfigur für die Menschen und für die Avas bin. Denn sowohl die Welt der Menschen, also mein Vater Jonas, meine Freunde von der Uni, mein bisheriges Leben, wie auch das Land meiner Mutter, welches sie mit ihrem Tod verteidigt hatte, liegen in meiner Hand. Meine Entscheidungen sind so weitreichend, wie niemals zuvor in meinem kümmerlichen Menschenleben. Wie soll ich diesen Vorgaben gerecht werden?

„Mehr nicht. Es ist eine Entscheidung, die du treffen musst. Für oder gegen uns. Für ein normales irdisches Leben als Mensch, in einer herzlosen Welt, oder als Unsterbliche mit der Macht der Liebe um unsere Welten zu retten. So einfach ist es. Und doch so unendlich schwer.

Aber ganz egal wie du dich entscheiden solltest, wir, die Führungsriege, werden dich dahingehend unterstützen. Denn auch das haben wir deiner Mutter am Sterbebett versprochen." Er deutet auf das Tattoo unter seinem Shirt.

Eine lange Stille tritt ein.

Wie soll ich mich denn jetzt, hier und im Moment von meinem alten Leben verabschieden? Keinen von meinen bisherigen Lebensbegleitern wiedersehen und einfach mal so die Welten retten, wo ich doch nicht einmal so ganz genau weiß wo und in welcher Zeit ich mich hier gerade befinde. Ich fühle mich ankerlos. Wie ein Schiff auf einem tosenden Meer ohne Land in Sicht. Ohne einen Anker, der mich hält. Lauter helfende Matrosen, doch ich bin der Kapitän und weiß mir keinen Rat.

Wir löffeln weiter die Reste unseres Eintopfes.

Doch besonders eine wichtige Frage drängt sich von meinem Unterbewusstsein in mein Gehirn.

„Und warum um alles in der Welt bin ich momentan ohne Macht, wenn doch meine Mutter so mächtig war und mein Vater sogar ein Gott? Ich meine, warum hat sich dies nicht mit meiner Geburt auf mich übertragen?"

„Das ist eine berechtigte Frage." Nathan lässt seinen Löffel im leeren Teller kreisen. „Als deine Mutter mit dir in das Land der Menschen geflohen ist hat sich ein Schleier über dich gelegt, der dein ganzes bisheriges Leben über dir lag. Deine Macht konnte sich niemals entfalten, sich nicht manifestieren." Er schaut mich an.

„Du musst dich nicht hier und jetzt entscheiden. Die Führungsriege hat mich beauftragt dir die Fakten zu nennen und dir das Land deiner Mutter näher zu bringen. Wir werden circa eine Woche unterwegs sein. Danach hast du einen groben Überblick. Danach ist die Zeit deiner Entscheidung gekommen.

Doch wirklich, glaube mir, du kannst absolut frei nach deinem Willen entscheiden. Wenn du hier nicht mehr sein möchtest, werden wir dir den Weg zurück in dein irdisches Leben zeigen."

„Es gibt auch für mich ohne Macht wieder einen Weg zurück?"

„Ja, klar gibt es den. Hattest du Zweifel daran?"

„Schon …. Ich habe noch nicht allzu viel Erfahrung in den wenigen Tagen hier sammeln können. Außer mir scheint es hier keinen sterblichen Menschen …" diese Worte traue ich mich nur zu flüstern „zu geben. Ich bin davon ausgegangen, dass ich meine Familie und Freunde nie mehr sehen werde, da ich ohne Macht nicht mehr zurückkomme."

„Der Weg zurück ist tatsächlich noch einfacher für dich als der Weg hier her."

„Ach ja?" Ich staune und starre ihn verwundert an. Nathan macht sich einen Witz daraus und schmunzelt.

„Na klar, allein schon wegen der Schwerkraft. Ist doch logisch, oder?"

„Logisch!?!?"

„Na, von oben nach unten zu springen ist doch viel einfacher als andersherum."

„Ja, aber, was bedeutet das denn? Liegt die Erde, also die Welt der Menschen, unter Statera?"

„Ja, so in etwa kannst du dir das vorstellen. Hat Salvina dir das denn noch nicht erklärt. Oder Jana?"

„Nein, dafür war noch keine Zeit. Mein Gehirn sprudelt aber auch so bereits über vor lauter Seltsamkeiten."

„Ach, so seltsam sind wir nun auch wieder nicht. Wir verpesten unsere Umwelt immerhin nicht mit Abgasen und verbauen uns so unsere eigene Zukunft. Wir verdünnisieren uns einfach und tauchen an exakt dem Ort wieder auf, wo wir hinmöchten. Ohne auch nur die Avas um uns herum mit stinkigem Gas zu verpesten."

„1:0 für euch." Er hat mich zum Lächeln gebracht. Das schien auch sein Ziel gewesen zu sein. Sein Grinsen kommt von innen heraus. Es ist so ehrlich gemeint. So gut tut es. „Also, wie funktioniert es jetzt?"

„Stell dir die Welt der Götter und der göttlichen Wesen einfach auf einer hohen Ebene vor. Darunter liegt die Welt der Avas, der Unsterblichen. Und dann kommt in einer Ebene weiter unten die Welt der Menschen. Wie eine Etagere musst du es dir vorstellen. Immer eine Ebene niedriger. Immer eine Ebene machtloser und sterblicher. Die Götter sind wahrhaft unsterblich. Sie haben keine Nachkommen und bestehen seit Anbeginn der Zeit. Sie sind mächtiger als alles andere. Sie sind quasi der Inbegriff der Macht. Darunter kommen wir hier. Wir sind vom Grunde her unsterblich, können aber an unseren Schwachstellen verletzt und letztendlich doch getötet werden. Wir sind mächtiger als ihr Menschen aber nicht so wie die Götter. Und ihr Menschen habt nur ein wenige Macht in euch. Keine Zauberkräfte, aber Macht in eurer Seele. Zum Beispiel die Macht der Liebe in eurem Herzen, um andere Menschen für euch einzunehmen. Jedoch seid ihr sterbliche Wesen. Ihr könnt Nachwuchs zeugen - mehr als wir in unseren Leben - aber dafür ist eure Lebenserwartung weitaus kürzer, da ihr so verletzlich seid.

Verstehst du, was ich dir erklären möchte?"

Um es mir zu verdeutlichen hat Nathan eine Pyramide mit seinem Teller und zwei Gläsern gebaut, um die verschiedenen Ebenen zu verdeutlichen. Oben die Götter. Nicht viele. Viel Macht und absolut unsterblich. Darunter die Avas. Viel Macht und fast unsterblich jedoch wenig Nachkommen. Dann wir Menschen, kaum Macht und sterblich dafür viele Nachkommen.

„Ok, ja so verstehe sogar ich es." Ich zwinkere ihm zu.
„Und wie gelange ich jetzt von einer in die andere
Ebene?"

„Also, von der Ebene Mensch zu Ava hast du es mit viel
mentaler Kraft und Willen geschafft. In einer absoluten
Notsituation bist du durch die Magie und Kraft deines
Herzens hier hergelangt. Das haben die Wächter der
Königin spüren können."

„Sind die Engel die Wächter?"

„Engel? Oh, das sind wirklich keine süßen Wesen. Du
solltest sie nicht mit Engeln vergleichen. Sie sind
blutrünstige und magische Wesen, die nur darauf trainiert
wurden, den Willen der Königin umzusetzen. Dass sie dir
nichts getan haben, liegt nur daran, dass es der Wille der
Königin war."

Ich mache große Augen.

„Da es jedoch von der unteren auf die mittlere Ebene
nach oben geht, das wirst du sicher auch gespürt haben,
geht es den umgekehrten Weg, nach unten. Und das ist
wegen der Schwerkraft doch viel einfacher, oder meinst
du nicht auch?"

Ich nicke mit dem Kopf, möchte ihn jedoch nicht in seiner
Erklärung unterbrechen.

„Den Weg von der Ebene der Avas zu den Göttern haben
nur sehr wenige jemals gemeistert. Die Götter können
jederzeit zwischen den verschiedenen Ebenen wechseln.
Das hat dein ... Erzeuger ... schließlich auch getan als er
deine Mutter ... besucht ... hat ...", er gerät leicht ins
Straucheln.

„Aber ein Ava betritt diese Ebene nur sehr selten. Oder er kommt auf jeden Fall nicht unversehrt wieder herunter. Die Wenigen, die es geschafft haben, waren nie mehr so, wie sie einst waren."

„Also bedeutet das, du würdest mir, falls ich mich so entscheiden würde, auch wieder den Weg zurück zu meiner Welt weisen. Weil ... also ... ich habe dort meine Freundin in einer wirklich misslichen Lage zurückgelassen. Ich würde schon sehr gerne wissen, wie sie das Ganze überstanden hat."

Wieder treten mir Tränen in die Augen. Ich muss schniefen und wische die Tränen mit meinem Ärmel fort.

„Ich habe sie in einer tragischen Situation allein gelassen. Habe sie einfach dort liegen lassen und bin verschwunden." Ich schütze meine Augen mit meinen Händen.

Doch Nathan beruhigt mich.

„Weißt du Esme, unsere Welten unterscheiden sich in vielen Dingen. Vor allem in Raum und Zeit."

Die Tränen bahnen sich nun ihren Weg.

„Der Raum, dass sollte dir mit meiner wunderschönen Erklärung von vorhin bewusst geworden sein. Aber auch die Zeit ist eine andere. Siehst du es ist so: Du hast deine Freundin in einer Notsituation alleine gelassen, doch du kannst, wenn du es möchtest, genau dort hin, an diesen Ort und zu der gleichen Zeit wieder zurück kehren."

Ich traue meinen Ohren kaum und bin mir auch nicht sicher die Worte bei meinem Geschniefe richtig verstanden zu haben.

„Du meinst sie ist noch nicht verloren? Ich kann jederzeit zu ihr und sie aus der Situation befreien?"

Ich bin wie erstarrt und schaue auf seine Lippen, auf die wunderschön geschwungenen kräftig männlichen Lippen, und warte deren Antwort ab.

„Du kannst jederzeit als Mensch oder auch als Ava dorthin zurück und ihr helfen."

Ein Stein so groß wie ein Haus fällt von meinem Herzen. Mich wundert es, dass bei dessen Fall keiner der Avas in der Wirtschaft zusammengezuckt ist. Die Tränen versiegen nicht, sie wandeln sich in Freudentränen und sie fließen wie ein gieriger Fluss. Ein Fluss aus Freude und Erleichterung. All die erdrückenden Gedanken an Laura und die fremden Männer, an ihr Schicksal, in dem ich sie habe allein zurück gelassen, verschwinden und zurück bleibt ein positives Gefühl, dass ich sie befreien kann.

Nathan sieht mich weinen. Weinen vor Glück. Er kommt um den Tisch herum und drückt mich an seinen Köper.

„Ach, Dummchen ... warum hast du mich nicht gefragt? Warum schleppst du eine solche Last allein mit dir herum?" Er beugt sich nach unten und hebt mein Gesicht, damit er es sich genauer betrachten kann.

„Wir von der Führungsriege sagen uns alles. Wir teilen jeden Gedanken. Wir helfen einander und vertrauen einander mit allem, für was wir stehen. Wir sind eine Familie. Und du, Esme, du gehörst doch schon lange dazu. Wir helfen dir. Du hilfst uns. So einfach ist das, hörst du?"

Er drückt mich fest an sich. Mein Gesicht wird an seinen Bauch gedrückt. Es fühlt sich wirklich nicht unangenehm an, denn seine festen Muskeln unter dem weißen Shirt streicheln verheißungsvoll meine Wangen. Ich schäme mich nicht für diese Gedanken.

21

Der nächste Tag bringt uns über die Bergkette, welche von Ost nach West durch das Land verläuft. Es handelt sich um eine Ansammlung kleinerer Berge, die im Frühling oder Sommer nicht mit Schnee bedeckt wären. Warum sie es nun Ende März trotzdem sind, weiß ich jetzt.

Wir fliegen unmittelbar über die Bergkette hinweg und ich staune nicht schlecht, als sich die Morgenstrahlen der Sonne in den weißen Bergen reflektieren.

Das Gespräch am gestrigen Abend ist noch lange verlaufen. Wir haben uns stundenlang ausgetauscht über die verschiedensten Dinge in unserem Leben. Ich habe Nathan von meinem Vater Jonas, meinem Studium und meiner WG, von meinen Freunden und meinem letzten Tag unter ihnen erzählt. Und vor allem von der Situation, aus der ich geflohen bin.

Er wiederum erzählte mir von seiner Kindheit, seiner Jugend im College. Wie hart es dort zuging, und was vorausgesetzt wird. Von seinem Vater, der als General einiges von ihm abverlangt. Von seinem Zuhause und seiner Liebe zum Fliegen. Dann demonstrierte er mir noch wie er seine Flügel einfahren kann. Es war mir nicht bewusst gewesen, dass so etwas möglich wäre. Rein anatomisch ein absolutes Wunder und mit meinem Medizinstudium nicht erklärbar.

Nun fallen mir in den Lüften so früh am Morgen die Augen immer wieder zu. Ich hätte das Gespräch früher unterbrechen sollen. Doch es war sehr interessant gewesen die Unterschiede unser beider Leben festzustellen. Wie viel Lebenserfahrung Nathan mit seinen knapp zweihundert Jahren bereits gesammelt hatte. Wie sollte ich das mit meinen jämmerlichen zwanzig Jahren und meinen bescheidenen Erfahrungen gleichsetzen. Und doch sah er nicht älter aus als ich.

Er setzt zur Landung an.

Wir landen kurz vor einer kleinen schneebedeckten Siedlung. Direkt auf der Rückseite der Bergkette mit Blick in eine große Tiefebene.

„Hier sind wir in einem kleinen unscheinbaren Dörfchen angekommen, welches bekannt ist für seine mächtigen Waffen. Der Schmied ist ein absolutes Genie auf seinem Gebiet. Die Waffen strotzen nur so vor Macht.

Wenn die Krieger unseres Landes alle mit diesen Waffen ausgestattet wären, wären wir nicht mehr zu stoppen. Kein Feind weit und breit könnte mehr gegen uns ankommen. Doch die Waffen sind rar. Sie sind Einzelstücke. Sie besitzen so viel Macht, dass sie nicht in Massen produziert werden können. Denn dann würde der Schmied ausbrennen. Er würde es nicht überleben."

Ich scheine ungläubig zu schauen. Wie so oft in den letzten Tagen. Ich komme mir so vor wie ein kleines Kind, dem die Mutter das Leben in einer Stadt erklärt. Allerdings alles und auf einmal. Ohne Punkt und Komma.

Nathan zieht mich an der Hand durch die wenigen Straßen des Ortes Ares bis wir vor der Schmiede ankommen. Er öffnet wie selbstverständlich die Tür und grüßt den Schmied höchstpersönlich. Er tuschelt ein paar wenige Worte mit ihm und dreht sich dann wieder zu mir um.

Ich versuche unscheinbar zu wirken und möchte nicht, dass der Schmied sich nach mir erkundigt. Es scheint mir besser zu stehen unerkannt zu bleiben.

Nathan führt mich weiter durch die Schmiede. Das Feuer in der Mitte prasselt und einige Mitarbeiter stehen am Blasebalg, am Ambos oder an den Regalen rings um die große Feuerstelle.

Sie scheinen keine Notiz von mir zu nehmen.

Er führt mich weiter hinein in das glühende heiße Haus, weiter bis ganz nach hinten durch.

Dort zeigt er mit einer großzügigen Handbewegung auf einen großen Tisch. Darauf befinden sich etliche Dolche, Schwerter und Messer.

„Such dir eine Waffe aus. Du bist momentan unbewaffnet. Das sollte so nicht sein."

Noch nie in meinem Leben habe ich mir eine Waffe ausgesucht. Keine um mich gegen Feinde wirklich zur Wehr zu setzten. Ich hatte angenommen, dass ich dies auch niemals tun müsste. Auch nicht hier. Immerhin scheine ich doch über Truppen der Armee verfügen zu können, oder?

„Dein Ernst?"

„Absolut!"

Ich schaue sie mir an. Alle hintereinander. Erst die Messer. Dann die Schwerter und schließlich die Dolche.

Jedes ist ein Einzelstück. Ein Meisterwerk allein schon der Optik wegen.

Sie sind verziert mit Edelsteinen und Zeichen die sich mir nicht erschließen.

Ich lasse den Blick langsam darüber streifen.

Mein Gehirn wägt ab. Ein Schwert wäre für meine Körpergröße viel zu mächtig. Jedoch könnte ich mir so die Feinde auf Abstand halten. Ein Messer - dafür müsste mein Gegner schon sehr nah an mir dran sein.

Instinktiv bleibe ich vor den Dolchen stehen. Meine Hand schwebt darüber und berührt die Verzierungen und edlen Steine. Und wie ein Magnet gleitet meine Hand zu einem der schönsten Schmuckstücke auf dem Tisch.

Ich kann nichts dagegen tun. Ich werde von ihm angezogen. Als meine Hand einige Zentimeter davon entfernt ist gleitet mir der Dolch in meine Hand.

Ich stehe sprachlos da und schaue zu Nathan.

„Ja, so etwas habe ich mir schon gedacht." Er schaut bedächtig durch seine Augenbrauen zu mir herüber.

„Lass mal schauen welches du dir ausgesucht hast."

Ich zeige es ihm, ohne es jedoch aus meiner Hand zu geben.
Er streicht mit seinen Fingern über die Zeichen.
„Die Macht der Liebe."

„Mmhh? Was meinst du?"

„Das bedeuten diese alten Runen. Es sind die Zeichen der Götter. Es ist die Sprache, in der sie sich verständigen. Die Zeichen, die seit Anbeginn der Zeit deren Tempel schmücken.

Nur die mächtigsten Krieger können damit umgehen. Und nur die, die ihrer würdig sind, werden erwählt."

Ich bin mir nicht sicher, ob er mich damit meint.
Er schließt mit seinen Fingern meine Hand um den Griff des Dolches.
„Komm wir gehen, wir sind fertig."

Ich folge ihm.

22

Wir übernachten heute nicht so angenehm wie in der letzten Nacht. Es ist kein Gasthaus, in dem wir uns zur Ruhe begeben, vielmehr eine alte leerstehende Hütte.

„Diese Hütte dient als Unterschlupf, wenn wir hier in der Gegend sind. Immer für den Fall, dass wir auf herkömmlichen Weg reisen müssen. Und die Reise vom Haus der Liebe bis zum College dauert einfach zu lange. Da kommt uns diese Zwischenstation recht."

Es ist kühl in der Hütte. Die Feuerstelle scheint lange nicht genutzt worden zu sein, doch der Holzstapel daneben ist aufgefüllt. Nathan macht mit einigen Holzscheiden und ein wenig Magie schnell Feuer in der kleinen Hütte.

Sie hat einige Betten, die rings um die Feuerstelle verteilt sind. Einen Tisch mit zahlreichen Stühlen und einem abgetrennten WC und Waschgelegenheit. Das war es. Mehr gibt es nicht. Das bedeutet für mich, dass ich in dieser Nacht mein Zimmer mit Nathan teilen werde.

„Bevor es dunkel wird, sollten wir noch etwas jagen gehen. Es fängt bereits an zu dämmern. Möchtest du mit auf die Jagt oder erhitzt du bereits das Wasser?"

Ich entscheide mich für letzteres und hoffe durch diese Arbeitsteilung schneller an mein Abendessen zu kommen. Die Vorräte aus dem Rucksack sind bereits seit einigen Stunden aufgebraucht.

„Wasser findest du im Brunnen hinter dem Haus."

Mit diesen Worten verlässt er das Gebäude. Und zum ersten Mal bin ich auf dieser Tour durch das Land allein. Also ich meine so richtig allein und nicht Nathan im Nachbarzimmer nur durch eine dünne Wand getrennt. Ich bin mir nicht sicher, ob ich der einfachen Tätigkeit das Wasser zu erhitzen nachkommen kann oder ob ich meinem Körper erlaube in eine Starre zu verfallen oder noch schlimmer in einen ausgewachsenen Heulkrampf.

Doch noch während ich mir darüber Gedanken mache, schwingt die Tür wieder auf.

Doch es ist nicht Nathan der sich mir gegenüberstellt. Zwischen mich und die Tür. Dem sicheren Ausgang. Es ist ein Wesen, welches mindestens zwei Köpfe größer ist als ich. Und es stinkt. Es stinkt nach ranzigem Fett, Schlamm und Moder. Mehr als dass es auf zwei Beinen steht und Haare am gesamten Leib hat kann ich nicht sagen, denn das Tageslicht, welches noch leicht durch die Tür herein schimmert, blendet mich.

Ich reagiere für meine Verhältnisse gelassen. Überprüfe all meine Sinne.
Es stinkt.
Ich höre das Gerassel des Atems der Bestie.
Tasten kann ich sie noch nicht, denn sie steht zwei Schritte von mit entfernt.

Schmecken möchte ich sie nicht, sonst muss ich mich übergeben.
Doch beim Tasten fällt mein Gedächtnis auf mein Bein. Nathan hatte mir vorhin meinen Dolch in eine Lederscheide am Bein befestigt. Meine Rettung. Ich greife danach und zücke das gute Stück. Keinen Moment zu früh.

Ich schreie instinktiv auf und die Bestie nimmt das zum Anlass sich mit voller Wucht auf mich zu stürzen.

Ich reiße den Dolch mit einer Handbewegung zwischen mich und das Untier und halte ihn mit voller Kraft gestreckt. Seine langen Zähne, welche ich nun direkt vor meinen Augen aufblitzen sehe, fletschen nach mir. Doch mein Dolch versinkt in dem haarigen Leib. Das Tier hält ruckartig inne, so als ob es nicht von der Leine gelassen wurde und zurückgezogen wird. Ich schreie weiterhin, halte meinen Dolch fest. Vom Medizinstudium her weiß ich, dass man Gegenstände dringend in der Wunde lassen sollte, bis der Arzt sie im OP entfernt, um die dann offene Verletzung sofort zu versorgen. Also tue ich das Gegenteil. Ich reiße den Dolch an mich und stoße ihn erneut in das stinkige Wesen. Das Blut spritzt wie auch bei dem ersten Stoß auf mich und den Boden. Mein Gegner macht unmenschliche Geräusche. Was mich nicht verwundert, es handelt sich um ein unsterbliches Irgendwas.

Ich schreie aus Leibeskräften, aber nicht um Hilfe, sondern weil ich das Etwas vor mir erledigen möchte. Ich will es tot sehen.

Das Tier taumelt nach dem zweiten Stoß zurück. Noch immer schnappt es mit den Zähnen und seine Vorderbeine oder Arme - was auch immer - versuchen mich zu sich zu ziehen. Es streckt diese aus und hätte ich meinen Dolch nicht so unheimlich schnell in seinem Gesicht versenkt, hätte es mich wahrscheinlich gefasst, denn die Vorderbeine sind bedeutend länger als meine Arme.

So fällt das Wesen einfach um. Jedoch nicht, ohne mich noch im Fall lauthals anzufauchen in seiner Sprache. Das Blut spritzt. Der Dolch hat es zwischen seine Augen geschafft.

Ich reiße ihn noch in derselben Handbewegung wieder heraus, denn ich weiß, ohne den Dolch bin ich wehrlos.

Just in dem Moment als das Wesen zurücktaumelt und auf den Boden fällt erscheint Nathan im Türrahmen.

Er ist außer Atem, hält in der Hand ein gefiedertes Kleintier und ist der Einzige in der Runde der sauber erscheint.

In Sekundenbruchteilen hat er die Lage sondiert und stellt fest, dass ich unversehrt bin. Er stürzt sich mit seiner Waffe zu dem Untier und lässt indes unser Abendessen auf die Türschwelle plumpsen.

„Der Werwolf ist tot."

Ich bin erleichtert. Erleichtert darüber dem Wesen den Garaus gemacht zu haben.
In der nächsten Sekunde schaue ich an mir herab. Sehe meine blutverschmierten, zitternden Hände. Rieche erneut den Gestank, der mit dem offenen Leib des Wesens nicht besser geworden ist und taumele zurück. Mir ist schlecht. Ich presse die blutige Hand auf den Mund und schaffe es nur gerade so noch zur Toilette, wo ich mich mehrfach übergeben muss.
Ich würge und würge. Ich bin mir nicht sicher was genau mich dazu veranlasst. Sei es das Töten eines Wesens oder der fürchterliche Gestank. Wahrscheinlich ist es eine Kombination.
Es war furchtbar. Auch die Zeit auf der Toilette scheint mir nicht viel angenehmer.

Meinem Körper widerstrebt diese Abwehrreaktion meines Überlebenswillens.

Zwischen dem Würgen legt Nathan mir einen kühlen Lappen auf die Stirn.

Nachdem er die Sauerei im Zimmer beseitigt hatte, kam er zu mir. So habe ich noch nie jemandem gegenüber mein Innerstes nach außen gekehrt.

Aber ich habe keine Kraft mehr daran etwas zu ändern. Ich bin froh darüber das er da ist. Er setzt sich hinter mich und wartet bis ich fertig bin. Dann birgt er mich zum Feuer. Ich zittere vor Schwäche und Ekel zugleich. Diesen Gestank des Wesens bekomme ich sicher nicht mehr aus meiner Nase. Nie, nie wieder. Er reicht mir einen warmen Tee aus den Vorräten des Hauses. „Geht's wieder?" Seine Stimme ist sehr fürsorglich. Er macht sich wirklich Gedanken um mein Wohlergehen.

„Ich habe keine Ahnung", gebe ich zu.

„Mein erstes Töten hat mir auch sehr zugesetzt. Ich war damals zum Jagen im Wald. Wahrscheinlich so circa zehn Jahre alt. Es hat mich fertig gemacht, dass Tiere für mein Essen sterben mussten. Doch dann hat mein Vater mir den Kreislauf des Lebens erläutert. Einige Zeit habe ich mich nicht mehr von Fleisch ernährt. Doch als ich dann kurz darauf ins College kam, musste ich bei Kräften bleiben. Da habe ich wieder damit angefangen."

Seine Worte hallen noch in meinem leeren Kopf nach.

„Was war das vorhin? Ein Werwolf?"

„Ja, furchtbare Kreaturen. Mehr Wolf als Mensch. Aber eine ekelhafte Art von Wolf. Nicht majestätisch oder würdevoll. Nur darauf aus Tod und Verderben zu bringen."

Davon bin ich überzeugt.

„Warum ist er hier im Land der Liebe?"

„Das kann ich dir auch nicht sagen. Im Normalfall sind unsere Landesgrenzen geschützt vor Wesen anderer Länder. Auch die anderen Länder haben ihre Grenzen versiegelt. So wird der Friede gewahrt. Er scheint jedoch irgendwo eine Lücke im Schutzzauber gefunden zu haben. Oder er ist bereits seit langer, langer Zeit hier."

Eine lange Stille legt sich über uns. Ich liege auf einer Holzpritsche, die als Bett dient und schlürfe hin und wieder an meinem Tee. Auf das Abendessen, welches mittlerweile auf dem Feuer brodelt, ist mir der Appetit vergangen.

„Der Werwolf ist ein Wesen aus dem Land der Eitelkeit. Eine durchaus hässliche Kreatur. Die hässlichste unter den eitlen Gesellen dort."

Nathan ist zu mir herübergekommen und deckt mich liebevoll mit einer weiteren Decke zu, da mein Körper noch immer zittert.

„Die Wesen und die Avas der Eitelkeit kann man nur mit einem beherzten Stoß zwischen die Augen töten. Hast du das vorher gewusst?"

„Nein." Mehr bekomme ich nicht mehr über die Lippen. Mir fallen allmählich die Augen zu. Im Halbschlaf höre ich Nathan weitersprechen: „Ich bin froh, dass wir heute zuerst beim Schmied waren. Ich werde dich in Zukunft nicht mehr allein lassen. Nicht, bevor du ausgebildet bist. Ich hätte es mir nicht verzeihen können, wenn dir etwas geschehen wäre. Du scheinst eine mächtige Kriegerin zu werden, wenn du heute schon ohne Erfahrung einen Werwolf hast töten können." Er streichelt mir über den Rücken. Es fühlt sich so an, wie meine Mutter es früher immer getan hat. Leichte kreisende Bewegungen, bis ich eingeschlafen war. Ich habe es so sehr geliebt.

23

Am nächsten Tag weicht Nathan nicht mehr von meiner Seite. Er hat mir keine Einzelheiten mehr über gestern erzählt. Nicht, wo er dieses abartige Wesen entsorgt hat oder wie er mich wieder sauber bekommen hat. Ich habe mir auch keine Gedanken darum gemacht.

Fakt ist lediglich, dass es mir heute schon wieder sehr viel besser geht. Heute Morgen habe ich nach einem tiefen traumlosen Schlaf die Augen geöffnet und beschlossen nie mehr wehrlos zu sein. Nicht vor einem Werwolf, aber auch nicht vor Männern in schwarzen Lederjacken.

Nathan hat mir angeboten, dass wenn ich mich dafür entscheide im Land der Liebe zu bleiben, er sich höchstpersönlich um meine Nahkampfausbildung kümmern wird.

Unsere Reise geht weiter. Zwei Tage reisen wir noch bis zum College. Wir übernachten zwischendurch in einer Gaststätte, nachdem Nathan mir einen riesigen Bauernhof in der Tiefebene nahe dem großen Fluss gezeigt hatte.

Eine solche Situation wie in Ares ist nicht noch einmal geschehen.

Das College, welches sich nun direkt vor meinen Augen in den Berghängen des großen Gebirges erhebt, ist eine riesige Schlossanlage. Altehrwürdig liegt es vor uns im Schnee versunken.

Als wir auf einem Plateau vor dem eigentlichen Eingangstor zum Landeanflug ansetzen, sind zwei bewaffnete Krieger bereits zum Empfang angetreten. Sonst sehe ich keine Avas. Das müssen sicher Ismail und Aaron sein. Die Avas der Führungsriege mit denen ich noch keine Bekanntschaft gemacht habe. Von oben betrachtet sehen sie schon wie bullige Türsteher aus, bewaffnet bis an die Zähne. Und im Landeanflug hätte ich Angst entwickelt, wüsste ich nicht, dass sie uns freundlich gesinnt sind. Wir setzen zur Landung an, laufen die letzten Meter mit Schwung noch aus und kommen unmittelbar vor den Männern zum Stehen. Mein Blick ist auf die in Leder gekleideten Krieger gerichtet. Und ich bin sichtlich verdutzt.

Einer der Männer reicht mir die Hand entgegen und begrüßt mich wie eine alte Bekannte. Doch, das sind wir auch ... so irgendwie.

„Esme, es ist wunderschön, dich hier bei uns am College begrüße zu können."

Nathan stellt mir die Herrschaften vor: „Das ist Ismail, der ..."

„... Kioskbetreiber aus meiner Straße", Entgegne ich ihm.

„Ja, genau, ich sehe du hast ihn wieder erkannt." Nathan ist nicht im Mindesten überrascht. Keiner hier ist es. Außer mir.

„Ich hatte den Auftrag dich im Auge zu behalten. Auf dich zu achten und drohenden Schaden abzuwenden. Mein Auftrag ist nun vorbei. Jetzt bin ich wieder in meine alte Heimat gezogen." Stolz zeigt er auf das College mit den vielen großen und kleinen Erkern.

„Und das hier, das ist Aaron. Er ist mit Ismail der Leiter dieses College. Sie sind für die Ausbildung der Krieger für deine Armee verantwortlich. Zehn Jahre lang durchwandern die Rekruten dieses Gemäuer. Von Krieg, Kriegsführung, Geschichte bis hin zu Religion. Sie lernen alles, was man zum Überleben ohne Magie benötigt. Außerdem lernen sie aber auch alles, was sie mit ihrer Magie anrichten können. Sie verfeinern ihre Künste im Verdünnisieren, im Gebrauch von minderer Magie und in der Zubereitung von Nahrung. Denn auch das muss in freier Wildbahn gelernt sein. Fern ab von regulären Küchen oder dem Hochgenus einer Mensa. Auf dem Schlachtfeld soll schließlich Keiner verhungern."

Auch ihm schüttele ich höflich die Hand.

„Auch ich heiße dich hier herzlich willkommen. Wir freuen uns darauf dir das College zu zeigen. Auch, wenn du unser Land gerade erst kennen lernst, du kannst sicher sein, wir haben hier die fähigsten Krieger ausgebildet. Und restlos alle würden für ihr Land ihr Leben geben. Sie wären stolz darauf so einen Angriff abwehren zu können und so Friede für das Volk zu bewahren."

Wir wechseln einige nette Worte und treten dann gemeinsam durch den großen Torbogen ins Innere des Colleges.

Direkt hinter dem Bogen erschließt sich ein großer Hof. Dahinter beginnen die einzelnen Türmchen und großen Gebäude. Alle aneinandergereiht und miteinander verbunden. Eine perfekte Verteidigungsanlage, an den Hang im Hintergrund gebaut.

„Wir dachten uns, ihr möchtet euch bestimmt einmal ein Bild von unseren Schülern machen. Einige befinden sich bereits in der Sparringhalle und trainieren. Ihr werdet sehen, es geht heiß her."

Mit heiß her meint Aaron zwar sicher die Fausthiebe und Schläge, die die Rekruten nach und nach einstecken müssen. Doch meine Augen erblicken noch etwas durchaus anderes. Bestimmt fünfzig junge Männer zwischen achtzehn und zwanzig Jahren reihen sich aneinander, um dem Kampf in ihrer Mitte in einem großen Ring, welcher mit Matten ausgelegt wurde, gespannt zu folgen. Alle in Lederhose gekleidet. Nur in Lederhose. Die Oberkörper mit der glitzernden Haut sind freigelegt. Es bietet sich mir ein angenehmer Anblick.

„Es trainieren hier die Abschlussjahrgänge. Sie bereiten sich für ihre Prüfungen vor." Diese Tatsache interessiert mich im Moment nicht.

Ich betrachte mir die jungen Herren einen nach dem anderen. Keiner von ihnen ist hässlich oder entstellt. Allenfalls zieren Tattoos oder Narben ihre geschmeidigen, gestählten Körper. Sie wirken, als seien sie mitten in ihrem Element. Frauen erblicke ich hier keine, dabei sagte Nathan doch, dass auch Frauen hier trainieren.

„Wo sind die Frauen? Ich erblicke nur Männer."

„Ja, das ist richtig. Hier ist die Abteilung der Männer. Die Frauen trainieren gerade nicht. Wir haben beschlossen sie in manchen Fächern getrennt voneinander zu unterrichten. Sie haben andere Fähigkeiten, andere Geschicke. Wir waren uns darüber einig, dass diese gefördert werden müssten."

Wir treten näher an den Ring und schauen uns das Spektakel an. Die beiden Gegner dürfen hier keine Magie nutzen. Lediglich Muskelkraft zählt. Sie beide wirken völlig fokussiert, lassen sich durch uns nicht beeinflussen. Der

Kampf ist hart. Auch wenn es sich hier nur um ein Training handelt. Es fließt auch Blut. Aber das scheint keinem von beiden etwas aus zu machen. Sie kämpfen bis ihr Trainer den Kampf als beendet erklärt. Anschließend gibt er ihnen eine Rückmeldung und Verbesserungsvorschläge.

Die Demonstration ist beendet. Die anderen wenden sich schon ab und gehen weiter, aber mein Blick ruht noch weiter auf den beiden gutaussehenden Kriegern. Die Wunden des einen scheinen in Sekunden zu verheilen. Der Blutfluss stoppt und das Fleisch wächst vor meinen Augen wieder zusammen. Spektakulär. Aber ich vergesse gelegentlich, dass alle um mich herum unsterblich sind.

Den Gang nach rechts nehmend unterhalten sich die Herren in meiner Begleitung über Belangloses. Ich höre heraus, dass die drei zusammen hier die Schulbank gedrückt haben.

Sie sind wohl gute Freunde. Sie juchzen und klönen über ihre Streiche während der Schulzeit.

„Ach, und weißt du noch während der Wintersonnwendfeier, damals in unserem ersten Jahr..."

„Wie könnte ich das vergessen..."

Doch meine Ohren können dem nicht folgen.
Meine Gedanken sind auf mein Innerstes fokussiert. Ich bereite mich auf meine Entscheidung vor.
Den dritten Brief meiner Mutter hatte ich im letzten Gasthaus gelesen. Er verriet mir die gleichen Informationen wie auch Nathan es tat. Es war deckungsgleich.
Wenn in einigen Tagen diese Reise zu Ende gehen wird, muss ich mich entscheiden. Doch dies wäre die wichtigste Entscheidung meines Lebens. Denn dann würde ich über dieses entscheiden. Ein Leben hier bedeutet Blut, Krieg

und Gemetzel. Aber es bedeutet auch meiner Mutter und dem Land ihrer Träume nahe zu sein. Das zu vollenden, was sie nach der Herrschaft meiner Großeltern aufgebaut hatte. Mir graut es vor dem Tag der Entscheidung.

Außerdem muss ich dringend vorher noch Nathan fragen, was genau meine Aufgabe sein wird. Wie kann ich genau an die Macht gelangen? Wie kann ich das Land und auch die Welt der Menschen von diesem Fluch befreien?

Wir schlendern weiter durch das Gemäuer. Die beiden Gastgeber zeigen uns die riesige Bibliothek, den Tempel, der wie ein Ruhepol in den Berg gebaut ist, die Zimmer der Rekruten und schließlich die Mensa, in der sie uns zum Essen einladen.

„Heute gibt es Kartoffeln, Gemüse und Wildschwein. Wir sitzen gleich dort drüben, oben auf dem Podest. Dort unten sitzen die Schüler." Ismail weist mich freundlich zurecht. Dann gehen wir zur Essensausgabe.

Die Schüler an denen wir vorbei gehen, scheinen nicht sonderlich ehrfürchtig vor den Leitern des College zurückzuweichen. Es handelt sich eher um eine freundschaftliche Begegnung. Dies schließe ich aus einigen kurzen Gesprächen, die die beiden mit den jungen Avas führen.

„Und, Esme, wie gefällt es dir hier? Es hat sicher nicht allzu viel mit eurer Uni gemein, oder?"

„Oh, Ismail, da hast du recht. Die Uni wirst du ja in der Nähe deines Kiosks gesehen haben. Da liegen im wahrsten Sinne des Worte Welten dazwischen." Wir müssen allesamt lachen.

„Aber du hast Recht gehabt. Ich fühle mich hier wohl und die Schüler machen auch einen guten Eindruck auf mich. Sie wirken, obwohl sie nicht älter als ich sind, sehr erwachsen und zielorientiert."

„Ja, das hast du gut beobachtet. Neben allem Lehrinhalt vermitteln wir auch Werte wie ein gutes Miteinander und Teamarbeit. Bereits die Jüngsten müssen in Zusammenarbeit mit den Abschlussjahrgängen Aufgaben erledigen, die keiner allein überwältigen kann. Es geht nur miteinander und nicht ohne Vertrauen. Das ist wichtig für den Fall der Verteidigung. Da muss man sich auch aufeinander verlassen können, richtig meine Herren?"

„Ja, Ismail, das ist so viel mehr wert. Zusammenhalt zählt einfach so viel. Damals, als wir uns im Krieg befanden, wir waren gerade mit der Schule durch, und wollten uns eigentlich erst einmal in der Armee unter Nathans Vater einfinden, da haben wir drei zusammen gekämpft. Es war ein harter Kampf. Wir waren so alt wie du jetzt, Esme. Aber wir haben es geschafft. Wir sind als Sieger aus dem Gemetzel hervorgetreten und konnten es unseren Gegnern beweisen. Bis zum heutigen Tage hat es keiner mehr gewagt gegen unser Land anzutreten. Denn wir sind mächtig. Sehr mächtig. Doch Esme, Nathan hat dich sicher über unsere Lage aufgeklärt?" Aaron, schaut in Nathans zustimmendes Gesicht.

„Wir brauchen deine Hilfe. Wir brauchen deine Macht. Auch wenn du jetzt vielleicht noch nicht alles verstehst oder dich machtlos fühlst, glaube mir, wir brauchen dich und du wirst diese Macht ebenso brauchen. Denn auch dein bisheriges Leben wird immer schlechter werden, ohne die Macht der Liebe. Auch in der Welt der Menschen."

„Esme wird sich am Ende unserer Reise entscheiden. Wir sollten sie nicht drängen." Nathan versucht es damit gut sein zu lassen. Es kommt mir recht, dass eine allgemeine Aufbruchsstimmung unter den Schülern herrscht. Denn nun beenden auch wir unsere Mahlzeit und bekommen unsere Zimmer zugewiesen.

Es sind kleine Kammern mit je zwei Betten und einem kleinen Bad. Außerdem befindet sich jeweils noch ein Regal, zwei Schreibtische und zwei Schränke darin. Das war es. Kein Schnickschnack.

„Es ist wahrscheinlich nicht ganz so luxuriös wie in deinem Haus, aber für eine Nacht wird es sicher seinen Dienst tun."

„Ja, klar, auf jeden Fall. Vielen Dank für die Führung durch das alte Gemäuer."

„Stets zu Diensten." Ismail zwinkert mir zu.

Als er sich schon umdrehen möchte, rufe ich ihm noch etwas zu: „Ismail. Warte kurz. Vielen Dank, dass du in der Welt der Menschen nach mir geschaut hast. Ich fand dich dort immer recht freundlich und offen. Dass du einen besonderen Dienst hattest, wusste ich zwar nicht, aber es jetzt zu hören tut irgendwie gut. Danke."

Ich lege den Arm auf seinen. Mein Dank kommt von Herzen.

„Ich habe das gerne getan. Außerdem war es eigentlich kein schwerer Job. Wir wussten nur nicht, wie sich die Lage entwickelt, nachdem deine Mutter von uns gegangen war. Es hätte auch alles ganz anders kommen können. Deine Mutter, Salvina und ich haben uns diesen Plan ausgedacht. So konnten wir deine Mutter auch ein wenig beruhigen, dass du auch ohne sie nicht komplett auf dich allein gestellt sein wirst." Er neigt sein Gesicht und schließt die Augen leicht.

Immer wenn die Avas von meiner Mutter sprechen, schwingt eine Melancholie in ihrer Stimme mit. Ganz so, als hätten sie selbst eine Mutter mit ihr verloren.

„Danke", sage ich erneut.

Er schaut mich an, lächelt, und lässt mich mit Nathan allein.

Es ist noch nicht spät am Abend und so beschließen wir uns, nach einer kurzen Pause, erneut für einen kleinen Spaziergang auf dem Außengelände zu treffen.

24

Das Außengelände liegt ebenfalls hinter den dicken Mauern des Colleges. So kann es lediglich aus der Luft direkt eingesehen werden. Es handelt sich um eine Rasenanlage mit einigen Rosensträuchern. Der Schnee wird durch große Feuerstellen rings rum ferngehalten. Wir streifen zu zweit das Gemäuer entlang und Nathan zeigt mir einige geheime Ecken und Winkel, an denen sich zu seiner Schulzeit die Jungs mit den Mädels getroffen hatten oder heimlich Alkohol versteckt war. Es klingt fast so wie in meiner bisherigen Welt.

Wir passieren gerade die Außentrainingslager mit den Ringen zum Sparring, als ich mich endlich traue eine Frage zu stellen, die mir bereits lange auf der Seele brennt:

„Was genau kann ich tun, um uns allen zu helfen? Also du sagtest, ich benötige dafür die Macht der Liebe. Aber wie kann ich sie erlangen?"

„Esme, hör zu, dass ist eine wichtige Frage. Es gibt grundsätzlich mehrere Möglichkeiten. Doch die, die ich dir nun nenne, ist die für dich am schmerzlosesten.

Du nimmst am Wettkampf zur Sommersonnenwende, dem Duell der Krieger teil. Wenn du gewinnst, hast du den Wunsch der Götter frei. Du erinnerst dich, dass ich dir davon erzählt habe?"

„Ja, aber daran nehmen Krieger teil. Wie soll ich denn gegen all diese mächtigen Muskelprotze gewinnen können? Und außerdem sind es bis dahin nur noch gute zwei Monate."

„Ja, richtig. Und deshalb haben wir einen Trainingsplan für dich entworfen. Vorausgesetzt, du entscheidest dich für uns. Für das Land der Liebe und deiner Mutter."

Eine Weile laufen wir schweigend nebeneinanderher. Es ist keine erdrückende Stille, wie zwei Fremde sie empfinden würden. Es tut gut, den Gedanken die Möglichkeit zu geben sich zu entwirren.

„Und ihr seid der Überzeugung, dass ich das schaffen könnte?"

„Ja. Wir haben uns das lange überlegt. Es scheint uns die einzig sinnige Möglichkeit zu sein.

Die Regeln sind ziemlich einfach. Es können sich pro Land jeweils drei Avas qualifizieren. Die Magie der Teilnehmer wird gehemmt. Dahingehend hast du also keine Nachteile den anderen gegenüber.
Im Normalfall werden die besten der Abschlussklassen zum Wettkampf zugelassen. Da dies jedoch nirgends per Gesetzt so festgelegt ist, haben wir die Regel in unserem Land für dieses Jahr einfach ausgesetzt. Bedeutet, du musst dich nicht im vornhinein qualifizieren, du bist gesetzt."
Er schaut mich von der Seite her an um sich zu vergewissern, ob ich verstanden habe. Habe ich.
„Der Wettkampf zur Sommersonnenwende dauert insgesamt eine Woche. Mit inbegriffen ist jedoch auch der Einberufungstag. Somit sind es sechs Wettkampftage die direkt aufeinander folgen. Jedes Land legt einen Wettkampf fest.

Der Austragungsort ist in der Nähe des Palastes, also auf neutralem Gebiet. Beendet wird der Wettstreit entweder durch Gewinn, durch Aufgabe oder durch Tod. Wer aufgibt hat nie wieder die Möglichkeit daran teilzunehmen. Wer gewinnt schon. Wer stirbt…Naja ich denke das ist selbsterklärend.“

Das sind also die Spielregeln des Spiel des Lebens.

Die Worte sacken erst langsam bei mir.

„Und was wäre eine andere Möglichkeit, um an die Macht zu kommen und so das Gleichgewicht wieder herzustellen?“

„Tja, diesen Weg hat noch keiner vorher überlebt. Daher glaube ich, sollten wir dies nicht in Erwägung ziehen. Aber in den Büchern der Gelehrten, im Land des Glaubens, ist es erklärt:

Unsere Welt besteht aus sechs Ländern: dem Land der Hoffnung, des Glaubens, der Liebe, der Eitelkeit, des Zorns und des Neides. Ist eine Herrschaft verwaist, kann es vorübergehend durch die anderen ausgeglichen werden. Aber nicht über Jahre hinweg. Was dann geschieht merkst du hier gerade.“

Er zeigt auf das Land in Richtung der Tiefebene.

„Würde jeder Herrscher dir ein Stück seiner Macht abgeben und die Weisen des Land des Glaubens die richtigen Zauber über dich aussprechen, könnte es sein, dass du deine eigene Macht entwickeln könntest. Es ist jedoch auf jeden Fall schmerzhaft, wenn nicht sogar tödlich. Außerdem denke ich nicht, dass wir alle Lords und Ladys von dieser Möglichkeit überzeugt bekommen. Die wirklichen Machtgeber sind nun mal die Götter. Und diese verteilen sie nur an Menschen, die der Macht auch würdig sind. Dies lässt sich durch die Teilnahme am Wettstreit beweisen.“

Wir haben die Sparringbereiche hinter uns gelassen und treten den Weg zu einem Hintereingang des Gebäudes an.

„Überlege dir die Sache gut. Deine Entscheidung ist so wichtig wie die Luft zum Atmen. Aber du musst sie selbst treffen. Dabei kann dir keiner helfen. Du musst dein altes Leben so wie du es kennst hinter dir lassen. Dafür rettest du zwei Welten. Ich denke, dass sollte eine Überlegung wert sein."

Während er diese Worte spricht, nimmt er meine Hand an sich und berührt sie freundschaftlich. Ich sehe in seinen Augen wie wichtig mein Handeln für ihn und seine Welt ist. Ein schweres Gefühl macht sich in meiner Brust breit.

25

Der nächste Morgen bricht bereits früh für uns an, denn an Schlaf können weder Nathan noch ich in unseren Zimmern denken, nachdem die Geräusche der Schüler draußen auf dem Flur ertönen.

Sie machen sich auf zu ihrem Unterricht.

Auch wir machen uns abflugbereit, jedoch nicht ohne unsere Vorräte vorher aufzufüllen und ausgiebig zu frühstücken.

Unser Zeitplan ist beim Rückflug enger getaktet. Die Tiefebene möchte Nathan in einem durchfliegen, da für die frühen Abendstunden ein Sturm vorhergesagt wurde.

Unser Ziel liegt in den Bergen, hinter der Tiefebene.

An das Fliegen habe ich mich inzwischen gewöhnt. Es ist eisig in den Höhen, doch Nathans Körper wärmt meinen von meiner Rückseite aus auf. Daher lässt es sich für mich gut aushalten.
Durch die dicke Lederkleidung dringt nicht allzu viel Kälte hindurch.
Während dem Flug schweigen wir meist. Ich schaue mir das Land von oben an. Die Wälder ziehen an uns vorüber. Die kleinen Gehöfte und Bauernhöfe. Und nirgends sind kleine Kinder zu verzeichnen. Was für eine Schande. Da hilft es einem auch nichts, wenn man unsterblich ist, wenn die Liebe fehlt.
Während dem Flug gehen meine Gedanken immer wieder zurück zu den taffen Kriegern, die oben ohne im Training gegeneinander kämpfen. Nur zu gerne stelle ich mir Nathan als Schüler am College vor. Wie er.... „Dort oben,

siehst du die Berge…?" Nathan zeigt mit seiner freien Hand geradeaus.

Noch bin ich in Gedanken ganz wo anders, doch ich folge Nathans Hand mit den Augen.

„Ja, … was ist da?" Sammele ich mich.

„Dort werden wir übernachten. Siehst du die kleine Holzhütte?"

„Wo … ach ja, dort hinten. Ich sehe sie."

Ich hoffe, ich habe meine Gedanken durch mein unaufmerksames Gestammel nicht völlig offengelegt. Doch Nathan ist einfach zu hinreißend, um ihn sich nicht bildlich im Ring vorzustellen.

Einige Minuten später setzt er zur Landung an. Die Hütte liegt komplett isoliert in den verschneiten Bergen.
Die Landung ist weich im Schnee. Wir klopfen uns das Schneegestöber von der Kleidung und treten in die Hütte. Sie ist dunkel. Nathan wischt einmal mit seiner Hand von unten nach oben und schon erstrahlen die Leuchter durch Magie.
Ich muss staunen. Von außen sah die Hütte recht unscheinbar aus. Doch von drinnen strahlt sie eine Gemütlichkeit, die seinesgleichen suchen kann, aus.
Es handelt sich um einen großen Raum mit abgetrenntem Badezimmer. Eine große Couch steht in der einen Ecke. Überfüllt mit Kissen und Decken. Ein Esstisch, eine Küchenzeile und eine große Feuerstelle, viele kleine Schränkchen und ein Teleskop an der Fensterfront mit Blick zum Haus der Liebe hin.

Hier lässt es sich aushalten.

Noch ein Wisch mit Nathans Hand und ein Feuer prasselt in der Feuerstelle. Ich versuche meine Gedanken nicht wieder abschweifen zu lassen. Doch es fällt mir schwer.

Wir beide sind sichtlich geschafft. Nathan hat ganze körperliche Leistung erbracht und uns in einem Eiltempo hier hergeflogen. Jedoch auch keinen Moment zu früh, denn draußen fängt der Sturm an zu toben. Ich entledige mich meiner schneebedeckten Schuhe und Jacke und setze mich in der Lederbekleidung auf das Sofa und verschnaufe. Nathan kommt auf mich zu und lässt sich ebenfalls in die Kissen sinken. „Was ist das für eine Hütte hier? Auch wieder so eine Zwischenstation zur Rast?"

„Ja, schon …. allerdings gehörte sie deiner Mutter. Sie bat darum dir die Schlüssel auszuhändigen. Hier bitte."

Er reicht mir die Schlüssel.

„Ok …"

Es ist wunderschön hier.

„Hier her hat sie sich immer zurückgezogen, wenn sie alleine sein wollte. Wenn schwierige Entscheidungen anstanden. Wenn ihr Geist Ruhe brauchte. Oder, wenn sie sich hier mit deinem Vater treffen wollte. Doch das wussten wir anfangs nicht."

„Ja, ich denke, das ist ein schöner Ort für Heimlichtuereien." Ich schmeiße eines der Kissen Nathan entgegen. Er erwidert eine schwache Kissenschlacht und lacht.

„Ja, sie hatte eindeutig Geschmack." Er sieht sich in der Hütte um.

Ich stehe auf, um uns beiden etwas zu trinken aus dem Rucksack an der Tür zu holen.

„Warte", sagt Nathan, als er sieht, was ich machen möchte. „Ich habe hier noch etwas besserer."

Er geht zur Küchenzeile und zieht eine Flasche Wein aus einem der Unterschränke.

„Rotwein, ok?"

„Absolut." Das hier wird böse enden.

Er öffnet mit einem Plop die Flasche und schenkt uns zwei Gläser ein. Dann kommt er wieder zu mir aufs Sofa. „Auf was trinken wir?" frage ich.

„Auf eine wunderschöne Reise, mit einer wunderschönen Frau."

Zuerst will ich ihm eine flapsige Antwort entgegenschmettern. Doch so würde die sensible Stimmung zerstört werden. Daher sage ich nichts und schaue ihm nur lange tief in die Augen.

Er scheint es zu genießen. Seine Augen sind ganz in mir versunken.

Und während der Wind draußen pfeift, trinken wir beide einen tiefen Schluck des Weins und stellen dann die Gläser sicherheitshalber auf dem Tisch ab. Denn für das, was gleich mit mir geschehen wird, kann ich nicht mehr garantieren. Und einen Rotweinfleck auf dem Sofa zu hinterlassen - das wäre doch einfach zu schade.

Seine Hand streift nach dem Abstellen zufällig meine Hand. Er genießt die Berührung. Obwohl wir vorhin stundenlang eng aneinander gepresst in der Luft verweilten, ist diese kleine Berührung so viel verheißungsvoller. Ein Prickeln geht durch meinen ganzen Körper. Nathan neigt seinen Körper mir zu. Ich starre auf seine wunderschönen, vollen Lippen. Auf sein glänzendes Gesicht überhaupt. Und dann versinken wir miteinander in die tiefen Sofakissen. Sein Gesicht nähert sich Meinem. Es ist ein langer, tiefer, seufzender Kuss. Ein inniger und ersehnter. Und er fühlt sich richtig an. Und gut, zu gut, um wahr zu sein.

Der Kuss wird gieriger und auch unsere Hände können nicht mehr voneinander lassen.

Doch eine innere Stimme warnt mich: *Brich ihm nicht sein Herz.*

Langsam verstehe ich die Worte, denn meine Hormone strömen in Massen durch meine Gehirnwindungen. Ich küsse ihn nicht mehr so gierig wie noch gerade eben. Dann halte ich mich an seiner Brust fest und löse langsam, aber würdevoll meine Lippen von den seinen.

„Nathan.... ich denke wir sollten hiermit noch warten, bis ich mir meiner und meiner Entscheidung sicher bin. Ok?"

Es schmerzt mich, diese Worte aus meinem Mund zu hören. Es fühlte sich so gut an. So geborgen. Und doch habe ich Angst davor Nathan zu verletzen. Ich habe Angst davor das Falsche zu tun und alles, was auf dem Spiel steht zu gefährden. Wahrscheinlich ist es mein Gewissen, was aus mir gesprochen hatte.

Er schaut mich an. Gerade eben waren seine Augen noch gierigen Flammen gleich, doch nun schaut er mich verständnisvoll an.

„Esme, mach dir keine Gedanken. Ich kann warten."

Er nimmt eine meiner Hände von seiner Brust und hält sie in seinen starken Händen.

„Wenn wir das hier schaffen, haben wir die Unendlichkeit."

Die Worte hören sich himmlisch an. Doch ich muss unweigerlich an mein Gewissen ... und die Prophezeiung denken. Auf das, was da noch kommt.

„Mach nicht so ein Gesicht. Komm, ich zeig dir was."

Er springt auf und reißt mich mit sich.

„Hier, diese Bücher haben deiner Mutter gehört. Sie hat hier oben unheimlich gerne in den alten Schinken gelesen und geschmökert."

Wir beide sehen uns die Bücherreihen an.

„Hier findest du Lexika, Gartenbücher, alte Klassiker aus der Menschenwelt und ... Liebesromane,"

Die Pointe musste er bringen, na klar.

„Wow, das sind aber mächtig viele Bücher." Ich fahre mit den Händen über die Buchrücken. Unter den Klassikern finde ich Märchen und Bücher aus meiner Schulzeit. Erinnerungen werden in mir wach.

Während Nathan zur Küche schleicht, um uns eine Kleinigkeit zur Stärkung vorzubereiten, schaue ich mir die Bücher weiter an.

Ein kleines in Leder gebundenes Notizbuch erweckt meine Aufmerksamkeit. Ich ziehe es aus der Reihe und schlage es auf. Die Handschrift meiner Mutter erkenne ich sofort.

Sie scheint Notizen über allerlei Dinge darin festgehalten zu haben. Nicht direkt ein Tagebuch, denn es sind keine Daten festgehalten, aber dennoch eine Zusammenfassung der für sie wichtigen Dinge.
Die ersten Seiten sind bereits etwas verblichen. Wieder hat sie ihren schwarzen Füller benutzt.

Ich sehe sie förmlich vor meinem inneren Auge am Tisch sitzen, über das Buch gebeugt. Es sind Rezepte alter Tränke, Anleitungen und sonstige wichtige Informationen. Ich stecke mir das Buch ein und schaue zur Küchenzeile.

„Bist du hungrig?"

Nathan hat zwei Teller mit dem Proviant aus dem College gefüllt und gewärmt. Wir setzen uns an den Esstisch und genießen das Essen.

Obwohl ich mir hätte vorstellen können, dass eine furchtbar peinliche Stimmung aufkommen könnte, bleibt Nathan freundlich und zuvorkommend wie zuvor. Wir unterhalten uns nett während des Essens, lauschen dem Sturm, der an die Fenster peitscht und genießen es nicht mehr dem Wetter draußen ausgesetzt zu sein. Dann schlüpfen wir unter die Decken auf der Couch und machen uns bereit für die Nacht. Diese Nacht hätte auch anders verlaufen können. Es wird mir jetzt noch einmal bewusst. Doch ich bin zufrieden mit mir und der Lage so wie sie ist. Ich schließe die Augen und versuche zwanghaft einzuschlafen. Der Wind tönt vor der Tür. Der Schnee häuft sich vor dem Fenster. Doch ich kann nicht schlafen. Ich wälze mich in dem tiefen Sofa hin und her.

„Kannst du nicht schlafen?" möchte Nathan wissen.

„Nein, ich glaube ich bin zu aufgeregt. Wann genau soll ich mich morgen entschieden haben?"

„Wir treffen uns morgen Mittag im Haus mit den anderen der Führungsriege zum Essen. Wir dachten, du könntest es uns dann sagen. Wäre es so ok?"

„Ja, ich denke schon. Es ist nur …", ich komme ins Stottern, „weißt du, egal wie ich mich entscheide, eine Seite von mir wird verlieren. Entweder mein bisheriges

Leben, mein Studium und meine Freunde oder ihr. Ihr, die ihr meiner Mutter so am Herzen gelegen habt und auch schon nach wenigen Tagen mir."

Nathan dreht sich zu mir herum. Seine Ledermontur hat er neben das Sofa gelegt. Er schläft in Boxershorts und weißem Langarmshirt.

„Es wird eine der schwierigsten Entscheidungen deines Lebens. Das wissen wir. Und glaube mir, egal wie du dich entscheiden wirst, du musst nicht für immer auf alles andere verzichten. Wir helfen dir so gut wir können."

In der Gewissheit Nathan an meiner Seite zu haben, was auch kommen mag, schließe ich die Augen und sinke in einen tiefen Schlaf. Das „Schlaf gut, kleine Esme." Höre ich nur noch in der Traumwelt.

Am nächsten Tag hat der Sturm sich gelegt.

Wir packen unsere wenigen Dinge zurück in den Rucksack und ich lege das Notizbuch meiner Mutter zu den Briefen.

Dann treten wir die letzte Etappe der Reise an. Nathan stürzt sich mit mir von den Klippen und wir schweben durch die Aufwinde dahin. Seine Arme geben mir Halt. Nicht nur hier in der Luft, sondern auch in der Gewissheit ihn bei mir zu spüren, wenn ich meine Entscheidung treffen soll.

Das Haus der Liebe ist nicht sehr weit fort. Wir fliegen noch ein Stück und setzen zur Landung an. Es fühlt sich an, wie wenn ich von einer langen Reise endlich nach Hause zurückkomme. Nur, ob mir das ausreicht, um meine Entscheidung zu treffen, dessen bin ich mir nicht sicher.

26

Zum Mittagessen kommt die ganze Führungsriege zusammen. Jana und Salvina hatten uns vorhin freudig begrüßt und mit allen wichtigen Neuigkeiten aus der Umgebung versorgt. Dann wollten sie alles über den Werwolf, den Dolch und das College wissen. Die beiden Frauen sind förmlich dahin geschmolzen, als ich ihnen von den jungen Kriegern erzählt habe.

Nathan und ich sitzen bereits mit ihnen am Tisch und plaudern, als Gerold, der General, ankommt. Er begrüßt uns ohne große Worte und setzt sich. Er ist augenscheinlich der Älteste der Führungsriege, denke ich, als Ismail und Aaron durch die Tür treten.

Von ihnen weiß ich, dass sie rund zweihundert Jahre sind, sowie Nathan. Da nun der komplette Führungsrat zusammensitzt, scheint meine Zeit der Entscheidung gekommen. Meine Handflächen werden schwitzig und mir wird es unerträglich warm. Am liebsten hätte ich ihnen eine Antwort auf den Tisch geklatscht und den Raum verlassen.

Doch Salvina erhebt sich förmlich nimmt ihr Glas zur Hand und beginnt mit einer kleinen Rede.

„Liebe Freunde, es ist schön, euch alle hier zu begrüßen. Es fühlt sich sehr gut an, die Führungsriege erweitert zu sehen. Nathan und Esme haben uns bereits einiges über ihre Reise berichtet. Nun, da ihr beide wieder wohlbehalten hier zurück seid, ist es an der Zeit eine Entscheidung zu treffen, liebe Esme." Sie nickt leicht mit dem Kopf in meine Richtung, fährt dann fort: „Bevor du deine Entscheidung triffst möchten wir dir wiederum versichern, dass egal wie du dich entscheidest, du von uns kein Unheil zu erwarten hast. Du musst deine eigene Entscheidung treffen und wir werden dich auch nicht überreden. Zur Erfüllung der Prophezeiung ist es wichtig, dass du dich aus freien Stücken für deinen Weg entscheidest."

Die Blicke der Versammlung ruhen nun nicht mehr auf Salvina sondern auf mir. Mit großen erwartungsvollen Augen sehen sie mich an.

„Also, wie hast du dich entschieden?" Salvina setzt sich wieder zu den anderen an den Tisch.

„Liebe Salvina, liebe Freundin Jana, mein lieber Reisebegleiter Nathan, Gerold und ihr tapfereren Krieger Aaron und Ismail, ihr, die mich schon viel länger kennt als ich euch. Ich danke euch für eure Mühe, die ihr meiner Mutter, mir und eurem Land gegenüber gemacht habt. Ihr habt viel Zeit, Macht und Wissen in das hier gesteckt." Ich weise mit meiner Hand um mich herum. Auf das Haus und die Ländereien dahinter. „Ihr liebt dieses Land so, wie es meine Mutter geliebt hat. Doch ...", ich muss schlucken, „... ich bin mir nicht sicher, ob ich in dieser kurzen Zeit die selbe Liebe entdecken konnte. Es hat mich begeistert euch kennen zu lernen, aber es hat mich noch nicht entzündet, so wie ich das Feuer in euren Augen sehe. Und so habe ich mich dazu entschieden die große Aufgabe, die vor mir steht anzutreten und mich von der Liebe anstecken zu lassen."

Die Köpfe, die während meiner kleinen Rede langsam gesunken sind, erheben sich und ein Gesicht nach dem anderen strahlt mich an.

„Ja, ich werde zum Duell antreten. Und ich werde verdammt viel Hilfe im Vorhinein benötigen. Verdammt viel."

Jana, die sich nicht mehr länger auf dem Stuhl halten kann rückt diesen ruckartig nach hinten und stürmt auf mich los. Sie drückt mich an sich und ich drohe in den schwungvollen Armen mit nach hinten gerissen zu werden. Doch ich würde nicht fallen, denn dort steht Nathan, Ismail und Aaron, die sich ebenfalls auf mich stürzen und mich herzen.

Salvina tritt hinzu und Freudentränen stehen ihr in den Augen. Sogar der gefühlsmäßig abgestumpfte Gerold strahlt über beide Backen: „Mädchen, das ist eine gute Entscheidung. Ich werde mit allem, was ich dir beibringen kann hinter dir stehen. Ich bin stolz auf dich." Er nimmt mich in die Arme und drückt mich, wie ein Großvater seine Enkelin. Ich bin zutiefst gerührt von all diesen Emotionen.

„Das muss gefeiert werden!" Nathan ist schnell zur Küche geeilt und kommt mit einigen Gläsern und einer Flasche feinstem Schaumwein zurück. Er reicht mir das erste Glas und grinst mich an wie ein Honigkuchenpferd.

Kurz frage ich mich, ob dieser Begriff auch von hier stammt und es diese Pferde wirklich gibt.
„Dann habe ich dich wohl gut überzeugt hier zu bleiben." Er zwinkert mir eindeutig, zweideutig zu.
„Ach du ..." Ich versetzte ihm einen kleinen Hieb in die Seite. Unser Gespräch findet nur unter uns beiden statt. Die anderen verfeinern bereits den Trainingsplan.

„Ich glaube den ausschlaggebenden Beweggrund hat mir die Hütte meiner Mutter gegeben. Es steckt so viel Liebe darin. Außerdem die Briefe und das kleine Notizbuch von ihr."

Ich ziehe es aus meiner Gesäßtasche und reiche es ihm.

„Dadurch und durch euch fühle ich mich meiner eigenen Familie viel näher als in meiner gewohnten Umgebung. Hier bin ich richtig. Es fühlt sich gut an. Ich habe allerdings starke Bedenken, dass ich mich innerhalb kürzester Zeit auf die Aufgaben vorbereiten kann."

„Mach dir darüber mal keine Sorgen. Heute feiern wir und ab morgen startet das Training. Du wirst sehen, es handelt sich nicht nur um Kampftraining, sondern auch um allerhand andere Dinge. Und mit etwas Glück bist du ein Naturtalent."

Wieder stoße ich ihn mit dem Arm in die Rippen. Dabei lächele ich ihn erleichtert an.

Warum musste mir mein Gewissen nur diese Liebesnacht gestern ausreden? Ich finde wir hätten wunderbar zueinander gepasst.

„Meine Lieben, lasst uns anstoßen. Auf Esme und auf die Macht der Liebe!" Salvina erhebt ihr Glas.

„Auf Esme!" stimmen alle mit ein.

Es handelt sich um eine ausgelassene kleine private Feier.

Dabei erfahre ich einiges Neues, was den anderen natürlich allen präsent ist.

Gerold ist der Älteste in dieser Runde mit vierhundert Jahren. Das hatte ich bereits vermutet. Aber das meine Mutter auch bereits zweihundertneunzig Jahre alt war, das war mir neu. Salvina ist lediglich zehn Jahre jünger als Elara und Jana mit ihren einhundertfünfzig Jahren ist eher mit mir gleichzusetzen.

Verheiratet ist von dieser Truppe lediglich Gerold. Seine Frau Edeline lebt mit ihm im Dorf hinter dem Haus der Liebe. Sie haben vier Kinder und alle sind im Dienst der Armee tätig. Eve, Samara, Draco und Nathan.

Die anderen haben lediglich kurzweilige Liebschaften und scheinen die Liebe des Lebens noch nicht gefunden zu haben. Wobei ich es mir auch anstrengend vorstelle eine unendlich andauernde Liebe zu begreifen.

Wir witzeln noch bis in die Nacht vor uns hin. Öffnen eine Flasche Wein nach der anderen. Und keiner denkt daran, die Feier vorzeitig zu verlassen.

Aaron und Ismail nicken immer wieder auf dem Sofa ein. Ihr Tag im College war sicher anstrengend, doch auch sie bleiben. Aus dem Mittagessen werden ein Abendessen und daraus eine lustige Party. Doch auch diese muss irgendwann einmal vorübergehen.

„Ich verabschiede mich von euch. Es hat mir viel Spaß gemacht, doch mir fallen die Augen zu." Ich mache mich bereit die Treppen zu meinem Zimmer zu nehmen.

„Warte, ich bringe dich noch hoch", sagt Nathan.

Wir beide nehmen die Treppe zusammen. Die Blicke der anderen folgend uns, da bin ich mir sicher. Als wir außer Sichtweite sind, schallt das Getuschel zu uns her.

„Ach, lass sie nur, das machen sie immer, wenn einer von uns eine neue Freundin hat. Mach dir nichts daraus."

„Ja, aber sind wir das denn?"

„Was- Freunde? - Aber sicher!" Er nimmt meine Hand und hält sie in seiner. „Freunde, Esme, sind wir, seit ich dich das erste Mal gesehen habe. Seitdem du mich auf die für dich unbekannte Reise begleitet hast. Warten wir doch einfach ab, was daraus wird, ok?"

„Ja, ok, damit kann ich sehr gut leben."

Er nimmt meine Hand höher zu seinem Mund und drückt ihr einen sanften Kuss auf die Oberfläche.

„Schlaf jetzt gut. Wir sehen uns morgen früh zum Frühstück. Jana wird dich wecken."

Er dreht sich um und verschwindet die Treppe nach unten. Und das erste Mal seit der Attacke des Werwolfs bin ich ohne ihn. Ich fühle mich einsam.

Mein Zimmer sieht noch genauso aus wie ich es verlassen habe. Es fühlt sich nach so kurzer Zeit so vertraut an. So als ob meine Mutter mir schon immer in meinen Kindergeschichten von diesem Land erzählt hat. Wer weiß, vielleicht hat sie es ja.

Nachdem ich im Bad fertig bin krieche ich unter die Decke und bin innerhalb weniger Augenblicke eingeschlafen.

27

Zu meinem ersten Training hat Jana mir die Haare streng nach hinten geflochten und die dicke Lederkleidung rausgelegt.

„Damit du nicht frierst nimm am besten auch die Handschuhe mit."

Nathan wartet bereits am Frühstückstisch.

„Guten Morgen!" begrüße ich ihn.

„Oh, du bist aber gut gelaunt heute Morgen."

„Ja, du nicht?"

„Doch, doch, schon, aber … wir Jungs haben es gestern Abend wohl ein wenig übertrieben. Schau doch dort", er weist auf die Couch: „Ismail und Aaron sind einfach hier eingeschlafen." Er kratzt sich am Kopf. Er sieht schon etwas verkatert aus.

„Schon verwunderlich, ihr seid unsterblich, aber Kopfschmerzen vom Alkohol bekommt ihr trotzdem. Was soll mein Wunsch von den Göttern mir denn dann bringen?" scherze ich ihm zu.

„Apropos…hier, das ist dein Lehrplan für diese Woche."

Er legt mir ein Blatt Papier vor, darauf ist ein Stundenplan wie früher zu Schulzeiten zu sehen. Die Fächer heißen jedoch Nahkampf, Schwertkampf, Bogenschießen, Sparring, Reiten, Überlebenstraining, Religion und Fitnesstraining anstatt Mathe, Chemie und Bio.

„Ok, … erklär mir doch bitte erst einmal wie das Duell von statten geht."

„Also der erste Tag ist der Einberufungstag. Das habe ich dir ja bereits erklärt. Alle Rekruten kommen in dem Palast zusammen. Sie essen und beziehen ihre Zimmer."

„Wir verbringen die ganze Woche im Palast?"

„Ja, genau. Es ist kein Kontakt mehr nach außen gestattet. Dann beginnen die Wettkämpfe. Es ist jeden Tag einer und sie sind immer unterschiedlich gestaltet. Jedes Land kreiert ein Duell. Es geht darum zu überleben und um Punkte zu sammeln. Dies tut man, in dem man die Aufgaben erledigt.

In die nächste Runde kommt man, sobald man überlebt hat. Gewinner ist der überlebende Teilnehmer mit den meisten Punkten.

Eigentlich ist es ganz einfach. Das Problem wird nur sein, dass die anderen Krieger sich zehn Jahre lang ihre Muskeln gestählt haben und deine mir nicht ganz so athletisch aussehen. Aber, mach dir keine Sorgen, darum kümmern wir uns."

„Ok, und wer sind meine Ausbilder?"

„Ismail und Aaron kennst du ja bereits. Dazu komme noch ich. Für Religion haben wir uns dem Land des Glaubens bedient. Um deine Ausbildung möglichst breit aufzustellen, suchen wir noch weitere Trainer."

„Da bin ich aber mal gespannt."

„Wir fangen nach dem Frühstück mit Nahkampf an. Da hast du ja bereits Erfahrung." Damit spielt er wohl auf den Werwolf an.

Wir beeilen uns mit dem Essen, denn die Zeit zum Trainieren ist wertvoll. Wir üben auf dem Außengelände.

Der Schnee ist zur Seite geräumt und einige Feuerstellen sorgen dafür, dass es nicht ganz so bitterkalt ist.

Nathan stellt sich mir gegenüber. Zuerst denke ich, dass er direkt loslegen möchte und wir gleich ringend auf dem Boden liegen, doch er erklärt ganz geduldig alles von Anfang an.

„Bevor wir mit Fäusten, Schwert oder Bogen trainieren musst du erst die Grundlagen lernen. Am wichtigsten ist das Gleichgewicht. Du musst in jeder erdenklichen Situation dein Gleichgewicht halten können. Immer und überall. Mach mir die nächsten Bewegungen einfach seitenverkehrt nach."

Er stellt sich mit beiden Beinen dicht aneinander, gerade hin und hebt ein Bein bis zur Brust an. Dann hält er die Position. Dann wechselt er die Beine.

Ich steige mit ein. Erst das eine Bein, dann das nächste. Er wechselt die Position. Ich tue es ihm gleich.

Egal welche Übung er mir vormacht, ich konzentriere mich und tue es ihm gleich. Langsam bahnt sich ein dünner Schweißfilm meinen Rücken entlang. Obwohl unsere Bewegungen nicht anstrengend erscheinen, kostet es unheimliche Kraft nicht ins Schwanken zu kommen. Und ich strenge mich enorm an.

„Super. Also mit Gleichgewicht kennst du dich aus. Woher kannst du das so gut, oder bist du einfach das Naturtalent? - Ich hab's gewusst."

„Nein, du Dummerchen. Ich mache Ballett, seit ich ganz klein bin. Das Gleichgewicht zu halten ist eine meiner einfachsten Übungen." Ich schmunzele ihm mit einem Hauch an Stolz zu. Außerdem dämmert es mir, dass es nun mit meinem Vorwissen vorbei sein wird. „Gut, dann können wir hier einen Schritt weiter gehen.

Ich habe dir etwas mitgebracht." Er greift auf den Boden hinter sich und zieht zwei Holzdolche hervor.

„Bevor wir mit echten Waffen kämpfen lernen, tun es die Holzdinger hier."

Er reicht mir meine Waffe und zeigt mir die Grundhaltung.

„Und jetzt wiederholen wir die Gleichgewichtsübungen von vorhin mit der Waffe in einer Hand. Du wirst sehen nun ist es nicht mehr ganz so einfach das Gleichgewicht zu halten. Und wenn du später eine echte Waffe halten möchtest, wird es noch schwerer. Außerdem ..."

„Ja?"

„Außerdem haben die Rekruten im College für das Erlernen zehn Jahre Zeit. Wir gerade mal zwei Monate. Aber, immerhin haben wir den Vorteil, dass du höchst motiviert bist. Das sollten wir nicht vergessen."

Und so üben wir zwei Stunden hinter dem Haus mit dem Holzdolch. Als Nathan mit mir fertig ist kommt Jana für einen Waldlauf vorbei.

„Hi, na, hast du ihn alle gemacht, Esme?"

„Er wohl eher mich, fürchte ich."

Ich stütze mich auf die Knie und beuge mich vornüber. Ich bin von den Gleichgewichtsübungen mit und ohne Dolch absolut fertig. Das ist mehr Sport als ich sonst in der Woche gemacht habe. Doch jetzt startet die nächste Unterrichtseinheit. Fitnessübungen.

„Ich habe mir vorgestellt, dass wir bei drei Kilometern starten und uns Tag für Tag etwas steigern. Am Ende sollen zwanzig Kilometer kein Problem mehr für dich darstellen. Trink ruhig noch einen Schluck, dann starten wir."

„Aber ich habe noch immer meine Lederkleidung an, warte ich ziehe mich schnell um."

„Nein, das habe ich extra so eingerichtet. Wenn du zu dem Duell aufbrichst, trägst du auch Lederkleidung. Sie ist robust und wehrt einiges an Messerstichen ab. Aber trotzdem solltest du die zwanzig Kilometer laufen können. Also, lass sie an."

Ich gebe keine weiteren Widerworte mehr und schließe mich Jana für einen lockeren Waldlauf an.

Wir laufen eine erweiterte Runde einmal um das Haus. Mitten durch den hohen Schnee, was das Laufen weiter erschwert. Kurz kommt mir der Gedanke, dass Mitte Juni der Schnee bestimmt abgetaut sein wird, doch dann wird mir die Misere wieder bewusst.

Wir laufen weiter.

Jana läuft gekonnt vornweg. Es scheint, als ob sie schwerelos über die Schneedecke fegt. Ich hechele hinterher, möchte mir jedoch nicht die Blöße geben anzuhalten, um kurz zu verschnaufen. Und so überwinde ich meinen inneren Schweinehund und folge Jana immer weiter.

Unser Ausgangspunkt kommt wieder in Sicht. Jana bleibt an einem Tisch mit Getränken stehen und ist, Gott sei Dank, auch ein wenig außer Puste.

„Morgen, sehen wir uns hier wieder und erhöhen die Einheit. Ich freue mich darauf. Bis dann."

Dann lässt sie mich stehen.

„Ach, und komm gleich zum Mittagessen", ruft sie mir noch schnell hinterher.

Ich bin k.o..

Meine Beine zittern und ich habe sie nicht mehr unter Kontrolle. Meine Lunge fühlt sich an, als ob sie keinen weiteren Atemzug mehr bewältigen kann. Ich lasse mich an Ort und Stelle in den Schnee fallen. Mein überhitzter Körper kühlt innerhalb weniger Momente ab. Die brennenden Muskeln entspannen ganz allmählich.

Ich habe die Augen geschlossen und spüre doch wie es über meinem Gesicht dunkler wird. Nathan beugt sich über mich.

„Haben wir dich geschafft?"

„Aber sowas von. Ich frag mich, wie ich innerhalb von rund zwei Monaten solch ein Pensum an Aufgaben erledigen kann. Und ich muss in allem so viel besser werden. Pppuuhhhh..."

„Du wirst sehen, das wird schon." Er lässt sich neben mich in den Schnee sinken.

„Wenn du an dem Entschluss festhältst, bereiten wir dich bestmöglich auf das Duell vor. Keine Sorge."

„Wenn du es sagst."

Er streicht mir eine Haarsträhne, die sich aus dem Zopf gelöst hat, hinter das Ohr.

„Du wirst sehen, morgen sind die Bewegungen schon nur noch Wiederholungen für deinen Körper. Er wird sich von Tag zu Tag mehr an die Bewegungsabläufe erinnern und gewöhnen."

Langsam wird mit kalt. Ich erhebe mich schnaufen und gehe mit Nathan ins Haus zum Mittagessen. Es gibt Kartoffelsuppe.

Sie riecht herrlich und überdeckt langsam den guten Geruch des Parfum meiner Mutter, Elara.

Doch jetzt ist keine Zeit für Sentimentalitäten.

Später steht noch Theorieunterricht auf dem Stundenplan. Ich bin gespannt um was es sich hierbei handelt.

Wir genießen unser Essen, meist schweigend. Dann bin ich mit Ismail verabredet. Diesmal setzten wir uns auf die Couch, denn die Theorie kann auch an einem prasselnden Feuer gelehrt werden.

28

Ismail hat, wie auch ich, die Lederbekleidung nicht abgelegt. Er hatte heute Morgen noch lange auf dem Sofa zugebracht. Doch nun sitzt er, als ob letzte Nacht nichts gewesen wäre, vor mir und gibt mir Unterricht in der Theorie des Kampfes.

„Esme, es ist ganz einfach:

Jedes Lebewesen in Statera hat einen Schwachpunkt. Und dort ist es verletzlich und du kannst es dort töten. Ihr habt mir von dem Werwolf erzählt, der dich überfallen hat. Es ist ein Wesen aus dem Land der Eitelkeit. Du hast zweimal versucht es mit einem Stich in das Herz zu töten. Das hat ihn zwar kurz innehalten lassen, es ist auch Blut gespritzt, aber es würde ihn nur schwächen, nicht jedoch töten. Hier im Land der Unsterblichen heilen Wunden wesentlich schneller als bei euch Menschen. Nach nur wenigen Momenten wären die Stiche ins Herz wieder verheilt und er hätte dich erneut angefallen.

Daher ist dieser Unterricht auch an dem College ein wichtiger Bestandteil des Lehrplans. Du kannst deinen Gegner nur ausschalten, wenn du ihn und seinen Schwachpunkt kennst.

Wir haben nur einen entschiedenen Nachteil: du bist sterblich. Dich töten die Stiche - egal wohin - und dein Körper verfügt nicht über die Fähigkeiten so schnell zu heilen. Wenn du dich also am ersten Tag schwer verletzt, zieht sich dies bis zum letzten Tag durch. Deine Gegner sind viel schneller wieder auf den Beinen.

Daher ist die Stunde für dich noch wichtiger als alles andere. Du musst wissen wer vor dir steht und wie du dich verteidigen kannst.

Zum ersten Frühlingsvollmond findet die Einschreibung statt. Danach stehen die Listen der Teilnehmer fest. Diese werden wir wieder und wieder durchgehen. Du bekommst Bilder der Rekruten und wirst sie lernen zu erledigen. Zu töten ohne Gnade, denn das werden sie mit dir ebenfalls tun, wenn sie eine Chance dazu erhalten.

Aber eins würde mich noch interessieren, bevor wir starten. Woher wusstest du wie du den Werwolf besiegen konntest?"

Meine Augen waren bislang auf Ismail gerichtet und sind jedem Wort, das seine Lippen verlassen hat, haarklein gefolgt.

Nun antworte ich ihm wahrheitsgemäß: „Ich weiß es nicht."

„Mhm … dann hast du also instinktiv mit einem Dolch zwischen die Augen des Tieres gezielt?" Er sieht mich fragend an und reibt mit seiner rechten Hand nachdenklich über sein Kinn.

„Zeig mir mal bitte deinen Dolch."

Ich tue wie mir geheißen und ziehe meine Waffe, die nun ständig seitlich an meinem Bein befestigt ist aus der Scheide. Ich reiche sie Ismail. Er hält sie ins Licht und betrachtet sie von allen Seiten.

„Die Macht der Liebe."

Er liest die Runeninschrift.

„Weißt du eigentlich etwas über Runen?"

Ich verneine mit einer Kopfbewegung.

„Runen sind die Zeichen unserer Götter. Sie besitzen ebenfalls viel Macht. Da dieser Dolch hier mit den Runen der Göttin der Liebe gezeichnet ist, besitzt er eine eigenständige Macht. Außerdem hat mir Nathan etwas über den Dolch verraten. Wenn man ihn in der Hand hält, kann man es auch spüren. Nathan hat sich mit dem Schmied in Verbindung gesetzt und in Erfahrung bringen können, dass dieser Dolch ein wirkliches Unikat ist. Er wurde vor rund zwanzig Jahren gefertigt. Bislang konnte kein Krieger mit dieser Waffe kämpfen, da sie ein Eigenleben entwickelt hatte. Und weißt du auch weshalb?"

„Nein, sag es mir ... bitte." Ich spreche ganz leise und ehrfürchtig. Fast so, als ob wenn wir es zu laut aussprechen der Dolch beleidigt sei und sich einen anderen Besitzer auserwählen würde.

„Dieser Dolch wurde in einer bestimmten Nacht gefertigt. Er wurde der Göttin der Liebe gewidmet. Doch es blitzte in dieser Nacht heftig und der Dolch wurde vom heftigsten dieser Blitze aufgeladen.

Es steckt die Macht der Göttin der Liebe und des Gotts des Zorns, Ira - deinem Vater, darin. Dieser Dolch wurde in der Nacht, in der du gezeugt wurdest, hergestellt. Er war von Anfang an für dich bestimmt, ohne, dass der Schmied das wusste."

Ich fahre langsam mit meinen zarten Fingern über das Schmuckstück in Ismails Händen.

„Als ich vor den Waffen stand, war es fast so, als würde dieser Dolch zu mir sprechen. Es war ganz und gar ausgeschlossen, dass ich eine andere Waffe ihm vorziehen würde. Wir harmonierten direkt miteinander ….Jetzt weiß ich auch warum."

Ismail streckt mir die Waffe wieder entgegen. Ich fasse sie wie einen kostbaren Diamanten und stecke sie an ihren Platz.

„Dieser Dolch wird dir stets zu Diensten sein. Er war es, der dich dazu anleitete den Werwolf an der richtigen Stelle zu treffen. Dein Menschenverstand hätte immer und immer wieder in die Herzregion gestochen. Woher hättest du wissen sollen, dass seine Schwachstelle so viel höher wäre? Der Dolch scheint einzig und allein dafür zu existieren dir das Leben zu ermöglichen, für das du bestimmt bist. Er ist deiner, und das bereits seit zwanzig Jahren. Er lag in der Schmiede und hat nur auf dich gewartet." Seine Augen glänzen, als er diese wahre Geschichte erzählt.

„Nun fangen wir aber mit dem Unterricht an, nicht, dass wir am ersten Tag noch Nachsitzen müssen." Ismail versucht die Stimmung wieder etwas aufzuheitern. Bei ihm muss ich immer an den Mann im Kiosk um die Ecke denken. Den freundlichen Menschen, der immer ein nettes Wort für mich übrighat. Er wirkte damals so unbeschwert. Und nun sehe ich, was für ein tiefgründig ausgebildeter Krieger in ihm steckt.

„Also fangen wir noch einmal ganz von vorne an mit einer Kurzfassung: Hier haben alle Wesen eines Landes denselben Schwachpunkt. Jedes Land hat einen anderen.

Das Land der Liebe mit all seinen Wesen ist mit einem gezielten Stich ins Herz zu töten. Davon solltest du also keinen Gebrauch machen müssen. Alle diese Wesen sind dir wohlgesinnt.

Die Wesen des Glaubens besitzen alle Flügel. Nicht nur manche - alle. Und sie sind gleichzeitig auch ihre Schwachstelle. Trennst du die Flügel vom Körper stirbt dieses Wesen.

Das Land der Eitelkeit hast du bereits erfolgreich kennengelernt. Ein Stich zwischen die Augen und sie sterben.

Mit dem Magen haben es die Avas und Wesen des Zornes nicht so einfach. Verletzt du diesen schwer, sterben sie.

Die Galle ist der Schwachpunkt des Neides.

Und die Avas und Wesen des Landes der Hoffnung sind mit Abtrennen des Kopfes erledigt.

Du siehst unsterblich heißt in diesem Fall nicht komplett unsterblich.

Für das Duell kleiden wir dich in eine spezielle Kampfkleidung. Sie wird auch aus Leder sein, aber deine Herz- und Lungenregion wird speziell geschützt sein. Außerdem werden wir dich auch im Versorgen von deinen eigenen Wunden schulen. Du wirst lediglich mit deiner Kleidung und einer Waffe deiner Wahl zu diesem Turnier zugelassen werden. Wechselkleidung der gleichen Art ist außerdem auf deinem Zimmer im Palast. Das bedeutet jedoch auch, dass du immer, egal wie heiß es sein sollte, für den Fall, dass ein Wettkampf drinnen stattfinden sollte, unter deiner Lederbekleidung ein Shirt tragen wirst, welches du im Zweifel als Verbandsmaterial nutzen kannst."

Während der Rede von Ismail habe ich mir alle möglichen Notizen gemacht. Ich versuche alles auf Papier zu bringen, damit ich möglichst nichts vergesse.

Unsere erste Theoriestunde neigt sich dem Ende. Ich sortiere erneut alles in meinem Kopf und stehe auf, da auch Ismail sich erhoben hat.

„Ismail, vielen Dank, dass du die Geduld dazu hast mir eine schnelle Zusammenfassung von dem zu geben, wozu du sonst Jahre Zeit bei deinen Schülern hast."

„Natürlich, das mache ich gern. Esme, hör zu, wir müssen das einfach schaffen. Es gibt keine Alternative dazu. Zuerst hatten wir versucht, das Turnier zu umgehen, beziehungsweise die Lords und Ladys der anderen Länder dazu zu überreden dir einfach den Sieg zu überlassen, denn immerhin wäre es auch in deren Interesse, doch damit haben wir kurz vor einer Kriegssituation gestanden. Es war alles andere als einfach. Wir müssen wohl oder übel diesen Weg gehen. Aber wir werden es den anderen Teilnehmern beweisen. Du wirst es ihnen beweisen."

Ob ich ganz so optimistisch nach meinem ersten Trainingstag sein kann, weiß ich noch nicht. Mir tut einfach alles weh. Angefangen von den Füßen bis hinauf zu meinem Kopf. Aber ich bin noch nicht fertig für heute.

Jana steht bereits an einem der Bücherregale gelehnt und wartet sehnsüchtig auf unsere nächste Einheit.

„Ismail überzieh mal nicht. Wir beiden Hübschen sind auch noch verabredet. Ihr könnt morgen weiterquatschen."

Jana bringt mich wieder hinaus in den Trainingsbereich, und beginnt mit ein paar Bauchmuskelübungen. Also wenn ich eines nicht habe, dann sind es Muskeln am Bauch. Und das merke ich direkt.

„Na komm, das wird ja wohl nicht alles sein." Schnaubt Jana mich an, nachdem ich unmittelbar nach Beginn der ersten Übung versage.

„Ich kann einfach nicht mehr. Ich habe keine Kraft mehr. Du darfst nicht vergessen, dass Menschen viel schwächer sind als ihr. Und ich war vorher, bis auf Ballett, nicht sehr motiviert Sport zu treiben." Ich sacke zusammen und liege auf dem Boden wie ein Maikäfer auf dem Rücken.

„Ok, dann lass uns zum Abschluss des Tages noch etwas Yoga machen. Das bringt dich runter. Und dabei kann ich dir noch eine kleine Neuigkeit erzählen."

Jetzt spitzen sich meine Ohren und die Motivation kehrt zurück.

„Morgen wirst du neben Nathan noch einen anderen Lehrer für den Kampfunterricht bekommen."

„Aaron?"
„Oh nein ... heißer!"
„Wie heißer?"
„Na, der Körper." Sie verdreht die Augen und ich hätte fast gesagt, dass sie rot wird.

„Und wer? Ich kenne von euch nur noch Gerold, und der wird es ja wohl kaum sein."

„Es ist Jaxon. Der Lord des Zorns. Du hast ihn im Palast gesehen. Ismail hat ihn angefragt uns zu helfen, nachdem er die Geschichte mit deinem Dolch erfahren hatte. Er dachte du würdest bestimmt wunderbar mit Jaxon harmonieren, da dein Vater auch über die Mächte des Zorns verfügt. Und eventuell sind mit deiner ... Zeugung ... auch diese Mächte teilweise in dich übergegangen. Das ist ja ein Grund, weshalb die Verbindung deiner Eltern so verpönt war."

Ich versuche mich an die Situation im Palast zu erinnern, während ich probiere mit meinen Füßen an meinen Ohren zu telefonieren, eine ganz simple Yogaübung, wie Jana sagt.

Er war ganz in schwarz gekleidet. Sehr elegant und gutaussehend, ja da hat Jana recht. Doch seine Arroganz, die er ausgestrahlt hatte, wirkte nicht so als ob ich viel Wert darauf legen würde von ihm trainiert zu werden.

Ein wenig macht es mir Angst meine sportliche Unzulänglichkeit einem Fremden zu offenbaren. Noch dazu einem Lord eines anderen Landes. Viel zu viel Spott ist zu erwarten.

„Jaxon hat zwar eingewilligt, aber hüte dich trotzdem vor ihm. Es ist nicht so, dass das Land der Liebe und des Zorns miteinander befreundet wären. Es ist eher eine Zweckgemeinschaft deren Friede auf einem schmalen Grat steht. In den vergangenen Jahren fanden immer wieder Dispute gerade zwischen diesen Ländern statt. Zorn und Liebe. Das sagt doch schon alles, oder?"

Wir schlingen die Beine erneut um die Arme und „entspannen".

„Ich denke Jaxon ist einfach daran interessiert die neue Herrscherin der Liebe auf seine Seite zu ziehen und dich auszuhorchen. Deshalb hat er sich dazu bereit erklärt."

Wir lösen unsere Haltung und gleiten in den „nach unten schauenden Hund". Dort treten wir von einem auf den anderen Fuß und dehnen uns.

„Also, lass dich von ihm nicht ausspionieren, hörst du?"

„Ja, ok, ich habe die Warnung verstanden."

Trotz der „Entspannungsübungen" bin ich außer Atem. Das hier ist eine Mischung aus Ballett, Meditation und Quälerei. Ich lasse es über mich ergehen und bin froh, dass Jana langsam ein Ende findet.

Während der Schlussmeditation drohe ich schnarchend einzuschlafen. So kaputt bin ich. Mit Mühe und Not halte ich meine Augen offen, was garantiert keine Entspannung mit sich bringt. Doch dann ist Jana mit ihrer Einheit fertig und wir gehen zum Abendessen.

„Und lass dich von ihm nicht um den Finger wickeln. Er ist bekannt dafür, dass er, nun wie soll ich es ausdrücken? ... Einige Frauenbekanntschaften ausgiebig pflegt. Also, lass dich nicht einlullen von seiner Erscheinung, ok?"

Das war ein gutgemeinter Rat meiner Freundin.

Beim Abendessen treffen wir auf Nathan. Ismail und Aaron haben sich ins College verdünnisiert, um dort ihren Pflichten nachzugehen.

Wir speisen fürstlich und mein Hunger ist nach diesem Tag unermesslich. Zum Sprechen bin ich zu müde und so überlasse ich dies meinen Tischnachbarn. Anschließend verabschiede ich mich sehr früh ins Bett um in einen tiefen, friedlichen Schlaf zu fallen.

29

Der nächste Tag beginnt in aller Frühe. Jana hat mich noch früher geweckt als gestern, da heute das erste Training mit Jaxon ansteht. Ich schlinge mein Frühstück hinunter, plaudere etwas mit Jana, die mich erneut in Habachtstimmung vor Jaxon versetzt. Dann bringt sie mich hinaus zu Nathan, der bereits im Trainingsbereich auf mich wartet. Von Jaxon keine Spur.

„Guten Morgen, Esme. Na, du hast den ersten Tag überstanden?"

„Ja, aber ich habe Muskelkater im gesamten Körper. Es ist mir rätselhaft, wie ich mich heute bewegen soll. Von Kampftraining gar nicht erst zu sprechen."

Die Treppe von meinem Schlafzimmer zur Küche habe ich humpelnd überwunden. Jeder Muskel meines Körpers brennt.

„Das wird schon, nach einer Woche hat sich dein Körper daran gewöhnt. Und bis dahin stellt Jana dir eine spezielle Salbe oben ins Bad. Sie hilft deinen Muskeln während der Schlafenszeit zu entspannen." Ein leichtes Nicken geht von Nathan zu Jana. Diese nimmt die Bemerkung zustimmend entgegen.

„Wann wird Jaxon hier auftauchen?" frage ich neugierig.

„In etwa einer halben Stunde. Bis dahin dachte ich wärmen wir beide uns auf und ich erkläre dir noch einige Regeln."

Er klatscht in die Hände und deutet mir auf den Platz neben sich.

„Also fangen wir mit Gleichgewichtsübungen und Dehnen an."

Es sind die gleichen Übungen wie gestern. Sie liegen mir und gehen mir gut von der Hand.

„Hör zu. Wenn Jaxon gleich hier erscheint, dann sind wir sehr dankbar dafür, dass er einen Teil deiner Ausbildung übernimmt, okay. Aber dankbar heißt in diesem Fall nicht befreundet. Du darfst nicht vergessen, dass seine besten Rekruten auch an dem Wettkampf teilnehmen werden. Er wird natürlich dafür plädieren, dass seinem Land die Ehre des Sieges zu Teil wird. Das wiederum ist für uns keine Option - wie du weißt. Wir dürfen ihm gegenüber keine unserer Taktiken verraten. Verstehst du? Also du sollst ihm nur insoweit es das Training verlangt vertrauen. Alles Weitere geht ihn nichts an. Wenn er also auf Informationen hinaus ist, gib ihm keine. Stell dich stur oder antworte einfach gar nicht. Okay?"

„Okay, ich gebe mein Bestes. Aber eine Frage habe ich noch. Weiß er, oder vielmehr - wer weiß von der Affäre meiner Mutter und Gott Ira? Wem gegenüber darf ich dahingehend offen sein?"

„Tja, das ist eine gute Frage. Ich denke alle Lords und Ladys sind sich dessen bewusst, wenn sie ihre Hausaufgaben gemacht haben. Ich würde es dennoch keinem so direkt auf die Nase binden. Die übrigen Avas wissen es nicht alle. Nur die des Landes der Liebe. Und einige uns wohlgesinnte oder die, die an deinem ersten Tag im Palast waren. Aber die restlichen werden es vielleicht ahnen, es jedoch nicht bestätigt haben. Doch Esme, wenn du diesen Wettkampf gewinnst, dann sollen es alle wissen. Dann ist nicht mehr von einer Gefahr für dich von den Göttern auszugehen. Denn dann müssen sie dich akzeptieren. Deiner Mutter werden sie nichts mehr anhaben können, sie wurde bereits zerstört, doch dich wird sie dann gerettet haben."

Sein Blick gleitet von mir zum Boden. Er ist sichtlich getroffen. Eine seiner langjährigen Freundinnen, meine Mutter, hat sich für das Land, auch für ihn, hergegeben und es scheint ihn nach wie vor zu schmerzen.

Wir dehnen uns weiter. Noch eine Übung. Dann noch eine. Meine Muskeln brenne wie Feuer. Ich weiß nicht, wie ich den heutigen Tag überstehen soll. Mir läuft bereits jetzt der Schweiß den Rücken hinunter. Die Dehnungen tun dem Muskelkater gut, doch es schmerzt.

Plötzlich hält Nathan inne.

„Er kommt."

Und da sehe ich ihn. In einiger Entfernung, zwischen den Bäumen weiter draußen auf dem Land, auf meinem Land, sehe ich ihn kommen. Mit großen Schwingen gleitet er uns entgegen und landet in einigen Metern Entfernung zum Haus.

Ein leises magisches Geräusch klingt in meinem Kopf als Nathan und Jana mit einer Handbewegung nach oben streifen.

„Wir öffnen das Schutzschild für einen Moment, damit er eintreten kann. Für das Land der Liebe haben wir ihm ausnahmsweise für die Vorbereitungszeit bis zum Duell Zutritt gewährt, doch das Haus ist noch einmal extra gesichert."

Sobald er die Schutzbarriere überschritten hat, wischen die beiden den Schutzschild wieder hoch. Nathan wispert leise zu mir: „Nun ist der Schutz wieder aktiviert. Nur Wesen des Landes der Liebe können ohne Probleme durch das Schutzschild treten. Alle anderen werden schmerzhaft abgewehrt."

Jaxon schreitet die letzten Meter majestätisch auf uns zu. Sein ganzer Ausdruck wirkt königlich. Er ist groß, um einiges größer als Nathan. Auch seine Schwingen, die ein tiefes Schwarz haben, sind prachtvoll ausgebreitet. Er trägt sie wie eine Krone hinter sich her. Kein Zeichen von Schwäche, pure Macht. Auch seine elegante Kleidung wirkt wie die eines modernen Königs. Ein weißes Leinenhemd und schwarze Hose. Leder, dessen bin ich mir sicher. Aber elegant. Er weiß seinen Auftritt in Szene zu setzen. Fast, so erscheint es mir, hört der Schnee für einen Moment auf zu fallen, ganz so wie mein Atem, der ins Stocken gerät.

Ich versuche ihn nicht wie ein kleines Kind anzustarren und mich wieder meiner Aufgabe bewusst zu werden. Ich soll mit ihm trainieren und nicht alle Geheimnisse ausplaudern. Trainieren, nicht quatschen. Trainieren, nicht quatschen …. und auch nicht … starren.

Ich rede mir dieses Mantra in Gedanken ein. In der Hoffnung, dass es wirkt.

Doch mein Blick kann ich auf nichts anderes lenken als auf sein leicht geöffnetes Hemd und die so sinnlich schimmernde Haut darunter. Schamesröte steigt mir ins Gesicht. Abkühlen! Rufe ich mir zu. Doch es will nicht gelingen.

„Jaxon." Nathan nickt ihm zu. Kein „Guten Morgen" oder Händeschütteln. Mit einer solchen Schroffheit hatte ich nicht gerechnet.

Wie soll ich mich verhalten?

Ich schaue zu Nathan. Ich bin mir nicht sicher was genau hier von mir verlangt wird.

„Nathan." Die gleiche Arroganz von Jaxon an Nathan.

Was ist das? Männerhass untereinander?

„Jaxon", auch Jana begrüßt ihn auf diese herablassende Art. Sie hat sich sogar einige Stufen zum Haus auf die Treppe gestellt um sichtlich erhabener auf ihn herab zu schauen.

„Aha. Jana." Seine Augen streifen noch nicht einmal zu ihr herüber. Er nimmt lediglich mich mit seinem Blick in Gefangenschaft. Mit Haut und Haar.

Dann dringen die ersten freundlich klingenden Worte zu mir herüber. „Und du musst Esme, die Tochter der Liebe sein." Er nähert sich meiner Hand und ich strecke sie ihm entgegen. Doch er erhebt diese und haucht einen flüchtigen Handkuss darauf. Nicht ohne seinen Blick auf meine Augen zu richten.

„Ach Jaxon, vergiss es, sie wird dir nicht verfallen. Sie ist keine für deine Sammlung." Nathan faucht ihn an.

„Na, na... wie redest du hier von dem Lord des Zorns? Ich darf doch sehr bitten. Außerdem möchte ich euch darauf hinweisen, dass ich lediglich eurer Bitte Folge leiste und diese junge Dame hier unterrichte. Für euch. Also, darf ich darum bitten, dass wir beide loslegen können und ihr beiden ... abschwirrt!" Er macht eine Handbewegung durch die Luft, damit meine Begleiter verschwinden sollen.

Nein, bitte nicht, scheinen meine Augen zu flehen. Ich habe noch kein Wort über die Lippen gebracht. Zu groß ist die Sorge, dass ich keinen Laut sagen kann, ohne einen dicken Klos im Hals zu haben. Ich räuspere mich gerade als Nathan das Wort ergreift.

„Ich werde von der Terrasse aus zuschauen, nicht, dass unserer Esme noch ein Unheil geschieht, wenn du mit ihr trainierst."

Dankbar nicke ich ihm zu und bin erleichtert.

„Esme, ich bin auch auf der Terrasse. Wenn du etwas brauchst, muss du nur rufen."

Jana sagt dies und geht die wenigen Stufen, die sie noch von der Sitzgelegenheit auf der Terrasse trennen, nach oben.

Jaxon wendet sich nun wieder mit seiner vollen Aufmerksamkeit mir zu. Mit seinen Blicken mustert er mich von oben bis unten. Ich komme mir nackt vor. Nackt mit all meiner Unerfahrenheit in Sachen Kampf und Verteidigung.

„Na, dann wollen wir beiden Hübschen mal starten." Er nimmt meine Hand und wirbelt mich herum an die Stelle, an der er mich gerne auf dem Trainingsplatz hätte. Seine Gangart wirkt wie einstudiert.

„Haben sie dir übrigens einen Maulkorb verpasst, oder warum kannst du nicht sprechen? Wobei ich mir sicher bin, dass sie dich vor mir gewarnt haben."

„Nein, keinen Maulkorb .... Guten Morgen Jaxon." Mehr bringe ich nicht über die Lippen. Ich bin mir sicher, dass meine Begleiter auf der Terrasse jedes Wort von uns hören und ich habe Angst etwas Falsches zu sagen. Auf einmal fühle ich mich wegen meiner eigenen Leute gefangen. Ich bin nicht mehr so unbedarft wie in den letzten Tagen. Es fühlt sich so politisch an. Egal was ich sage oder tue, es könnte ein falsches Eingeständnis sein. So kann ich nicht arbeiten.

„Keine Sorge, vor mir musst du dich nicht fürchten." Sein Blick gleitet von meinen Augen zu meinen Lippen. Seine elegante Haltung hält er bei, während ich nur versuche, gelassen gerade aus zu blicken. Das mit der Gelassenheit gelingt mir jedoch ganz und gar nicht. Ich schwitze und eine Welle der Hitze überkommt mich.

„Wir fangen ganz vorne an. Stell dich gerade hin. Locker. Wir beginnen mit Aufwärmübungen. Gleichgewicht und Dehnungen. All deine Muskeln müssen dir im Kampf gehorchen. Du musst dich deinem Körper bewusst sein. Deinem durchaus hübschen Körper."

Mit einem solchen Kompliment kann ich nicht umgehen. Während sich dieser fremde, gutaussehende Mann sich an meinem Körper zu schaffen macht, bringt er diese Bemerkung, scheinbar in Gedanken versunken, über seine Lippen. Er richtet meine Glieder so aus, wie er es für richtig hält.

Die erste Übung bringt mich wippend auf die Zehenspitzen. Auf der halben Spitze soll ich mich beugen und dehnen so, wie er es nun neben mir vormacht.

Plötzlich wischt er mit einer Handbewegung durch die Luft und leise Musik erschallt.

„Nun sind wir etwas ungestörter vor unseren Wachhunden dort oben", raunt er mir zu.

Für die nächste Übung soll ich mich in einem Ausfallschritt mit geradem Rücken und ein Arm vorn, einer zurück hinstellen. Der Krieger. So heißt diese Übung. Da ich sie nicht kenne stellt mein Lehrer sich dicht hinter mich und bringt erst meine Beine, dann meine Arme in die richtige Stellung. Sein Körper steht nun parallel zu meinem dicht hinter mir. Er raunt mir etwas zu, doch das nehme ich bereits nicht mehr wahr. Ich spüre nichts mehr, und doch so viel. Mein Körper wird von einem heftigen Blitz durchzogen. Mein Gehirn setzt aus, mir wird schwarz vor Augen und ich kämpfe gegen die Bewusstlosigkeit.

Ich stehe wieder im Palast, es ist die gleiche Stelle, die ich bereits zweimal wirklich betreten habe. Mitten im großen Thronsaal. Der gutaussehende in schwarz gekleidete Herr führt mich an der Hand zur Tanzfläche. Und jetzt erkenne ich ihn. Es fühlt sich an wie ein Déjà-vu. Es ist die gleiche Vision, die ich bereits im Land der Menschen hatte. Er wirbelt mich herum, so dass ich genau in sein strenges und perfektes Gesicht schauen kann. Er ist es. Jaxon. Er mustert mich nicht, sondern blickt mir tief in die Augen und führt mich sicher über die Tanzfläche.

Wir tanzen zusammen und alle schauen uns an. Da blitzt ein bekanntes Gesicht über seiner Schulter auf. Sie nickt mir zu und ist sichtlich erfreut. Nicht ängstlich oder besorgt. Sie stimmt dieser Situation zu, so als ob sie sich freut. Es ist meine Mutter, Elara.

Doch schon im nächsten Moment ist ihr Gesicht in den Drehbewegungen unseres Tanzes verschwunden. Wir tanzen und tanzen. Wir tanzen um unser beider Leben.

Es sind elegante Bewegungen und Drehungen. Sie fühlen sich instinktiv an. Wunderschön anzusehen. In der Vision kann ich mich selbst tanzen sehen, obwohl ich in meinem Körper stecke. Die Zuschauer staunen. Wir schweben über die Tanzfläche wie das langersehnte Königspaar, dass sich endlich vereint hat. Ich bin glücklich. Glücklich und ausgelassen. Doch auch wie in der vorherigen Vision dieser Tanzgeschichte erwache ich als es so unendlich schön zu sein scheint.

Mein Körper wird in mein Bewusstsein zurückgeschleudert, obwohl ich nicht erwachen möchte.

Ich blinzele. Mein schlaffer Körper liegt in den Armen von Jaxon. Er blickt mich mit besorgter Miene an. Hält mich jedoch sicher und fest. Seine Lippen formen Worte, die ich nicht verstehe, da meine Wahrnehmung noch in meinem wunderschönen Traum verharrt.

Dann tauchen neben mir Jana und Nathan auf. Sichtlich erschrocken.

„Was hast du mit ihr gemacht?" schreit Jana Jaxon an.

Es sind die ersten Worte, die ich wieder verstehe. Doch bevor Jaxon sich ihrer schroffen Art stellen muss, verteidige ich ihn.

„Nichts, er hat gar nichts getan." Ich möchte nicht, dass er wegen meiner Schwachheit bestraft wird.

Wobei ich mir nicht vorstellen kann, dass dieser mächtige Lord von einem so kleinen Wesen wir Jana bestraft werden kann.

„Und was war dann? Du bist einfach zusammengeklappt", fügt Nathan hinzu.

Ich befinde mich immer noch auf dem Schoß des schwarz gekleideten Kriegers. Meine Augen schließen sich erneut für einen kleinen Moment. Ich habe keine Lust für Erklärungen, möchte lieber zurück zu diesem wunderschönen Augenblick. Meine Gehirnwindungen versuchen noch immer diese Vision in einen sinnvollen Zusammenhang zu bringen.

Ich weiß, dass ich hierüber nicht sprechen darf, denn es verbietet mir die Prophezeiung und mein Verstand. Das Tattoo glüht angenehm auf meinem Rückgrat.

„Es war, nichts. Wahrscheinlich bin ich einfach nicht ganz so top fit wie ihr, oder wie ihr es von mir verlangt. Ich gelobe Besserung."

„Bist du sicher, dass du nicht verletzt bist?" Nathans Augen untersuchen mich von oben bis unten.

Ich muss ein ganz schön jämmerliches Bild abgeben.

Doch die Sorge der beiden scheint berechtigt. Meine Hände zittern und sind von kaltem Schweiß überzogen.

Ich schicke die beiden wieder auf ihren Ausguck oben auf der Terrasse und verspreche vorsichtig zu sein. Vorsichtig vor wem oder was auch immer. Erst als sie gehen, traue ich mich Jaxon genauer anzusehen, als ich mich aus seiner Umarmung langsam und nicht ganz freiwillig löse. In seinen Armen habe ich mich sicher gefühlt. Doch es ist mir durchaus bewusst, dass ich in den Armen des Feindes gelegen habe. Doch für dieses Mal hat er mich aufgefangen. Und nicht ausgeschaltet.

Außerdem würde er mich sicher nicht in der Kampfkunst unterrichten, würde er vorhaben mich zu vernichten.

Ich denke eher, dass er davon ausgeht, dass ich als Mensch dem Duell eh nicht gewachsen bin und es zu einer natürlichen Auslese kommen wird.

Er hilft mir beim Aufstehen. Meine Beine fühlen sich an wie Pudding. Und der starke Muskelkater vom Vortag tut sein Möglichstes, um mich unsicher auf den Beinen wirken zu lassen.

„Die beiden konntest du mit deiner Aussage abschütteln. Bei mir funktioniert das nicht so leicht." Er hält mich am Arm fest.

„Auch ich habe hin und wieder Visionen. Ich sehe sie als Teil meiner Macht. Sie haben mir bereits in so vielen Situationen weitergeholfen." Er schaut mir fest in die Augen. Beinahe so fest, wie er mich am Arm hält.

„Diese Art von Bildern ist nicht immer ganz korrekt. Manche sind Trugbilder, manche wollen dich vor etwas warnen, was passieren kann. Manche wiederum sind die Zukunft. Es ist deine Aufgabe sie zu deuten." Sein Blick wird bohrender. Er kommt mir noch näher als vorhin.

„Arbeite daran, hörst du!"

Es ist ein Befehl. Er lässt mich los. Ich stehe wie ein kleines Schulkind vor seinem Lehrer.

„Wir beide lernen uns heute erst einmal kennen. Ich muss genau wissen, wo du stehst. Ich nehme heute noch Rücksicht auf deinen kleinen Schwächeanfall." Dieses Mal redet er wieder so laut, dass auch meine Aufpasser es verstehen können. „Morgen geht es dann richtig los."

„Danke", hauche ich ihm entgegen.

„Bitte, gern geschehen." Ein tückisches Lächeln entblößt sich auf seinem Gesicht. „Esme", haucht er hinterher.

Mein Name aus seinem Mund hört sich an wie ein Gedicht.

Wieder ein Wisch seiner Hand und die Musik wird ruhiger. Eher meditativ.

Wir meistern den Vormittag ohne weitere Zwischenfälle.

Er erfasst mit Adleraugen meinen körperlichen Zustand, verabschiedet sich gegen Mittag und fliegt durch das heruntergelassenen Schutzschild, welches Nathan nur allzu gerne kurz entfernt hat. Unser Land kann er für die Dauer unserer Vereinbarung problemlos betreten und verlassen. So die Abmachung.

Jana tritt zu mir. „Na, was habe ich dir gesagt? Lass dich nicht allzu sehr auf ihn ein. Nur insoweit du es für den Unterricht benötigst. Er frisst dich sonst mit Haut und Haaren." Wir beide schauen ihm noch hinterher, bis er hinter den Baumwipfeln verschwindet.

„Was machen wir jetzt mit unserer Laufeinheit? Wie wäre es mit einem lockeren Waldlauf? Nicht weiter als gestern?"

Ich stimme nickend zu. Da ich körperlich unversehrt bin, wie ich mehrfach bestätigen muss.

Wir laufen durch den verschneiten Wald. Es ist eine fast geräuschlose Tätigkeit. Die Kraft für einen netten kleinen Plausch fehlt mir.

Als wir wieder auf der Terrasse ankommen, bin ich außer Puste. Ich muss erst einmal einen Schluck trinken. Danach geht es mir bedeutend besser.

„Das Mittagessen ist serviert, meine Damen." Nathan scherzt von drinnen und wir treten durch die Balkontür hinein in die wunderschöne Wärme.

Ich bin dankbar für ein kräftiges Mittagessen, das meinen Magen beruht. Ich habe Hunger wie noch nie in meinem Leben.

Jana und Nathan regen sich über das Auftreten von Jaxon auf. Und steigern sich immer weiter hinein.

„So ein aufgeblasenes Arschloch!"

„Jana!"

„Na, ist doch so. Wenn man ihm den kleinen Finger gibt, will er sofort die ganze Hand haben. Er hat es sichtlich genossen uns so klein und ahnungslos zurückzulassen, als Esme umgekippt ist. Weißt du …", sie blickt zu mir herüber „… wir dachten wirklich er hätte dich zur Strecke gebracht. Vielleicht erwürgt oder mit der puren Macht erdrosselt. Ihm ist nicht über den Weg zu trauen. Aber es hilft nichts - wir brauchen ihn."

„Ja, Jana hat recht, wir werden ihn brauchen. Er wird deine Macht später viel besser einschätzen können als jemand anderes. Er und deine Mutter. Nur auf sie können wir nicht mehr zurückgreifen. Und auf deinen Vater wohl auch nicht. Wir wollen die Götter nicht auf dich aufmerksam machen."

Nathan scheint laut zu überlegen.

„Er hat mir wirklich nichts getan. Er war vielmehr … sehr nett zu mir."

„Nett?!?", Nathan staunt.

„Nett - er ist ein Arsch. Furchtbar eingebildet und denkt er kann Jede haben. Bitte lass dich nicht auf ihn ein. Wir können diesen aufgeblasenen Möchtegernprollo hier nicht gebrauchen."

„Jana - du machst mir ja fast den Eindruck als ob du schon mal was mit ihm hattest", witzele ich. Doch Jana scheint das Lachen vergangen zu sein.

„Ich mit ihm - nein danke! Du machst wohl Witze. Niemals würde er sich auf eine Geliebte außerhalb seines Landes einlassen. Und schon gar nicht auf eine aus dem Land der Liebe. Eitelkeit oder Neid - das eventuell mal, aber Liebe, Hoffnung oder Glaube - wir wären ihm wahrscheinlich viel zu freundlich. Er braucht etwas Düsteres." Ihre Augen verraten Unheilkommendes.

„Naja, wie dem auch sein. Ich glaube Jana möchte dich lediglich warnen nichts Unüberlegtes zu tun. Mit Jaxon ist nicht zu scherzen. Er könnte dich auch ohne Macht innerhalb von Sekunden zur Strecke bringen. Du musst wirklich vorsichtig sein." Nathan versucht die Situation zu beenden.

Wir essen weiter. Vor dem Nachmittagsunterricht habe ich einige Momente für mich in meinem Zimmer.

Ich bin kurz gehalten mich eine Weile hinzulegen und ein Nickerchen zu machen, doch dann fällt mir das Notizbuch meine Mutter ein. Darin habe ich noch nicht viel blättern können. Ich ziehe es aus meiner Nachttischschublade und lege mich lesend auf mein Bett. Ich schlage das Buch vorne auf. Es handelt sich auf den ersten Seiten um Backrezepte. Es scheinen besonders alte Rezepte zu ein, denn manche Wörter erscheinen mir unbekannt und altertümlich. Bei dem Alter meiner Mutter von zweihundertneunzig Jahren erscheint mir das jedoch äußerst logisch. Wer weiß, wann sie angefangen hat, dieses Buch zu füllen.

Dann blättere ich weiter und stoße auf andere Rezepte. Es handelt sich hier eher um Heilrezepturen. Wie Wunden am besten heilen, welche Kräuter wo zu finden sind und welche Auswaschungen Wunder wirken. Alles Dinge, die einer Kräuterhexe gutgestanden hätten. Ich lese mir die Seiten aufmerksam durch und versuche mir so viel wie möglich zu merken. Einige der Kräuter sind mir durch mein Studium bekannt. Auch in der Menschenwelt werden sie in der Medizin verwendet. Andere wiederum gab es entweder in unserem Land noch nie oder sie sind bereits lange verschwunden.

Ich blättere weiter.

Einige besondere Wesen sind hier festgehalten worden. Drachen, Wassermänner und andere Untiere. Ob Elara sie getötet oder lediglich deren Wesenszüge aufgeschrieben hatte ist nicht ersichtlich.

Einige Seiten überblättere ich und komme auf ein paar Seiten, die, um meinen Vater zu gehen scheinen. Diese Aufzeichnungen können nicht allzu alt sein. Gerne würde ich noch weiterlesen, doch der Nachmittagsunterricht ruft. Zuerst Theorie bei Ismail und anschließend Bogenschießen bei Aaron. Ich bin gespannt, was der Tag noch für mich bereit hält.

30

Der Unterricht mit Ismail gestaltet sich als sehr amüsant. Er versucht immer wieder kleine Gags einzubauen, um mich nicht zu arg mit der schonungslosen Wahrheit zu konfrontieren. Er gestaltet es so, als ob man davon ausgehen könnte, dass ein fremder Dritter bald in ein Himmelfahrtskommando geschickt wird. Nicht ich. Er wiederholt ständig die einzelnen Tötungsprozesse der einzelnen Länder. Dann kommen wir zu einer neuen Rubrik.

„Neben den diversen Schwachstellen hat jedoch auch jedes Land beziehungsweise deren Bewohner eine gewisse Macht. Eventuell ist es dir bereits zu Ohren gekommen?"

Ich schüttele den Kopf. Hier ist alles so unendlich viel anders als in meiner gewohnten Menschenwelt. Daher glaube ich noch nichts von unterschiedlichen Talenten und Mächten gehört zu haben.

„Die Avas der Hoffnung können ihre Gegner innerhalb von Sekunden erstarren lassen. Je nachdem wie stark sie sind, dauert der Starrkrampf länger an. Oder sogar so lange bis er von ihnen wieder aufgehoben wird. Es fühlt sich auf jeden Fall nicht gut an erstarrt zu sein, dass kannst du mir glauben."

„Aber tödlich ist es nicht?" frage ich Ismail.

„Nein, nicht direkt tödlich, jedoch kann dein Gegner dich herkömmlich abmurksen, während du in die Starre verfallen bist. Dieser Macht zu umgehen, gelingt wahrscheinlich lediglich durch einen mentalen Schutzschild. Dies kannst du erst mit Magie erlernen. Doch während des Wettkampfes musst du dir darum keine Gedanken machen. Die Magie aller Teilnehmer ist gehemmt. Alle kämpfen mit den gleichen Mitteln.

Gehen wir weiter zu den Avas des Glaubens. Sie könne ihre Feinde besiegen in dem sie die Gedanken lesen können. Sie dringen tief in das Gehirn ein und können den nächsten Schritt voraussehen, noch ehe ihr Gegner sie fertig geplant hat. Eine sehr gefährliche Waffe.

Die Avas der Eitelkeit versetzen ihre Feinde in Hypnose. Auch dies ist nicht auf die leichte Schulter zu nehmen. Sie können die Feinde durch reine Gedankenmanipulation in den Tod treiben. Auch hier wird nur ein Schutzschild und festen eigenen Willen helfen.

Die Wesen aus dem Land des Neides haben eine völlig andere Gabe. Sie können Dinge verschwinden lassen. Die Waffen des Feindes zum Beispiel.

Die Macht des Landes des Zorns spiegelt sich in den Naturgewalten wieder. Sie können darüber herrschen. Können über den Wind, das Wasser oder die Blitze befehlen. Sie sind äußerst gewaltig und aufbrausend in ihrer Fähigkeit.

Und wir, die Mitglieder des Hofes der Liebe, wir haben eine komplett andere Gabe. Vielleicht ist es dir bereits an dies selbst aufgefallen. Auch wenn du keine wirkliche Macht besitzt ..."

Ich überlege, aber es fällt mich nichts dazu ein.

„Als du den Werwolf zweimal erfolglos verletzt hattest, ist das Blut des Wolfes nur so geflossen. Es hat dir in diesem Moment nichts ausgemacht, obwohl du zuvor noch nie getötet hattest. Dann noch ein Stich - und das Wesen war besiegt. Dein Blut geriet in Wallung und du konntest nicht aufhören, bis das Tier erlegt war.

Kommt dir das bekannt vor?"

Er erzählt es, als ob er selbst dabei gewesen wäre. Und genau so hat es sich angefühlt. Das Blut in mir ist auf Hochtouren durch meinen Körper gerauscht und hat mich zur Perfektion angetrieben.

„Das, meine Liebe, nennt sich Blutrausch.

Es ist eine der heftigsten Mächte unter allen. Sie ist nicht greifbar und nicht mit Worten zu erklären. Aber wenn du bereits diese Macht verspürt hast, ohne wirklich mächtig zu sein, dann möchte ich gespannt sein, wie es sich auf dich auswirkst, wenn du einmal wirklich an der Macht bist."

Ich starre auf meine Hände.

„Ja, das ist der Blutrausch. Einmal die Gefahr gewittert, einmal zugestochen kannst du nicht mehr aufhören, ehe dein Ziel erfüllt ist. Du musst keine Angst davor haben, du wirst keinem Unschuldigen etwas zu Leide tun, nur denen die uns feind sind. Und wenn du kämpfst, dann heftig. Das geht uns allen so. Deshalb sind deine Krieger auch so gefürchtet. Und deshalb überlegen sich die anderen Länder auch zweimal, ob sie uns wegen Lappalien angreifen. Denn auch unsere mentalen Schilder sind nicht von schlechten Eltern. Die meisten Kräfte können wir damit abschirmen oder zumindest abschwächen. Und was bleibt den Feinden dann noch gegen uns?

Wir sind wirklich sehr mächtig. Du hättest uns in den Kriegen der vergangenen Jahrhunderte sehen sollen.

Doch wir sind das Land der Liebe. Wir greifen niemals zuerst an. Wir verteidigen lediglich oder kämpfen für Gerechtigkeit."

Er legt seine Hand auf sein Herz.

In der restlichen Stunde berichtet Ismail noch von vielen Tücken der Kräfte und das Ausnutzen der Schwachpunkte. Wir sind mittendrin in einer Diskussion welche Macht am schwächsten erscheint, als Aaron bereits draußen vor die Fensterscheibe auf mich wartet.

„Aaron, hallo!" Ich begrüße ihn wie einen Freund, was auch er nach dieser kurzen Zeit bereits geworden ist.

„Hallo Esme, wie geht es dir? Ich habe von dem Zwischenfall heute Morgen gehört. Ich hoffe nichts Ernstes?"

„Nein, nein. Ich denke ich bin einfach nur ein wenig schnell in dieses Fitnessprogramm gestartet. Ich habe den Rest des Tages nicht ganz so heftig wie gestern zugebracht. Jetzt geht's. Danke, dass du dich sorgst. Aber es ist wirklich Nichts."

Ich möchte keinen meiner Freunde verunsichern und erwähne meine Vision deshalb nicht. Ich habe wahrscheinlich aber auch nur selbst zu viel Angst vor den Konsequenzen einer Analyse von meinen Freunden. „Na, dann werde ich das jetzt mal so hinnehmen und mit dir in den Wald für unsere Bogenschießübung gehen. Heute erkläre ich dir viel. Es sollte also körperlich nicht allzu anstrengend werden." Wir schlendern hinüber zum Wald. Aaron hält mir einen Arm hin, damit ich mich einhaken kann. Dabei quatschen wir ein wenig.

„Wie war das Training mit Jaxon? Hat er sich benommen?"

„Ich bin mir nicht ganz sicher, wie er sich benimmt, wenn er sich nicht benimmt. Jana und Nathan haben mich das auch bereits gefragt. Aber heute Vormittag war er sehr höflich und zuvorkommend. Ich denke ich habe keine Gründe mich zu beschweren. Immerhin hat er mich aufgefangen."

„Ja, immerhin. Es hört sich an, als redest du von einer anderen Person als ich. Der meist in schwarz gekleidete, arrogante Mistkerl mit dem hübschen Gesicht. Den meine ich."

Ich stoße meinen Arm leicht in Aarons Seite. Wir lachen beide. Hinter ein paar Baumreihen versteckt befindet sich die Bogenschießanlage. Aaron weist mich in die Sicherheitshinweise ein und dann startet das Training.

„Hier- heb mal diesen Bogen. Das ist ein regulärer Kriegsbogen, den wir in einer Schlacht benutzen würden." Ich hebe ihn an und bin erstaunt.

"Er ist schwerer als er aussieht."

"Ja, genau. Du brauchst viel Kraft in den Armen, um den Bogen eine Weile gerade zu halten. Dein Pfeil kann nie und nimmer sein Ziel treffen, wenn die Hand, die den Bogen hält ins Wanken gerät. Daher steht neben dem eigentlichen Üben an Pfeil und Bogen auch hier Gleichgewichtstraining und Muskelaufbau in den Armen an der Tagesordnung. Am besten fangen wir direkt damit an."

Er deutet auf den Platz neben ihm und macht mir einige Übungen vor. Die mit dem Gleichgewicht habe ich schnell drauf. Sie liegen mir gut.

Danach kommt das Training für meine Arme. Das ist bedeutend schwerer. Ich versage auf ganzer Linie, da ich lediglich zwei Liegestütze schaffe.

Mit einem leisen Geräusch sacke ich in den Schnee.

Aaron belächelt mich. Nicht böswillig, aber durchaus amüsiert. „Tja, schätze wir haben da eine Aufgabe."

„Tja, schätze, du hast recht." Ich rappele mich auf.

„Das machen wir einfach immer vor dem eigentlichen Training mit dem Bogen. Du wirst sehen, die Fortschritte werden deutlich sein. Verlass dich drauf."

Ich will es ihm gerne glauben.

Nun beginnt das eigentliche Training. Aaron zeigt mir, wie ich den Bogen am besten halte. Welche verschiedenen Pfeile es gibt, wie man sich am besten in Stellung begibt und, und, und.

Ich versuche so gut es geht zu folgen. Doch meine Muskeln brennen und der Schmerz in meinen Beinen wirkt sich auch auf das Bogenschießen aus.

Als die Unterrichtseinheit sich dem Ende neigt bin ich froh gleich meine Füße hochlegen zu können.

Hieß es nicht, es solle nicht so anstrengend werden?

„Na, Aaron, was macht unsere Schülerin?"

Nathan muss sich von hinten angeschlichen haben. Ich habe ihn nicht bemerkt.

„Gar nicht schlecht für den Anfang, würde ich sagen." Aaron klopft mir kumpelhaft auf die Schultern.

„Mit ein wenig Übung macht sie dich alle, Nathan." Augenzwinkernd dreht Aaron sich weiter zu mir und nimmt mir die restliche Ausrüstung ab um sie zu verstauen.

„Eigentlich wollte ich euch beide nur fragen, ob ihr mit zum Pub kommen wollt?"

Die Frage scheint ernst gemeint. Ich bin verwundert.

„Du kannst nicht immer nur trainieren. Du sollst auch wissen wofür." Nathan scheint meine Verwunderung im Blick erkannt zu haben.

„Ich würde nur gerne vorher etwas essen und mich duschen. Ich fürchte so bin ich nicht ganz so ansehnlich", gebe ich zu bedenken.

„Da bin ich zwar anderer Meinung, aber bitte, einmal essen und duschen. Es sei dir gewährt." Nathan verbeugt sich scherzhaft vor mir, wie vor einer Königin.

„Ach, jetzt komm mir mal nicht so. Heute Morgen überlässt du mich noch einem feinen Rüpel in schwarz und jetzt Verbeugungen ...", was als Witz gedacht war, kommt bei Nathan gar nicht gut an.

„Ich war nicht direkt begeistert, dass ich dich in seine Hände geben muss. Glaube mir. Es stinkt mir!" Er wirkt gereizt.

„Na, na ... immer langsam Nathan. Wir haben das geklärt, oder nicht?" Aaron mischt sich in unsere Unterhaltung.

„Ihr habt es geklärt. Ich musste es hinnehmen. Hoffen wir, dass ihr Recht habt und es uns Vorteile in Sachen Kampfkunst für Esme bringt." Sein Blick verdüstert sich.

„Ach komm, so schlimm war es auch wieder nicht. Das eben sollte nur ein kleiner Scherz sein." Ich streichele Nathans Arm in der Hoffnung, dass er mir vergibt.

„Ha, ha … ich lach mich schlapp …" grummelt er.

„Wo ist denn der Pub von dem du vorhin erzählt hast? Und wie schick muss ich mich dafür machen?"

Die Ablenkung scheint geglückt.

„Es ist nur ein paar Kilometer hinter dem Haus in dem Dorf die Straße hinunter. Ich kann dich fliegen, wenn du willst. Oder wir können auch alle zusammen dorthin durch den Schnee spazieren. Ganz wie du magst."

„Ich glaube meine Füße ziehen heute fliegen vor. Und die Klamotten?"

„Es ist ein Dorf Pub. Du kannst wirklich so mitkommen, wenn du magst. Wobei ich mir nicht sicher bin, ob ich diesen schönen Anblick mit anderen Jungs teilen möchte."

Ich hebe den Arm und rieche … „Ich zeih mich um, ganz gewiss!"

Zum Abendessen kommen alle zusammen bevor wir losziehen. Aaron, Ismail, Gerold, Jana, Salvina, Nathan und ich.

Wir sind eine fröhlich, geschwätzige Runde. Das Haus hat deftiges Essen vorbereitet, was mich sehr freut. Ich verdrücke eine doppelte Portion.

Aaron gibt meine neusten Kenntnisse über das Bogenschießen kund und Jana und Nathan versuchen meine kleine Ohnmacht von heute Vormittag witzig zu verpacken. Es gelingt ihnen nur fast. Aber trotzdem müssen wir herzlich lachen, denn der Abend verspricht wunderschön zu werden.

Die anderen verdünnisieren sich nach dem Essen in Richtung Pub.

Nathan nimmt mich draußen in die Arme und wir fliegen den anderen hinterher.

Es sind erst drei Tage vergangen seit wir uns geküsst haben, und doch ist in der Zwischenzeit schon so viel geschehen. Da scheint ein ganzes Menschenleben dazwischen Platz gefunden zu haben.

„Geht es dir gut?" Ich drehe mich zu Nathan um und schaue ihm in die Augen. Sein hübsches Gesicht ist von einigen Sorgenfalten durchzogen.

„Mir? Ja, klar- warum?"

„Ach, ich dachte ich frage dich mal zur Abwechslung." Ich streiche ihm eine Haarsträhne hinter sein Ohr.

Er lacht. „Schaue ich denn so mitgenommen aus?"

„Ich finde du siehst so aus, wie ich mich fühle." Gebe ich mit einem Lachen kund.

„Oh! So schlimm?" Wir beide witzeln über den Wolken. Es tut so gut, endlich wieder so vertraut mit ihm reden zu können.

„Nathan, kennst du jemanden, der Visionen hat? Also so richtige. Wahrsagerische Fähigkeiten oder so?"

„Warum meinst du?"

„Ach nur so. Ich möchte einfach alles über die Stärken und Schwächen der Bewohner von Statera wissen. Da dachte ich, das zählt doch bestimmt auch dazu."

Ob er meine kleine Notlüge wittert?

„Mmhh … ich denke, wenn sich jemand damit auskennt, dann höchstens Salvina. Aber mir ist nicht bekannt, dass jemand hier so etwas zu seiner Macht zählt. Hypnose - ja. Aber Visionen. Tut mir leid."

„Ach egal. Was viel wichtiger ist - was trinkt man denn in einem Pub der Unsterblichen?"

„Was würdest du denn bei euch in der Menschenwelt trinken?"

„Wein?!?"

„Oh ja, dann warte gleich mal ab. So einen edlen Tropfen wie in diesem Pub hast du sicher noch nicht getrunken. Ich denke der Wein bei euch schmeckt weder nach Trauben noch nach Sonne. Warte ab, was dir hier gleich auf der Zunge zergeht."

„Ich lass mich gerne überzeugen."

„Ach, Esme, wenn alles nur so einfach wäre." Sein Zwinkern spüre ich an meinem Hinterkopf. Ich entgegne ihm nichts. Es fühlt sich so perfekt mit Nathan an. Seine starken Arme, die mich packen und in der Luft halten. Seine Schwingen die mich fliegen. Er ist nett und äußerst bedacht darauf, dass es mir an Nichts fehlt. Und doch sagt mir etwas, dass es nicht richtig ist. Das ich nicht alles weiß und mich nicht blindlinks verlieben darf. Ich hasse mein Gewissen.

„Da vorne stehen die anderen." Ich deute zu der kleinen Ansammlung vor dem Haus in der Siedlung.

„So, und jetzt lass uns feiern."

Und das tun wir auch. Ich bestelle mir einen Wein, der besser nicht hätte sein können. Doch ich frage mich, wie unter dem Schnee denn der Wein gedeihen kann. „Durch Magie. Der Winzer hält den Weinberg von Schnee befreit. Dadurch wird der Wein auch so kostbar. Er ist sehr rar. Auch etwas, was sich ändern wird, wenn der Schnee erst einmal geschmolzen ist.", gibt Ismail von sich.

Sie scheinen sich alle sehr sicher zu sein, dass ich das Duell gewinnen kann. Ich würde da noch nicht drauf wetten. Doch ich möchte die Stimmung nicht drüben. Eine kleine Band spielt in der äußeren Ecke der Kneipe. Es ist eine schöne sinnliche Melodie. Die Sprache ist wahrscheinlich irgendeine alte oder eine mit starkem Akzent, denn ich verstehe kein Wort.
Doch das macht nichts. Nathan zieht mich mit auf die Tanzfläche und wirbelt mich herum. Wir tanzen äußerst albern. Aber auch das macht nichts. Ich bin froh darüber. Es ist ein wunderbares Gefühl mit meinen neuen Freunden so ausgelassen zu trinken, tanzen und zu feiern.
Doch nach zwei Stunden qualmen mir die Füße. Ich bitte Nathan mich nach Hause zu begleiten. Morgen ist wieder früh Tag und ich möchte einigermaßen ausgeschlafen sein, wenn das Training beginnt. Zumal auch Jaxon wieder da sein wird. Bei dessen Erwähnung fasst Nathan mich fester im Flug und drückt mich an sich. Beinahe fühlt es sich so an, als wolle er mich nicht teilen. Wie ein kleiner Junge sein Spielzeug. Es tut weh das mit anzusehen.

„Psst … alles gut. Ich bin doch hier", sage ich ruhig in seine Richtung.

Er lässt locker und wir fliegen bis zum Haus. Er hält vor der großen Haustüre und lässt mich auf den Boden sinken. Ganz langsam, damit ich möglichst lange nahe an ihm bleibe. Er fasst meine Hände. Es fühlt sich an wie ein Abschied. Mir steigen die Tränen in die Augen. Warum kann ich nicht sagen.

„Was ist? Warum fühlt es sich an wie ein Abschied? Gehst du weg?" Ich überschütte ihn mit meinen Fragen.

„Nein, ich bleibe immer bei dir. Hörst du. Ich bin immer für dich da. Aber ich bin mir nicht sicher, was aus uns werden wird. Doch egal wie es weitergeht, ich bleibe bei dir. Für immer." Er drückt meine Hände an seine Brust. Ich bin versucht mich an ihn zu krallen.

„Für immer", wispere ich ihm zu.

„Aber warum fühlt es sich dann so schmerzvoll an?"

Er zieht mich näher an sich und drückt mich fest an seine starke Brust.

„Ich weiß, was du meinst." Tränen rinnen mir über das Gesicht. Es war ein so schöner Abend, aber das hier sah ich nicht kommen.

„Weine nicht, meine Liebe. Wir gehen durch dick und dünn. Ich vertraue dir mein Leben an, unser aller Leben. Und wenn wir nicht mehr haben, dann ist es doch auch so eine ganze Menge."

Es mag nach einer gewaltigen Menge klingen - ein ganzes Land, ein ganzes Leben. Und doch möchte ich mehr. Doch ich war es, die um Bedenkzeit gebeten hat. Und es scheint mir, auch er hat gespürt, dass da etwas anderes ist. Etwas Gewaltiges. Etwas, dass uns nicht zusammen sein lässt.

Er lässt meine Hände sinken und schaut mir in die Augen. Ganz tief.

„Geh jetzt schlafen. Morgen steht ein neuer ereignisreicher Tag für dich an. Ich werde da sein. Jetzt fliege ich zu den anderen zurück."

Noch einmal drückt er meine Hände, bevor er mir die Tür öffnet. Ich verschwinde sehr langsam im Haus und blicke ihm noch einmal hinterher, bevor ich restlos in Tränen ausbreche. Es ist ein Liebeskummer, der sich gewaschen hat. Dabei bin ich der Bösewicht, der die Beziehung nicht eingehen wollte. Ich bin mir auch sicher, dass keine andere Frau eine Rolle spielt. Schließlich hätte er dafür einige Jahrzehnte Zeit gehabt. Doch es fühlt sich wie ein schwerer Stein an, der auf meinem Herzen liegt. Weinend begebe ich mich die Treppe hinauf in mein Schlafzimmer.

Allein war ich noch nie in meinem Haus. Verrückt. Alle Avas die hier leben kennen mein Haus, mein Land und meine Mutter viel besser als ich. Verrückt.

Aber immerhin traue ich mich nun MEIN zu denken. Denn ich werde dieses Duell siegreich überstehen. Eine andere Lösung gibt es nicht. Nicht mit mir, denn wenn ich es nicht schaffe, bin ich tot.

31

Der neue Tag verspricht ein guter zu werden. Ich
schwinge meine Beine aus dem Bett, schon bevor Jana
erwacht ist.

Sie scheinen gestern noch länger in dem Pub verweilt zu
sein. Entweder weil sie Nathan aufmuntern mussten oder
einfach so kein Ende vom Feiern gefunden haben.

Die Salbe die Jana mir ins Bad gestellt hatte, hat ihre
Wirkung auf jeden Fall voll entfaltet, denn mein
Muskelkater ist wie weggeblasen. Ich mache mich im Bad
fertig und gehe zum Frühstück. Es ist ruhig im Haus und
so setze ich mich allein zum Essen. Das Haus hält allerlei
Obst, Müsli, Tee und Säfte für mich parat.

Ich frühstücke noch, als Nathan in das Esszimmer kommt.

„Guten Morgen.", begrüße ich ihn.
„Mmm Morgen." Er sieht verkatert aus.
„Oh, so schlimm?"
„Mmmhh …"
Auch Jana schleppt sich übermüdet in die Küche.
„Guten Morgen." Aus mir spricht die pure Lebensfreude.
„Guten Morgen. Wie kann man nur so gut gelaunt sein?"

„Wisst ihr was, ich mache mich jetzt schon mal auf zu
einem kleinen Waldlauf und ihr beide werdet erst einmal
wach. Wo sind die anderen?"

„Salvina ist bereits wach und hat noch Termine. Die
anderen beiden sind gestern Abend wieder ins College.
Sie kommen später." Nathan fasst sich kurz.

Ich schnüre mir die Stiefel an der Haustür. Draußen ist ein ordentlicher Schneesturm im Anmarsch. Ich entschließe mich dennoch für eine Aufwärmrunde.

Ich möchte bestmöglich vorbereitet sein, wenn Jaxon nachher kommt. Möchte keine Schwäche zeigen müssen.

Der Weg durch den Schnee kommt mir heute trotz des Sturms einfacher vor. Voller Energie springe ich über Stock und Stein, über umgefallene Baumstümpfe und Geäst. Meinen Dolch immer sicher an meiner Seite wissend, für alle Gefahren gewappnet zu sein.

Ich fühle mich ausgesprochen gut. Wahrscheinlich war die Aussprache mit Nathan gestern dringend überfällig gewesen. Und meine Heulattacke auch. Jetzt konzentriere ich mich erst einmal darauf die Welt zu retten. Die Welten. Mit einer allein hatte ich ja nicht genug.

Gerade als ich wieder aus dem Wald laufe, werden am Himmel große Schwingen sichtbar. Es ist Jaxon. Er segelt im Gleitflug direkt auf mich zu.

„Guten Morgen, Jaxon", begrüße ich selbstbewusst und mit erhobenen Haupt meinen Gast und Lehrer.

„Guten Morgen Esme. Heute allein unterwegs, wie ich sehe. Wo sind denn deine Wachhunde?"

„Nenn sie nicht so. Es sind meine Freunde."

„Freunde? Aha. Na, und wo sind denn dann deine Freunde?" Er zieht die Augenbraue nach oben und rümpft etwas die Nase.

„Sie sind im Haus und bereiten etwas vor." Ich muss ihm ja nicht auf die hübsche Nase binden, dass sie einen Kater haben.

„Na, dann gehen wir mal zum Training über, was?"

Er bietet mir seinen Arm an und ich hake mich ein. Sein eleganter Glanz scheint etwas auf mich abzufärben. Ich fühle mich edel und gut.

Durch das Schutzschild kann er erst treten als Nathan es abschwächt. Dann treten wir zusammen hindurch zum Trainingsplatz.

„Lass uns mit Dehnen und Gleichgewicht anfangen, so wie gestern. Dann gehen wir einen Schritt weiter. Immerhin haben wir nur eine knappe Zeitspanne, bis wir dich in Topform auf die Welt loslassen müssen."

Es ist nicht ironisch gemeint, sondern die volle Wahrheit.

Wir trainieren. Und ich bin gut. Ich bin sehr gut für meine wenige Erfahrung.

Was es jedoch ausmacht, ist, dass ich Spaß habe. Ich möchte so viel wissen. Löchere ihn mit Fragen und stille so meinen Wissensdurst. Ich habe einen regelrechten Ehrgeiz entwickelt. DENN ICH WILL DIESE BEIDEN WELTEN VERDAMMT NOCHMAL RETTEN!

32

Nach dem Training mit Jaxon folgt Mittagessen, Theorieunterricht mit Ismail und zur Abwechslung Religionsunterricht mit einer kleinen Priesterin aus dem Land des Glaubens. Ihr Name ist Magda.

Sie ist in ein blaues Gewand gekleidet und untersteht der direkten Anweisung von Wera, der Lady des Land des Glaubens. Dieses ist mit dem Land der Liebe befreundet und sie arbeiten oft zusammen.

Ihre großen Flügel trägt sie eng am Körper.

Ich erinnere mich an Ismails Erwähnung, dass alle Avas im Land des Glaubens Flügel besitzen.

„Esme, es freut mich, dich endlich kennen zu lernen."

„Die Freude ist ganz auf meiner Seite." Ich strecke ihr zur Begrüßung meine Hand entgegen.

„Wie dir deine Freude sicher mitgeteilt haben bin ich dafür eingeteilt dich in Sachen Religion, das heißt alles was mit den Göttern zusammenhängt, zu unterrichten."

Wir sitzen in meinem Arbeitszimmer. Da ich momentan keine Arbeitstreffen hier einberufe, war ich heute Morgen der Auffassung auch dieses nette Zimmer zum Lernen zu benutzen.

Magda hat einige Bücher auf dem großen Tisch ausgebreitet und weist mit ihren Fingern darauf.

„Auf jeder dieser Seiten findest du einiges Wissenswertes über die Götter unseres Landes.

Zusammenfassend gesagt gibt es sechs Götter für sechs Länder. Nadeschda als Göttin des Glaubens, Amalie als Göttin der Hoffnung, Freya als Göttin der Liebe. Dem gegenüber stehen Philou als Gott der Eitelkeit, Ira Gott des Zorns und Lyssa Gott des Neides.

Wir haben Feiertage rund um das Jahr um unsere Götter zu feiern und ihnen zu huldigen. Auf das sie uns auch im kommenden Jahr mit ihrem Wohlwollen beehren. Denn ein schlechtgelaunter Gott, ist kein Segen.

Verärgere nie einen Gott.

Vor allem im Land des Glaubens haben wir eine besondere Beziehung zu unserer Göttin. Doch auch hier in deinem Land gibt es Priesterinnen, die Messen zu Ehren der Göttin der Liebe, Freya, abhalten."

Sie fährt in einem fort.

„In einigen Tagen werden wir einen Tempel besuchen.

Die Götter haben besondere Macht. Sie könnten mit einem Fingerschnipp so viel Kraft über unser Land jagen, dass keiner ungeschoren davonkommt."

Sie schnippt symbolisch mit den Fingern. Ich zucke zusammen.

Wir belesen uns gemeinsam anhand der Bücher auf dem Tisch. Obwohl ich zuerst Zweifel hatte, was diese Art von Unterricht für das Duell für einen Nutzen haben sollte, bin ich nun überzeugt, dass es einen gewaltigen Nutzen für mich haben wird.

„Der erste Feiertag in unserem Land, den du miterleben kannst ist der am ersten Frühlingsvollmond.

Er findet im Land der Hoffnung, bei Lord Arman, statt. Sie feiern die Hoffnung auf ein neues, gesundes Jahr mit einer ertragreichen Ernte und huldigen ihrer Göttin Amalie."

„Das ist doch auch der Tag der Einschreibung, oder?"

„Ja, genau. Die Einschreibung findet ebenfalls statt, anschließend gibt es einen großen Ball. Du wirst es lieben. Alle Lords und Ladys mit Gefolge kommen zusammen. Es ist eine berauschende Party.

Zu meinen Aufgaben gehört es auch dich darauf vorzubereiten. Die Regeln der Festlichkeiten mit dir zu besprechen und dich auf alle Eventualitäten gefasst zu machen."

Magda erklärt mir die Regeln dieses Feiertags, was ich anzuziehen habe, wie ich mich beim Essen verhalten soll, welche Tänze von mir erwartet werden. Mein Kopf brummt. Doch ich versuche mir alles zu merken und zusammenfassend auf Papier festzuhalten, damit ich nachher noch einmal einen Blick darauf werfen kann.

Der Tag endet mit einer Yogastunde mit Jana. Wir stehen draußen im Trainingsbereich und haben unsere Matten auf dem von Schnee befreiten Boden ausgebreitet.

„Na, bist du wieder fit?"

„Als ob ich jemals unfit war." Ironie wie aus dem Lehrbuch lässt Jana durchschimmern.

„Wie war dein Tag heute?", hakt sie nach.

„Sehr gut. Die Salbe hat wunderbar geholfen. Meine Beine fühlen sich nicht mehr schwer an. Das Training geht viel besser von der Hand. Ich stecke voller Power. Was ist das für ein Wunderzeugs?"

„Ja, es ist gut, gell? Es stammt aus der Rezeptur deiner Mutter und Salvina. Ich glaube nicht, dass die Salbe einen Namen hat, aber schau doch mal in dem Buch von Elara. Sie hat die Rezeptur sicher festgehalten. Alles Kräuter aus dieser Gegend. Salvina hat einiges abgefüllt, noch bevor der große Schnee eingesetzt hat."

Wir gleiten vom „Herabschauenden Hund" in die „Kobra" und zurück. Immer im Flow. Die Feuerstellen um uns herum verbreiten eine angenehme Wärme. Auch die nächsten Tage trainiere ich ausgiebig. Mit der Salbe fühle ich mich gut. Ich frage mich, warum es sie nicht in der Menschenwelt gibt.

Im Kampfunterricht setzten wir noch immer nur Holzschwerte ein, doch ich schlage mich immer besser. Kleine Rückschritte gibt es gelegentlich, doch ich versuche mich davon nicht unterkriegen zu lassen.

Mein Dauerlauf habe ich inzwischen auf zehn Kilometer erweitert. Jana ist allerdings immer noch nicht aus der Puste, während ich neben ihr her schnaufe wie eine Dampflock.

Die Theoriestunden mit Ismail und Magda bereiten mir eine willkommene Abwechslung zu der körperlichen Aktivität. Sie lassen mich durchschnaufen.

Salvina erweitert die Theorie in Sachen Wundversorgung, Verpflegung und Kräuterkunde. Auch wenn ich mitten im Medizinstudium stecke, ist es doch etwas bedeutend anderes seine eigenen Wunden im Stresszustand zu versorgen, so dass sie sich im Matsch und Schnee nicht entzünden und ich trotzdem noch handlungsfähig bleibe, anstatt sterile Wunden im Krankenhaus zu versorgen. Die Tage verstreichen im Nu, sodass nun der erste Frühlingsvollmond unmittelbar bevorsteht.

Auch wenn damit der Kampf noch nicht eröffnet ist, bin ich stark aufgeregt und schlafe schlecht vor dem Tag der Einschreibung.

33

Die Feierlichkeiten werden gegen Abend beginnen. Dennoch ist für heute kein Training angesetzt.

Wir haben beschlossen auszuschlafen und nicht abgehetzt auf dieser so wichtigen Feierlichkeit zu erscheinen. Immerhin muss ich heute einen fitten, selbstbewussten und einer Herrscherin würdigen Eindruck bei den anderen hinterlassen.

Da ich, im Gegensatz zu den anderen Mitbewohnern, nicht mehr länger schlafen kann, ziehe ich einen Brief meiner Mutter aus der Schublade.

Er ist beschriftet mit „Zum Einschreibungstag". Einige andere Briefe habe ich in den vergangenen Tagen gelesen, mich abends immer wieder heulend in mein Zimmer zurückgezogen. Jedoch nicht aus Trauer. Viel mehr aus Stolz und voller Liebe, endlich meiner Mutter ein großes Stück näher, als ich es mir nach ihrem Tod jemals wieder hätte vorstellen können, zu sein. Auch wenn ich sie nicht real sehen kann, fühle ich mir ihr so nah.

„Meine Liebe Esme,

der Tag der Einschreibung steht dir bevor. Ich kann gar nicht genug betonen, was es mir bedeutet, dass du dieses Duell antrittst. Ich möchte dir keine Angst machen, sondern dich ermutigen - du kannst es schaffen. Ich gehe davon aus, dass du durch die Führungsriege bereits einige Unterrichtsstunden erhalten hast. Und im Duell geht es nicht nur um Muskelkraft, sondern auch um Köpfchen und Taktik. Da bin ich mir sicher hast du gute

Chancen. Und wenn du dann noch ein wenig Glück im Gepäck hast, bin ich mir deines Sieges gewiss.

Zu deinem wichtigen Tag habe ich noch ein Geschenk für dich. Ich habe es für dich versteckt, lange bevor ich wusste, was genau auf uns zu kommen mag. Dein Schrank hat einen doppelten Boden. Hebe das erste Brett heraus. Darunter wirst du so Einiges finden. Unter anderem eine kleine schwarze Schachtel. Hole sie heraus und lies dann weiter."

Ich gehe zum Schrank, öffne ihn und finde das Versteck. Einige Waffen, Kleidung und Schachteln befinden sich außer der Schwarzen darin. Ich ziehe jedoch nur die schwarze Schachtel hervor und schließe das Versteck wieder gewissenhaft.

Dann setze ich mich auf mein Bett und öffne die Schachtel. Eine wunderschöne Halskette mit vielen dunkelroten Edelsteinen offenbart sich mir. Außerdem ein passendes Armband und lange Ohrringe. Mir bleibt vor Staunen der Mund offenstehen. Ich nehme mit der einen Hand die Schachtel und mit der anderen den Brief hervor und lese weiter:

„Diese Schmuckstücke sind altes Familienerbstücke. Es sind ganz besondere Stücke. Ich habe sie getragen, als ich deinen Vater kennen lernte. Wenn sie dir gefallen, würde ich mich geehrt fühlen, wenn du sie zur Festlichkeit des Einschreibungstages tragen würdest. Und nun wünsche ich dir einen wunderschönen Ball. Gerne würde ich dich dorthin begleiten, aber in Gedanken bin ich schon jetzt bei dir an diesem großen Tag. Ich liebe dich mein Schatz. Lass dich stets von der Liebe leiten. Sie kennt den Weg.

Deine Mama"

Noch bevor Jana mich zum Frühstück rufen kommt, habe ich meine erste Heulattacke des Tages im Badezimmer verbracht.

„Zu diesem prachtvollen Geschmeide wird dieser Traum aus schwarzer Seide und Tüll mit den kleinen roten Stickereien sicher gut passen, oder was meinst du?" Jana zieht ein mächtiges Kleid aus dem Schrank. Wow! Mir verschlägt es den Atem, als ich in dieses kostbare Stück Stoff schlüpfe, den Schmuck anlege und mich im Spiegel betrachte.

Zuvor habe ich gefühlte Stunden im Bad verbracht und wurde von Jana auf Vordermann gebracht. Geschrubbt, gepeelt, Nägel lackiert, die Haar mit unendlich vielen Produkten behandelt und zurecht gemacht.

Nun macht Jana sich an die Arbeit, um meine langen Haare in Flechten über den Kopf zu stecken. Einige Strähnen lässt sie locker in Locken aus der Frisur fallen.

Ich sehe atemberaubend aus.

„Jana, du hast ganze Arbeit geleistet. Ich traue meinen Augen ja selbst kaum, dass ich das bin."

„Ach quatsch, du bist von Natur aus schön. Ich habe nur ein wenig nachgeholfen das Ganze in Szene zu setzten. Nun schminke ich dich noch und dann lässt du die Lordschaften heute Abend einfach alt aussehen. Sie werden sich auf dich stürzen, mit ihren Augen und Gerede. Du wirst schon sehen. Und die Avas des Landes des Neides werden sicher ganz grün vor Neid." Wir lachen beide herzhaft. Es macht viel Spaß sich von Jana aufmöbeln zu lassen. Ich genieße es.

Meine Begleiter Salvina, Ismail, Aaron und Nathan, warten unten im Wohnzimmer, als ich mit Jana im Schlepptau die Treppe hinunter schreite. Es kommt mir so vor, als würde ich zu meinem Abschlussball abgeholt werden.

Die Geräusche ersterben, als mich meine Freunde sehen. Ismail und Aaron lassen einige Pfiffe über ihre Lippen.

„Wow! Du siehst wunderschön aus, Esme." Nathan ist angenehm überrascht, so wie ich es eben in meinem Zimmer war.

Auch meine Freunde sind elegant gekleidet. Allesamt in den Farben schwarz und dunkelrot. Die Herren in Hemd und Anzug, Salvina in einem langen Rock und Bluse und Jana ebenfalls in einem Seidenkleid, welches ihre zierliche Figur hervorragend zur Geltung bringt.

Nathan reicht mir seinen Arm, ich hake mich unter. Jana legt mir ein Tuch über die Schultern, damit ich draußen nicht erfriere.

„Wir beiden werden mit der Kutsche anreisen. Es dauert nicht allzu lange. Die anderen werden sich zum Ort der Feierlichkeit verdünnisieren und wir treffen uns am Eingang. Darf ich bitten?" Er öffnet mir die Türe und lässt mir den Vortritt.

Draußen ist es kalt, sehr kalt. Mein Atem wird sichtbar. Mit meinem schwarzen Kleid bin ich das perfekte Gegenteil zu der weißen Landschaft.

Nathan geleitet mich hinüber zu der wartenden Kutsche. Zwei weiße Pferde sind eingespannt und ein Kutscher begrüßt uns freundlich.

Er hilft mir in die geschlossene Kutsche und reicht mir eine wärmende Decke. Es ist erstaunlich warm im Inneren.

„Ich habe natürlich veranlasst, dass vorgeheizt wird." Nathan hat meinen angenehm überraschten Gesichtsausdruck richtig gedeutet.

„Genieß jetzt einfach die Fahrt. Ich bleibe heute Abend an deiner Seite. Dir kann nichts geschehen." Er zieht meine Hand auf seinen Schoß und gibt mir so die Sicherheit, die ich benötige, um meine Aufregung etwas zu unterdrücken.

Die Kutsche gleitet durch die verschneite Landschaft. Vorbei am Wald, in dem ich immer mein Lauftraining absolviere, vorbei an Hügeln und verschneiten Feldern und hinüber in das Land der Hoffnung. Da es eines unserer direkten Nachbarländern ist, dauert die Fahrt nicht allzu lange. Die Kutsche kommt unmittelbar vor der übermächtigen Treppe zum Eingang des Hauses der Hoffnung zum Stehen. Etliche Diener in schwarzem Anzug und grünem Hemd stehen zum Willkommen bereit und zieren abwechselnd mit Lampions die Treppe.

Mittlerweile hat die Dämmerung eingesetzt.

Ich erblicke unsere Freunde am Fuße der Treppe, wie sie auf uns warten. Einige Gäste der anderen Häuser haben sich ebenfalls zu uns herumgedreht.

Zuerst steigt Nathan aus der Kutsche und reicht mir eine Hand zur Hilfe. Mit meiner anderen Hand fasse ich mein voluminöses Kleid und versuche so elegant wie möglich aus der Kutsche zu schreiten. Meine roten Schuhe blitzen unter dem feinen Stoff des Kleides hervor.
Alle Augen scheinen auf uns zu ruhen.

Wir lächeln uns an, Nathan reicht mir den Arm, ich hake mich unter und gemeinsam mit unseren Freunden treten wir den Weg über die Treppe zum Eingang an. Im Inneren, unmittelbar hinter dem Hauptportal werden wir von einer netten Kellnerin in grünem Kleid empfangen. „Willkommen zur Feierlichkeit. Ich habe die Anweisung, das Haus der Liebe unmittelbar nach Ankunft Lord Arman vorzustellen. Wenn ihr mir bitte folgen würdet."

Sie spricht freundlich, jedoch bestimmend. Wir tun wie uns geheißen und folgen ihr. Nicht jedoch ohne meinen Blick durch den großen Saal gleiten zu lassen. Überall an den Seiten unter den Säulen, die eine zweite Ebene zu tragen scheinen, sind runde Tische aufgestellt. Die Mitte ist eine freie Fläche. Wahrscheinlich als Tanzfläche gedacht. Ich gehe in Gedanken die traditionellen Tänze durch, die Magda mich gelehrt hatte.

„Das Haus der Liebe, Mylord." Die Kellnerin übergibt uns an den Hausherren.

„Willkommen im Haus der Hoffnung. Ich hoffe ihr hattet eine gute Anreise, mit der Kutsche, wie ich hörte." Lord Arman greift nach meiner Hand und drückt ihr einen sachten Handkuss darauf.

Von seinem Auftreten bin ich angenehm überrascht. Dachte ich doch, es würde sich um einen übertrieben gestylten Typen handeln. Ich hatte Bedenken, dass es ein reines Zurschaustellen der Lords und Ladys werden würde. Doch mit seinem grünen Frack, weißem Hemd und schwarzer Hose wirkt er zwar gut gekleidet, jedoch stiehlt er weder Ismail, Aaron noch Nathan die Show.

„Ja, danke schön. Die Reise in das Land der Hoffnung war sehr angenehm, Lord Arman."

„Nicht so förmlich, Arman reicht vollkommen", bietet er mir an.

„Ich bringe euch zu eurem Tisch. Ich habe veranlasst, dass ihr in unmittelbarer Nähe zu mir sitzen werdet. Falls ihr etwas benötigen solltet, steht euch meine Hausdame Lara jederzeit zur Verfügung." Er weist auf die Frau, die uns so nett empfangen hatte.

„Darf ich?", fragt er Nathan und bietet mir ebenfalls seinen Arm an. Ich wechsele meine Begleitung und schreite mit ihm vornweg.

„Du wirst sehen in diesem Jahr blicken alle Avas nur zu dir. Keine Frau wird heute schöner sein als du. Es ist dein Moment, genieße ihn."

Mit diesen Worten kommen wir an unseren Tisch. Er schiebt meinen Stuhl zurecht, dass ich mich setzen kann und entschuldigt sich dann, um die anderen Gäste zu empfangen.

Ausgezeichnete Manieren.

Ich atme aus. Die erste Hürde ist genommen. Jana lächelt mir von ihrem Platz mir gegenüber aufmunternd zu. Nathan und Ismail sitzen jeweils neben mir.

Wir sind in ein nettes Gespräch über Gerüchte um Affären der einzelnen Mitglieder der Häuser untereinander vertieft, als das Abendessen feierlich eröffnet wird. Es gibt fünf Gänge. Ich traue mich dieses Mal nicht meinem Hunger der letzten Tage nachzukommen und esse jeweils nur kleine Portionen. Ich habe Angst nachher beim Tanzen mein enges Kleid zu sprengen.

Nach dem Essen ist es so weit. Meine Hände sind so verschwitzt vor Aufregung, dass ich sie heimlich am Tischtuch abwischen muss.

Arman tritt auf ein kleines Podest und hält eine kurze Rede, dann ruft er die Königin des Landes zu sich. Ihre Aufgabe ist es den feierlichen Akt der Einschreibung zu moderieren.

Sie liest die Liste der Avas, die sich dazu qualifiziert haben, vor. Zuerst des Landes der Hoffnung, als Gastgeber des Abends. Die Mitglieder der Hofes des Glaubens, des Zorns, des Neides, der Eitelkeit und mein Herz schlägt höher als mein Name fällt. Ich erhebe mich wie die Rekruten der anderen Häuser und trete auf das Podest, neben die Königin. Bei jedem Schritt spüre ich die Blicke meiner Gegner auf mir ruhen. So als ob sie sich denken würden - leichte Beute.

Oben angekommen drehe ich mich majestätisch zum Publikum. Die Königin erfasst meine Hand, wie zuvor die meiner Rivalen und ein hübsches Tattoo zieht sich von den Fingerspitzen, vorbei an meinem Herzmuttermal bis hinauf zu meiner Schulter. Schöne Schwingungen und Verästelungen. Es gefällt mir. Sobald das Turnier beendet ist, verschwindet es jedoch wieder. Es dient lediglich als Versprechen an die Götter von nun an dem Turnier nicht mehr zu entkommen. Das habe ich von Magda gelernt.

Nun warte ich die anderen beiden Namen meines Hauses ab.

„Nathan.“

Damit habe ich nicht gerechnet. Mein Gehirn rattert. Wir werden Gegner sein? Moment stopp! Er hat doch bereits ein Duell bestritten. Damals ist er als Sieger daraus hervorgegangen. Also ist er erneut dazu berechtig daran teilzunehmen.

Mir stockt der Atem.

Er kommt zu mir herauf neben mich. Die Königin greift auch nach seinem Arm. Das Tattoo verschwindet unter seinem Anzug, blitzt jedoch in seinen Ausläufern unter seinem leicht geöffneten Hemd hervor.

„Jana."

Der nächste imaginäre Tritt in meine Magengrube.

Was haben sie sich dabei gedacht?

Janas Arm schmückt nun ebenfalls ein geschwungenes Zeichen vom Finger bis hinauf zur Schulter. Jedes sieht anders und doch ähnlich aus.

Mein Blick gleitet zu meinen Partnern hinüber. Sie lassen sich keine Verunsicherung ansehen. Ich tue ebenfalls so, als ob ich nicht überrascht wäre.

Dann ist der erste offizielle Akt beendet.

Die Königin spricht erneut zu dem Publikum und bittet nun eine Priesterin vorzutreten, um die Segensworte über uns zu sprechen. Denn einige der Rekruten werden das Duell nicht überleben.

Da stehen wir, Seite an Seite und Gegner an Gegner.

Die Zeremonie der Priesterin dauert eine gute Viertelstunde. Sie wird begleitet durch Musik und Gesang. Alles sehr feierlich. Endzeitstimmung.

Nachdem die Königin die Zeremonie für beendet erklärt hat kann ich wieder frei atmen.

Nathan und Jana begleiten mich zu unserem Tisch. Dort greife ich erst einmal zu meinem Glas Wein und kippe es in einem Rutsch herunter. Die Aufregung legt sich nun etwas.

Ich fahr herum zu Jana und Nathan: „Was soll das? Müssen wir uns jetzt gegenseitig abmurksen?"

Die beiden ziehen mich dichter zu sich heran und deuten mir leiser zu sprechen.

„Das war unsere Überraschung für dich für heute Abend", freut Jana sich. Ich kann es nicht nachvollziehen, wie man sich darüber freuen kann.

„Wir haben in diesem Jahr keinem Rekruten aus dem College erlaubt beim Auswahlverfahren teilzunehmen. Sie dürfen im nächsten Jahr antreten. Wir haben gemeinsam überlegt, wie wir dir Hilfe während der Spiele leisten können, da du keinerlei Kontakt nach Außen haben darfst. Deine Mutter kam auf die Idee. Und ich muss sagen sie ist simpel aber durchtrieben." Nathan blinzelt mit seinen Augen.

„Wir beide werden teilnehmen und dir während der ersten Runden unsere Hilfe unauffällig zuteilwerden lassen, wo es nur geht. Wir werden niemals mehr Punkte sammeln als du hast, dir aber versuchen den Rücken freizuhalten. Gegen Ende des Turniers werden wir dann freiwillig ausscheiden. Damit verstreicht die Chance, dass wir uns jemals wieder für die Teilnahme entscheiden können. Aber das ist auch schon alles. Dafür erhöhen sich deine Chancen auf den Sieg um ein Vielfaches, da wir zusammenarbeiten können", Jana sprudelt wie ein Wasserfall mit ihrem Plan hervor.

„Wir haben alle Regelwerke zu dem Duell gelesen und uns abgesichert. Solange wir nicht allzu offensichtlich zusammenarbeiten, kann nichts schief gehen."

So langsam verstehe ich den Plan. Auch auf meinem Gesicht spiegelt sich die Freude meines Teams wieder.

Wir plaudern, sichtlich erleichtert, über unsere neue Teamarbeit als das plötzliche Einsetzen von Fanfaren den offiziellen Tanzabend als eröffnet erklären.

Nun folgt mein zweiter öffentlicher Auftritt für heute Abend. Aber durch Magda bin ich ausreichend vorbereitet.

34

Alle Lords und Ladys der Häuser finden sich in der Mitte der Tanzfläche zusammen.

Das restliche Publikum steht in einem weiten Kreis um uns herum. Die Königin steht abseits auf dem Podium und erklärt die Feierlichkeiten zum Tag des ersten Frühlingsvollmondes mit dem Ballabend als eröffnet.

Die Musik setzt ein und die Königin liest die Namen der Tanzpaare für den heutigen Abend vor.

„Lord Jaxon…" ein angenehmes Ziehen durchzuckt mich in der Körpermitte. An Jaxon hatte ich den ganzen Abend noch nicht denken müssen. Für mich handelt es sich bei ihm nicht um einen Lord, sondern um meinen Privattrainer. Den durchtrainierten Krieger mit dem unaufhörlichen Charme.

„… und Esme aus dem Haus der Liebe." Die Worte der Königin treten wie durch Watte an meine Ohren heran. Wie automatisiert schreite ich in meiner erlernten Eleganz zu meinem Tanzpartner.

Er blickt mich grinsend an und fasst meine Hüfte und mit der anderen Hand die meine. Sein Griff ist fest. Besitzergreifend. Aber gut. Ich fühle mich wohl. Etwas erhitzt, aber durchaus erhaben.

Von Magda weiß ich, dass nun alle Augenpaare auf dem ersten Tanzpaar liegen werden, bis die Königin das nächste Paar ausgerufen hat. Doch die Königin lässt sich Zeit. Jaxon und ich fangen an zu tanzen. Seine Hände an meinem Körper und meine linke Hand an seinem festen

Rücken. Wir bewegen uns in einer perfekten Symbiose über das Tanzparkett. Unsere Bewegungen gehen gekonnt ineinander über. Er führt, so wie es sich gehört. Und mein Körper folgt ihm in jeder Anweisung. In Perfektion. So, als ob wir von Kindesbeinen an miteinander die Tanzschule besucht hätten. So als ob unsere Körper füreinander geschaffen sind.

Die Königin macht noch immer keine Anstalten das nächste Paar aufzurufen.

Langsam werde ich nervös.

„Lass sie nur schauen. Du siehst doch auch wunderschön aus. Genieß die Blicke und gib ihnen einen Grund eifersüchtig zu sein." Dieses Gefühl scheint in Jaxons Natur zu liegen.
Wir kommen zu der Passage mit den Drehungen. Er wirbelt mich über die Tanzfläche. Jeder Schritt sitzt. Durch meine Ballettvorkenntnisse war es keine große Herausforderung für mich die Haltung während der Drehungen zu wahren.
Wir beide verschmelzen unter den Augen der Zuschauer zu einer Einheit. Ein Gedicht.
„Lord Arman und Lady Lilith." Das nächste Pärchen gesellt sich zu uns. Die Lady des Neides und der Lord der Hoffnung.

Das fehlende Tanzpaar folgt sogleich: „Lord Cassian und Lady Wera." Eitelkeit und Glaube.

Die restlichen Pärchen haben bisweilen jedes Jahr, immer miteinander gemischt, getanzt. Die einzig neue Kombination stellen Jaxon und ich dar. Doch wir tanzen sie in Grund und Boden. Wo eine Drehung gedacht ist, legen wir locker drei aufs Parkett und wo eine kleine Verbeugung hingehört, neigt sich mein Rücken bis fast zum Boden unter den Händen Jaxons Führung.

Es ist ein hübscher Anblick. Denn mitten im Tanzen wird mir bewusst, dass ich diesen Tanz schon zweimal gesehen habe. In meinen Visionen. Ich bin mir durchaus darüber bewusst, wie wir uns bewegen. Elegant und mit einer Grazie, die seines gleichen sucht.

Einzig und allein meine Mutter fehlt mir als Zuschauerin. Dafür habe ich jedoch ihren Schmuck an mir. So fühle ich mich, als ob sie mir zusieht.

Kurz nachdem das zweite Lied einsetzt, ist das Tanzparkett für alle offiziell eröffnet. Auch Nathan mit Jana schwingen das Tanzbein.

Mein Blick gleitet von den Umliegenden wieder zu meinem Tanzpartner.

„Und, kommt dir dieser Tanz auch so bekannt vor?" Jaxons Worte treffen mich unvorbereitet.

Ich weiß, dass ich über die Prophezeiung nicht sprechen darf. Aber über die Visionen.

„Ja - dir auch?"

„Ich sagte dir doch, dass nicht nur du von solchen Bildern überflutet wirst. Die Kunst liegt in der Interpretation." Wir tanzen ohne Unterbrechung weiter. „Und ich bin froh, dass meine Interpretation korrekt war." Sein Gesicht wirkt so überaus freundlich mit dem breiten Grinsen darin.

„Du siehst wirklich sehr hübsch heute aus. Wobei ich sagen muss, dass Leder dir auch ganz ausgezeichnet steht." Diese Worte haucht er mir ins Ohr, so dass nur ich ihn hören kann.

Die Worte dringen mir nicht nur ins Ohr, sondern auch durch den ganzen Körper und bleiben an einer empfindlichen Stelle stecken.

Beinahe wäre mir ein Stöhnen entfahren als seine Wange mit dem Dreitagebart an meinem Hals entlangstreift. Ich bin mir sicher, dass er diese Bewegung absichtlich so dicht an mir ausgeführt hat. Er beugt sich wieder zu mir herum und schaut mir in die Augen. Tief. Tiefer als zuvor. Unsere Füße tanzen ohne dass wir sie steuern müssen. Sie wissen was zu tun ist.

„Was, meine kleine Liebe, bist du erstaunt darüber, dass ich tanzen kann oder dass ich auch über die Gabe der Visionen verfüge?"
„Nein, vielmehr darüber wie einfühlsam du dich mir gegenüber zeigst." Ich räuspere mich, da die ersten Worte nur gekrächzt aus meiner Kehle dringen.

„Dabei bin ich nicht nur einmal vor dir gewarnt worden."

„Ach ja, deine Freunde, richtig? Mhh, sagen wir mal so, uns verbindet eine gemeinsame Vergangenheit."

Wir tanzen weiter. Sein Duft an meiner Nase betört mich. Er riecht so männlich. Nicht anders als bei unseren Trainingseinheiten.

Das Tanzen stimmt mich erwartungsvoll auf unsere nächsten Einheiten.
Der Song endet und wir verharren in den Händen des anderen. Ich bin mir sicher die Blicke der anderen Tanzpaare ruhen wieder auf uns.
„Darf ich um diesen Tanz bitten?" Es ist Nathan, der sich mir zuwendet.

„Heute nicht. Erst morgen wieder." Jaxon schmettert ihm diese Absage vor die Füße, schnappt mich, bevor ich etwas dazu beisteuern kann und tanzt mit mir in eine ruhigere Ecke der Tanzfläche.

„Die Dinge sind nicht immer so, wie sie nach außen zu sein scheinen, verstehst du?" Seine Worte sind nur für mich bestimmt. Deshalb tanzen wir nun außerhalb der Menge.

Nathan sehe ich wutentbrannt mit Jana tanzen. Ich weiß, dass er mich lediglich aus den Fängen des Feindes befreien wollte. Naja, und meine Nähe genießen wollte. Gerne hätte ich ihm diesen Wunsch erfüllt. Aber auch hier fühle ich mich erfüllt und glücklich. All die Anspannung der letzten Tage gleitet von mir ab. Jetzt kann ich endlich wieder ich sein. Mein neues Ich, aber immerhin ich, Esme. Der Tanz ist bedeutend ruhiger als die Vorherigen. Wir wiegen uns im Takt der Musik. Die benachbarten Pärchen knutschen hin und wieder. Ich schaue geistesabwesend zu. Als Jaxon mich dabei ertappt werde ich rot.

„Kein Grund rot zu werden. Hat Magda dich nicht auch darüber aufgeklärt, dass oben im Haus der Hoffnung für solche Fälle sogar Zimmer hergerichtet sind. Damit die „neuen" Pärchen der unterschiedlichen Länder ein Zimmer aufsuchen können?"

„Oh nein, das scheint sie wohl vergessen zu haben."

„Ja, das dachte ich mir. Das wirklich Interessante scheint den Avas des Glaubens wohl durchgegangen zu sein." Er schmunzelt süffisant.

„Du brauchst keine Angst vor mir zu haben. Ich habe nichts dergleichen vor. Immerhin muss ich einen Ruf verteidigen."

„Na, da scheine ich ja noch einmal Glück gehabt zu haben." Ich versuche meine Stimme nicht allzu enttäuscht klingen zu lassen. Allein wenn ich daran denke mich in seine Arme zu legen, meine Hand an seiner glänzenden Haut, die so herrlich duftet, spielen meine Hormone verrückt.

Es ist ein intensives Gefühl, dass ich weder in der Menschenwelt noch bei Nathan verspürt habe.

Wir tanzen noch eine ganze Weile und plaudern vertraut, bis Nathan auf uns zukommt und mir mitteilt, dass wir uns auf den Heimweg machen. Zuerst ist mein Körper gewillt ihn zu bitten, noch etwas zu bleiben. Doch der Anstand Nathan gegenüber verbietet es mir. Ich möchte ihn nicht noch mehr verärgern. Und so verabschiede ich mich von Jaxon.
„Wir sehen uns morgen meine kleine Liebe." Auch er haucht mir einen eleganten Handkuss auf den Handrücken.

Ich nicke ihm zu und wechsele in den Arm von Nathan, den dieser mir anbietet.
Ich schaue über die Schulter zurück zu Jaxon und zwinkere ihm zu.
Mein Gehirn ist von Hormonen und Gedanken im Rausch. Wir verabschieden uns von Arman und treten über die lange Treppe zur Kutsche.

Die Rückfahrt ist unangenehm ruhig zwischen Nathan und mir. Jana hat beschlossen mit uns zu reisen. Wahrscheinlich, damit Nathan mir nicht den Hals umdreht. Er ist sauer. Ich kann es verstehen. Auch ich bin enttäuscht, wie einfach mich Jaxon zu verführen scheint.

Zuhause angekommen gehen wir schweigend auseinander.

Ich habe den Abend sehr genossen und verbuche ihn auch genauso in meinem Herzen. Vor dem Badezimmerspiegel betrachte ich mein neues Tattoo mit seinen Schwingungen und Windungen, wie es elegant meinen Arm ziert.

35

Der nächste Tag beginnt mit einem ausgiebigen Frühstück. Jana und ich scherzen über den gestrigen Abend und sind bester Laune.

„Wo bleibt Nathan?"

„Ich denke er schläft noch. Er hat es gestern mit dem Alkohol wohl ein wenig übertrieben. Aber das hast du ja gar nicht erst mitbekommen. Warst wohl zu sehr auf deinen Tanzpartner fixiert, oder?" Es war eine nett gemeinte Neckerei unter Freundinnen.

„Ich glaube ich habe Nathan damit verletzt.", entgegne ich ihr bedrückt.

„Ich fürchte, du hast damit recht, aber da kann man wohl nichts machen. Versuch es dir nicht allzu sehr zu Herzen zu nehmen. Gerade im Land der Unsterblichkeit spielen Gefühle eine große Rolle."

„Aber eigentlich ist außer dem Tanzen auch rein gar nichts geschehen.", gebe ich zu Bedenken.

„Oh, ich fürchte das hat anders gewirkt. Ihr beide seid wie füreinander gemacht über den Tanzboden gefegt. Alle haben nur noch auf euch geachtet und ihr wart vollkommen in euch vertieft. Sorry meine Liebe, aber das war quasi Erotik auf der Tanzfläche."

Ich erröte. Wir frühstücken weiter.

Plötzlich dringen Geräusche von draußen zu uns herein.

„Ist das nicht Nathan?" Jana schiebt ihren Stuhl neugierig nach hinten und läuft zum Fenster.

„Tatsache. Ach du Scheiße!" Sie schiebt die Schiebetür mit einem Ruck auf und ich stürme herbei. Das Bild was sich mir dann offenbart ist kaum besser als eine drittklassige Liebesschnulze. Nur die Schauspieler sehen verführerisch aus. Das ist der Unterschied zu den schlechtbezahlten Schauspielern.

Nathan steht Jaxon gegenüber im Sparringbereich. Beide mit nacktem Oberkörper.

Erst versagt mir die Stimme, doch dann mache ich den Anlauf die beiden zu unterbrechen. Trete einen Schritt nach vorne die Treppe von der Terrasse herunter. Doch Jana hält mich an der Lederkleidung zurück.

„Lass, das ist Männersache. Egal was du tust, einen davon wird es verletzten." Tatsache. Egal auf wessen Seite ich mich schlage, einer wird davon durch mich zum Verlierer gekürt. Und so bleibe ich auf der Terrasse bei Jana. Sie beruhigt mich während die Jungs aufeinander los gehen.

„Sie sind unsterblich. Die Macht werden sie nicht einsetzen. Was soll also schon passieren?"

Und so folgen wir dem Schauspiel. Zwei halbnackte Männerkörper, die sich zwischen den Feuerstellen, die ihre Wärme auch in Richtung der Terrasse abgeben, prügeln.

Noch nie hat sich ein Junge für mich geprügelt. Noch nie. Weder in der vorherigen noch in der jetzigen Welt. Und ich bin mir nicht sicher, wie ich damit umgehen soll.

„Aha, Scheiße." Jana duckt sich für Nathan mit. Dieser hat die rechte Hake von Jaxon nicht abwehren können. Blut spritzt.

„Mist. Ich kann mir das nicht ansehen!", stoße ich hervor.

„Das solltest du aber, immerhin geht es um dich. Wie bei den Rittern früher." Jana scheint die Angelegenheit als alles andere als grauenvoll zu empfinden. Sie genießt den Anblick.

Mittlerweile stehen auch Salvina und Ismail bei uns, in einigem Abstand zu den Kontrahenten.

„Wurde auch mal endlich Zeit. Das war ja nicht mehr zum Aushalten.", gibt Ismail von sich.

„Ihr Jungs und eure Machtkämpfe.", entfährt es Salvina, die die Angelegenheit scheinbar auch nicht gutheißen kann.

„Was? Wäre ein Größenvergleich angemessener?" Ismail meint es ernst.

Ich werde rot. Wir schauen hier allen Ernstes zwei Jungs zu, die um mein Herz kämpfen? Ernsthaft?

Jaxon ist verdammt gut. Er ist schnell. Schneller als Nathan. Das muss er eingestehen. Er geht in Deckung, bevor Nathan auch nur ansatzweise seine Faust in der gewünschten Position hat. Doch Nathan hat einige Überraschungen parat und setzt seine Faust krachend an Jaxons Wange. Auch hier spritzt ihm Blut aus einer aufgerissenen Wunde.

Die Beiden sprechen nichts mehr.
Nur dumpfe Wutschreie, und aufstöhnen.
Ich frage mich, wann so ein Kampf beendet ist. Denn sie sind unsterblich.

261

Jaxon landet einen Treffer nach dem anderen. Nathan wird nach hinten geschleudert und landet auf dem Boden. Er rappelt sich jedoch schnell wieder auf und ist nun noch gewaltiger geladen als zuvor. Das lässt er sich nicht gefallen. Mit voller Wucht stößt er Jaxon um. Als dieser auf dem Boden liegt, wuchtet sich Nathan über ihn und versenkt seine Faust schreiend in der Magengrube seines Gegners. Dieser windet sich zur Seite und hebt somit Nathan von sich herunter. Der Kampf geht unbeirrt weiter.

Kurz denke ich Jaxon muss sich übergeben, aber weit gefehlt. Er ist, ähnlich Nathan, nur noch aggressiver. Der Kampf dauert beinahe eine halbe Stunde. Mir ist schleierhaft, wer mein Favorit sein soll.

Ismail, Salvina und Jana stehen weiterhin neben mir auf der Terrasse und halten natürlich für Nathan. Ist klar. Doch was ist, wenn mein Herz meiner Vision hinterher hängt?

Was bedeutet das? Gibt es nicht Rivalitäten zwischen unseren Häusern? Bin ich dann geächtet? Kurz kommt der Gedanke auf, ob ich mich genauso wie meine Mutter verhalte?

Doch dann denke ich wieder an die Aussage von Jaxon, dass im Haus der Hoffnung extra für solche Angelegenheiten Zimmer zurecht gemacht wären, damit sich die Pärchen diskret zurückziehen könnten.

Also scheint es nichts Unnormales zu sein, sich auf einen Partner eines anderen Hauses einzulassen?!?!

In meinem Kopf gibt es mehr Fragen als Antworten.

Ich werde mit einem lauten Schrei aus meinen Gedanken gerissen, als Jana neben mir vorbei stürmt.

Nathan liegt blutend am Boden.

Jaxon hat ihn k.o. geschlagen. Aber auch Jaxon hängt an der Bande des Sparringrings. Sichtlich mitgenommen und außer Puste.

Da Jana zu Nathan eilt blicke ich kurz zu Ismail. Dieser nickt und damit scheint es mir akzeptabel, dass ich mich Jaxon nähere und ihm meine Hilfe anbiete.

Salvina hatte bereits eine Schüssel mit warmem Wasser und zwei Tüchern zurecht gelegt. Wahrscheinlich aus Erfahrung.

Diese nehme ich mit hinunter und reiche Jana ein Tuch.

Dann nähere ich mich dem Gewinner des Duells. Jaxon sieht schaurig männlich aus. Seine Lippe ist aufgeplatzt. Eine große Platzwunde ziert seine Wange. Seine Nase scheint gebrochen und es entwickelt sich in Windeseile ein blaues Auge. Da er so schräg an der Bande hängt macht es den Eindruck, dass er einige Rippen gebrochen hat.

Ich tauche das Tuch in das warme Wasser und trete nah an ihn heran.

„Na, jetzt zufrieden?" Ich bin verärgert. So erkämpft man doch nicht mein Herz!

„Durchaus."

Ich versuche die Blutung an der Wange und der Lippe zu stillen. Ich wasche den Lappen erneut aus. Das Blut von Jaxon und Nathan vermischt sich in der Schüssel.

„Um was genau ging es bei eurem Disput?"

„Kannst du dir es nicht vorstellen?"

Nein, ich will es aus seinem Mund hören.

„Nun, ich wollte dich heute Morgen um ein Date bitten." „Das war alles?"

„Jap. Aber dein Wachhund hatte wohl etwas dagegen."

„Nenn ihn nicht immer so, er ist mein Freund. Und immerhin hat er dich durch den Schutzzauber gelassen."

Ich drücke etwas fester als notwendig gegen seine Wunde.

„Ahhrrr ..."

„Und, kommst du mit?"

„Wohin?", möchte ich wissen.

„Zu dem Date. Nur du und ich. In mein Land. In die bezaubernde Stadt Andara. Die Stadt, die niemals schläft."

„Ich war euer Kampfeinsatz? Ich kann es nicht fassen. Kerle." Ich bin sauer. Aber auch erregt. Angenehm erregt.

Ihm scheint etwas an mir zu liegen. Doch ich will nicht nur eine kurzzeitige Bettgeschichte werden. Ich möchte erobert werden. Wie eine Königin.

„Na, wir werden sehen.", antworte ich ihm knapp. Dann widme ich mich seinem Oberkörper und schaue mir seine verletzten Rippen an. Grün und blau. Nathan hat ganze Arbeit geleistet.

Er fasst meine Hände, die seine Rippen entlangfahren.

„Nichts, was sich nicht in ein paar Stunden wieder erledigt hat. Diese Wunden heilen."

Er nimmt meine rechte Hand weiter bis an die Stelle, wo sein Herz schlägt. Dann legt er meine Hand auf seine Brust und seine Hand hält er darüber.

„Nur an dieser Stelle bin ich mir nicht sicher, wie es sich verhält."

Er schaut mir tief in die Augen. Ich bin machtlos gegen die Gewalt seiner Worte. Das ist nichts, auf das ich in den vergangenen Tagen vorbereitet wurde.

Eine halbe Ewigkeit verharren wir so, bis Jana Nathan an uns vorbei hinauf zum Haus führt.

Ich vergesse meinen Anstand nicht und erkundige mich nach ihm.

„Schon gut.", gibt er mir zu verstehen.

Er ist ein guter Verlierer. Sichtlich angeschlagen, aber anstandsvoll. Die Wut, die ihn umgibt, unterdrückt er, um es mir nicht zu schwer zu machen. Doch seine innere Zerrissenheit kann er nicht komplett vertuschen.

Ismail tritt an Jana und Nathan vorbei nach unten und kommt auf uns zu.

„Ich denke wir bleiben heute bei Theorieunterricht. So," er weist auf Jaxon „kannst du sie schlecht trainieren. Ich denke wir treffen uns morgen wieder hier. Okay?"

„Okay.", stimmt Jaxon zu, als er sich stöhnend erhebt.

Seine Rippen scheinen einen ordentlichen Schaden erlitten zu haben. Ich versuche ihn zu stützen.

„Aber dann nicht ohne deine Antwort auf meine Fragen." Siegessicher schaut mich dieser verletzte Mann an. Dann wendet er sich zum Gehen davon. Fliegen kann er nicht, dazu fehlt ihm die Kraft. Und als er außerhalb der Machtgrenze des Hauses ist, verdünnisiert er sich. Ich blicke ihm noch lange hinterher.

„So, dann übernehme ich nun. Wir haben eh eine Unmenge zu besprechen. Die Liste mit den Rekruten des Turniers habe ich angefertigt und ich würde sie gerne mit dir zusammen ansehen." Ismail nimmt mich mit nach drinnen zum Sofa.

Dort treffen wir ebenfalls Nathan an, der sich ausruht. Jana versorgt ihn mit Cremes und Salben aus Salvinas Vorrat.

„Hey Esme." Es ist Nathan, der mich zu sich winkt.

„Mach dir keine Sorgen. Ich weiß, wann ich das Feld zu räumen habe. Aber ich habe es dir versprochen. Für immer. Weißt du noch?"

Ich bewundere meinen Freund. Steckt er doch für mich so viel zurück. Denn auch wenn er sichtlich getroffen ist von seiner Niederlage und ein dunkler Schatten seine Augen umgibt, so weiß er sich doch zurückzuziehen.

„Für immer!" Und auch wenn er Schmerzen hat, ich kann nicht anders als mich feste an ihn zu drücken. Ich heule wie ein Schlosshund. Ich liebe diesen Mann. Nathan. Nur eher wie einen Bruder. Aber es würde mir das Herz in Stücke reißen, wenn ich ihn wegen eines anderen Mannes verlieren würde.

„Ist ja gut, Kleine." Er tätschelt mir über den Hinterkopf. Ganz so, als hätte ich mich und nicht er sich verletzt.

Ich erhebe meinen Kopf, sehe ihm tief in seine Augen und frage erneut: „Für immer?"

„Für immer, was auch kommen mag."

Die Erleichterung in meinem Herzen ist spürbar. Für den Moment bin ich der glücklichste Mensch in diesem Haus. Was auch nicht schwer fällt, denn ich bin der Einzige.

36

An diesem Tag bringt Ismail mir so viele neue Informationen näher, dass am Ende der Einheit mein Kopf zu platzen droht. So viele Namen, so viele Eigenheiten, Kampferfahrungen, rechte und linke Haken, Schwachstellen und Kräfte.

Ich fürchte für all dieses Wissen einen Katalog mit mir herumschleppen zu müssen beim Duell.

Darauf folgt eine Einheit mit Gerold in Sachen alter Kriege und Jana mit ihrem Fitnessprogramm. Unser Waldlauf entpuppt sich bei den heutigen Ereignissen als Entspannungsrunde.

„Jetzt bin ich schon knapp hundertfünfzig Jahre alt, aber noch nie haben sich zwei so hübsche Jungs um mich geprügelt. Eigentlich müsste ich dir böse sein, weißt du."

„Um ehrlich zu sein, mir war das Ganze eher peinlich. Findest du nicht?"

„Nein, warum?"

„Ach, ich wollte weder den einen noch den anderen verletzen."

„Ja, gut, das kann ich verstehen. Aber du scheinst dich doch schon lange entschieden zu haben, oder etwa nicht? Ich meine, euer Tanz. Bitteschön. Das war ..."

„Ja, du hast es beim Frühstück ganz leise erwähnt, für was du es gehalten hast. Und es hat sich auch sehr gut angefühlt. Weißt du - einfach richtig. Es war keine Stimme in meinem Kopf, die mich zurückgehalten hat. Es war so … natürlich … und als ob es so gehören würde." Ich gerate ins Schwärmen, während wir vor uns hinlaufen.

„Und was genau ist dann dein Problem?"

„Naja, er ist vom Haus des Zorns, ich von der Liebe. Darf das sein? Oder werde ich dann verachtet und vertrieben noch bevor ich überhaupt zu meiner Macht gekommen bin?"

„Ach, deshalb zierst du dich so?!" Sie fängt an zu lachen.

„Ey, lach mich nicht aus!"

„Nein, tue ich nicht. Es ist nur so, du kannst Jaxon doch nicht mit einem Gott, also deinem Vater, vergleichen.

Die Ebene Gott ist tabu, aber unter den Häusern, na, was meinst du was da alles abgeht. Manchmal ist es sogar so heftig, dass ganze Kriege wegen Affären entstehen. Ich sag dir, wenn man unsterblich ist, hat man viel Zeit, um über Sex nachzudenken."

Auch wenn Jana meine Freundin ist, werde ich puterrot im Gesicht. Die Kälte der Schneelandschaft tut gut.

Noch immer laufen wir weiter.

„Das heißt, es hat keiner von unserem Haus Einwände gegen ihn?"

„Also wenn du meinst, ich würde ihn mit einer Umarmung in der Familie begrüßen, dann hast du dich vertan. Aber gegen deine Männerwahl wird keiner etwas haben. Wenn ich es mir so überlege, scheinst du ja eventuell doch so die ein oder andere Neigung deines Vaters mitgenommen zu haben. Ich meine so von wegen Haus des Zorns … temperamentvoll halt."

„Mhh … mag sein." Das war die Aussage, die ich gebraucht habe. Niemals würde ich die Gefahr eingehen unseren Auftrag zu riskieren. Aber jetzt sehen die Karten anders aus. Ich muss nicht zwischen persönlichem und Landesglück entscheiden. Ich könnte Beides haben, ohne des Landes vertrieben zu werden.

Ich renne weiter.

„Hey, warte auf mich." Jana kämpft mit Seitenstechen.

Es ist das erste Mal, dass ich die Ziellinie zuerst übertrete.

Nach dem Mittagessen habe ich eine Stunde bei Salvina. Danach Bauch-Beine-Po bei Jana.

Der Tag neigt sich dem Ende. Meine Endorphine hüpfen auf Hochtouren durch meinen Körper, sodass ich noch eine Extratour durch den Wald renne, um die ganze angestaute positive Energie rauszulassen. Ich bin so glücklich, ich könnte schreien. Und das tue ich auch. Inmitten der verschneiten Tannen.

❦ 37 ❦

Ab diesem Tag bewachen mich Jana und Nathan nicht mehr von der Terrasse aus, wenn ich mit Jaxon trainiere.

Er ist bereits durch das herunter gelassene Schutzschild getreten, als ich vom Frühstück komme.

Es mag aussehen, als ob ich die Treppe zu unserem Date herunter schreite. Jedoch in Leder anstatt eleganter Abendgarderobe.

„Ich komme mit.", bevor ich den Mut verliere, gebe ich ihm meine Zustimmung zu dem Date.

Seine Augen weiten sich. Man sieht es kaum, doch ich vernehme die Freude in seinem Ausdruck.

„Welch ein angenehmer Morgen, meine kleine Liebe." Er blickt mir direkt in die Augen. Es ist nicht unangenehm, jedoch fühle ich mich nackt - völlig entblößt.

„Na, dann können wir ja jetzt mit dem Training beginnen und ich muss mir meinen hübschen Kopf nicht länger zermartern, während ich auf deine Antwort warte."

Er grinst mich verheißungsvoll an. Viel zu gern hätte ich mich genau hier und jetzt auf ihn gestürzt.
Doch wir beginnen wie immer mit Dehnen, Gleichgewichtsübungen und dann geht es ans Eingemachte.
Ich mache immer größere Fortschritte. Was sicher auch an den angenehmen Lehrmethoden liegen mag.

Immer wieder beugt Jaxon sich nah über mich. So als müsse er mir ganz zufällig etwas zeigen und einen Arm oder Bein richten. Es wird mir immer heißer. Die Einheit scheint im Eilverfahren vorbei zu sein.

Als Jana auf uns zukommt, um mich für den Waldlauf einzusammeln sagt er zu mir: „Ich komme dich heute Abend um neunzehn Uhr abholen. Ich freue mich, my Lovely."

Dann tritt er den Heimweg an.

Mein Herz rast. Ich habe ein Date!! Ein Date!! Ein Date!!

„Was soll ich anziehen?" Meine erste Frage ist an die passende Person in diesem Haushalt gerichtet. An Jana.

„Darum kümmern wir uns in der Mittagspause. Ich habe da schon so eine Idee. So und jetzt, los geht's. Waldlauf zehn Kilometer."

Die Mittagspause kommt und wir nutzen sie gut. Der Theorieunterricht bei Magda und Ismail ist auch sehr kurzweilig. Doch mein einziger Gedanke dreht sich um die Uhr an der Wand.

Sobald der Unterricht beendet ist, gehe ich in mein Bad und dusche. Anschließend hilft Jana mir beim Ankleiden. Sie hat ein elegantes schwarzes langes Kleid mit weitem Rückenausschnitt für mich ausgewählt. Am Rücken kommt mein Tattoo wunderbar zur Geltung.

Die Haare trage ich offen. Lediglich einige Strähnen flechtet sie mit kleinen Perlen nach hinten. Als Schmuck wähle ich etwas eher Unauffälliges. Immerhin soll ich zur Geltung kommen, nicht der Schmuck. So zumindest Janas Aussage. Die Schuhe sind ein Traum aus Seide und Riemchen an den Knöcheln. Dezent mit einem roten Steinchen an der Seite.

Jana schminkt mich dezent, mit einer dunklen Augenpartie.

Es ist kurz vor neunzehn Uhr, als ich mich unten in der Küche präsentiere.

Nathan staunt und steht von seinem Stuhl auf.

Er nimmt mich bei den Händen und betrachtet mich. Ich schlucke. Zum Weinen möchte ich mich nicht hinreißen lassen, nicht, dass meine Schminke verläuft.

„Du siehst bezaubernd aus. Mach ihn fertig!" Es sind ernst gemeinte Worte, die von Herzen kommen. Ich weiß es zu schätzen. Seine Augen verraten mir jedoch noch immer seine innere Zerrissenheit und Eifersucht.

„Danke!" Ich drücke ihn an mich.

„Er kommt!" Nathan lässt leicht widerwillig den Schutzschild herunter und wir treten aus der Haustür.

Zuerst möchte ich Nathan davor warnen mich zu begleiten, zu groß ist meine Not, dass er eine Szene macht. Doch er reicht Jaxon die Hand.

„Jaxon, wie vereinbart?!"

Die Beiden flüstern sich etwas zu und ein schwarzes Band legt sich um Nathans als auch um Jaxons Arm. Ich starre beide mit offenem Mund an.

Dann lässt Nathan mich durch die Türe treten.

„Guten Abend, meine kleine Liebe." Er reicht mir eine dunkelrote Rose. Ich schnuppere daran und reiche sie weiter an Jana, die sie nimmt, mir einen schönen Abend wünscht und dezent verschwindet. Indes schließt sich auch die Türe.

„Guten Abend, Jaxon. Ich freue mich auf den Abend mit dir."

„Die Freude ist ganz auf meiner Seite."

Ich streife den Mantel über, den Jana mir zuvor noch im Tausch gegen die Rose zugeschoben hatte.

„Ich dachte, wir fliegen nach Andara. Einverstanden?"

Außer reiten wäre auch keine Alternative geblieben. Aber ich versuche meine Klugscheißerei heute hintenanzustellen. Ich denke auch er bemüht sich seinerseits.

„Einverstanden." Er streckt mir wieder die Hand entgegen und schlingt sie um meine Hüfte. Dann sind wir mit einem leichten Ruck auch schon in der Luft.

Mein Körper hängt gerade vor dem seinen. Er riecht angenehm, männlich.

Auf dem Hinweg versuchen wir betretenes Schweigen durch konventionelle Gespräche wie Hobbys, Ausbildung in der Menschenwelt und sonstige Dinge zu führen. Wir beide sind unterschiedlicher als Tag und Nacht.

Während ich in einer WG lebe, und auch jetzt stetig Menschen um mich herum habe, lebt er allein. Allein in einer Stadt. Eine einsame Insel inmitten des Trubels. So beschreibt er es.

Für Hobbys lässt sich die Herrscherei eines Landes schlecht Zeit erübrigen. Ich wiederum liebe es ins Ballett zu gehen. Da wird er hellhörig.

„Daher kommt auch deine außerordentliche Begabung auf der Tanzfläche. Ich glaube wir haben die anderen etwas alt aussehen lassen. Vor allem die Älteren unter ihnen hatten einfach keine Chance." Wir lachen herrlich. Auch über die anderen Tanzpaare ziehen wir etwas her und Jaxon verrät mir die ein oder andere Anekdote.

Die Zeit verstreicht rasend. Schon landen wir auf dem Dach eines Hauses mitten in der Stadt. Er weist mir die Richtung und wir nehmen die Treppe zu der darunter liegenden Wohnung.

„Willkommen in meiner bescheidenen Behausung."

Mit dem Wort bescheiden hat diese Wohnung jedoch nichts gemein. Sie ist äußerst stilvoll und modern eingerichtet. Keine Vorhänge, denn sie würden die Fensterfront von der Skyline Andaras trennen.

Der Ausblick ist atemberaubend.

„Darf ich deinen Mantel nehmen?" Ich reiche ihn ihm. Vor uns direkt an der Fensterfront entdecke ich einen kleinen Tisch, gedeckt für zwei.

„Ich dachte wir fangen hier an zu essen und dann entscheidest du aus den unzähligen Möglichkeiten, wohin die Reise in der Stadt geht. Einverstanden?"

„Das ist eine gute Idee. Du kochst?"

„Hin und wieder. Eigentlich versorgt mich mein Haus ganz gut, aber ich dachte mir heute bekoche ich dich. Welchen Wein möchtest du denn trinken? Rot oder Weiß?"

„Rot bitte." Er schenkt mir etwas von der bekömmlichen roten Flüssigkeit in ein Glas und genehmigt sich auch eines. Dann deutet er auf seine Küche.

„Mach es dir einfach gemütlich." Er fängt an zu schnippeln und braten. Es riecht herrlich nach angebratenem Speck und allerlei Köstlichkeiten.

Während er arbeitet nehme ich auf einem Barhocker an der Küchenzeile Platz.

Er arbeitet sehr konzentriert. Es macht Spaß ihn zu beobachten.

„Und wie viele Frauen hast du hier oben bereits verführt mit deinen Kochkünsten?"

Die Frage scheint forsch. Aber mir steht der Sinn nach Ehrlichkeit.

„Also es wäre gelogen, wenn ich dir beteuern würde, dass ich nicht schon die ein oder andere Ava hier her mitgebracht hätte, aber gekocht habe ich bislang noch für keine. Und das mag bei zweihundertzwanzig Jahren schon etwas bedeuten. Und noch nie habe ich eine menschliche Frau mit hier hergenommen. Ich schwöre." Er hebt seinen rechten Arm in die Höhe, auf dem auch das Tattoo von Nathan zu sehen ist.

„Was habt ihr da vorhin gemacht? Was genau bedeutet das Tattoo?"

„Eine Vorsichtsmaßnahme. Nathan hat mir das Versprechen abgeluchst, dass ich dir nichts antun werde und dich sicher wieder nach Hause, ins Land der Liebe, begleiten werde. Sehr ehrenhaft dein Freund, muss ich ihm lassen. Immerhin hat er ganz schön was auf die Nase bekommen ... von mir."

„Ach, und hättest du mir etwas angetan, wenn du es nicht geschworen hättest?" Ich schaue ihm genau zu, wie er das Fleisch anbrutzelt.

„Auf keinen Fall. Wie könnte ich so einer hübschen jungen Frau jemals etwas antun. Esme, glaube mir, das liegt mir fern." Er schaut über der Pfanne herauf in meine Richtung.

„Dennoch halte ich es für eine geeignete Maßnahme deiner Freunde, deiner Familie, damit dir nichts geschieht.

Esme, du bist kostbar für sie. Sollte dir etwas geschehen, sieht es nicht nur für das Land der Liebe übel aus. So viel steht fest. Du bist ihr und unser aller höchstes Gut. Deshalb habe ich auch so schnell zugestimmt, als sie mich als Trainer engagiert hatten."

„Nur deshalb?"

„Nicht ganz. ... Du hast dir meine Worte gemerkt, wie ich sehe." Er blinzelt verführerisch zu mir herüber und wendet sich dann wieder dem Stück Fleisch zu.

„Nimm ruhig schon Platz, das Essen ist gleich so weit."

Ich schlendere so gelassen wie möglich zu dem kleinen Bistrotisch, den er arrangiert hat. In der Mitte steht eine Kerze. Mit einem Wisch seiner Hand erflammt sie.

In der großen Fensterfront spiegelt sich die Flamme.

Während wir speisen entstehen kaum Gesprächslücken. Wir haben nonstop Gesprächsinhalt. Ich lobe sein Essen, er erkundig sich, ob ich auch kochen kann, ich muss jedoch zugeben, dass es über die üblichen Gerichte nicht hinaus reicht. Dann witzelt er, dass wir einen Kochkurs zusammen besuchen könnten. Oder einen Tanzkurs. Wobei das bei unserem Temperament nicht mehr notwendig wäre. Wir haben viel Spaß zusammen. Es verhält sich ungezwungen zwischen uns.

Das Essen ist beendet.

„Und jetzt? Was möchtest du gerne sehen von meiner Stadt?"

„Mhh ... schwierig. Was sollte ich mir denn unbedingt einmal ansehen?"

„Neben „Alles" fällt mir da doch noch etwas Schönes ein. Soll ich dich einfach überraschen?"

„Ja, bitte. Dann muss ich mich auch nicht entscheiden."

Er greift nach meiner Hand und führt mich zu meinem Mantel. Dann treten wir hinaus auf den Balkon und stürzen uns in die Tiefe. Es kribbelt in der Magengegend. Er fängt den Schwung mit seinen großen ausladenden Flügeln ab, als wir unten auf der Straße ankommen. Dann lässt er seine Flügel verschwinden und reicht mir die Hand.

Wir stehen an einer Straße, die gesäumt ist von unzähligen beleuchteten Häusern. Vor uns ein breiter Fluss, der in seinen Fluten alles mitreißt, was sich ihm in den Weg stellt. Das Rauschen des Wassers ist ohrenbetäubend.

„Wenn ich bitten darf, Esme." Er dreht mich herum. Eine Kutsche, woher auch immer sie so schnell gekommen ist, hält vor uns. Er hilft mir hinein. Es handelt sich um eine offene Kutsche. Vorne sitzt ein Kutscher dessen Blick diskret nach vorne gerichtet ist. Ein Pferd, schwarz wie die Nacht, zieht uns langsam vorwärts als Jaxon neben mir Platz genommen hat.

Er schnippt zweimal mit den Fingern und schon ist mir nicht mehr kühl. Die Wärme legt sich angenehm um unsere Körper.

„Lass mich dir meine Stadt zeigen. Hier bin ich aufgewachsen. Hier lebe ich seit vielen, vielen Jahren. Es ist das Herz meines Landes."

Ich kuschele mich in eine Decke und lasse die Gegend auf mich wirken.

Viele kleine Lichter sind über die Straßen gespannt. Kleine bunte Lampions säumen die Straßen. Es ist die Romantik im Stadtformat. Leise gleitet unsere Kutsche durch den Schnee immer am Fluss entlang. Jaxon zeigt auf die diversen Gebäude und erklärt mir deren Bedeutung für die Stadt. Avas sehen wir auch einige. Auf dem Weg zu einem Club, zum Tanzen, auf dem Heimweg ... unzählige. Die Stadt scheint echt nicht zu schlafen. Wieder ein kompletter Unterschied zu meiner Lebensweise. Wir halten an.

„Hier beginnt die Altstadt. Wie du siehst, sind es tatsächlich die ältesten Gebäude der Stadt. Herrlich geschwungene Brücken und alte Bruchsteingebäude. Ich möchte sie dir zeigen. Und das, was sich in ihren Kellern abspielt."

Ich muss wohl etwas ungläubig geschaut haben.

„Keine Sorge. In den berüchtigten Kellern befinden sich Tanzkneipen, Discos und Pubs. Nichts zum Fürchten."

Wir steigen aus, der Kutscher fährt, ohne ein Wort zu verlieren weiter.

„Redet er immer so wenig?"

Jaxon lacht herrlich tief. Fast so, als würde mit seiner tiefen Stimme der Schnee um uns herum zu tanzen beginnen.

„Neugieriges Personal, das ist Sache des Hauses der Liebe.", zwinkert er mir zu. Damit ist sicher Jana gemeint. Ich erkläre ihm jetzt nicht, dass sie zu meinen Freunden und der Führungsriege gehört. Es würde die Stimmung zerstören.

Ich hake mich bei ihm unter und wir betreten die verschneiten Gassen der Altstadt.

Aus den Läden rechts und links, die auch bei Nacht geöffnet haben, ertönen Gespräche und Musik.

Jaxon nickt dem ein oder anderen zu. Doch die Bürger dieser Stadt scheinen nicht ihn, ihren Herrscher, anzustarren. Nein, mir gilt ihre Neugierde.

„Sie sind gespannt, wer die Menschenfrau an meiner Seite ist. Es ist neu für sie. Auch für mich."

Dass ich mich von ihnen unterscheide, ist einfach an meiner Haut zu erkennen. Während alle Avas um mich herum strahlen, scheint meine Haut das Licht zu schlucken.

Erst jetzt kommt mir der Gedanke, dass ich mich wahrscheinlich vor den fremden Avas fürchten sollte.

„Dir wird nichts geschehen. Ich bin doch bei dir.", als ob er wusste, was ich denke. Kurz gehe ich die Stärken und Mächte des Hauses des Zorns durch. Sie können über die Naturgewalten, besonders über mächtige Blitze herrschen. Keine Gedankenleserei. Wobei er auch Visionen hat. Vielleicht ist er ein Mischlingswesen? Wir schreiten weiter durch die Gassen. Die gemütlichen Läden laden zum Shoppen ein. Dann betreten wir eine düstere Treppe hinab in einen Keller. Mir stockt der Atem, denn es sieht so gar nicht aus wie der Eingang zu etwas Schönem.

Doch ich habe mich getäuscht. Sobald Jaxon die Tür öffnet, strömt uns Licht, Musik und Wärme entgegen.

Die Gäste dieses Pubs treten auf die Seite, um ihrem Herrscher die Ehre zu erweisen.

Wir setzten uns an einen der kleinen Tische in einer hinteren Ecke des Kellers. Der Kellner kommt zielstrebig auf uns zu.

„Was darf ich euch bringen, Mylord und Lady?"

„Ich denke wir nehmen zwei Rotwein bitte."

Ohne mich zu fragen, trifft er die Wahl, die ich ebenfalls getroffen hätte. Wir lassen uns den Wein schmecken und sehen den tanzenden Paaren zu. Weiter hinten sehe ich die kleine Band. Es macht Spaß einfach nur so dazusitzen und die Stadt auf sich wirken zu lassen.

Doch dann fragt mein Begleiter: „Möchtest du tanzen?"

„Meinst du wir können es wagen?" Ich grinse über das ganze Gesicht.

„Sie werden uns schon rausschicken, falls es ihnen nicht gefällt."

Er tritt vor mich und verbeugt sich. Ich nehme den Tanz an. Und schon wirbelt er mich an meinem Arm zu sich und wir verschmelzen erneut im Takt der Musik. Wieder eine perfekte Symbiose. Wir nutzen jeden Zentimeter unseres Tanzraumes, der uns geblieben ist. Doch nach und nach haben wir die Tanzfläche für uns. Die Mittanzenden setzen sich und schauen uns zu. Wir geben ein gutes Bild ab. Die Gespräche um uns herum verstummen und alle Augen ruhen auf unseren Körpern.

Zuerst ist die Musik schnell und hektisch, doch dann wechselt sie in einen langsamen Song. Wir wiegen uns in der langsamen Musik. Ich in seinen Armen. Perfekt.

Die Songs wechseln durch und die Zeit entrinnt uns.

Seine Hand fasst mich sicher an meinem Rücken. Wenn ich mich drehe, schwingt das Kleid leicht mit. Immer wieder blitzten meine Tattoos auf dem Rücken durch meine Haare, die sich langsam aus meiner Frisur lösen. Vor allem wenn ich mich in einer Drehung befinde. Nach unzähligen Songs endet die Musik. Die Musiker müssen verschnaufen. Wir beide bleiben auf der Tanzfläche stehen und sehen uns tief in die Augen. Dann lehne ich mein Gesicht an seine Brust.

Der Applaus, von dem wir gestört werden, überrascht mich. Die Herumstehenden applaudieren, dass die Wände wackeln. Wir grinsen über beide Wangen und verbeugen uns vor dem Publikum wie ein Tänzer nach seinem Auftritt.

Als wir lachend in die Gassen der Altstadt emporsteigen, fühle ich mich leicht und unbeschwert.

Jaxon greift nach meiner Hand und wir gehen Hand in Hand in Richtung Fluss.

„So unbeschwert habe ich mich schon lange nicht mehr gefühlt. Mit dir erscheint alles immer so einfach, my Lovely." Es ist ein Geständnis, mit dem ich niemals gerechnet hätte.

Ich sehe ihn an.

„Ich denke, das Kompliment kann ich an dich zurückgeben." Ich werde rot. Auch, wenn er es in der Dunkelheit, nur vom spärlichen Licht der Lampions, nicht sehen kann.

„Wir haben bereits spät. Bringst du mich zurück?"

„Natürlich. Versprochen ist versprochen." Er weist auf seinen Arm und das Tattoo, welches sich dort befindet.

„Ich bin nur froh, dass ich keine Ausgangssperre bekommen habe und zu einer gewissen Uhrzeit zuhause sein muss."

Er fasst mich um die Taille und schwingt sich mit mir in die Lüfte. Ich fasse meinen Mantel enger um mich. Erst ist mir kalt, doch dann wärmt mich Jaxons Körper von hinten. Müde, wie ich bin, wäre ich beinahe in seinen Armen eingeschlafen. Als mein Haus vor uns auftaucht wird er ernst.

„Esme, ich würde mich sehr geehrt fühlen, wenn ich dir noch mehr von meinem Land zeigen dürfte. Hättest du nächste Woche erneut Lust mit mir einen Ausflug zu unternehmen? Vielleicht auch mal am Tag?"

„Es wäre mir eine Ehre." Ich schmelze bereits jetzt vor Vorfreude.

Es ist unser erstes Date. Was wird bei der Verabschiedung von mir erwartet? Geht er mit in mein Zimmer? Das würde sich beinahe so anfühlen, als ob ich ihn mit in mein Kinderzimmer nehmen würde. Absolut uncool. Unsexy.

Doch ich bin zu Unrecht aufgeregt. Er ist Gentleman durch und durch.

Als wir uns dem Gebäude weiter nähern, tritt Nathan auf die Terrasse und lässt den Schutzschild herunter. Wir fliegen hindurch.

Jaxon lässt mich vor der Tür herab. Nathan versucht diskret die Szene zu beobachten.

Dann hält Jaxon mich noch kurz im Arm und drückt mir sachte einen Kuss auf die Wange. Noch bevor ich diesen erwidern kann, ist er in die Luft aufgestiegen und hält

Nathan seinen nackten Arm entgegen. Ich sehe, wie das Tattoo verblasst.

„Bis Morgen und nächste Woche" rufe ich ihm erwartungsvoll zu.

Er grinst und verdünnisiert sich als er außerhalb des Machtbereiches des Hauses ist.

Dann trete ich den Weg, vorbei an dem nach Eifersucht grollenden Nathan, ins Haus an.

In den nächsten Tagen trainiere ich so hart wie noch nie im Leben. Wir steigen von Holzschwertern zu richtigen um.

Zuerst habe ich einen enormen Respekt davor jemanden zu verletzten, und sei es nur mich, aber dann scheine ich den Bogen rauszuhaben.

Das Training wird härter, rauer. Jaxon und ich versuchen unsere körperliche Anziehungskraft streng von der Kampfkunst zu trennen. Doch unsere Körper harmonieren auch auf dem Trainingsfeld perfekt miteinander. Es scheint mir fast so, als wurden wir aus einem Guss gegossen. Bewegt er sich, weiß meine Abwehr wie sie zu reagieren hat und andersherum.

Wenn wir auf dem Übungsfeld nur eine halb so gute Performance abgeben wie auf der Tanzfläche - es wäre ein Traum.

Die Eifersucht Nathans ist nach den letzten Tagen noch immer stark präsent. Einerseits ist es süß, dass er mir zeigt, dass ich ihm viel bedeute, aber auf der anderen Seite fühle ich mich dadurch wirklich miserabel.

Der Unterricht im Bogenschießen kostet mich am meisten Mühe, da der Bogen so schwer und meine Arme so schwach sind. Doch auch hier mache ich Fortschritte. Wenige, aber immerhin.

Zu meinem allgemeinen Fitnessprogramm hat sich nun auch noch Schwimmen und Tennis gesellt.

Aus meiner anfänglichen Skepsis, was denn Tennis mit Kampfkunst gemein hätte, ist allgemeiner Bewunderung über diese Idee gewichen.

Da keiner außer einer kleinen Anzahl Richter der jeweiligen Länder über die Aufgaben der Duelle Bescheid weiß, sollte ich auf alle Eventualitäten vorbereitet sein. Dafür sind meine Freunde die Aufgaben der Vorjahre durchgegangen.

Es gab Duelle, da wurden Feuerbälle auf die Teilnehmer geschossen. Wer nicht ausweichen oder sie abwehren konnte, verlor sein Leben. Daher - Tennis. Ball abwehren. Logisch. Aaron ist ein guter Lehrer und Spieler.

Salvina verrät mir andauernd die diversen Heiltinkturen aus Kräutern, die sie im Land rund um den Palast unter dem Schnee vermutet. Ich schreibe mir die Rezepte in das kleine Buch meiner Mutter.

Auch der Unterricht von Magda und Ismail formt mich weiter.

Ich sehe wie viel Mühe meine Freunde sich mit meiner Ausbildung geben. Und ich gebe ihnen keinen Grund unzufrieden zu sein. Ich möchte kämpfen. Für sie, das Land und mich. Denn ich sehe hier eine Zukunft.

39

Die Woche schwindet recht langsam dahin. Auch wenn ich Jaxon täglich auf dem Kampffeld begegne, freue ich mich auf unser Date.

Dieses Mal holt er mich gegen Mittag ab. Ich solle mich lässig kleiden. Keine Abendgarderobe.

Es ist das gleiche Spiel wie beim letzten Mal. Als er im Anflug ist, lässt Nathan den Schutzschild herab. Jaxon begrüßt mich. Reicht mir eine Rose, die so herrlich duftet. Ich gebe sie Jana in die Hände und verabschiede mich. In der Zwischenzeit haben die Jungs wieder Versprechen ausgetauscht, was mir nicht entgangen ist. Nun jedoch drücke ich Nathan noch einen brüderlichen Kuss auf die Wange und begebe mich in die Arme Jaxons.

Und schon heben wir ab.

„Was hast du heute mit mir vor?"

„Lass dich überraschen. Nur eine Frage: Hast du Hunger?"

„Ich - immer."

„Das trifft sich ausgezeichnet, denn ich habe da etwas vorbereitet."

Wir fliegen etwas länger als beim letzten Mal. Die Stadt gleitet an unseren Füßen vorbei.

„Oh, ich bin gespannt."

Wir landen einige Minuten hinter der Stadt auf einem der hohen Berge. Mitten im Schnee steht ein Tisch mit zwei

Stühlen. Rings herum halten Feuerschalen eine angenehme Temperatur und die Sonne scheint zur Abwechslung auf den Gipfel.

Weit und breit sind keine anderen Avas zu sehen. Vor uns liegt eine Skipiste. Ski, Skischuhe und Kleidung liegt auf einer Kiste neben uns. Jaxon bietet mir einen Stuhl an und der Tisch deckt sich wie durch Wunderhand.

„Es sind alles Leckereien von den Bauernhöfen meines Landes. Ich wünsche dir einen guten Appetit."

„Vielen Dank, dir ebenfalls."

Wir schlemmen uns durch gefüllte Paprika, Fleischpasteten, Kartoffeln, Muscheln und allerlei Süßem. Anschließend deutet er auf die Ski.

„Kannst du fahren?"

„Oh, ich habe es mal probiert. Von Können kann hier aber nicht die Rede sein."

„Ach, das wird schon. Komm, wir versuchen es."

Ich bin gespannt. Nach all dem, was ich in den letzten Wochen Neues probiert habe, wird Skifahren sicher nicht das Gefährlichste sein.

Ich kleide mich in die dicken Klamotten und los geht die wilde Sause. Zuerst wackele ich noch sehr auf den Beinen. Doch dann setzt mein Gehirn aus und ich versuche das Gleichgewicht zu halten. Eine meiner täglichen Übungen.

Jaxon fährt voraus, ich hinterher. An jeder Kurve vergewissert er sich, dass ich bei ihm bin.

Es macht Spaß sich einfach gehen zu lassen. Kurz überlege ich was geschehen würde, hätte Jaxon seine Flügel nicht verschwinden lassen. Könnte er dann den Berg hinunter auf Skiern segeln?

Doch mir bleibt keine Zeit, um mir darum Gedanken zu machen. Die Kurve, die sich vor mir offenbart ist eng. Sehr eng. Jaxon ist einige Meter vor mir. Doch ich schaffe es nicht. Immer mehr steuere ich auf den Rand, auf den Abgrund zu. Und da geschieht es. Ich entgleise. Zum Schreien bleibt mir keine Zeit mehr.

Mein Gehirn schaltet ab. Ich kann nur noch einen glücklichen Gedanken festhalten: Jaxon. Dann wird um mich herum alles dunkel.

40

Als ich wieder erwache, liege ich in den Armen Jaxons. Er streichelt mir sanft übers Haar.

Er hat mich aus den Schneeklamotten geschält und kann seine Augen nicht vor mir lassen.

Ich will mich erheben, doch mein Kreislauf macht mir einen Strich durch die Rechnung.

„Bleib noch liegen. Du bist hier in Sicherheit. Ich habe dich in eine Berghütte geflogen."

„Wie lange war ich bewusstlos?"

„Nicht lange, vielleicht eine halbe Stunde, warum?"

„Ich mag nicht, dass du Ärger bekommst.", antworte ich ihm kleinlaut.

„Nicht, nur weil ich keine Skier fahren kann."

Ich greife mir an den Kopf. Er brummt.

„Was ist das?" Meine Hände ertasten einen Verband.

„Du bist aus der Kurve geraten und hinabgestürzt. Bei deiner Landung hast du leider die Bekanntschaft mit ein paar Bäumen gemacht."

„Oh nein, was wird Nathan sagen?"

„Ach, das ist meine geringste Sorge. Ich mache mir viel mehr Gedanken um deinen hübschen Schädel."

„Was muss ich denn auch so sterblich sein. Kannst du meine Wunde nicht einfach heilen?"

„Das habe ich bereits versucht. Aber komplett lässt sie sich nicht schließen."

„Und jetzt?"

„Na, ich dachte mir da unser Abenteuerdate nun beendet ist, gehen wir zum gemütlichen Teil über …" Ich bin mir nicht so ganz sicher, was er meint. Ganz gewiss fühle ich mich mit meinem schwirrenden Kopf nicht gewappnet für ein romantisches Date in einer Berghütte.

„… und spielen ein paar Brettspiele. Was sagst du dazu? Altmodisch, aber eine sichere Methode nicht zu stürzen."

Erneut überprüft er, ob mein Verband auch richtig sitzt.

Da sitzen wir also. In einer ollen Berghütte mit Brettspielen. Doch es wird lustiger als erwartet. Jaxon ist sehr kreativ, wenn es um das Unterhaltungsprogramm geht. Aus einigen Essensvorräten aus einer Kiste zaubert er im Handumdrehen ein passables Abendessen und mit ein paar Kerzen wirkt die Hütte in der Dämmerung sogar gemütlich. Wir haben trotz unserer misslichen Lage einen wunderschönen Abend.

Als der Abend schon weit vorangeschritten ist, beugt Jaxon sich zu mir, um erneut den Verband zu richten.

„Weißt du Esme, mit dir ist es so wie noch mit niemandem in meinem Leben. Meine Eltern und Vorfahren waren rau, schroff und abweisend. Auch mir gegenüber. Ein Wesenszug, den ich auch nach außen immer vertreten habe. Von daher haben deine Freunde schon recht, dass sie sich absichern. Aber wenn ich mit dir zusammen bin, ist es so, wie wenn meine freundlichere Hälfte aufgetaucht ist. Ich fühle mich komplett. Verstehst du, was ich dir sagen möchte?"

„Ich habe dich gesehen."

„Was meinst du?"

„Die Königin sagte über die Prophezeiung zu sprechen wäre so lange tabu, bis das Ereignis vorbei ist. Korrekt?"

„Ja, richtig. Wenn das Erlebnis erlebt wurde. handelt es sich um eine Geschichte. Nichts, was mehr in der Zukunft stattfindet. Dann darf man darüber gefahrlos sprechen."

„Ich habe dich in meiner Prophezeiung gesehen. Wir haben getanzt. Wir sahen wunderschön aus. Jeden Schritt deines Körpers hat meiner ausgeführt, ohne, dass wir uns darüber verständigen mussten. Du und ich, wir waren eins. Und so kam es dann auch. Im Haus der Hoffnung. Wir waren perfekt aufeinander abgestimmt. So fühle ich mich immer, wenn ich dich sehe."

Meine Hand wandert zu seiner Brust. Sie fühlt sich stark und unverwundbar an.

„Hier, Esme, hier hat sich einiges getan." Er legt meine Hand weiter hinauf auf sein Herz.

„Seit ich meine Prophezeiung gesehen habe, vor mehr als zweihundert Jahren, weiß ich, dass ich auf jemanden ganz besonderen warten muss. Frauen kamen und gingen. Es hatte niemals eine Bedeutung, bis ich dich im Palast an deinem ersten Tag gesehen habe. Du wirktest so verletzlich. So, als ob ich dich mit meinen Blicken töten könnte, wenn ich dich zu lange ansehen würde. Du warst so kostbar. Es hat mich völlig überrascht.

Mein Teil der Prophezeiung war ebenfalls dieser Tanz. Unser Tanz. Unser Abend. Ich bin dir jedoch bereits seit unserer ersten Begegnung verfallen. Eigentlich bereits seit zweihundert Jahren. Nur warst du damals noch nicht geboren." Wir müssen beide schmunzeln.

Dann schauen wir uns erneut lange in die Augen. Ich schließe meine und hoffe, er versteht meine Geste. Er tut es. Seine Lippen treffen auf meine. Erst langsam, dann bestimmend. Wir sind eins. Er, ich. Wo er aufhört, da beginne ich und andersherum.

Und da ist keine Stimme, die mir sagt, dass ich falsch liege. Vielmehr das Gefühl alles richtig gemacht zu haben. Wir verharren lange küssend in der Ecke der Berghütte. Er ist immer darauf bedacht meinen Kopf nicht an der falschen Stelle zu berühren.

Es mögen Stunden vergangen sein.

Nach einiger Zeit löse ich mich von ihm.

Ich möchte etwas sagen, doch ich weiß nicht wie. Durch meine Kopfschmerzen und die Hormone in meinem Körper bin ich ganz verwirrt.

„Wir haben die Ewigkeit meine kleine Liebe. Lass uns nichts überstürzen."

Ich stimme ihm nickend zu.

„Die Ewigkeit, hoffentlich!"

„Ganz bestimmt." Er umklammert mich mit festem Griff.

Sollte uns die Ewigkeit nicht offenstehen, bleiben uns nicht mal mehr einige Wochen. Doch daran versuche ich nicht zu denken. Nicht jetzt.

Als er mich zu Hause absetzt, muss er sich leider einiges von Nathan anhören. All meine Versuche ihm zur Hilfe zu eilen, wehren sowohl Nathan als auch Jaxon ab. Doch sein Tattoo verschwindet trotzdem.

Am liebsten hätte ich laut geschrien. Immerhin bin ich keine Puppe, um die sie sich streiten. Ich bin lebendig und stehe neben ihnen. Das Schlimmste wäre, wenn sie sich erneut prügeln würden. Doch davon sehen sie dieses Mal ab. Doch Nathan bebt vor Wut. Er hat seine Hände zu festen Fäusten geballt und seine Nasenlöcher blähen sich auf. Es ist ein Zeichen starker Zurückhaltung, dass er Jaxon nichts antut.

Ich winke Jaxon, denn den Abschiedskuss haben wir uns bereits in der Luft gegeben.

41

Drinnen begegne ich Jana. Sie deutet mein Grinsen korrekt und kommt ohne Worte, auch das ist möglich, zu mir und umarmt mich.

Tränen der Freude fließen.

Doch zu meiner Freude mischt sich auch das Gefühl der Machtlosigkeit. Was ist, wenn uns nur noch ein paar Wochen bleiben? Der April und der Mai haben sich schon verabschiedet. Es sind nicht einmal mehr drei Wochen, dann steht das Duell vor der Tür.

Ich verabschiede mich und gehe schlafen.

Das Date in den Bergen in der letzten Woche hat mich beflügelt. Also eigentlich der Abschluss des Dates. Wir haben uns erneut für in einer Woche verabredet.

Dieses Mal hat er mit meinen Aufpassern verabredet, mir ein Zimmer in seiner Wohnung herzurichten, da er eine kleine Party mit einigen Gästen ausrichten möchte.

Nathan hat zwar nur widerwillig zugestimmt, aber Jana hat ganze Arbeit bei der Überredungskunst geleistet.

Das Training bis dahin steigert sich von Einheit zu Einheit. Am meisten gefällt es mir, wenn Jaxon mit mir trainiert. Aber nicht, weil es weniger intensiv wäre. Nein, weil wir uns aufeinander verlassen können.

Doch wir schieben auch immer Einheiten mit Jana und Nathan in den Zeitplan. Denn wir werden zu dritt den

Wettkampf antreten. Nach unserem Plan werde jedoch nur ich die letzte Runde beenden und ihn hoffentlich gewinnen. Wir lassen keine andere Möglichkeit zu.

Auch Jaxon arbeitet hart mit uns daran, denn auch seine Ziele können sich nur erfüllen, wenn mir die Ewigkeit gewährt wird.

Immer wieder gibt es kleine Meetings mit Aaron, Ismail, Nathan, Gerold, Salvina, Jana und Jaxon.

Wir überlegen uns was wäre wenn? Wo können wir die Regeln ausdehnen, was ist erlaubt und was bringt uns Schwierigkeiten ein oder gefährdet unser Ziel. Eine Gruppendynamik entsteht häuserübergreifend.

Auch wenn meine Freunde Jaxon nicht voll vertrauen, so vertrauen sie doch mir und legen einige Entscheidungen in meine Hände.

Wir legen die Kleidung und die Waffen von uns dreien fest. Ich nehme meinen Dolch mit. Er hat mir bereits das Leben gerettet. Er wird es im Zweifelsfall wieder tun. Da bin ich mir sicher.

Nathan und Jana nehmen ebenfalls ihre Lieblingswaffen mit. Wir werden als ein eingespieltes Team im Palast erscheinen. Doch vorher kommt Jaxon mich erneut für unser Date abholen.

Das Prozedere ändert sich nicht merklich. Die beiden Jungs geben einander wieder die Hand, das Tattoo bildet sich und wir verschwinden in der Luft. Ich bin Nathan unendlich dankbar. Aber daran müssen wir arbeiten.

Wir fliegen zu seiner Wohnung. Dieses Mal setzt die Dämmerung bereits ein.

„Die anderen Gäste werden erst in einer Stunde hier aufschlagen. Kann ich dir etwas zu trinken anbieten?"

Wir nehmen zwei Rotwein und genießen das Dämmerlicht der Stadt vor dem Panoramafenster. Es ist einer meiner Lieblingsplätze in seiner Wohnung. Das und die Bibliothek. Massenhaft Bücher befinden sich dort. Bücher haben mich schon immer fasziniert.

„Wer wird alles als Gäste kommen?"

„Ich möchte dir meine beiden Brüder vorstellen. Casimir und Aiden. Sie sind beide jünger als ich, jedoch bereits verheiratet mit Enja und Ina."

„Oh, deine Brüder? Sind wir ... also, sind wir schon so weit?"

„Esme, ich kenne dich quasi seit zweihundert Jahren. Ja, ich bin so weit. Du auch?"

„Ich vertraue dir. Ja, ich bin so weit." Ein zartes Lächeln umgibt meine Mundwinkel.

Als eine Stunde später seine Familie eintritt, bin ich meine Zweifel los. Sie sind die einzige nahe Familie, die er noch hat. Seine Eltern sind mit der Machtübergabe an ihn gestorben. Er legt viel Wert auf die Meinung seiner Brüder.

„Guten Abend, Jaxon. Wo ist sie?" Das sind die ersten Worte, die mir entgegenkommen, als die vier Gäste an der Wohnungstür des Apartments stehen.

„Nun mal langsam. Sie heißt Esme, das habe ich dir doch gesagt."

„Jaja ..." Und schon stehen sie vor mir.

„Casimir und Aiden, nehme ich an. Guten Abend, ich bin Esme. Und ihr müsst Enja und Ina sein, schön euch kennen zu lernen."

Das Eis ist gebrochen und die Neugier der Brüder gestillt.

Der Abend gestaltet sich gemütlich. Ein Feuer prasselt im Kamin, wir essen zusammen, was das Haus hergerichtet hat und gehen dann hinüber zur Sofagruppe, um noch einen Whiskey zusammen zu trinken.

Seine Brüder sind komplett anders als er. Eher albern und lange nicht so erwachsen. Wahrscheinlich bringt das die Tatsache der Macht mit sich, dass Jaxon einen gewissen Ernst an den Tag legt. Ich bin mir sicher, ich habe die beste Wahl unter den Geschwistern getroffen.

Die Brüder mit Gattinnen verabschieden sich rasch, um noch in der Stadt auszugehen.

Wir verabschieden sie an der Wohnungstür. Als sich diese schließt, ist es wie eine Offenbarung. Darauf haben wir beide so lange gewartet. Keiner, der uns mehr im Wege steht. Keine neugierigen Blicke meiner Freunde, keine Familie oder Anstandsdamen. Nur wir und hoffentlich die Ewigkeit.

Mein Blick ist auf sein offenstehendes weißes Hemd gerichtet. Ich liebe weiße Hemden an Männern. Sie lassen sie so anziehend und männlich wirken. Ohne Schnickschnack. Hemd und Haut darunter. Schimmernde Haut in diesem speziellen Fall.

Ich streiche mit meinen Fingern sachte über den Spalt seiner Haut, den das Hemd freigelegt hat. Ein tiefes Stöhnen entweicht seinem Mund. Es klingt voller Hoffnung.

„Weißt du, was ich alles mit dir machen möchte?"

Seine tiefe Stimme raunt mir sachte ins Ohr, dabei streift der Dreitagebart meinen Hals. Ich erschaudere auf eine angenehme Art und Weise.

„Nein, erzähl es mir.", flehe ich ihn an.

„Ich nehme dich zuerst vor dem Feuer auf dem wunderschönen Teppich, damit auch er mal etwas erlebt und dann ziehen wir weiter. Überall dort hin, wo es uns hin verschlägt."

„Das hört sich gut an.", raune ich zurück. Seine Lippen treffen sachte auf die meinen. Wir küssen uns, als wäre dieser Kuss die Erlösung. Die zweihundert Jahre, die zwischen uns stehen, zwischen seiner und meiner Prophezeiung, sind mit einem Kuss Geschichte. Es gibt nur noch ihn und mich. Wir taumeln langsam rückwärts zu dem besagten Kamin. Seine Hände streifen mein Shirt über meinen Kopf und entblößen meine Brüste, eingepackt in einen seidenen BH. Anschließend machen sich seine Hände an meiner Lederhose zu schaffen. Als ich ohne Hose, nur in seidener Unterwäsche vor ihm stehe und er mich feste an sich presst kann ich ihn spüren, seine volle Größe erahnen in seiner Lederhose. An dieser mache ich mich augenblicklich zu schaffen und streife sie ihm über die Beine. Das Hemd lasse ich ihm an. Extra. Ich stehe drauf.

Das Tattoo, welches sich in leichten Wellen über seinen Arm bis hin zu seiner Brust windet blitzt leicht durch den Hemdausschnitt. Sexy.

Ich reibe mich weiter an ihm. Er schwillt zu weiterer Größe heran. Ich kann es nicht fassen.

Mich durchzieht eine innere Erregtheit, wie ich sie nie erfahren habe. Noch stehen wir vor dem Kamin, doch Jaxon reißt mich mit sich zu Boden. Er liegt unten und ich sitze auf ihm. Zwischen uns lediglich das klein wenig Wäsche.

Um Verhütung müssen wir uns keine Gedanken machen, da der Fluch auch hier auf uns lastet. Das habe ich Jana heut Vormittag noch gefragt.

Er gleitet mit seinen Fingern wieder und wieder über meine empfindlichen Stellen. Unter dem Höschen und auch unter dem BH, bis er diesen mir ganz abstreift. Meine Brüste lassen sich gerne von seinen Händen formen. Ich genieße es und stöhne auf. Meine Brustwarzen stellen sich auf. Genauso wie sein bestes Stück. Nun streife auch ich ihm die Boxershorts von den Hüften. Er gleitet mit seinen Fingern nun durch meine feuchte Mitte und neckt mich und meine Erwartungen.

So verharren wir einige Zeit bis unsere Bewegungen beiderseits immer drängender werden. Mit zwei Fingern bewegt er sich gekonnt in mir drin und genießt die Feuchtigkeit.

„Oh Esme …" der Hauch als er mich meinen Namen sagen hört bringt das Fass zum Überlaufen.

„Nimm mich, jetzt, hier und hart." Niemals zuvor habe ich so gedacht, geschweige denn gesprochen. Aber wenn er mich jetzt nicht nimmt, zerfließe ich hier auf dem Teppich vor Verlangen.

Da ich oben sitze, ergreife ich jedoch schnell die Initiative und nehme ihn in mir auf. Seine volle Größe in mir zu haben bedeutet mir einiges. Ich will ihn jetzt und hier. Tief, tiefer, noch tiefer.

Ich reite ihn und mir entfliehen wilde Flüche. So kenne ich mich gar nicht. Doch es ist mir egal. Hier gibt es nur ihn und meine wildesten Vorstellungen. Meine Lust, die befriedigt werden möchte. Ich reite ihn bis zur völligen Ekstase. Als er in mir kommt, explodiere ich mit ihm. Es ist intensiver als jedes Gefühl, das ich jemals empfunden habe.

Wir schreien ihn in die Welt hinaus, unseren gemeinsamen Orgasmus. Es ist, als ob unsere Körper aufeinander abgestimmt wären. Nicht nur im Tanz und im Kampf. Auch im Bett. Im Moment der völligen Hingabe.

Als ich erschöpft und erstarrt auf ihm zusammensacke dreht er mich zu sich um.

„Du bist das Beste, was mir je geschehen ist, meine kleine Liebe."

Noch immer außer Puste küsse ich ihn voller Leidenschaft. Er zieht sich aus mir zurück, jedoch nur, um einige Momente später wieder in mich zu stoßen. Wir haben es gerade erst zum Sofa geschafft.

Er nimmt mich dieses Mal. Ich sitze auf dem Sofakissen und er kniet vor mir. Es ist sinnlicher als beim ersten Mal, jedoch nicht weniger erfüllend.

Beim dritten Mal befinden wir uns in meinem Lieblingszimmer. Der Bücherei.

Da die Bücher stille Zeugen unserer Liebe zu sein scheinen, haben sie offensichtlich nichts gegen unsere Liebesnacht einzuwenden. Jaxon presst mich gegen das Regal. Einige der Bücher finden ihren Weg purzelnd nach unten, als ich mich versuche festzuhalten, bevor er mit einer Wucht in mich eindringt, die sich gewaschen hat. Ich schreie vor Erregung. Wieder und wieder schiebt er sich tiefer in mich hinein. Er hält mich mit der einen Hand und streichelt mich mit der andern. Er streichelt mich an gekonnten Stellen, sodass ich unter seinen Händen zerfließe. Mit meinen Händen hinterlasse ich Kratzspuren auf seinem muskulösen Oberkörper. Aber ich bin mir sicher, sie verblassen bereits in wenigen Momenten. Aber mein Gehirn ist jetzt nicht zum Denken bereit. Es gibt nur seinen Körper, der sich innig an meinen presst. Und meiner, der ihn gerne willkommen heißt.

Als wir dieses Mal gemeinsam zum Höhepunkt entgegensteuern, raune ich seinen Namen. Er ist so sexy. „Jaxon!!"

Er ergießt sich in mir. Ich spüre es bis in jeden Winkel meines Körpers. Zum Bett finden wir erst spät in der Nacht. Und auch nur um ineinander verschlungen ein paar Stunden Schlaf zu finden.

42

Wenn er schläft, wirkt er so harmlos. Doch seine starken Oberarme, sein durchtrainierter Körper, seine breiten Hände, alles an ihm bezeugt das Gegenteil. Ich habe mich in den schönsten, stärksten und mächtigsten Mann der unsterblichen Welt verliebt. Ich kann es nicht in Worte fassen.

„Guten Morgen, meine kleine Liebe."

„Oh, ich dachte ich könnte dich ganz unbedarft anstarren. Ich wusste nicht, dass du bereits wach bist."

Langsam öffnet er seine Augen.

„Oh, so ging es mir vorhin, als ich mein Glück in meinem Bett betrachtet habe." Seine Lippen werden von einem sanften Lächeln geformt.

„Wie hast du geschlafen im Land des Zorns?"

„Mmh … sehr temperamentvoll, würde ich sagen."

„Ja, ich denke so könnte man es zusammenfassen, du hast recht. Hast du Lust auf Frühstück?"

„Oh ja, ich habe Bärenhunger."

Das Frühstück gestaltet sich als amüsant. Er, nur mit weißem Hemd bekleidet, ich, lediglich in ein Hemd von ihm gehüllt je auf einem Hocker an seiner Frühstückstheke.

„Nächste Woche möchte ich dich an einen mir sehr wichtigen Ort einladen. Holst du mich wieder ab?"

„Aber nicht ins Reich der Menschen, oder?" Er sieht mich verwirrt an.

„Nein, Quatsch. Es ist ein Ort, den mir meine Mutter vermacht hat. Ich war zwar erst einmal dort, doch ich möchte ihn mit schönen Erinnerungen füllen."

„Ok, ich werde da sein."

Auf dem Rückweg erinnere ich mich an die letzte Nacht, als sich sein Körper auch so an meinen geschmiegt hat, wie nun in der Luft.

Er lässt sich extra lange Zeit, um unser Ziel zu erreichen.

Wir verabschieden uns auch nun wieder in der Luft, bevor wir gleich wieder zum Training verabredet sind, doch ich denke nicht, dass ich mein Glücksgefühl vor den anderen versteckt bekomme. Als er mich abgesetzt hat und wieder in der Luft verschwindet, trete ich durch die Türe in die Wärme meines Hauses. Jana steht dort im Kücheneingang und beobachtet mich.

„Du riechst bis hier her nach ihm. Und bei deinem Grinsen im Gesicht musst du mir erst recht nichts erklären."

Sie kommt zu mir und drückt mich feste an sich.

„Es freut mich sehr für dich. Außerdem scheint es ein Argument mehr für die Ewigkeit für dich zu bedeuten. Eine absolute Win-Win-Situation.", scherzt sie mir zu.

Damit Nathan bei dem Geruch eines anderen Mannes nicht völlig die Fassung verliert, gehe ich schnell duschen. Mit noch feuchten Haaren begebe ich mich ins Arbeitszimmer, wo heute zuerst eine Einheit bei Gerold auf dem Stundenplan steht.

Anschließend wappne ich mich für eine Trainingsrunde mit Nathan. Er ist tapfer, aber seine Eifersucht kann er nicht verbergen. Doch wir machen das Beste daraus, in dem er seine Energie in unser Training steckt.

Der Schwimmunterricht nach dem Mittagessen im eiskalten Gewässer setzt mir am meisten zu. Die kalten Wellen quälen den wunden Bereich zwischen meinen Beinen. Ich lasse mir jedoch nichts anmerken.

Danach folgt meine Lieblingsstunde und mein Lieblingslehrer. Wir versuchen uns jedoch auf den Unterricht zu konzentrieren.

Zum Abendessen treffen Jana, Nathan und ich uns in der Küche. Das Haus serviert deftige Hausmannskost.

Es scheint immer genau zu wissen, was mir gut tun wird.

„Sollten wir noch einmal die Feinheiten für den Einberufungstag planen?", frage ich meine Freunde.

„Ich denke, wir machen alles wie besprochen. In den letzten Jahren war es immer so gewesen, dass jeder Rekrut ein eigenes Zimmer hatte. Das Töten außerhalb der Wettkämpfe ist strengstens untersagt und wird hart bestraft. Somit sollte im Palast keine Gefahr für dich bestehen. Sobald du einen unbemerkten Moment im Palast hast, versteck in der Bibliothek dein Notizheft mit den Aufzeichnungen deiner Mutter und mache dich mit den anderen Büchern vertraut. Schau dir an welche Rubriken wo verstaut sind, damit du im Zweifelsfall während des Duells auch schnell nachschlagen kannst.

Das macht zwar kaum jemand, und manchmal ist der Palast auch einfach zu weit vom Austragungsort entfernt, aber wir können ja einfach hoffen, dass es passt. Erlaubt ist es jedenfalls. Die Kräuter, die rund um den Palast wachsen, hat Salvina samt Wirkung dir aufgeschrieben. Trainiert haben wir ebenfalls und werden es auch bis dahin tun. Alles Weitere steht nicht mehr in unserer Macht." Nathan fasst unseren bisherigen Lageplan zusammen.

Wir plaudern noch eine Weile, bis ich mich in mein Bett verabschiede. In der Nacht erfasst mich eine innere Unruhe. Die Aufregung der kommenden Wochen lässt mich nicht zur Ruhe kommen.

Die wenigen Stunden, die ich schlafen kann, wälze ich mich hin und her. Früh am Morgen erwache ich und entscheide mich dafür zu frühstücken und bereits allein mit dem Training zu beginnen.

43

Ich beginne mit einer Einheit Yoga. Auch ohne Jana sind mir die Übungen mittlerweile geläufig. Ich spüre, wie sich meine Muskeln dehnen.

Dann trete ich meinen kleinen Waldlauf, nur fünf Kilometer, nicht allzu weit vom Haus entfernt, an. Mittlerweile bin ich eine geübte Läuferin. Fünf Kilometer können mir nichts mehr anhaben. Auch wenn ich in voller Ledermontur und Stiefeln nicht gerade mit leichten Sportklamotten renne, komme ich nicht außer Atem. Übung macht wohl den Meister. Es gibt mir ein beruhigendes Gefühl wie viel ich in den vergangenen Wochen getan habe, wo ich geübter drin bin, damit ich nicht mehr solche Ängste bezüglich des Duells haben muss.

Als ich mit meiner Runde fertig bin, erblicke ich Nathan auf dem Trainingsgelände. Er winkt mir einen Gutenmorgengruß zu und ich renne weiter auf ihn zu, als etwas Merkwürdiges geschieht.

Ich merke gar nicht, wie ich aufhöre zu Laufen, doch ich muss gestoppt haben, denn meine Beine geben unter mir nach und das Bild von Nathan verzieht sich so seltsam. Wie in einem Strudel.

Dann wird es wieder scharf. Jana steht neben ihm. Beide mit Waffen in der Hand. Und Blut.

Gott, was ist geschehen, als ich vorhin im Wald war?

Sie rufen mir etwas zu, doch ich kann sie nicht hören. Uns trennen einige Bäume und viele Meter. Der Schall ihrer Stimmen wird hin fortgejagt von einem riesigen roten Wesen neben den beiden.

Sie haben keine Zeit mehr um… ja, um mich zu warnen. Denn das wollten sie zuvor.

Denn nun rollt eine Feuerzunge auf sie zu. Ich schreie. Nichts Sinniges, einfach laut, damit Salvina wach wird und Verstärkung rufen kann. Dann greife ich zu meinem Dolch, der sich immer an meiner Seite befindet. Ich greife ihn und sofort scheint mich die pure Macht zu durchfließen. Ich renne auf die Beiden zu und eile ihnen zur Hilfe. Ich nehme die letzten Meter im Sprint. Nathan konnte sich vor dem Feuerschlund verstecken. Wo Jana steckt, kann ich nicht erkennen.

Ich frage mich, woher dieser Drache kommt. Denn das ist das riesige rote Etwas bei meinen Freunden. Und dann auch wie er den Schutzschild durchbrochen hat. Oder haben diese Wesen andere besondere Fähigkeiten? Gelten für sie die normalen Gesetze der Kräfte nicht?

Hoffentlich handelt es sich lediglich um einen einzigen Drachen. Wenn wir Glück haben, können wir ihn besiegen. Ich baue auf die ausgereiften Kräfte meiner Freunde.

Wieder schreie ich nach Salvina. Das hier kann sie doch im Schlafzimmer kaum überhören.

Ein Gedanke schießt in mein Gehirn. Oder ist Salvina bereits gefallen? Hat der Drache sie überrascht, als sie ihren Kaffee auf der Terrasse trinken wollte?

Egal wie, dieses Untier muss beseitigt werden. Mein Blut rauscht. Noch im Laufen werde ich mir der Worte über den Blutrausch bewusst.

Mein Blick gleitet vom Drachen hinüber zu dem vor Schmerz verzerrten Gesicht Nathans. Ich renne schneller, doch ich kann ihn nicht erreichen.

So sehr sich meine Füße auch abmühen. Der Drache kommt keinen Zentimeter näher. Meine Freunde, ich kann ihnen nicht helfen. Doch immerhin verstehe ich nun Nathans Stimme:" Esme! Esme! Komm zurück zu uns!"

Ich muss blinzeln, denn ein stechender Schmerz macht sich in meinem Kopf breit und mein Sichtfeld wird stark eingeschränkt.

Als ich meine Augen wieder öffne, ist Nathan mir ganz nah. Er hält mich in den Armen und seine Wunden im Gesicht sind nicht mehr zu sehen.

Ich streiche mit der Hand darüber und frage: „Wo ist Jana. Geht es ihr gut?"

„Psstt ... Esme, komm erst mal wieder zu dir. Es ist alles gut. Jana holt dir gerade ein Glas Wasser aus der Küche. Wir sind hier. Psstt."

Erst jetzt erfasse ich meine Lage. Ich bin immer noch in der Nähe des Waldes, von wo aus ich Nathan habe winken sehen. Doch ich liege auf dem von Schnee bedeckten Waldboden in den Armen von Nathan.

„Wie? Also ... was ist passiert? Wo ist der Drache?"

„Also wenn du mich meinst, dann sehe ich das als Beleidigung an." Es ist Jana, die hinter Nathan mit einem Glas Wasser auftaucht.

Ich möchte ihr die Sache mit dem Drachen gerade erklären, als sich der Himmel verdunkelt und Jaxon neben uns landet.

„Esme, was ist passiert? Geht es dir gut?" Er wartet nicht ab, bis Nathan ihm Platz macht. Er drängt sich einfach neben mich und hebt mich mit seinen starken Armen hoch. Dann trägt er mich zur Terrasse auf einen Liegestuhl.

„Bist du verletzt? Was ist passiert?"

„Ich weiß es nicht. Verletzt bin ich nicht ... glaube ich."

Nathan und Jana kommen uns hinterher. Sie reihen sich um mich.

„Ich glaube mir geht es gut.", versuche ich Jaxon zu beruhigen.

„Wieder ein Schwächeanfall? Wie in deinen ersten Tagen? Hast du dich zu sehr verausgabt?"

Nathan kennt die ganze Wahrheit über den „Schwächeanfall" noch nicht.

Ich schaue Jaxon in die Augen.

„Ah, ich verstehe. Und, was hast du dieses Mal gesehen?"

„Wie gesehen?" Nathan schaut zwischen uns beiden verdutzt hin und her.

„Meine erste Ohnmacht war kein Schwächeanfall. Ich hatte damals eine Vision." Ich vergewissere mich, dass es okay ist darüber zu sprechen. Jaxon nickt.

„Damals hatte mein Körper eine Art Déjà-vu mit der Zukunft. Als Jaxon mich von Haut zu Haut berührte, hatte ich die Vision unseres Tanzes. Aber nicht nur als eine Art Traumvorstellung oder Träumerei, nein, es war haarklein dieser Moment."

Die Beiden schauen mich verwundert an.

„Und gerade eben war ich nicht einfach nur weggetreten, ich habe Etwas gesehen. Als du, Nathan, mir gewunken hast, hatte ich wieder dieses Déjà-vu- Erlebnis.

Ich habe gesehen, wie du mir etwas zugerufen hast. Und Jana war bei dir. Ihr beide habt gegen einen roten Drachen gekämpft. Den Ort konnte ich nicht ausmachen. Zuerst dachte ich ja, es wäre real. Ich wollte euch zur Hilfe eilen, habe meinen Dolch gezogen, doch dann bin ich wieder erwacht ... Weil du mich gerufen hast."

„Du meinst, du kannst in die Zukunft sehen?" Jana beäugt mich ungläubig von der Seite.

„Und das ohne einen Funken an unsterblicher Macht? Ich weiß nicht ..."

„Das kann ich dir nicht sagen, ich weiß nur, wie wahr die letzte Vision wurde. Und deshalb, ...", mein Blick verharrt auf Jaxon und meine Hand greift nach der seinen: „ ... war ich mir von Anfang an auch so sicher über unsere Verbindung. Zumal ich auch in der Menschenwelt bereits Ausschnitte dieser Vision gesehen hatte."

Einen entschuldigenden Blick spende ich Nathan, der mir daraufhin die Schulter tätschelt.

„Schon gut."

„Was mich jetzt doch noch mehr interessiert als deine Art der Wahrsagerei, ist: Wo steckt der Drache?"

Jana poltert mit dieser Frage heraus.

„Gibt es Drachen denn wirklich? Also hier in Statera?"

Jaxon meldet sich zu Wort: „Nein, hier in Statera gibt es schon lange keine Drachen mehr. Allerdings liegt das Land der Drachen ganz in der Nähe der Nord-West-Küste. Also lautet die Antwort: Ja, es gibt sie wirklich."

„Du sagtest, es war ein roter Drache?"

„Ja, rot. Etwa fünfzehn Meter lang und er hat Feuer gespuckt."

„Ich könnte mir vorstellen, dass es eine Aufgabe im Duell sein könnte den Drachen zu besiegen."

„Und du hast Jana und mich gesehen, wie wir kämpfen?"

„Ja, du konntest dich gerade so vor einem Feuerschwall verstecken, und Jana war auf einmal verschwunden. Dann hast du etwas zu mir gerufen und ich wollte zu dir und … und dann war es vorbei."

„Okay, lasst uns das zu unserem Vorteil nutzen. Lasst uns alles über die Drachen zusammentragen und uns eine Verteidigungsstrategie einfallen lassen. Und auch, wie wir an ihnen vorbeikommen.", schlägt Nathan vor.

„Geht ihr schon einmal vor, ich kümmere mich noch um Esme und wir kommen gleich nach." Jaxon wartet, bis meine Freunde die Terrasse verlassen haben und wendet sich dann wieder mir zu.

„Du hast mir einen riesigen Schrecken eingejagt. Ich hatte das Schlimmste befürchtet, als ich dich leblos auf dem Boden liegend gesehen habe." Er drückt mir einen sachten Kuss auf die Stirn, wie es eine Mutter bei ihrem Kind macht, wenn es sich verletzt hat.

„Ich denke wir sollten auch an deinen mentalen Kräften arbeiten. Nicht, dass dir deine Seherkraft in einer unangebrachten Situation noch den Tod bringt. Wir sprechen gleich mit Salvina, ich denke sie kann uns weiterhelfen."

„Wie ist das bei deinen Visionen? Überkommen sie dich auch so unvorbereitet?"

„Nein, eigentlich nicht. Sie sind auch nicht so eng getaktet wie bei dir. Im Jahr habe ich vielleicht eine Vorhersage. Und dann ist sie auch nicht so detailgetreu wie deine Aussagen. Nur den Tanz, den habe ich ganz deutlich gesehen … und genossen." Sein amüsiertes Grinsen gibt mir wieder Halt und das Gefühl von Normalität.

„Außerdem kommen meine Visionen immer nachts, daher sind sie schwer von Träumen zu unterscheiden. Hat jedoch auch Vorteile … ich muss mich nicht vom Waldboden aufheben lassen."

„Blödmann!" Wir müssen beide lachen.

Er hilft mir vom Liegestuhl auf. Meine Beine sind noch etwas wackelig, aber zusammen schaffen wir es zu den anderen.

Wir durchforsten die Bücherregale nach Eintragungen über Drachen. Ganz besonders nach den Eigenheiten der roten Drachen.

Der Vormittag vergeht wie im Flug und unser Kampftraining muss hintenangestellt werden. Dafür starte ich mit Gerold und Aaron am Nachmittag wieder voll durch, bevor Jana mit mir ein paar Entspannungsübungen ausprobiert, die Salvina uns empfohlen hat.

Die Tage verstreichen ohne Zwischenfälle. Die Entspannungsübungen, die wir nun immer abends machen, scheinen mir gut zu tun.

Und meine Vorfreude steigt auf den Dateabend mit Jaxon.

44

Ich habe mich für einen gemütlichen Kleidungsstil entschieden. Jeans und Pullover, darüber meinen schlichten Wollmantel.

So warte ich an der Haustür, als Jaxon mich in der Dämmerung abholt.

Wir fliegen immer meiner Wegbeschreibung nach. Das letztendliche Ziel verrate ich meinem Piloten erst, als wir unmittelbar vor der Berghütte meiner Mutter stehen.

Wir klopfen uns den Schnee von den Klamotten, ich zücke den Schlüssel und wir treten ein.

Gestern hatte ich Jana gebeten einige Dinge in die Hütte zu bringen.

„Willkommen in meiner kleinen Berghütte."

Mit einem Schnippen seiner Finger entflammt das Feuer im Kamin und die Kerzen erhellen den Raum.

„Ich muss sagen, mit dir ist es hier doch gleich noch gemütlicher." Ich drücke ihm einen dicken Kuss auf die Wange. Dafür muss ich mich auf die Zehenspitzen stellen.

Er fasst meine Taille und betrachtet sich die Blockhütte.

Seine Augen fangen an zu strahlen.

„Nimm ruhig Platz, was kann ich dir zu Trinken anbieten? Rotwein, Whisky?"

„Ja, bitte, in der Reihenfolge."

Ich gehe die wenigen Schritte zur Küchenzeile und durchsuche den Korb, den ich Jana in die Hand gedrückt hatte. Die Flaschen in der einen und Gläser in der anderen Hand trete ich der großen Couch, die sich später auch als Bett umklappen lässt, entgegen.

Kurz kommt mir der Gedanke, dass ich immer in Begleitung attraktiver Männer in dieser Hütte übernachte. Aber den Gedanken wische ich beiseite.

„Auf einen schönen Abend. Nur wir zwei und die Berge. Prost."

„Prost, meine kleine Liebe."

Nachdem ich Jaxon die vier Wände gezeigt habe, beschließe ich zu kochen. Lasagne. Mein Lieblingsgericht, seit ich ein Kind bin.

Er setzt sich zu mir an den Tresen und schaut zu, wie ich mir die Kochschürze überstreife.

„Weißt du, was dem Kochen mehr Würze geben würde?"

„Nein, sag es mir.", flehe ich ihn an.

„Wenn du nur in Schürze und Unterwäsche kochen würdest. Das hätte eine hübsche Rückansicht, würde ich meinen." Er grübelt über diesen Gedanken spielerisch nach.

Ich tue ihm den Gefallen und streife meinen Pullover über und anschließend die Jeans mit schwingenden Bewegungen von meinen Hüften.

Die Schürze binde ich mir nun fest um meinen fast nackten Körper.

Nun besieht er sich mich von hinten. Es dürfte außer meiner nackten Haut nur noch die schwarze Spitzenunterwäsche und der Knoten der Schürze zu sehen sein.

Verführerisch.

„Ja, so ist es schon besser." Er schwenkt sein Rotweinglas und grinst mir verheißungsvoll entgegen.

„Und du bekochst mich jetzt?"

„Sieht so aus, oder?"

Ich benötige weitere Zutaten aus dem Korb, den ich vorhin extra auf den Boden abgestellt habe. Reine Taktik. Ich stelle mich breitbeinig vor den Korb und beuge mich mit geraden Beinen hinunter, so dass mein Hinterteil perfekt zur Geltung kommen sollte.

Dieses Spielchen gefällt mir.

Er kann sich nicht beherrschen und klatscht mir leicht auf den Hintern. Meine straffe Haut gibt ein klatschendes Geräusch von sich. Es tut nicht weh, lässt aber auf mehr hoffen.

Er lehnt sich gegen die Küchenzeile und besieht sich mein Spielchen weiter. Ich hebe die Zutaten in Richtung Herd und fange an zu schnippeln und kochen. Das Messer bewege ich langsam und sinnlich. Er soll seine Schärfe förmlich spüren. Mit einem Blick stelle ich fest, dass er sich dieser heißen Situation sehr wohl bewusst ist, denn seine Körpersprache zeigt seinen Spaß an der Sache deutlich.

Ich beherrsche die Spielregeln.

Das Messer gleitet langsam durch meine Hand. Immer und immer wieder. Dann brauche ich unbedingt einen weiteren Topf, der sich in unmittelbarer Nähe zu Jaxons heißem Körper befindet. Ich beuge mich extra elegant und mit Hüftschwung eng an ihm vorbei und greife nach dem Topf. Bei dem Rückweg streift meine Hand seine Hose, ganz zufällig.

Er erstarrt.

Es knistert, bald explodiert hier etwas. Er nimmt noch einen Schluck des dunkelroten Getränks. Dann stelle ich mich auf die Zehenspitzen, denn ich brauche nun unbedingt Etwas von ganz, ganz oben aus dem Küchenschrank. Meine Brüste offenbaren sich ihm als ich mich in Seitwärtsbewegungen vor ihn begebe, sodass er zwischen mir und der Küche gefangen ist. Mein Körper reibt an seinem. Es ist fast nicht mehr auszuhalten. Allein vom Kochen. Was soll ich nur tun, wenn wir erst essen?

Ich komme und komme nicht an den Gegenstand in der Küchenoberzeile. Ich muss mich weiter darum bemühen und strecke mich weiter. Dabei drängt meine Vorderseite weiter gegen die seine.

Da habe ich den Gegenstand meines Verlangens, meine Hände senken sich und wieder streifen sie erst sein Gesicht, dann sein Schlüsselbein, seine Brust und schließlich seinen Schoß.

Es verfehlt nicht seine Wirkung. Er trägt wieder ein weißes Hemd. Ich kaue auf meiner Unterlippe.

Ich liebe seine weißen Hemden. Sie machen mich ganz verrückt. Meine Unterwäsche stört, ich streife das Höschen ab und kicke es in Richtung Sofa.

Nun stehe ich mit nacktem Hintern vor ihm und drehe mich herum, sodass er eine gute Sicht darauf hat. Wieder muss ich eine weitere Zutat aus dem Korb nehmen. Nun sieht er fast bis zu meiner Mitte.

Die Hitze ist kaum zu ertragen.

Er stöhnt leicht auf. Der Kochvorgang dauert lange, zu lange und doch kann er nicht lang genug andauern. Es ist Kochen für die Seele, für die Gefühle. Es ist Sex. Nichts als sinniger und verdorbener Küchensex.

Als ich mich erhebe, schwinge ich mein offenes Haar nach hinten. Es fällt mir in wilden Strähnen auf die Schultern und verdeckt nur zum Teil mein Tattoo an der Wirbelsäule.

Dann bleibe ich breitbeinig stehen und halte mich an der Fensterbank fest. Mir entflieht ein Stöhnen, das mein Verlangen nach ihm erahnen lässt.

Endlich kommt er näher und befreit mich von der Schürze. Mit einer Handbewegung gleitet sie zu Boden. Nun trage ich lediglich noch meinen BH, den Jaxon gekonnt zu beseitigen weiß.

Er wirbelt mich herum und fasst mich fest an meinem Po. Ich mache mich an seinem Gürtel und der Hose zu schaffen. Die Waffen hat er bereits vorher abgelegt, so dass es keine zufälligen Verletzungen bei dieser Kochshow geben wird.

Auch er steht nun ohne Hose, nur in einer schwarzen Boxershorts vor mir, das weiße Hemd lasse ich ihm an. Küsse jedoch seine Brust am Schlüsselbein entlang. Er drängt sich mir entgegen. Wir taumeln zurück an die Küchenzeile. Ich zwischen dem Möbelstück und ihm. Dann dreht er mich um und legt meine Hände auf der

Arbeitsplatte ab. Er spreizt mir die Beine und gleitet langsam, quälend langsam mit seinen Fingern an meinen empfindlichen Stellen entlang. Ich keuche.

Kann es etwas Schöneres auf der Welt geben, als diese Küche mit Intimität zu beglücken?

„Nimm mich.", raune ich ihm zu.

„Dein Wunsch ist mir Befehl!"

Er reibt mit den Fingern weiter an mir, reibt, bis ich denke, ich gleite in eine andere Galaxie. Dann hält er nur kurz inne, bis er in mich steuert. Langsam bewegt er sich vor und zurück. Langsam, langsam und dann härter, immer härter. Ich keuche auf, als er sich mir in voller Länge darbietet. Mit einer Hand reibt er mich vorne weiter. Die andere nutzt er, um meine Brüste zu liebkosen.

Es fühlt sich so verdammt gut an. Seine Hände sind überall dort, wo ich sie gerade brauchen kann.

Vorne, hinten, unten, oben, überall.

Er dringt so fest in mich ein, dass ich mit den Füßen abhebe. Er stemmt mich nach oben und ich explodiere. Ich schreie seinen Namen wieder und wieder, als ich komme. Er folgt mir unmittelbar dahinter und ich spüre ihn. Mein Oberkörper bleibt auf der Arbeitsplatte, neben dem Herd liegen. Er hat mich geschafft. Ich bin glücklich.

Mit einem Finger fährt er mir über die Wirbelsäule, während er sich aus mir zurückzieht.

Das Durcheinander, das wir beide hinterlassen, beachten wir nicht weiter. Ich bin mir sicher, das Haus wird sich darum kümmern, wie auch um die verschmutzten Teller.

„Esme, du bist das Puzzleteil, dass meinem Leben gefehlt hat." Er küsst mich auf dem Tattoo am Rücken. Von oben bis zu meiner Mitte.

Und wir starten mit dem gleichen Spielchen, wie wir es gerade erst beendet haben. Doch nun treibt er mich auf dem Sofa zum Wahnsinn. Er treibt es mit mir, im wahrsten Sinne des Wortes.

Unser beider Blick geht nach vorne durch die große Fensterfront, vor der wir auf dem Sofa knien. Bedenken entdeckt zu werden, haben wir nicht. Der Berg ist avaleer.

Immer wieder reibt er sich an mir und gleitet nun erneut in mich hinein. Wieder spüre ich seine volle Größe und frage mich, warum er so oft und schnell hintereinander hart wird. Ich versuche es mir für nachher zu merken.

Doch nun ist mein Kopf leer. Es ist nur noch Platz für ihn, für mich, unsere Körperteile und die Portion Liebe, die wir an den Wänden und den Möbelstücken verteilen. Nach einer halben Ewigkeit sacken wir beide erschöpft auf dem Sofa zusammen. Seine Arme schlingen sich um mich. Gegessen haben wir noch nicht. Wir kamen einfach nicht dazu.

„Ich liebe unsere Dateabende. Sie sind so … spannend.", grinse ich müde.

„Spannend! Ja, ich denke es hat den ein oder anderen Höhepunkt gegeben. Du magst recht haben."

Als wir nach einem kurzen Nickerchen erwachen, hat das Haus uns nicht vergessen. Aus meinen Zutaten hat es eine delikate Lasagne bereitet.

Es hat definitiv viele Vorteile im Land der Unsterblichen zu leben.

Wir essen genüsslich, bevor ich in seinen Armen versinke. Das Feuer prasselt weiter und die Kerzen scheinen niemals zu verbrennen.

„Jaxon, ich habe Angst davor, dass es unsere letzte gemeinsame Nacht gewesen sein könnte. Es sind nur noch wenige Tage bis zum Duell. Und falls ich es nicht schaffen sollte, was wird dann?"

„Esme...", er streichelt mit seinem Finger über meine Lippen und schickt einen Kuss hinterher „... so darfst du nicht denken. Du kannst es schaffen. Du bist besser vorbereitet als die anderen Rekruten. Nicht unbedingt in der Kampferfahrung, aber du bist dir sicher, was du möchtest und der Gefahren bewusst, was geschieht, wenn du nicht gewinnst. Das ist weitaus mehr als die anderen Avas haben. Sie wünschen sich lediglich Geld, oder materielle Dinge. Die Motivation dahinter ist nicht so wie bei dir. Außerdem hast du uns. Du hast Freunde, die mit dir kämpfen. Und mich." Er schluckt, was mir andeutet, dass es auch ihm zusetzt. „Ich werde zwar als Herrscher des Landes des Zorns anwesend sein und muss natürlich auch meinen Teilnehmern zujubeln, doch sei dir gewiss, meine Loyalität gilt dir. Meiner kleinen Liebe. Nur dir." Wieder küsst er mich sinnlich.

„Aber wenn wir schon davon sprechen. Ich habe noch etwas für dich." Er steht auf so wie seine Götter ihn schufen und sucht seine Jacke.

Dann zieht er eine kleine Schachtel heraus und öffnet sie. Er kommt zu mir herüber und zeigt mir den Inhalt.

Es ist ein wunderschöner Edelstein mit Kette. Ich streichele über den schwarzen Stein.

„Die Kette ist extra unzerstörbar. Sie hält gegen. Ich dachte mir, du könntest sie im Duell tragen. Du kannst sie nicht verlieren, denn sie ist mit einem Zauber belegt. Sie soll dich daran erinnern, dass wir zusammengehören. Du darfst neben deiner Kleidung und einer Waffe das mitnehmen, was du am Körper trägst. Daher ist es durchaus erlaubt."

Der Stein fühlt sich wertvoll an.

„Sie wurde aus einem Stein aus meiner Krone eingefasst."

„Du teilst dieses wertvolle Schmuckstück mit mir?"

„Sie bedeutet mir nichts. Du mir schon. Die Krone würde ich hergeben, aber dich nie mehr."

Er legt mir die Kette um.

Der Aufbruch zurück zum Haus am nächsten Morgen fühlt sich an wie in Endzeitstimmung. Doch wir versuchen dieses Gefühl nicht die Oberhand gewinnen zu lassen.

45

Am Abend vor dem Einberufungstag treffen wir uns alle für ein feierliches Abendessen.

Die Kerzen brennen, die Flammen des Kamins geben eine Gemütlichkeit in den Raum hinein und wir haben uns alle hübsch gemacht.

Wir sind uns durchaus darüber im Klaren, dass es genauso gut das letzte Abendessen in dieser Runde sein könnte. All die Ungewissheit, die Gefahren und der Tod, der ab morgen auf uns drei lauert, lässt uns diesen Abend im Kreis der Freunde bewusst genießen.

Ich trage die Kette, die Jaxon mir geschenkt hat. Sie sieht so schlicht und doch so wertvoll aus. Außerdem passt sie gut zu meinem schwarzen Strickkleid mit roten Stickereien.

Neben Gerold, Salvina, Jana, Nathan, Ismail, Aaron und mir habe ich auch Jaxon zum Essen eingeladen.

Nathan scheint es akzeptiert zu haben ihn nun auch zu anderen Gelegenheiten, als dem Training, hier vorzufinden.

Das Haus versorgt uns mit allerlei Leckereien. Wir schlemmen und genießen die Diskussionen über Belanglosigkeiten.

Keiner macht Anstalten eine Rede zur aktuellen Lage zu halten und so sehe ich es als meine Aufgabe. Ich erhebe mich.

„Meine lieben Freunde, ich freue mich sehr, dass ihr alle hier zusammengekommen seid. Ihr wisst, was morgen auf Nathan, Jana und mich zukommt. Ich sehe dem Duell offen in die Augen. Es ist die Chance, auf die wir alle gewartet haben. Ihr noch so viel länger als ich. Ich für meinen Teil möchte euch nicht enttäuschen. Ich werde alles geben, möge es mich noch so viel kosten. An dieser Stelle möchte ich mich für die vergangenen Monate, in denen wir uns nun kennen, bedanken. Ihr habt mir so viel Zeit, Mühe und Respekt erwiesen, ich kann es gar nicht fassen. Auch deshalb werde ich versuchen nicht zu versagen. Für meinen Abschied möchte ich euch jedoch noch um etwas bitten. Sollte ich nicht mehr in dieses Haus zurückkehren können, führt es bitte im Sinne meiner Mutter weiter. Sie hat euch vertraut, dass sie ihre einzige Tochter euch gab. Ich tue es ebenfalls." Mein Blick wird glasig. Eine einzelne Träne läuft mir die Wange hinunter.

Ich erhebe das Glas. All meine Freunde erheben sich.

„Auf die Liebe!"

„Auf die Liebe!"

Wir prosten uns zu und mein Blick gleitet zu dem Mann an meiner Seite. Zu dem, dessen Hand ich ganz fest drücke, denn ich möchte diese Hand nie wieder loslassen.

Jaxon übernachtet in dieser Nacht zum ersten Mal in meinem Zimmer. Während er sich im Bad fertig macht, lese ich den letzten Brief meiner Mutter. Er ist extra für den Tag vor der Einberufung bestimmt.

In den vorherigen Briefen beteuert sie mir oft ihre Liebe. Beschreibt Kindheitserinnerungen oder erinnert mich an Dinge, die mir schon lange vergessen schienen. Doch diesen Brief habe ich mir wirklich für diesen ganz besonderen Abend aufgehoben:

Meine liebe Esme,

morgen ist es so weit. Die Einberufung findet statt. Ich bin mir sicher du wirst deinen eigenen Weg in diesem Duell gehen. Nur möchte ich dich auch darauf hinweisen, dass du jederzeit dieses Turnier auch durch Aufgabe verlassen kannst. Sollte eine Aufgabe deinen Tod bedeuten bitte ich dich inständig diese Möglichkeit in Erwägung zu ziehen. Denn all die Macht der Liebe ist es nicht wert, dass du aus dem Leben scheidest.

Ich liebe dich und bin so unendlich stolz auf dich, dass du diesen Weg für das Volk, für mein Volk, für dein Volk gehst.

Vergiss bitte nicht all deinen Freunden von mir zu danken. Sie haben mir eine echte Ehre erwiesen.

Und nun schlaf dich aus.

Du schaffst das und ich bin bei dir.

Ich bin immer bei dir, mitten in deinem Herzen, das darfst du nie vergessen.

Ich liebe dich, deine Mama.

Die Tränen laufen unaufhaltsam und als Jaxon mich so im Bett vorfindet tröstet er mich mit sanften Küssen auf den Scheitel.

Ich reiche ihm den Brief, damit er versteht, wie nahe mir meine Mutter in eben diesem Moment ist, obwohl ich sie doch schon so lange nicht mehr gesehen oder berührt habe. Und doch fühlt es sich an, als ob sie hier bei mir wäre.

„Es ist schwer, ich weiß. Aber dieser Brief, er ist so wunderbar, so voller Liebe. Sie muss dich unendlich geliebt haben. Dessen kannst du dir sicher sein."

Und nach einiger Zeit, in der ich nicht aufhören kann zu weinen, fügt er hinzu: „Gewinn das Duell für sie, für uns, für die Ewigkeit." Und dann schlafen wir beide Arm in Arm ein.

46

Jana, Nathan und ich begeben uns morgens zum großen Palast. Wir wollten keine weitere große Verabschiedung und so haben wir unsere wenigen Habseligkeiten nach dem Frühstück gepackt und haben uns in einer Kutsche gemeinsam aufgemacht.

Die Fahrt verbringen wir schweigend. Niemandem ist zum Scherzen zu Mute. Nathan und Jana sind zwar kampferprobter und haben grundsätzlich ein viel besseres Vorstellungsvermögen, was diesen Wettkampf angeht, als ich, aber auch sie zollen dem Ganzen ihren Respekt.

Als wir vor dem Palast vorfahren und hineintreten, sind wir nicht die Ersten, die den Thronsaal aufsuchen.

Die Königin befindet sich auf dem Podest. Sie fordert alle Teilnehmer auf näher zu ihr zu treten.

Sobald wir alle nacheinander der Königin unseren Arm gereicht haben, verschwinden die Tattoos an den Armen und auch die Möglichkeit diesen Palast so ohne Weiteres wieder zu verlassen. Nun werden wir bis zur Sommersonnenwende diese Hallen oder den Austragungsort des Duells nicht mehr verlassen.

Sobald unsere Namen erfasst sind, sind wir für heute entlassen. Wir dürfen unsere Zimmer aufsuchen.

Glücklicherweise liegen die Zimmer beieinander. Wäre unser Besuch in dem prächtigen, opulenten Bau nicht so ernst, wir hätten prima eine Klassenfahrt hier her machen können. Es fühlt sich an wie in einer Jugendherberge mit meinen Zimmernachbarn. Nachdem wir uns etwas frisch gemacht haben, stelle ich fest, dass exakt meine Klamotten noch weitere sechs Mal im Schrank hängen. Magisch. Außerdem ein Abendkleid für das Festessen heute Abend.

Meine Hände spielen mit meiner neuen Kette. Jedes Mal, wenn ich sie berühre versetzt es mir einen kleinen Stich ins Herz.

Jana und Nathan überprüfen möglichst unauffällig die Lage im Palast. Sind alle Rekruten erschienen, gab es Auffälligkeiten? Und meine Aufgabe wird es nun sein die Bibliothek ausfindig zu machen und das kleine Notizbuch zu verstecken.

Beiden Aufgaben komme ich unverzüglich nach. Außerdem studiere ich noch die Rubriken der Bücher. Heilbücher, Geschichtsbücher, Bücher über die Götter und über Drachen. Ich versuche es mir zu merken.

Zum Abendessen ziehe ich mir das edel dunkelrote Abendkleid an, das sich in meinem Zimmer befand.

Es hat einen tiefen Rückenausschnitt und ist in dunkler Seide gehalten.

Nathan, Jana und ich haben uns verabredet, um gemeinsam in den großen Saal zum Festessen zu gehen. Jaxon wird auch anwesend sein, das hat er mir gesagt.

Doch wir dürfen nicht gemeinsam speisen. Zum einen wäre es nicht schlau unsere Verbindung zu offenbaren und zum anderen dürfen die Teilnehmer nur untereinander Kontakt haben.

Wir betreten den Saal über eine große Treppe nach unten. Tausende von kleinen Lichtern brennen in den

Kronleuchtern. Eine kleine Band spielt leise Musik und die runden Tische sind besetzt von den Rekruten.

Siebzehn Teilnehmer sind erschienen.

Ein Krieger aus dem Haus des Zorns ist nicht zur Einberufung aufgetaucht. Was mit ihm geschieht, weiß ich nicht. Wir werden es auch nicht erfahren, da wir keinen Kontakt außerhalb des Palastes haben dürfen.

Oberhalb der runden Tische stehen auf dem Podest, gleich neben der gut bewachten Prophezeiung, die Thronstühle der Lords und Ladys. Einer immer noch unbesetzt. In deren Mitte die Königin.

Jaxon trägt einen schwarzen Anzug und sehr zur Freude meinerseits ein weißes Hemd. Er hat die oberen beiden Knöpfe geöffnet, so als wolle er meinen Mund darum bitten seine schimmernde Haut mit Küssen zu bedecken.

Doch außer einem Nicken können wir uns heute nichts schenken.

Er beobachtet mich genau, das weiß ich. Und ich denke an ihn, sehne ihn herbei. Nathan unterbricht mich in meinen Gedanken, in dem er mich zu meinem Platz geleitet. Unsere Teller werden gefüllt mit leckeren Speisen aus der Palastküche.

„Wie funktioniert das eigentlich?"

„Was meinst du, Esme?", erkundigt sich Jana.

„Na, das mit dem Essen. Wo kommt das immer her?"

„Ach das, na aus der Küche."

„Und wer bereitet die Speisen vor? Das muss doch alles zubereitet, gebraten und dekoriert werden."

„Na, die Hausgeister. Meist sind sie im Keller untergebracht. Bei uns zum Beispiel."

„Hausgeister? Echt jetzt? Im Keller?!"

„Ja, ich werde sie dir zeigen, wenn wir wieder zu Hause sind. Wenn du dann die Herrscherin des Hauses der Liebe bist, solltest du so oder so mit ihnen sprechen. Essensplanung, Partys, gesellschaftliche Einladungen ... Sie wissen schon immer gerne Bescheid."

„Und ich dachte schon das Haus würde sich um uns so fürsorglich kümmern ..."

Die beiden müssen über meine Naivität schmunzeln.

Wir greifen beim Essen gut zu.

Morgen werden wir lediglich Frühstück serviert bekommen und in der Zeit des Wettkampfes von neun bis achtzehn Uhr kein Essen erhalten.

Die Regeln besagen, dass der Wettkampf in dieser Zeit ausgeführt werden muss. Wer früher fertig ist, okay. Wer später, hat in dieser Runde keine Punkte sammeln können. Jagen oder Früchte sammeln ist erlaubt um seinen Hunger zu stillen. Eine Feldflasche darf mit Wasser gefüllt mitgeführt werden. Das war´s.

In den letzten Tagen habe ich versucht mich mit dem Essen so zu rationieren, dass ich in der Wettkampfzeit wahrscheinlich keinen Hunger verspüren sollte.

Währenddessen wir scheinbar in ein Gespräch vertieft sind, schauen wir uns die Gegner genauer an. Es ist das erste Mal, dass ich sie so lange zu Gesicht bekommen. Sie wirken zum größten Teil sehr selbstbewusst, fast schon überheblich. Die meisten sind eher in meinem als in Nathans und Janas Alter. Doch einige Wenige scheinen verängstigt und fragen sich wohl, was zum Teufel sie eigentlich hier machen?

Wieder und wieder gehe ich ihre Namen und Schwachstellen durch. Wie soll ich nur jemals einem von ihnen etwas zu Leide tun? Aber ich werde mich verteidigen müssen. Wenn sie mich angreifen, verteidige ich mich. Fertig.

Wir drei beenden unser Mahl - unser Henkersmahl?! - und gehen früh zu Bett. Als wir an den Herrschern vorbei treten, zwirbele ich meine Kette zwischen meinen Fingern. Jaxon nimmt es zur Kenntnis. Ich zwinkere ihm zu. Intimer wird es heute nicht. Ich vermisse ihn schon jetzt.

47

Zum ersten Wettkampftag hat uns die Königin um sieben Uhr in der Frühe zum Frühstück geladen.

Ich trage Ledermontur und darunter ein Shirt, Stiefel, meinen Dolch und eine Wasserflasche umgeschnallt. Mehr nicht.

Wir speisen wieder an unseren Tischen.

Die Herrscher sehen uns vom Podium aus zu.

Als das Mahl beendet ist, werden wir einzeln nach oben zur Königin gerufen. Die anderen Teilnehmer bekommen jeweils einen Becher mit einem Zaubertrank, der ihre Macht für den heutigen Tag hemmen wird.

Immer wieder gleitet mein Blick zu Jaxon.

Wie gerne würde ich einfach aufgeben und zu ihm stürmen. Ihn küssen und diese ganze Sache hinter uns lassen. Doch wie lange würde das gut gehen? Wir hätten keine Zukunft, wenn die Welten zerstört würden.

Immer wieder rufe ich mir das ins Gedächtnis.

Als alle sechzehn Teilnehmer mit dieser Prozedur durch sind, beginnt die Königin mit ihrer Rede.

Meine Finger schwitzen ein wenig. Das Herz klopft mir bis zum Hals. Was bislang reine Fiktion war, wird jetzt Wirklichkeit. Das Duell beginnt.

„Ihr Krieger, die ihr von weit hergekommen seid, um eure Stärke unter Beweis zu stellen, um den Wunsch der

Götter gerecht zu werden. Ich heiße euch willkommen zu dem Duell der Krieger.

In diesem Jahr stellen sich siebzehn Teilnehmer den harten und quälenden Aufgaben der Länder. Am Ende wird ein Einziger von euch zum Gewinner gekürt. Derjenige unter euch, der als Letzter im Duell verblieben sein wird und die meisten Punkte gesammelt hat. Ausscheiden könnt ihr entweder aus Schwäche, sobald ihr aufgebt, doch dann wird euch die Ehre einer erneuten Teilnahme verwehrt bleiben oder durch Tod.

Die erste Aufgabe in diesem Jahr wird durch das Land des Glaubens gestellt.

Der Wettkampf beginnt täglich um neun Uhr mit dem Startsignal. Sobald dieses erschallt, seid ihr alle untereinander Erzfeinde. Solltet ihr Teams bilden, bedenkt, dass lediglich einer gewinnen kann.

So viel zu dem Regelwerk und nun, lasst uns zum Ort des Geschehens gehen."

Die Königin, zeitlebens mächtigstes Lebewesen in diesem Land, wischt ein einziges Mal mit ihrer rechten Hand über die Versammlung und wir verdünnisieren uns gemeinsam aus dem großen Saal in eine verschneite Landschaft. Unmittelbar vor uns befindet sich ein großer See. Der kalte Wind weht mir um die Ohren. Doch ich friere nicht. Die Lords und Ladys sind nicht mitgereist. Ich bin mir jedoch sicher, dass sie Kenntnis über unseren Verbleib erhalten. Wahrscheinlich durch Zauberkraft.

„Wir befinden uns nicht sehr weit vom Palast entfernt, dort hinten könnt ihr ihn erkennen. Die Aufgabe, die das Land des Glaubens an euch gestellt hat, ist denkbar einfach: Löst das Rätsel auf dem Grund des Sees.

Sobald ihr die Lösung habt, kommt zum Palast. Jeder, der es löst, erhält für diese Runde einen Punkt. Mögen die Besten gewinnen."

Und mit diesen Worten verschwindet die mächtige Königin und lässt uns, wie kleine Schulkinder an ihrem ersten Schultag, allein.

Auf genau diese Situation bin ich vorbereitet. Nicht auf die Aufgabe an sich, doch wir drei, Nathan, Jana und ich, haben uns einen Schlachtplan entworfen. Sobald die Spiele beginnen, setze ich mich daran die Aufgaben zu erledigen. Meine Freunde dienen mir lediglich als Leibgarde. Sie schalten gnadenlos alle Krieger aus, die mich erledigen wollen.

Das Signal erschallt. Das Duell beginnt.

Die Krieger werden sich der Situation bewusst und ziehen ihre Waffen. Davon nehme ich nur am Rande Notiz. Meine Gedanken rattern.

Ich renne zum See. Er liegt nur wenige hundert Meter vor mir. Die übrigen Rekruten tun es mir gleich. Einige schubsen sich, manche stochern mit ihren Waffen. Zum Gefecht setzt noch keiner an.

Nathan und Jana begleiten mich. Im Gegensatz zu meinen Gegnern laufe ich jedoch zu einer seichten Stelle am Ufer. Der See ist nur zum Teil von einer leichten Eisschicht bedeckt. Ich halte die Hand in das Wasser. Es ist eisig. Meine Gehirnwindungen gehen zurück zu meinem Medizinstudium. Nie im Leben halte ich es aus mehrere Minuten bei Bewusstsein auf den Grund des

Sees zu tauchen, geschweige denn dort ein kompliziertes Rätsel zu lösen.

Die ersten Gegner waten ins Wasser. Sie stöhnen auf. Ihre Klamotten saugen sich voll von der eisigen Flüssigkeit. Allein die Tatsache neun Stunden in gefrorenen Klamotten in der eisigen Kälte auszuharren, lässt mich stutzen. Nein, das kann nicht die Lösung sein.

„Wie tief ist der See?" Nathan gibt zurück: „Genau kann ich es dir nicht sagen, aber es werden mindestens einhundert Meter sein. Es soll einer der tiefsten des Landes sein."

„Okay, das muss irgendwie anders gehen. Ich laufe zum Palast. Es muss eine Lösung in der Bibliothek geben."

Die Worte haben meine Lippen im Flüsterton verlassen. Zu groß wäre die Gefahr, wenn einer der anderen meine Gedankengänge mitbekommen würde.

Davon sind gerade die meisten ins Wasser getreten und versuchen ihr Glück auf die herkömmliche Art.

Der Lauf zur Bibliothek in dem Palast kostet uns eine halbe Stunde.

Nathan bleibt unmittelbar an der Türe zum Flur stehen und bewacht diesen.

„Ist uns jemand gefolgt?"

„Nein, ich denke nicht. Die Luft ist rein und ich höre keinerlei Geräusche."

„Jana, dort hinten findest du die Bücher zu Statera. Schau du, ob etwas Spezielles über den See zu finden ist.

Ich schaue zuerst im Notizbuch meiner Mutter. Soweit ich es in Erinnerung habe, gab es dort verschiedenen Tränke mit denen verschiedenen Körperregionen umfunktioniert werden konnten ... fliegen usw., ... vielleicht war auch etwas zum Tauchen dabei."

Gesagt, getan. Das Notizbuch meiner Mutter ist zwar nicht groß, jedoch ohne Inhaltsangabe. Ich blättere gute fünfzehn Minuten darin. Mein Gehirn hatte mich nicht getäuscht.

Es gibt Tinkturen, die meine Hände zu Flügeln verwandeln können. Aber ich benötige etwas für meine Lunge. Oder etwas wie eine Art Luftblase ...

Bei dem Wort Luftblase kam mir ein Gedankenblitz. Vor einigen Jahren hatte ich mit Laura zusammen Keramik bemalt. Eine Technik dabei war, Luftblasen erzeugt durch Blasen durch einen Strohhalm in ein Gefäß von Farbe und Spüli, über das Keramikgefäß zu blubbern. Die Blasen platzten nach und nach und erzeugten einen schönen Farbverlauf.

Was wäre, wenn ich seine riesige Seifenblase erzeugen könnte um meinen Kopf herum, die lange genug halten würde, damit ich unter Wasser mit diesem Sauerstoff versorgt sein würde? Nach kurzen Hochrechnungen überlege ich, wie groß die Blase sein müsste. Dann, ob es in diesem Land Spüli gab - sicher nicht. Doch mit ein wenig Natron und Seifenlauge würde ich auch Blasen blubbern können.

Dann müsste ich allerdings noch das Problem mit der Kälte versuchen zu umgehen. Wahrscheinlich wäre es auch schwer eine so große Luftblase unter Wasser zu ziehen. Dafür benötige ich Gewichte. Ich teile meinen Plan meinen zwei Mitstreitern mit.

„Grundsätzlich eine tolle Sache, aber warum sollte die Seifenblase halten und nicht vom Wasserdruck zerstört werden?" Jana hat vollkommen recht.

„Wir brauchen einen Trank, der die Seifenblase zu etwas Festerem werden lässt. Ich glaube, ich habe da eine Idee ... Moment ..." Nathan kommt zu uns herüber und Jana verharrt an der Tür zur Wache.

Mir dauert das ganze viel zu lang. Nathan stöbert weiter im Bücherregal.

„Jana, lass uns die Zutaten schon in der Küche holen."

Wir beide rennen zum Küchentrakt. Unter diesen Umständen lerne ich auch Küchengeister kennen. Keine gesprächigen Gesellen, doch das ist mir in diesem Moment ganz recht. Seife und Natron, eine große Schüssel und als Blasrohr werden wir einen Schilfrohrstängel benutzen. Als Gewichte nehmen wir mehrere Rucksäcke mit, die wir mit Steinen füllen wollen. So weit, so gut.

Wir rennen wieder hoch zu unserem Begleiter.

Nach einer weiteren guten halben Stunde findet er einen Trank, der alles, was er berührt zu Glas werden lässt.

„Und wenn es auch meinen Kopf berührt?"

„Für den menschlichen Körper soll es ungefährlich sein ... steht hier."

„Was brauchen wir dazu?"

Nathan liest die Zutaten vor. Einige finden wir auch im Untergeschoß des Palastes, in der Küche. Doch für zwei Dinge müssen wir zurück in den Wald am See.

Wir packen all die organisierten Dinge zusammen und rennen, was unsere Lungen hergeben.

Mittlerweile sind knapp zwei Stunden vergangen und wir haben noch immer trockene Klamotten.

Unsere Gegner schwimmen teilweise auf dem See. Sie frieren. Ich bin davon überzeugt, wenn wir, soweit war mein Plan, Feuer entzünden würden, hätten wir schnell ungebetene Gäste.

„Nathan, kannst du die Zutaten für den Trank suchen und dann brauen? Jana und ich suchen Steine und Feuerholz."

„Ja." Wir verstehen uns auch ohne große Worte.

Nathan benötigt Eichenrinde und das Harz der Eibe.

Eichen und Eiben?! Echt jetzt, wir schauen uns um. In der Nähe des Sees befinden sich ausschließlich Kiefern.

„Ich werde welche finden, achtet ihr darauf keine allzu große Zielscheibe zu werden." Mit diesen Worten verschwindet Nathan im Wald.

Die Steine sind nicht schwer zu finden. Schnell haben wir die Rucksäcke mit Steinen gefüllt. Das Holz schleppen wir so unauffällig wie möglich her.

Jana besinnt sich immer wieder unserer Lage und checkt die Gegner ab. Wo befinden sie sich? Arbeiten sie zusammen?

Nach etwas mehr als einer Stunde kehrt Nathan zu uns zurück. Im Gesicht ein kleines Grinsen.

Wir sind uns fast sicher mit dem Plan.

Jana und ich kümmern uns um die Seifenblasenflüssigkeit, Nathan mischt die Zutaten für sein Gebräu zusammen.

Wir versuchen unser Vorhaben vor neugierigen Blicken zu schützen. Daher haben wir uns in eine Ecke mit dichtem Schilf am Rande des Sees zurückgezogen. Nathan ist der Größte von uns dreien. Er bläst mit einem abgeknickten Schilfrohr eine große Seifenblase über meinen Kopf. Laut meinen Berechnungen sollte ich so mindestens eine halbe Stunde unter Wasser bleiben können. Die Problematik mit der Wärme konnten wir nicht umgehen.

Daher wird mir von meinem Körper aus nicht diese halbe Stunde an Zeit bleiben, bevor meine Gliedmaßen erfrieren.

Anschließend träufeln wir noch die Tinktur aus Nathans Buch darüber. Und Tatsache, die Blase wird zu Glas. Jana wird ebenfalls mit einer Blase umkreist. Dann heißt es Rucksäcke mit Gewichten an und hinein in das kühle Nass.

Das Schwimmen und Tauchen bereiten mir keine großen Schwierigkeiten. Durch die Kälte ist der See glasklar. Algen oder ähnliches haben sich nicht am Rand gesammelt und lassen das Wasser nicht trüb aussehen.

Wir schwimmen in schnellen Zügen dem Grund entgegen. Es ist gespenstisch. Es geht immer tiefer und tiefer. Um uns herum wird es auch immer dunkler. Beinahe vergesse ich zu atmen, denn ich versuche die Luft anzuhalten. Doch dann setzt der Atem wieder ein.

Von irgendwo weit unten dringt ein kleiner Lichtstrahl zu uns durch. Wir müssen tiefer, immer tiefer. Ohne

Hilfsmittel hätten wir diesen Weg niemals zurücklegen können. Von den anderen Rekruten fehlt jede Spur.

Es glitzert golden vor uns. Ein undurchdringliches Leuchten erhellt unsere Augen. Wir sind gute Schwimmer, doch es kostet uns mittlerweile große Mühe die großen Glaskugeln soweit unter Wasser zu drücken.

Der Auftrieb unserer Körper mit der Kugel ist gewaltig.

Noch fünfzig Meter. Wir können es schaffen, noch dreißig Meter. Wir geben Gas.

Doch dann...

Fünf Meter vor unserem vermeintlichen Ziel gibt es einen Schlag und wir donnern mit einer solchen Wucht auf den trockenen Meeresboden, dass mir ganz taumelig wird. Die Glocke um uns herum zerspringt. Um uns herum ist Luft zum Atmen.

Die schweren Rucksäcke haben uns auf den Boden des Sees gezogen, hindurch aus den von magischer Hand erweckten wasserleeren Raum. Jana und ich sehen uns an. Unsere Waffen stecken noch an Ort und Stelle. Wir streifen die beschwerenden Rucksäcke ab und kommen der unbekannten Lichtquelle näher. Unmittelbar vor uns liegen nun siebzehn goldene Kugeln. Jana und ich nehmen uns insgesamt drei Stück.

Wir öffnen sie vorsichtig, immer in Habachtstellung, denn es könnten genauso gut auch Fallen, Flüche oder Waffen in diesen Kugeln versteckt sein. Doch es sind harmlose Dinge, die heraus purzeln. Jeweils ein Zettel mit einer Botschaft. Es sind immer unterschiedliche Texte, die darauf zu erkennen sind. Lesen kann ich sie nicht. Es handelt sich um alte Zeichen. Runen, wie ich erkenne.

„Wir müssen diese Texte entziffern. Wir müssen so schnell wie möglich zurück zur Bibliothek." Jana plaudert in froher Stimmung vor sich hin, ihrem Ziel schon so nahe.

„Schaffen wir den Weg zurück auch ohne Luftblase?"

„Ich denke, wir haben keine andere Möglichkeit. Wir lassen die Rucksäcke hier unten und schwimmen so schnell wie möglich hinauf."

Wir schrauben die Kugeln wieder zu und verlassen den Meeresgrund so schnell wie möglich über eine kleine Kuppe, die uns höher zum Übergang zu dem Wasser über unseren Köpfen bringt, jedoch nicht, ohne vorher noch eine Kleinigkeit zu erledigen. Mit einem hohen Sprung gleiten wir hinüber in das überaus kalte, nasse Wasser.

Der Weg hinauf geht in einem Bruchteil der Zeit, wie der Weg hinunter. Was auch soweit ganz gut ist, denn mir wird es bereits dämmerig im Kopf, als wir endlich an die Wasseroberfläche stoßen.

Mit einem heftigen Atemzug pumpe ich meine Lungen voll wertvollen Sauerstoff. Wie gut es tut.

Einzelne Rekruten haben wir im Wasser gesehen. Jedoch keinen so tief wie wir. Sie scheinen von unserem kleinen Trick auch nichts mitbekommen zu haben.

Die Kugeln halten wir unter unseren Jacken versteckt. Doch jetzt, als wir uns zu Nathan ans Feuer setzten, sind wir leicht auszumachen und leichte Beute. Doch ich friere. Bevor ich nass wie ein Hund eine halbe Stunde durch den dicken Winter laufe, muss ich mich dringend aufwärmen. Wir setzen uns zu unserem Gefährten, als wir hinter uns bereits ein Knirschen hören.

Jemand nähert sich unserer Feuerstelle.

Nathan fackelt nicht lange und zieht sein Schwert. Dann geht es innerhalb von Sekunden.

Das Knirschen auf der einen Seite war nur eine Ablenkung gewesen. Nathan kümmert sich um Java, aus dem Land des Glaubens. Mit einem Hieb durch den Flügelansatz hat er ihn beseitigt.

Jana und ich bekommen von hinten einen unschönen Besuch von den anderen Mitgliedern des Hauses des Glaubens. Sie haben ebenfalls ihre Waffen gezückt und versetzen mir einen Stich in den Oberschenkel. Es schmerzt höllisch. Doch das lasse ich mir nicht gefallen. Mein Dolch versetzt dem Arm von Lea, der jüngeren Gegnerin einen Hieb. Das Blut spritzt, sowohl aus meiner als auch aus ihrer Wunde. Mir ist klar, dass die drei uns beobachtet hatten und nun hoffen unseren Fund zu stehlen und uns auszuschalten. Doch diese Rechnung geht nicht auf. Samuel, der Dritte im Bunde scheint dies zu spüren und verlässt die Situation blitzartig, während Jana erneut gegen Lea ausholt und sie schwer am Flügelansatz verletzt.

Es gibt ein heftiges Gefecht zwischen den Beiden, dem ich schnell ein Ende setze, in dem ich meinen Dolch gekonnt zwischen Leas Körper und ihre Flügel setze. Mit einem Ruck habe ich den ersten Ava in meinem Leben ermordet.

Es fühlt sich furchtbar an. Mir wird schlecht. Doch jetzt ist nicht der Ort und die Zeit, um mich gehen zu lassen.

Ich reiche Nathan seine goldene Kugel. Es ist besser, wir haben sie unter uns dreien aufgeteilt, damit, falls einer fällt, die anderen immer noch im Besitz von zweien sind.

„Wir haben keine Zeit uns mehr aufzuwärmen. Wir müssen los." Jana drängt uns zur Eile.

Und sie hat Recht. Das Gerangel mit dem Haus des Glaubens hat uns mehr Aufmerksamkeit bereitet als erwünscht. Wir versuchen uns erst leise, dann aber so schnell wie möglich zum Palast durchzuschlagen. Ob wir verfolgt werden können wir nicht sehen. Wir haben keine Zeit uns umzudrehen. Obwohl meine Beine eiskalt und taub sind, verweigern sie mir nicht ihre Dienste wegen der Kälte. Vielmehr ist es der Schnitt in meinem Oberschenkel. Ich versuche allein vorwärtszukommen, doch die Blutung hört nicht auf den dunkelroten Saft auf dem Schnee zu verbreiten.

Ich muss den Oberschenkel abbinden. Dazu schneide ich mein Untershirt in Streifen und binde sie fest um mein Bein. Jana und Nathan helfen mir. Vor allem helfen sie mir nun den Weg zum Palast zu überstehen. Wir schaffen es nur sehr langsam.

„So funktioniert das nicht. Schnapp du dir zwei Kugeln, Jana und lauf zur Bibliothek. Die Runen sind im Buch meiner Mutter übersetzt. Wir kommen nach. Beeil dich."

Nathan, ich und eine goldene Kugel kommen wesentlich schleppender zum Plast. Doch solange Jana das Buch ausfindig machen kann und der Kugel das Rätsel entlocken kann, läuft alles nach Plan.

Mir ist so eisig kalt, dass ich mich nicht mehr lange an Nathan festhalten kann. Immer wieder verkrampfen meine Finger.

Die letzten zweihundert Meter schnappt Nathan mich und trägt mich in den Palast. Es wäre sicher einfacher gewesen, er hätte fliegen können, doch auch dies ist unterbunden worden durch den Trank.

Wir schleppen uns die Treppe zur Bücherei hinauf. Jana sitzt bereits mit Zettel, Stift und dem in Leder gebundenen Buch meiner Mutter an einem kleinen Tisch und übersetzt die Worte.

Erst die der einen, dann auch die der anderen Kugeln.

Es dauert seine Zeit.

Nathan steht Schmiere am Eingang zur Bücherei.

Doch es ist uns keiner gefolgt. Zum Glück.

Zwei tote Gegner, das reicht mir auch definitiv, um mein Gewissen damit zu belasten.

„2.R,Knauf,S100,Z6,W5"

„7.R, Ellenmayer,S13,Z7,W9"

„3.R, Honey, S398,Z5,W3"

Jana hat aus den alten Runen und Zahlen die Übersetzungen gemeistert.

„Und was sollen wir jetzt hiermit anfangen? Ist das ein erneutes Rätsel?"

„Also Ellenmayer klingt doch nach einem Namen, oder? Ist er euch bekannt? Ein Herrscher aus vergangener Zeit? Oder sagt er euch etwas aus der Schule? Ich kenne ihn jedenfalls nicht aus der Welt der Menschen.", frage ich meine Freunde.

„Ich glaube der Name Honey sagt mir etwas. Ist das nicht ein Schriftsteller?" Jana kratzt sich am Kopf.

Ich tippel mit meinen Fingern auf der Oberfläche des Tisches herum.

„Um ehrlich zu sein, habe ich keine Ahnung. Aber wenn es ein Schriftsteller wäre, dann würden wir hier in der Bibliothek sicher Werke von ihm finden." Nathan springt auf und rennt zu einem der Bücherregale.

„Moment, warte. Sie sind nicht unbedingt nach Schriftstellern sortiert, sondern nach Fachrichtungen. Das habe ich mir gestern angeschaut. Also kannst du die Werke nur in der jeweiligen Rubrik finden, nicht nach Alphabet über die Nachnamen."

„Mhh ... na toll ... Und welche Fachrichtung soll er geschrieben haben?" Nathan ruft es zu uns herüber.

Ich habe an dem Tisch Platz genommen, um mein Bein zu schonen. Es brennt höllisch, auch wenn die Blutung gestoppt zu sein scheint.

Den letzten Tropfen aus meiner Feldflasche nehmend überlege ich wie wir weiter vorgehen sollen.

„Jana, zeig mir doch bitte nochmal die Übersetzung.", bitte ich sie.

„3.R, Honey, S398, Z5, W3"

„Ach Gott, warum waren wir denn so blind. Nathan geh zum dritten Regal."

„Von links oder rechts?"

„Ich denke von links. Dann müsste in diesem der Schriftsteller stehen. Was ist es für eine Rubrik?"

„Geisteswissenschaften, ach ja, und innerhalb dessen sind die Schriftsteller nach Nachnamen sortiert ... warte ... E ... F ... G ... H ... Heab ... Ho ... Honey ... ich hab's."

„Jetzt schau auf der Seite 398 ... in der 5. Zeile das 3. Wort. Und?"

„5. Zeile ... das dritte Wort lautet: Genesung."

„Das ist das Lösungswort. Komm, such schnell die anderen Wörter und dann nichts wie schnell weg hier."

Wir sind ganz aufgeregt. Nathan sucht in den Regalwänden weiter nach den anderen beiden Büchern. Dann notieren wir die Worte auf dem jeweiligen Rätsel und begeben uns die Treppe hinunter zum Thronsaal.

Die Königin sitzt auf ihrem Thron auf dem Podest. Um sie herum die Wächter und eine große gläserne Schüssel, aus der es magisch dampft.

Jeder von uns hat seine goldene Kugel, das entsprechende Buch und den Lösungszettel dabei.

Genesung, Universum und Kräuterkunde sind die Lösungswörter - so hoffen wir.

Wir kommen der Königin näher immer in der Hoffnung keinem unserer Gegner zu begegnen.

Sie weist uns in Richtung der gläsernen Kugel und wir werfen unsere Lösungen hinein.

In dem Moment, in dem wir dies tun, erschallt eine wunderschöne Melodie und wir entschwinden wie von Geisterhand auf unsere Zimmer. Getrennt voneinander, aber unendlich glücklich die erste Aufgabe gemeistert zu haben.

Ich zwirbele meine Kette zwischen den Fingern und stelle erfreut fest, dass ein kleines Festmahl für mich auf einem kleinen Tischchen bereitet ist.

Ich mache mich darüber her, als hätte ich monatelang nichts zu essen bekommen.

Es dauert nicht lange, dann kommen meine beide Teamkollegen zur Türe herein.

„Wir scheinen unsere Aufgabe ganz gut gelöst zu haben.

Von den anderen Teilnehmern ist noch keiner zurück. Ich denke wir würden die Fanfaren auch ertönen hören.", gibt Jana kund.

Sie haben ihre Mahlzeiten mitgebracht und wir schlingen unser Essen gemeinsam schweigend hinunter.

Dann versorgen die Beiden meine Wunde.

„Es ist, den Göttern sei Dank, nur eine Fleischwunde. Und auch nicht so tief. Ich wasche sie aus und verbinde sie dir neu. Im Bad habe ich Verbandsmaterial gefunden." Jana macht sich an die Arbeit.

„Du hast dich wacker geschlagen, Esme. Wir sind jetzt noch mit fünfzehn Teilnehmern im Turnier. Noch fünf Aufgaben warten auf uns. Nur eins habt ihr mir noch nicht gesagt, was habt ihr so lange dort unten im Wasser gemacht?"

Jana macht sich an die Erklärung. Als sie fertig ist werfe ich noch mit ein: „Und außerdem haben wir unseren Vorteil genutzt, dass wir als Erste unten auf dem Grund waren. Wir haben die restlichen Kugeln in die Rucksäcke gesteckt und gegen die Steine ausgetauscht. Dann haben wir die Rucksäcke vergraben auf dem Meeresgrund. Ich denke nicht, dass sie so schnell jemand aufspüren kann."

„Oh ha, dich wollte ich nicht als Feind haben, Esme."

Ich greife seine Hände, während Jana mich weiter verarztet.

„Nathan, du weißt doch, wir halten zusammen - für immer!"

„Für immer"

Kurz nach diesen Worten begeben sich die Beiden jeweils in ihr Zimmer. Ich verriegele die Türen von innen und stelle zur Sicherheit noch eine Kommode von innen vor die Tür, damit keiner unserer Gegner sich an uns rächen kann.

Vor allem nicht Samuel, der letzte Teilnehmer des Landes des Glaubens.

Meine Augen werden schwer und ich nutze unseren Zeitvorteil und ruhe mich aus. Schlaf ist die beste Medizin.

48

Am nächsten Tag erwache ich erstaunlich ausgeschlafen. Weder ich noch Nathan oder Jana haben am gestrigen Nachmittag bis achtzehn Uhr die Fanfaren gehört.

Beim Frühstück erfahren wir, dass kein weiterer Krieger die Kugeln hatte finden können. Wir wissen warum. Die anderen hoffentlich nicht, denn dies würde ihre Wut noch mehr gegen uns richten.

Die Königin liest die Gefallenenliste vor und wir erheben uns.

„Lea und Java aus dem Land des Glaubens sowie Jerome aus dem Haus des Neides."

Die Stühle rutschen über den Boden und wir setzen uns wieder.

Meine Wunde ist immerhin wieder geschlossen. Ich versuche noch das Bein nicht übermäßig zu belasten, damit die Wunde nicht wieder aufplatzt, doch mir ist bewusst, dass das ab neun Uhr vorbei sein wird.

Nachdem alle fertig gefrühstückt haben, ruft uns die Königin zusammen, reicht den anderen den Trank, der die Macht weiterhin unterdrückt und mit einem Fingerschnippen stehen wir, ähnlich gestern, auf einem verschneiten Abhang.

„Die heutige Aufgabe wird uns vom Land der Eitelkeit gestellt. Ihr Rekruten habt die Aufgabe euch hier am Fuße des kleinen Berges nebeneinander aufzustellen. Sobald jeder seinen Platz eingenommen hat, werden die Tore dort drüben geöffnet und die edelsten Tiere des Hauses der Eitelkeit werden sich je einen Krieger erwählen und sich mit euch auf dem Rücken auf dem Startplatz des Parcours am Himmel einfinden. Nachdem die Startsignale erschallen, ist es eure Aufgabe so viele goldene Armringe wie nur möglich aus dem Parcours zu sammeln und hinter die Ziellinie zu befördern. Dort werde ich euch empfangen. Der Reiter mit den meisten Ringen erhält drei Punkte, der Nächste zwei und der Nächste einen Punkt."

Während die Königin das Spiel erklärt, gleiten unsere Blicke gen Himmel.

Ein riesiger Hindernisparcours mit Sprunghindernissen, Fähnchen und allerlei von hier unten nicht erkennbarer Dinge befindet sich mehrere hundert Meter über unseren Köpfen.

„Ich bitte euch lediglich um zwei Dinge.

Erstens die Tiere suchen euch aus und zum zweitens unterschätzt niemals die Hinterlist des Landes der Eitelkeit" ,sagt die Königin und verschwindet.

Ich bin mir sicher sie schaut von einer Tribüne aus zu. Ob Jaxon auch in der Nähe ist, vermag ich nicht zu sagen. Ich zwirbele meine Kette.

Wir stellen uns nebeneinander in einer Reihe auf, dann schwingt das große Tor auf und vierzehn wunderschöne Pegasus gleiten hinaus. Jedes Tier eine Schönheit vor den Göttern. Prachtvolle Tiere, dennoch bleibe ich wie angewurzelt stehen.

Die Tiere treten zielsicher auf uns Krieger zu.

Es sind dreizehn weiße und ein schwarzes geflügeltes Pferd. Und dieses schwarze ... ich traue mich kaum zu atmen ... tritt zu mir herüber und neigt den Kopf.

Da ich nicht weiß, wie ich mich verhalten soll, tue ich es ihm gleich und flüstere ihm zu: „Ich danke dir, dass du mich erwählt hast."

Dann strecke ich meine Hand aus, damit es schnuppern kann.

Da ich nicht sonderlich trainiert im Umgang mit Tieren bin, immerhin wollte ich Menschen- und kein Tierarzt werden, hoffe ich, es war kein Fehler so zu handeln. Doch das Tier macht keine Anstalten, als ich mich mit einem Schwung auf dessen Rücken hieve.

Sobald ich einigermaßen sicher sitze, hebt der Pegasus auch schon ab. Hoch hinaus in die Lüfte.

Ein schier endloser Parcours erstreckt sich nun vor mir. Nathan und Jana kommen neben mir zum Halten.

„Wir geben dir Rückendeckung. Such du die Ringe und steck dir so viele wie möglich ein. Unsere kannst du später auch haben, bevor du über die Ziellinie trittst." Nathan gibt mir Anweisungen.

Die Tiere schnauben nervös und scharren mit den Hufen. Was einigermaßen seltsam aussieht, da wir uns in der Luft befinden.

Meine Konzentration und Blick sind über das Spielfeld gerichtet. Akribisch suche ich es nach goldenen Ringen ab.

Da, auf einem der Begrenzungsstäben, glitzern einige goldene Armreifen.

Bevor ich mir einen weiteren Plan zurechtlegen kann, ertönt das Startsignal. Die ersten Gegner sprinten mit ihren weißen Geschöpfen davon. Doch mein Pegasus tritt mit den Vorderhufen in die Luft und ich habe Not nicht hintenüber in den tiefen Abgrund zu stürzen.

„Ruhig!", befehle ich ihm. Er schnaubt mich an.

Wir verstehen uns.

Dann setzt er sich in Bewegung. Er gleitet in einem hurtigen Sprint an einen Gegner vorbei, die die Waffen gezückt haben.

Ich habe Sorge, dass eine erneute Verletzung meinen Einsatz in diesem gefährlichen Spiel gefährdet.

Also ziehe ich ebenfalls meine Waffen.

Der Pegasus stoppt an der Stange mit den goldenen Reifen, ich streife sie mir über und unsere wilde Jagd geht weiter.

Das Ruckeln von Nathans erstem Flug mit mir ist nichts im Vergleich hierzu. Die abrupten Bewegungen des Wesens unter meinem Hintern sind so zackig, dass ich starke Bedenken habe das Ende des Hindernislaufes zu erleben. Und unter mir befindet sich neben Wolken lange Zeit nichts außer kalter, scharf beißender Luft.

Vertraue ihm!

Es ist die Stimme in meinem Kopf, die ich bereits gelegentlich wahrgenommen habe. Ohne groß darüber nachzudenken, vertraue ich meinem schwarzen geflügelten Pferd voll. Denn bisweilen konnte ich mich immer auf die Stimme verlassen. Ich riskiere es erneut.

Jana und Nathan jagen hinter mir her. Sobald sich ein Reiter mir nähert, holen sie mit ihren Waffen aus.

Wir nehmen eine scharfe Kurve, ich habe weitere Reifen entdeckt. Und bevor ich aus der nächsten entgegengesetzten Kurve fliege, hält mich etwas zurück. Ich schaue an mir herunter, doch ich entdecke nichts. Doch dort ist etwas. Es fühlt sich an wie ein Sicherheitsgurt im Auto um meine Hüften.

Ich denke nicht, dass ich es mir einbilde.

Er steht auf unserer Seite, kämpfe mit ihm zusammen.

Und ich tue es. Da ich nun so fest auf dem Rücken des Tieres Halt gefunden habe, kann ich es wagen mit zwei Händen zu arbeiten und löse auch die linke aus der schwarzen Mähne.

Mit der einen Hand halte ich den Dolch, um mich zu verteidigen, mit der anderen sammele ich die Reifen.

Er prescht weiter voran. Vor uns sind drei weitere Reiter. Bisweilen ergattere ich lediglich die Reifen, die sie nicht entdeckt haben. Mein Ziel muss es sein an ihnen vorbeizukommen und als erste die Reifen zu erhalten. Wieder haben die mächtigen Reiter vor mir einige Reifen übersehen, ich greife danach. Mein Pferd muss stoppen und wirbelt mich herum. Mir wird übel, doch ich reiße mich zusammen.

„Vorsicht!" Nathans Ruf schallt an meine Ohren. Ich blicke herum zu ihm und entdecke gerade noch ein Schwert, das auf mich zurast. Ich rutsche zur Seite und entkomme ihm knapp.

Schon ist Nathan zur Stelle und kämpft um mein Leben, während wir in einem atemberaubenden Tempo voran eilen.

Jana schafft sich auf meine andere Seite und versucht den Reiter vor mir mit ihrer Waffe aus dem Weg zu räumen, was ihr nicht gelingen mag.

Nathan schlägt dem Gegner mit dem Schwert eine große Wunde ins Gesicht. Er schreit.

Das lässt ihn auf seinem Pegasus taumeln. Nathan hilft mit seiner Rückhand etwas nach und hebt die Beine über das Tier. Ich kann es aus den Augenwinkeln sehen.

Den Aufprall kann ich nicht hören, soweit sind wir über der Oberfläche.

„Hier, fang!" Nathan wirft mir die Ringe des gefallenen Reiters entgegen. Ich streife sie mir über. Dieser Kampf hat uns wertvolle Zeit gekostet. Die drei Reiter vor mir haben einen großen Abstand zu mir aufbauen können. Wir preschen vor.

Doch wir kommen nicht weit, als vor uns eine riesige Feuerwolke auf uns zukommt. Mein Pegasus schnellt in die Höhe. Gerade so können wir dem heißen Etwas entkommen.

„Wir sind unter dir. Alles gut.", schreit Jana durch die Luft.

Die Feuerwolke hält nicht lange an. Doch meine Augen können ausmachen, dass sie einen Reiter vor mir zu Fall gebracht hat. Noch hängt er mit einem Arm an seinem Pegasus, doch dieser tritt so heftig nach ihm, dass das Blut spritzt. Er fällt und ich bin mir sicher, dass er bereits vorher tot war.

Noch zwei vor mir.

Jana, Nathan und ich finden wieder zusammen. Durch das Ausweichmanöver sind mir sicher einige Ringe durch die Lappen gegangen, doch ich versuche die Nächsten nicht zu verpassen.

Meine Hand greift routiniert nach den glitzernden Reifen.

Mittlerweile habe ich sicher zwanzig Stück. Doch der Vergleich fehlt mir.

Ich schaue hinter mich. Die anderen Gegner befinden sich gerade in ihrer Feuertaufe.

Ich habe keine Zeit mir darüber Gedanken zu machen. Der schwarze Pegasus kommt den zwei Gegnern vor mir immer näher. Jana stürmt an mir vorbei. Ihre Haare wehen im Wind. Sie holt mit ihrer Waffe aus und hätte fast den Rücken des Reiters erwischt. Doch dieser hat sie scheinbar kommen gesehen und stößt seine Waffe ihrem Arm entgegen. Sie schreit, bleibt jedoch fest auf dem Rücken des Tieres.

Ich komme an dem Reiter vorbei und nutze die Gelegenheit mir die nächsten Reifen anzueignen. Es ist ein riesiger Stapel. Dafür jedoch muss der schwarze Pegasus halten. Wieder kommt mein Gegner mir gefährlich nahe. Doch Jana jagt ihn davon.

In endlosen Wirrungen reiten wir hin und her. Ich habe völlig den Überblick verloren. Mein Gegner scheint mich wieder fast eingeholt zu haben, doch dann geschehen mehrere Dinge gleichzeitig. Eine Feuerzunge aus magischem Feuer schnellt vor uns hervor. Jana schreit und sackt mit ihrem Pegasus herab, Nathan in die Höhe und ich … ich weiche seitlich aus. Doch der Pegasus hinter mir schnellt so scharf nach oben, dass sein Reiter mitten in das Feuer fällt. Magisches Feuer scheint auch unsterbliche Wesen zu töten.

Es bleibt keine Zeit für eine Verschnaufpause. Schätzungsweise die Hälfte der Strecke haben wir geschafft.

Die Ringe, die ich übersehen habe, versuchen Jana und Nathan zu sammeln. Doch bei diesem Tempo ist das gar nicht so einfach. Beim abrupten Abbremsen droht den beiden anderen aus dem Team die Gefahr vom Rücken des Tieres zu fallen.

Wir holen auf zu unserem einzigen Gegner vor uns.

Wieder und wieder versucht Nathan und auch Jana ihm die Waffe in den Rücken zu jagen, doch er ist mehr als nur geschickt.

Er schlägt mit seinem Reittier Haken und Schlenker, so dass meine Teammitglieder drohen in die Tiefe zu stürzen.

Ich bin heilfroh, dass das Schicksal mir in die Hände gespielt hat und der schwarze Pegasus mir wohlgesinnt ist. Denn er hält mich sicher auf seinem Rücken. So habe ich auch mit meinem verletzten Oberschenkel nicht so arge Probleme.

Die nächsten Ringe fange ich mit meinem Dolch ein und stecke sie mir über den Arm.

Die letzten Kurven des Rennens liegen vor uns, denn ich kann die Königin bereits mit dem Auge ausmachen.

Meine beiden Kollegen versuchen ihr Bestes, doch sie erreichen den Gegner nicht. Es ist der Letzte aus dem Hause des Zorns.

Er hat wohl die Absicht seinen gefallenen Mitstreiter zu rächen, denn plötzlich versetzt er einen Hieb mit seiner Waffe hinter sich und in unsere Richtung.

Wir ändern ruckartig die Bewegung und mir fallen einige Ringe vom Arm. Scheiße!

Doch ich kann nicht nach ihnen greifen. Wir reiten weiter.

Bevor die Ziellinie vor uns erscheint, werfen Jana und Nathan mir ihre Ringe zu.

Samuel aus dem Hause des Glaubens ist bereits über die Ziellinie geprescht und gibt seine Armreifen in die große Glasschüssel des Vortages, welche vor der Königin in der Luft schwebt, ebenso wie die Königin selbst. Wann er uns überholt hat, kann ich nicht sagen. Zu hektisch war dieses Rennen.

Wir erreichen gemeinsam als drittes die Linie, ehe hinter uns die Nächsten zum Stehen kommen.

Ich werfe auch meine Reifen in die Schüssel.

Dann reiten wir aus der Reichweite unserer Gegner. Doch es scheint eine Art magische Ehrensache, sich hinter der Ziellinie nicht zu töten. Das kommt mir gerade recht.

Als alle Reiter versammelt sind, schnippt die Königin einmal mit dem Finger, das Signal ertönt und der Wettkampftag ist beendet.

Das Ergebnis werden wir erst morgen erfahren.

49

Das Frühstück am nächsten Morgen fällt mit einer wesentlich geringeren Anzahl an Kriegern aus.

Es befinden sich gerade mal noch elf Teilnehmer im Rennen.

„Ihr mächtigen Krieger dieses Landes, der vergangene Tag hat dreien von euch das Leben gekostet."

Wir erheben uns nach der Fanfare.

„Juliette aus dem Haus der Eitelkeit. Lilly aus dem Haus der Hoffnung und Rick aus dem Hause des Zorns."

Wir nehmen wieder auf unseren Stühlen Platz.

„Die Auswertung hat ergeben, dass Samuel gestern die meisten Armreifen sammeln konnte. Er erhält drei Punkte. An das Land der Liebe gehen zwei Punkte, Esme hat die Zweitmeisten ergattern können. Und der letzte Punkt geht an Timothy aus dem Hause des Neides.

Sobald euer Mahl beendet ist, werde ich euch zur nächsten Aufgabe führen."

Wir frühstücken, füllen unsere Feldflaschen und reihen uns um die Königin.

Außer uns elf Kriegern und der Königin befinden sich lediglich zahlreiche Wächter im Saal.

Schon wieder kann ich Jaxon nicht erblicken.

Die Königin schnippt mit den Fingern, nachdem sie den Trank an die mächtigen Krieger verteilt hat, und die ganze

Schar taucht inmitten eines dicht bewachsenen Waldes auf.

„Eure heutige Aufgabe wird durch das Haus des Zorns ausgerichtet."

Bei diesen Worten versetzt es mir einen Hieb in die Magengrube. Ich vermisse Jaxon so sehr, dass es schmerzt.

„Dieser Wald ist übersät von kleinen metallischen Gegenständen des Hauses des Zorns. Eure Aufgabe wird es sein euren Rucksack, den ihr euch hier nehmen könnt, mit diesen Gegenständen zu füllen und dann vor achtzehn Uhr zum Palast zurückzukommen. Der Erste unter euch der den Palast betritt erhält einen Punkt.

Der Krieger mit den meisten Gegenständen erhält drei Punkte, der zweite zwei, der dritte einen Punkt.

Der Wald ist groß, verlauft euch nicht."

Mit diesen Worten ist die Königin verschwunden und das Signal ertönt. Und mit einem Mal sind wir wieder Blutsfeinde.

Nathan, Jana und ich konnten uns noch nicht absprechen, doch instinktiv laufe ich vor meinen Feinden davon und suche mir eine ruhige Ecke.

„Nathan, was könnten das für Gegenstände sein?", frage ich ihn, während ich mir den Rucksack überstreife.

„Dinge aus Metall. Ich denke sie werden recht klein sein, damit wir es auch so richtig schön schwer haben."

Wir zücken unsere Waffen und machen uns auf die Suche. Wir durchforsten den Waldboden, die Bäume, in den Kronen, an Büschen und hinter Gestrüpp, doch wir finden nichts. Nach einer Stunde sehen wir den Wald vor lauter Bäumen nicht mehr.

„So kann das nicht funktionieren. Ich werde auf dem Baum dort oben Ausschau halten." Jana ist mit einem Sprung auf die untere Astreihe gesprungen.

„Und, was siehst du?"

„Psst, Esme, nicht so laut. Die anderen könnten immer in der Nähe sein." Jana klettert nach ihrer Beobachtung gekonnt die Reihen der Äste wieder herunter.

„Also der Palast ist in Richtung Norden, größere Gegenstände konnte ich keine ausmachen. Unsere Gegner sind nicht in unmittelbarer Nähe aufgetaucht, aber direkt neben uns ist der Wald undurchdringlich. Sie könnten also überall lauern ... mmmhhh ... was schlagt ihr vor?"

„Wir sollten in Bewegung bleiben. Ich denke wir durchkämmen den Wald in Richtung Norden und halten weiter Ausschau." Nathan fällt keine weitere Option ein. Auch mir erscheint es schleierhaft, wie es uns gelingen soll in diesem riesigen Gebiet kleine Figuren, oder was auch immer, aus Metall auf dem Waldboden ausfindig zu machen.

Wir gehen in Richtung Norden. Ich zwirbele wieder mit den Fingern an meiner Kette.

Wir gehen weiter und weiter immer geradeaus. Immer in Richtung Norden, wo wir den Palast vermuten.

In meinem Kopf schwirrt immer die Angst mit irgendwann vor einem riesigen, roten Drachen zu stehen. Bei einer der Aufgaben wird er wohl vor uns auftauchen, doch im

Gegensatz zu den restlichen Teilnehmern sind wir vorgewarnt.

Ich zwirbele meine Kette zwischen Zeigefinger und Daumen. Doch ich erschrecke. Was ist denn jetzt los? Die Kette glüht. Sie ist nicht mehr angenehm kühl von der Umgebungsluft.

„Jana, Nathan, wartet. Hier stimmt was nicht."

Ich schaue an mir herab auf die Kette. Sie fühlt sich nicht nur heiß an, sie glüht auch optisch. Der schwarze Stein schimmert dunkelrot.

Ich drehe mich zu meinen Freunden um. Doch da erlischt das Glühen. Komisch. Dann drehe ich mich zum Weitergehen und schon glüht das Schmuckstück wieder.

Die Beiden beobachten das Schauspiel.

„Du hast die Kette von Jaxon, richtig? Also aus dem Hause des Zorns!" Jana scheint als Erstes zu verstehen.

„Gleiches will immer zu Gleichem. Wir suchen Material aus dem Hause des Zorns. Die Kette wird uns den Weg zeigen, na klar."

Und hier an dieser Stelle zeigt sie an, dass wir den richtigen Weg gehen." Nathan weist geradeaus. Wir folgen der Kette. Sie wird beinahe so heiß, dass ich sie loslassen muss. Doch genau an dieser Stelle befindet sich ein kleiner Spalt an einer Baumreihe, der verdächtig nach einem Versteck aussieht. Mir kommt dieses Spiel gerade vor wie eine Schatzsuche mit einem GPS-Gerät.

Jana stochert mit ihrer Waffe in dem Spalt herum und Tatsache ... eine Kugel aus dunklem Metall befindet sich darin. Ich stecke sie in meinen Rucksack und bin erleichtert. Danke Jaxon!

„Die Kette hat aufgehört zu glühen.", stelle ich fest.

„Ich vermute, es liegt daran, dass Gleiches bei Gleichem ist. Die Puzzleteile des Landes des Zorns sind beieinander.", gibt Nathan von sich. Doch wir haben keine Zeit uns tiefgründige Gedanken darum zu machen.

„So, weiter, nicht ausruhen. Wir gehen weiter in Richtung Norden. Bis zum Palast sind es gut und gerne zehn Kilometer. Esme du behältst deine Kette im Auge." Jana gibt die sachliche Anweisung.

Wir gehen weiter, immer geradeaus inmitten durch den verschneiten Wald.

Die anderen Rekruten haben wir schon lange nicht mehr gesichtet.

Doch dann hören wir die Schreie. Sofort gehen wir in Deckung.

Vor uns geben sich Leyla aus dem Hause des Neides und Simeon aus dem Land des Zorns ein Duell. Einer der Beiden scheint etwas gefunden zu haben, denn der Rucksack steht noch offen.

Wir drei blicken uns an. Wir warten ab, bis dieses Duell für einen von ihnen tödlich endet, erst dann möchten wir einschreiten und den Rucksack an uns reißen. Doch das Schicksal meint es anders. Hinter den Beiden tauchen zwei dunkelgrün leuchtende Augen auf. Das Wesen, was sich seinen Weg zu ihnen bahnt, fletscht die Zähne. Ein Wolf. So riesig, dass es gut auch ein Bär hätte sein können. Die beiden Krieger unterbrechen ihr Duell und flüchten schreiend in entgegengesetzte Richtungen.

Der Wolf setzt zum Sprung an und mit einem Mal steht er in seiner vollen Größe vor uns. Zentimeter nur von meinem Ohr entfernt kommt sein riesiges Maul zum Stehen. Wir alle drei stürzen uns auf das Vieh mit gezückten Waffen. Doch das Tier lässt sich nicht lumpen, es beißt und diesmal trifft es Nathan. Er wird zu Boden gerissen, das Tier hat immer noch seinen Arm im Maul und wirbelt ihn herum.

Es ist schwer den Dolch gegen das Untier zu erheben, denn die Chance Nathan zu treffen ist erheblich.

Sein Blut ist auf dem Boden verteilt. Es sieht grausam aus.

Doch Jana schleicht sich einmal um mich und setzt von der anderen Seite aus an. Mit einem Hieb versetzt sie dem Wolf einen Stich in die Magengrube oder dahin, wo sie diese vermutet.

Wölfe sind Wesen des Zorns. Daher ist dieser Stich tatsächlich tödlich für den Angreifer. Er heult unerträglich laut, bevor er in sich zusammensackt und wir Nathan befreien können.

„Scheiße …" Er beißt die Zähne zusammen. Sein Arm sieht mehr aus wie ein zerkauter Hundeknochen, aber an dieser Stelle können wir nicht mehr für ihn tun, als ihn mit einem Stück meines Shirts zu verbinden. Dann muss es weiter gehen, jedoch nicht ohne vorher den Fund der beiden Krieger von vorhin einzusammeln.

„Kannst du weiter, Nathan?", frage ich meinen verwundeten Freund.

So verletzt habe ich ihn noch nie gesehen.

„Ja, es wird schon gehen. Heute Abend, spätestens wenn die Macht langsam wieder zurückkehrt, werde ich wieder heile sein. Wie Jana gestern Abend. Mach dir keine Sorgen."

Ich behalte meine Kette im Auge und immer, wenn sie ausschlägt suchen wir den Boden oder das Geäst ab. Die Gegenstände sind unterschiedlich groß. Wir teilen sie in den Rucksäcken auf. Viel zu groß ist die Angst, dass wir überfallen werden.

Nathans Blutspur ist leider auch sehr verräterisch für unsere Verfolger.

Nach weiteren zwei Stunden haben wir zirka zehn Gegenstände gefunden. Einen Wolf haben wir nicht mehr erblickt. Auch die anderen Teilnehmer nicht mehr schreien gehört. Doch wir suchen weiter.

Die Stapferei durch den Schnee lässt uns ermüden. Vor allem Nathan wird durch seinen Blutverlust immer langsamer. Doch ich stütze ihn so gut es geht. Mit der anderen Hand halte ich die Kette vor mich.

Wenn sie anschlägt, schlägt auch jedes Mal mein Herz lauter. Es schlägt vor Sehnsucht nach der Unendlichkeit. Die Unendlichkeit mit Jaxon. Es ist meine größte Motivation.

Plötzlich knickt Nathan ein.

„Ich brauche nur eine kurze Pause." So etwas habe ich ihn noch nie sagen hören.

„Okay, trink mal etwas und setz dich hier an den Baum." Ich helfe ihm, während Jana die Augen nach Feinden offenhält.

So sind wir leider viel zu leichte Beute. Wir können nur hoffen, dass kein weiterer Wolf unsere Spur verfolgt und die Gegner in andere Richtungen davongelaufen sind.

Ich helfe Nathan wieder auf. Er ist sehr schwach.

„Wie weit wird es noch sein, Jana?"

„Ich schätze nicht mehr weiter als zwei Kilometer. Dort hinten siehst du schon die Spitze des Palastes."

Ein Blick auf die Uhr verrät mir, dass wir mitten am Nachmittag haben.

Wir hätten noch einige Zeit, um nach den Gegenständen zu suchen, doch Nathan würde das nicht weiter mit uns schaffen und wir lassen ihn nicht alleine im Wald zurück. Und um aufzugeben ist es noch zu früh. Ich benötig ihn an meiner Seite.

Ich drehe mich zu ihm um und flüstere ihm ins Ohr: „Nathan, für immer, hörst du?"

Er drückt meine Hand.

Wir marschieren weiter. Als Team. Wir werden es schaffen.

Noch einmal schlägt die Kette aus. Jana und ich graben im dick vereisen Waldboden und finden einen weiteren Schatz.

Nathan lehnt sich währenddessen an einen Baum. Seine Augen fallen immer wieder zu. Ich knie mich neben ihn und tätschele seine Wangen.

„Nicht einschlafen, hörst du!"

Dann ziehen Jana und ich ihn mit uns hoch. Seine Beine bewegen sich wie Pudding. Er ist sehr schwach.

Die letzten fünfhundert Meter vor dem Palast sind wir ohne Deckung auf offener Ebene. Von überall her kann man uns sehen. Wir versuchen schneller vorwärtszukommen.

Doch Nathan wird in unseren Armen immer schwerer und seine schweren Flügel, die uns beim Tragen behindern, machen die Sache nicht leichter.

Jana ist stärker als ich, doch auch sie kann dieses Gewicht nicht mehr länger schleppen.

Wir sind auf den letzten Metern vor dem Palast, als weitere Krieger in unser Sichtfeld treten. Dicht hinter uns kommen Samuel und Leyla aus dem Hause des Neides in schnellen Schritten auf uns zu. Wir versuchen zu laufen, doch Nathan ist einfach zu schwer. Wir könnten es schaffen, doch nicht mit Nathan.

„Esme, nimm unsere Rucksäcke und lauf zur Königin. Ich kümmere mich um Nathan." Jana drückt mich weiter in Richtung des Inneren des Palastes.

Ich schnappe mir die Rucksäcke und laufe so schnell, wie ich noch nie in meinem Leben gerannt bin.

Doch Samuel rempelt mich an, ich komme ins Taumeln und stürze. Er überholt mich auf den letzten Metern, wirft seinen Rucksack in die Glasschüssel und verschwindet. Bevor Leyla sich an mir vorbeidrängen kann, komme ich wieder auf die Füße und erreiche die Königin wenige Meter vor ihr. Dann werfe ich die Rucksäcke in die Schüssel und verschwinde ebenfalls wie durch Zauberhand in mein Zimmer.

Es dauert eine gefühlte Ewigkeit, bis ich Jana nebenan ausmachen kann. Ich komme ihr zur Hilfe und wir verbinden unseren Freund.

„Wie schwer ist die Verletzung?"

Auf den letzten Metern hatte Nathan das Bewusstsein verloren. Jana hatte ihn zur Königin schleppen müssen.

Mir kommen die Tränen, wenn ich ihn so auf seinem Bett sehe. Bewusstlos und blutverschmiert.

Er ist doch unsterblich, oder?

„Nathan, für immer! Für immer, hörst du?!", flehe ich ihn an.

Die Stunden vergehen. Achtzehn Uhr ist längst vorbei. Langsam, aber auch nur sehr langsam, verspürt Jana wieder ihre Macht.

„Sie kommt langsam wieder zurück. Wir warten noch kurz, dann versuche ich ihn zu heilen. Wenn er auch nur einen Funken Macht verspüren kann, wird er auch innerlich heilen."

Jana tut ihr Bestes. Doch manchmal ist auch das nicht ausreichend.

Wir warten. Und warten.

Ich verharre die ganze Zeit neben meinem Freund am Bett. Jedoch muss ich wohl eingeschlafen sein, als mitten in der Nacht eine Hand mich weckt.

„Für immer.", flüstert eine Stimme leise und heiser neben mir.

Ich blicke in Nathans Richtung und hätte vor Freude aufschreien können.

„Wie geht es dir?" Ich drücke ihm einen freundschaftlichen Kuss auf die Stirn. Erleichterung macht sich in mir breit.

„Es ist okay, würde ich sagen." Seine Augen sind noch schwach und fallen gelegentlich zu.

Jana schläft auf dem Sessel nebenan. Ich lasse sie in Ruhe schlafen und krabbele zu Nathan unter die Decke.

Auch ich benötige noch einige Stunden Schlaf. Doch auf keinen Fall lasse ich Nathan allein.

50

Die Dusche am nächsten Morgen habe ich dringend nötig. Auch Nathan schleppt sich, noch etwas verknittert von der Anstrengung, ansonsten aber topfit, unter die Dusche.

Anschließend freuen wir drei uns auf ein ausgiebiges Frühstück.

Als wir an Samuel vorbeimarschieren, grinst dieser gehässig. Am liebsten hätte ich mich um dieses Grinsen an Ort und Stelle gekümmert, doch noch ist das Morden verboten. Erst ab neun Uhr, wenn die Spiele beginnen.

Ich merke, wie das Duell mich aggressiv werden lässt. Wieder sind lediglich die Königin, ihre Wächter und wir Krieger im Saal. Von den übrigen Lords und Ladys ist keiner in Sicht.

Wir nehmen schweigend unser ersehntes Frühstück zu uns und blicken uns um. Von den gestrigen elf Verbleibenden sind es heute lediglich mehr neun.

Zwei weitere Opfer hat es also gegeben.

Die Königin tritt vor, gleich werden wir es wissen.

„Guten Morgen ihr tapferen Krieger. Der gestrige Tag hat zwei weitere Opfer gebracht: Liam aus dem Haus der Eitelkeit und Leon aus dem Hause der Hoffnung haben uns verlassen." Wir erheben uns und erweisen ihnen unsere Anerkennung. Keiner lässt vermuten, dass er der Mörder eines der Krieger war.

„Die Auswertung der Punkte hat gestern ergeben, dass Leyla einen Punkt, Esme zwei Punkte und Samuel vier Punkte erhält. Somit führt nun mit sieben Punkten Samuel vor Esme mit fünf Punkten."

Dann treten wir zur Königin. Die Unsterblichen bekommen ihren Trank und die Königin schnippt mit den Fingern.

Wir finden uns vor einem riesigen Labyrinth wieder.

„Das Land des Neides hat diesen Duelltag gestaltet. Vor uns seht ihr, wie unschwer zu erkennen ist, ein riesiges Labyrinth. Eure Aufgabe besteht lediglich darin es zu durchlaufen und auf der anderen Seite lebend anzukommen. Der Erste erhält wieder drei, der Zweite zwei, der Dritte einen Punkt."

Die Königin verschwindet und wir Krieger schreiten gemeinsam zum Eingang des von Hecken umgebenen Irrgartens.

Nach wenigen Momenten erschallt das Signal und alle zücken ihre Waffen.

Nathan, Jana und ich rennen los, ohne nach hinten zu schauen.

Leider wurde uns nicht die Chance zuteil von einer Anhöhe auf diesen Irrgarten zu schauen. Wir schlagen ein paar Haken und hoffen so unsere Feinde hinter uns gelassen zu haben.

„Haben wir einen Plan?" Ich schnaufe von dem kurzen, aber heftigen Sprint.

„Tja, also nach meinem Verständnis befinden wir uns jetzt auf der äußeren rechten Seite des Labyrinths. Wie wäre es, wenn wir von hier aus systematisch versuchen die

Wege bis zum Ziel durchzuziehen. Funktioniert es nicht, gehen wir zurück und versuchen die nächste Lösung in Richtung links?"

Nathans Gehirn rattert.

Wir Mädels stimmen ihm stumm zu.

Unser Plan scheint aufzugehen. Wir streifen eine Ebene nach der anderen nach links und schließen einen Weg nach dem anderen aus. Die falschen Wege markieren wir in den Hecken mit unseren Waffen.

Doch nach einer guten Stunde sind wir uns plötzlich nicht mehr sicher mit unserem Weg. Es scheint schier endlos zu dauern. Doch wir bleiben dran, als plötzlich eine riesige Kugel auf uns zugerollt kommt. Sie nimmt an Tempo auf und kommt uns immer näher. Ein seitliches Entkommen ist unmöglich, denn die Kugel umfasst den kompletten Weg von Hecke zu Hecke. Sie treibt uns wieder unseren mühsamen Weg zurück. Sie wird immer schneller, wir laufen und laufen, dann schlägt Nathan einen Haken nach links. Ich sehe es zu spät und laufe weiter in die Richtung, aus der wir ursprünglich gekommen sind. Jana habe ich nicht mehr ausmachen können. Und so werden wir voneinander getrennt. Ich rufe, doch höre ich meine Freunde nicht mehr. Die Kugel treibt mich immer weiter, ich finde keinen Abzweig. Das kann doch nicht wahr sein.

Ich laufe immer weiter, damit die Kugel mich nicht umbringt.

Dann erblicke ich eine scharfe Kurve. Ich nehme sie und stoppe unmittelbar vor Simeon. Mein Gehirn arbeitet auf Hochtouren. Simeon - Haus des Zorns. Magen. Meine

Hand zuckt bereits zu meinem Dolch, als ich den Luftzug der Kugel spüre, die hinter mir den Weg frei macht.

Simeon blickt mich an und zückt ebenfalls seine Waffe.

Es ist ein Kampf Krieger gegen Krieger. Ohne Macht, nur mit Waffen. Er beginnt, ich kann ihm ausweichen und erwidere. Ich versetze, leider nur seiner Waffe, einen harten Stich.

Wir kämpfen einen harten Kampf und er schenkt mir nichts. Der Schnee um uns herum wirbelt auf. Er holt aus und streift leicht meinen Arm. Ich lasse mir noch nicht einmal ein Zucken zu. Immer weiter kämpfe ich für mein Leben, für das Land, in dem ich lebe und für den Mann, den ich liebe. Für unsere Unendlichkeit.

Ich schaffe es ihn in die Seite zu treffen. Er taumelt zurück. Sichtlich getroffen. Seine Macht wird er erst heute Abend benutzen können, um sich zu heilen.

Ein erneuter Angriff seinerseits. Ich wehre ihn ab und wirbele um ihn herum. Er setzt nach. Ich schwitze, doch mein Dolch sitzt sicher in meiner Hand.

Unsere Klingen kreuzen sich. Wieder und wieder, keiner ergreift die Flucht.

Simeon setzt erneut an und wieder streift seine Waffe meine Ledermontur am bereits verletzten Arm. Doch dieses Mal kann er sie nicht durchdringen.

Nathan und Jana sind noch immer nicht aufgetaucht. Ich hatte die Hoffnung, dass sie mir zur Hilfe eilen könnten. Doch sie sind wohl im Labyrinth aufgehalten worden.

Außer unseren Kampfschreien sind keine Stimmen zu hören.

Simeon kämpft gut, kämpft hart. Er stammt aus dem Hause des Zorns, nichts anderes wäre denkbar.

Meine Waffe dringt wieder gefährlich nahe an ihn heran. Er taumelt zurück. Ich steche nach, verfehle ihn jedoch, was ihn dazu veranlasst einen abrupten Gegenangriff zu starten.

Ich werde mit voller Wucht gegen die Hecke geschleudert. Etwa zwei Meter befinden sich zwischen uns. Er stürzt sich in meine Richtung. Ich strecke ihm meinen Dolch mit einer solchen hemmungslosen Wut entgegen. Steuere all meine Wut und Gefühle hinein. Und dann geschieht etwas Unfassbares.

Simeon wird, ohne dass er meine Waffe berührt hat, mit einer solchen Wucht von mir abgehalten, die ich noch nie gespürt habe. Ein greller, furchteinflößender Lichtstrahl bohrt sich von vorne in meinen Gegner hinein und reißt ihn zu Boden.

Die Macht, die sich entlädt, donnert gewaltig. Die Erde erbebt.

Ich lasse mir keine Sekunde Zeit, um dies zu begreifen. Ein kurzer Blick zu Simeon sagt mir, dass von ihm keine Gefahr mehr ausgeht, und meine Beine tragen mich in die Richtung aus der ich vorher gekommen bin.

„Nathan? Jana?"

Ich nehme zwei weitere Biegungen und erblicke meine Freunde wie sie weiteren Gefahren ausweichen müssen.

Sie bekämpfen gerade herrenlose Schwerter, die vom Himmel donnern.

Ich eile ihnen zur Hilfe. Es scheint der richtige Weg durch das Labyrinth zu sein, da die Gefahren zunehmen.

Wortlos bahnen wir uns unseren Weg durch die kämpfenden Schwerter. Nach gut zweihundert Metern haben wir uns eine kleine Verschnaufpause erarbeitet.

Ich berichte meinen Freunden von Simeon.

„Aber ich dachte, ich habe keine Mächte, ich bin doch ein Mensch!"

„Ja, dass schon, aber dein Dolch. Denk daran, dass er durch die Macht des Blitzes aufgeladen ist.", gibt Nathan mir mit.

„Lasst uns weiter einen Ausgang suchen. Wir können uns später darüber unterhalten, ihr Kaffeetanten." Jana beäugt uns von oben herab spielerisch provozierend, aber eigentlich sichtlich mitgenommen.

Außer einigen kleinen Schnittwunden sind wir aus der Schwertangriffsfläche gut herausgekommen.

Wir nehmen weiter systematisch die Wege durch das Labyrinth. Es dauert ewig, bis wir uns hindurchwinden. Immer wieder tauchen aus den Heckenwänden Speere auf, die uns am Weitergehen hindern möchten.

Wir gehen hintereinander.

Einige Male haben wir den Eindruck von unseren Mitstreitern beobachtet zu werden, doch wir können niemanden ausmachen. Weder vor uns noch dahinter. Doch das ungute Gefühl schleicht mit.

Und jetzt, da wir die nächste Biegung genommen haben erblicken wir den Grund.

Geister.

Ähnlich den Hausgeistern, deren Bekanntschaft ich in der ersten Runde hatte machen können. Doch diese hier sind wesentlich … ekelhafter.

Durchsichtige Wesen, deren Anblick einen erstarren lässt. Wären sie aus Fleisch und Blut wären sie am Verwesen. Doch so spiegeln sie lediglich ein zu erahnendes Schreckensbild dar.

Doch die Waffen, die sie mit sich führen sehen verdammt tödlich aus.

Wir haben nur kurz Zeit, um uns anzusehen.

Dann schreit Jana: „Lauft!!"

Und das tun wir. Mit erhobenen Waffen rasen wir durch die verschneite Heckenlandschaft. Geradewegs auf die Geisterwesen zu. Den Wesen kann mein Dolch nichts anhaben.

Er gleitet durch sie hindurch, ohne ihnen Schaden zuzufügen.

Mir wird kalt vor Übelkeit. Ich hetze Jana hinterher.

Unsere Überlegung dem Ausgang nahe zu sein, ist wohl korrekt. Denn die Gefahren nehmen weiter rasant zu.

Wir stecken mitten in der Geisterszene, als vor uns plötzlich eine Feuerzunge auf uns zu schnellt.

„Runter!" Nathan blafft uns diese Anweisung zu.

Ich drücke mich so fest auf den Boden, dass ich beinahe keine Luft mehr bekomme.

Die Wesen über uns schwingen ihre Waffen. Sie treffen mich, es fühlt sich an wie völlige Leere. Jedoch nicht wie eine Verletzung, doch die Feuerbrunst, die auf uns zugerast kommt, lässt meine Kälte schnell wieder verebben.

Meine Hoffnung geht nur dahingehend, dass der Feuerschwall schnell verebbt und nicht allzu lange andauert.

Für einen kurzen Moment verharrt meine Welt in absoluter Stille und Zeitlupe. Die Wesen bewegen sich nicht mehr und die Feuerzunge kommt im Schneckentempo auf mich zugerast. Ich werde ganz still. Meine Gedanken spulen sich vor meinem inneren Auge ab, während ich meine Freunde vor mir auf dem Boden betrachte. Ich betrachte sie mit hingebungsvoller Liebe.

Noch nie in meinem Leben habe ich mit so vielen Gefühlen zu kämpfen gehabt.

Doch nun soll mich der Neid mit seinen Aufgaben zur Strecke bringen? Das kann nicht sein, und doch scheint es mir egal zu sein. Es ist mir absolut gleichgültig, denn ich sehe meine Freunde, ich spüre die Liebe zu Jaxon und es scheint ein geeigneter Moment zu sterben. So als ob ich mit mir und dem Leben im Reinen bin.

Doch bin ich das wirklich?

Ich habe ein Land zu regieren, muss direkt einmal zwei Welten retten. Ich habe keine Zeit zu sterben.

Und mit dieser inneren Gegenwehr drücke ich mich tiefer in den Schnee hinein und lasse die Feuerwand auf mich zukommen.

Sie rollt über mich hinweg. Vielleicht zwei Sekunden. Doch indes versuche ich mich keinen Millimeter zu bewegen.

Die Hitze kam schnell, doch sie ist auch schnell wieder überwunden.

Ich traue mich zaghaft meinen Kopf zu erheben. Nur ein kleines Stück, doch ich erkenne, dass Nathan und Jana vor mir in Ordnung sind. Sie erheben sich vollständig und Nathan gibt den Befehl weiter in Richtung, aus der der Feuerball kam zu rennen. Die Geister haben wir hinter uns gelassen.

Vielleicht war das Wechselspiel zwischen den kalten Wesen und dem heißen Feuer tatsächlich unsere Rettung. So konnte uns vielleicht beides nichts anhaben, doch wir haben keine Zeit uns darüber zu unterhalten.

Immer wieder drängen sich die Speere von rechts und links entgegen. Einige schlage ich entzwei mit meiner Waffe, den anderen weiche ich aus.

Jana wird leicht erwischt, doch wir rennen weiter um unser Leben. Immer weiter an der Heckenwand vorbei.

Und da, vor uns, dort liegt der ersehnte Ausgang.

Nathan schubst mich voran der Königin entgegen. Vor uns ist ein weiterer Krieger im Ziel angekommen. Etjen aus dem Land der Eitelkeit. Ihm gehört der Sieg dieser Runde. Doch ich bin ihm als Zweite gefolgt, danach Nathan. Für uns ist diese Runde beendet. Wir vier verschwinden wie von Geisterhand in unsere Zimmer. Wie an jedem Wettkampftag steht ein riesiges Mahl in unserem Zimmer bereit.

Jana, Nathan und ich bringen alles zusammen und besprechen uns während dem Essen.

„Aus dem Land des Glaubens ist Samuel mit sieben Punkten noch dabei. Etjen ist der Einzige aus dem der

Eitelkeit. Er hat drei Punkte. Das Land des Zorns stellt keine Gegner mehr. Timothy und Leyla sind noch mit jeweils einem Punkt aus dem Hause des Neides vorhanden.

Und Klara noch aus dem Haus der Hoffnung. Sie hat als einzige noch keinen Punkt. Die restlichen Teilnehmer sind tot." Nathan fasst unsere Punktetabelle zusammen.

„Esme ist mit Samuel im Gleichstand. Sie hat ebenfalls sieben Punkte. Danach ich mit zwei und Jana mit einem Punkt.

Esme, was uns jedoch langsam zu dem letzten gemeinsamen Rennen bringt. Morgen sind wir alle dabei, doch danach werden Jana und ich freiwillig ausscheiden. Denn wer die letzte Runde antritt, der muss sie auch vollenden. Darin gibt es kein Aufgeben mehr. Wir werden vorher so viele Gegner ausschalten, wie möglich."

Unser Plan scheint aufzugehen. Pure Erleichterung macht sich in mir breit.

Den Rest des Tages verarzten wir unsere Wunden.

51

Der fünfte Wettkampf bricht an.

Das Prozedere eines jeden Morgens ist gleich. Frühstück, Rede der Königin mit den Gefallenen des Vortages. Hier ist außer Simeon kein Name gefallen. Dann der Trank an die anderen Teilnehmer.

Seit ich noch einmal über den Tod von Simeon nachgedacht habe beschleicht mich die Angst, aus dem Rennen entfernt zu werden, da eine Macht aus mir gefahren war und ihn zur Strecke brachte.

Doch anscheinend blieb dies entweder unbemerkt, oder es war regelkonform.

Die Königin schnippt mit den Fingern und wir befinden uns vor einem riesigen Berg.

„Dies, meine tapferen Krieger, ist die Aufgabe der Hoffnung. Ihr findet am Fuße des Berges vor euch den Eingang zu dem größten Kletter-Parcours des Landes. Er wurde extra für den heutigen Tag erbaut. Unzählige Gefahren lauern hier auf euch.

Die Aufgabe ist es, so schnell wie möglich am anderen Ende, also oben an dem Gipfel, anzukommen. Solltet ihr einmal fallen, mögen euch die Götter Gnade erweisen." Das typische Schnippen der Königin erschallt und sie verschwindet.

Das Startsignal ertönt und es geht los.

Aus den vorherigen Tagen konnten wir mitnehmen, dass es nicht immer unbedingt ratsam ist, schneller als alle anderen mit der Aufgabe zu beginnen.

Wir beschauen uns die riesige Anlage und machen uns ein Bild von den Gefahren, die dort lauern.

Bei den Hindernissen, die dort auf uns warten, bin ich ganz kleinlaut. Denn meine Muskeln brennen.

Jeder Schnitt, jede noch so kleine Verbrennung, alles hat seine Spuren an mir hinterlassen. Auch wenn meine beiden Gefährten mich jeden Abend wieder zusammengeflickt und versucht haben zu heilen. Mein Körper wurde die letzten Tage immer mehr auf Abwehr und Erhaltungstrieb getrimmt. Ich bin mir nicht sicher, wie lange er dieser Belastung noch Stand hält.

„Die ersten Hindernisse erscheinen mir noch am einfachsten. Außerdem ist der Boden noch nicht so weit von den Stationen entfernt. Doch in der Mitte und ganz oben, da werden wir zu kämpfen haben." Jana deutet hinauf.

Die ersten Teilnehmer bekämpfen einander an den Stationen. Sie sind alle gleichzeitig darauf hingedrängt und schätzen ihre Chancen besser ein, wenn die Gegner vorher ausgeschaltet sind.

Etwa in der Mitte untergliedert sich der Parcours in verschiedenen Richtungen nach oben. Ob ein Weg leichter ist als der andere lässt sich nicht sagen.

„Für den einen Teil dort, seht ihr," Jana deutet in etwa auf die Mitte, „benötigen wir entweder ein Seil oder Stock um uns hochzuziehen oder abzustoßen. Ich würde vorschlagen wir stecken uns hier einen stabilen Stock in den Gürtel oder wir schneiden etwas unterhalb des Stricks durch. Das erscheint mir vielleicht noch sinniger."

Wir entscheiden uns für beides. Und machen uns auf den Weg.

Das Gerangel vor uns hat sich gelichtet.

Zuerst hangeln wir uns mit purer Muskelkraft von einem Ast zum nächsten. Wie kleine Affen, nur dass der Anblick nichts mit Spaß gemein hat. Alle anderen Teilnehmer sind vor uns. Doch vor allem Samuel kann ich diese Runde nicht gewinnen lassen. Entweder müssen wir ihn ausschalten oder mindestens vor ihm ins Ziel kommen.

Anschließend waten wir durch eine dicke Schlammschicht, die sich bis zur Hüfte ausdehnt. Die Hände mit den Waffen haben wir erhoben, doch unsere Schuhe werden anschließend matschig sein und nicht mehr den gewünschten Halt bieten. Wir lassen uns Zeit, um sie zu säubern, als wir die Matschgrube hinter uns gelassen haben.

Einige andere waren nicht so schlau und rutschen nicht nur einmal von den nachfolgenden Stationen fast in den Tod. Doch auch für uns bringt es Nachteile, denn die Haltegriffe sind mit Schlamm beschmutzt.

Ich überlege, wie wir dies umgehen können, doch da wir so spät gestartet sind, bleibt uns keine andre Wahl als hinterher zu klettern.

Eine riesige Kletterwand erstreckt sich nun vor uns. Noch nicht alle unserer Gegner sind darüber hinweg.

Jana nimmt die kleinen Vorsprünge mit einer enormen Kraft und Leichtigkeit. Lediglich der Stock, den wir mitgenommen haben, hindert sie ein wenig am Klettern.

Meine Armmuskulatur ist wesentlich kräftiger als zu meiner Zeit in der Menschenwelt, doch es sind weitaus mehr als hundert Meter Kletterwand in die Höhe. Ich bin mir nicht sicher, wie ich dies schaffen soll.

Die besonders verschmutzten Griffe versuche ich auszulassen, dennoch komme ich ins Trudeln, als ich mit meinen Fingern keinen Halt bekomme und mit der rechten Seite abrutsche. Die Feldflasche, die ich um die Schulter gelegt hatte, gleitet von meinem Oberkörper und zerschellt an der Wand. Besser sie als ich.

Ich greife nach einem weiteren Griff und bekomme erneut Halt. Atmen nicht vergessen! Ich erinnere mich selbst daran. Dann geht es weiter. Immer höher hinaus. Mit jedem Griff ein tiefer Atemzug, dann die Beine hinterher. Es hat etwas Meditatives.

Meine Freunde sind bereits oben angekommen, als ich wenig später folge. Die nächsten Stationen nehmen wir gemeinsam. Es handelt sich um drehende Plattformen, die wir überwinden müssen, dann lange Balken auf denen wir das Gleichgewicht halten müssen und riesige Hindernisse, die wir ohne die Hilfe der Anderen kaum überwinden können. Mir ist es schleierhaft, wie die anderen als Gegner diese hohen Wände überklettern konnten.

Die Schreie der Krieger kommen immer näher.

„Wir müssen uns entscheiden, welchen der Wege wir nehmen. Rechts herum scheint der leichtere Weg zu sein, doch den nehmen viele der anderen. Links sehe ich nur zwei. Er ist aber auch schwieriger."

„Nathan, lass und den Schwierigeren nehmen, dann sind wir weiter weg von dem Getümmel.", entscheide ich.

Und so machen wir es auch. Es geht immer weiter hoch hinauf. Wir rangeln uns von einer Station zur nächsten. Blaue Flecke und Schürfwunden sind an der Tagesordnung. Die linke Seite des Berges erstreckt sich über unzählige weitere Stationen mit tödlichen Aufgaben.

Sobald wir die nächste Aufgabe hinter uns haben, schneiden wir das besagte Seil am oberen Ende ab um es weiter oben einsetzen zu können. Es interessiert jedoch keinen, denn uns ist keiner über diese Seite gefolgt.

Nathan und Jana helfen mir weiter, wenn ich nicht mehr kann. Andersherum kommt es zwar nicht allzu oft vor, doch auch hier leisten wir uns Hilfe.

Dann kommen wir zu dem Teil, in dem das Seil uns die perfekte Hilfe bietet.

Ein hoher Schacht liegt vor uns. Wir sollen ihn erklimmen, ohne Leiter oder Griffe. Dazu werfen wir nun das Seil hinauf. Dieses verfängt sich mit der Schlaufe in einem Ast eines Baumes und wir meistern diese Aufgabe kinderleicht, in dem wir das Seil herauf klettern.

Anschließend beschließen wir das Seil mitzunehmen, was sich als hilfreich bei den nächsten Aufgaben erweist.

„Die Krieger auf der rechten Seite sind nicht so schnell vorangekommen wie wir, wir haben gute Chancen als Erste herauf zu kommen. Weiter mit euch, Mädels."

Meine Muskeln können aber nicht mehr. Sie brennen. Wie gerne hätte ich nun die Salbe von Salvina genommen und darin gebadet. Meinen armen geschundenen Körper damit einbalsamiert.

Doch wir haben keine Zeit. Sollte ich diese Aufgabe hinter mich bringen, bin ich ein gutes Stück näher an der Unendlichkeit. Und dann habe ich genügend Zeit, um zu baden.

Die nun folgende Aufgabe hat es in sich. Ein schmaler Weg über mehrere ineinander verdrehten Balken. Gut zweihundert Meter lang. Rechts und links versengen Feuerschwaden die Balken.

Wir schauen uns den Rhythmus der Feuerzungen an. Es verhält sich wie bei einem Walzer. Immer der erste von drei Schlägen erhält eine Feuerzunge.

„Ich geh vor." Mutig trete ich vor meine Begleiter und winde mich Schritt für Schritt an den Feuerzungen vorbei.

1- Feuer, Pause
2- Schneller Schritt
3- Schneller Schritt
4- Feuer, Pause
5- Schneller Schritt
6- Schneller Schritt
7- Feuer, Pause

Immer so weiter, bis ich hinten angekommen bin.

Meine Gefährten sehen mit erstaunten Gesichtern zu mir herüber.

„Macht es wie beim Walzer tanzen.", erkläre ich es ihnen.

Nathan folgt mir. Wir brüllen uns unseren Takt vor. Diese Aufgabe liegt mir im Blut. Nathan gelingt der Weg hinüber auf meine Seite.

Jana, die auch sehr gut tanzen kann, schwingt ihre Beine über die Balken, doch eine Feuerzunge erfasst sie, sie kommt ins Taumeln und rennt uns ohne Taktgefühl entgegen. Sie droht auf den letzten Metern abzurutschen, doch Nathan streckt sich ihr entgegen und fängt sie auf.

„Geschafft!" Alle drei sind angekommen.

Doch Janas Waden sind ordentlich versengt worden. Sie versucht es sich nicht anmerken zu lassen, doch ihr Gehumpel und die Tränen in ihren Augen verraten es mir.

Wir machen weiter. Wir hangeln, springen, recken uns und, und, und. Noch circa zehn Aufgaben liegen vor uns.

Die Meute auf der rechten Seite steckt in einem Wettkampf um die Macht fest. Unsere Seite hat kein weiterer Rekrut gewählt außer die beiden vor uns. Sie liegen zwei Stationen voran. Wir müssen sie unbedingt erreichen und überholen. Da sie gerade eine kleine Pause eingelegt haben, ist die Chance ideal.

Die nächste Station meistern wir gekonnt. Der Abstand zum Boden ist nun schwindelerregend hoch. Ich versuche niemals den Blick nach unten zu richten.

Vor uns tauchen die Krieger auf. Es sind Timothy und Leyla, die auch zusammen versucht haben diesen Parcours zu meistern.

Wir zücken unsere Waffen. Nur noch einige Schritte trennen uns von ihnen. Sie haben uns natürlich erblickt und Steine gesammelt, um uns aus einem gebührenden Abstand von oben nach unten abzuwehren.

Wir weichen den Steinen aus und schnellen vor.

Es geht alles recht zügig. Timothys Waffe trifft auf Nathans, Leyla versucht gegen Jana anzutreten. Doch Janas Hieb mit der Waffe ist stärker. Leyla verliert das Gleichgewicht und kommt ins Straucheln. Ich setze nach und versetzte Leyla den Stoß mit den Händen. Sie fällt über ein Hindernis zu ihren Füßen und stürzt kopfüber in die Tiefe.

Nathan ist noch immer damit beschäftigt Timothys Schläge abzuwehren. Gleichzeitig treibt er seinen Gegner rückwärts die Balancierbalken entlang.

Solange Nathan noch festen Boden unter den Füßen hat, ist es in Ordnung, doch nun betritt auch er den Balken. Jana und ich kommen nicht mehr an Timothy heran, da Nathan ihn immer weiter zurückstößt.

Es ist ein ehrenhaftes Gefecht. Klinge gegen Klinge. Mann gegen Mann. Doch mit einem Sprung ist unser Gegner vom Balken gesprungen. Direkt auf die rettende andere Seite. Er versucht den Balken wegzutreten, sodass wir nicht mehr hinüberkommen. Doch es gelingt ihm nicht direkt, sodass er davon ablässt.

Timothy macht sich weiter an den Aufstieg. Wir hechten ihm hinterher. Nun alle auf dem Balken. Es geht nur langsam voran.

Nathan ist drüben, er eilt unserem Gegner nach. Wir kommen nach, sobald wir auch das rettende Zwischenziel erreicht haben.

Doch Timothy ist uns einiges voraus. Von oben tritt er immer wieder Schnee, Erde und herumliegende Äste herunter.

Die Station, an der er sich nun befindet besteht wieder aus einem Balancierbalken. Doch unsichtbar geführte Schwerter versuchen die Betretenden rechts und links zu erhaschen und in die Tiefen zu stürzen.

Timothy rast auf den Balken zu. Nathan hinterher, doch Jana überholt ihn.

„Warte, ich versuche mein Glück, kümmere du dich um Esme, dass ihr sicher drüber kommt."

„Ok."

Nathan wartet sichtlich außer Atem auf mich und gemeinsam versuchen wir den Rhythmus der Schwerter zu verstehen. Dieses Mal ist es kein Walzer. Es sind schnellere Bewegungen notwendig mit Bewegungen nach rechts und links, jedoch ohne in die Tiefen zu stürzen. Jana hat fast das andere Ende erreicht. Doch Timothy dreht sich nach erfolgreichem Überqueren um und beginnt den Kampf. Jana muss nun nicht nur die Schwerter rechts und links abwehren, sondern auch das von vorne. Sie schlägt sich wacker. Das Problem ist, dass wir ihr kaum helfen können, denn selbst wenn wir sie erreichen, versperrt sie uns den Zugang zum Gegner.

Die Waffe streift Jana. Sie schreit auf. Doch dies lässt sie zu Hochtouren aufbäumen. Mit einem weiteren Stoß bohrt sich ihre Waffe in die Seite des Feindes. Das Haus des Neides ist mit einem Stoß in die Seite, in die Galle, zu besiegen. Es ist schwer einzuschätzen, ob Jana ihr Ziel gefunden hat, doch Timothy fällt. Er taumelt vor und rutscht über den Balken, jedoch nicht ohne mit seiner Waffe Jana einen schweren Hieb zu versetzen.

Diese zieht ihre Waffe aus dem Bauch des Feindes und stürzt vor auf die rettende Zwischenstation. Timothy fällt dem Boden entgegen. Um ihn müssen wir uns keine Gedanken mehr machen.

Doch Jana liegt blutüberströmt auf dem Boden. Ihre Lider fangen an zu flackern noch bevor wir zu ihr kommen können. Denn noch immer müssen wir die Bewegungen auf dem Balken beachten.

Rechts, Links, Schritt, Schritt, schneller, vorwärts, rechts ….

Wir schaffen es schnell, doch Janas Atem geht stoßweise.

„Scheiße!" Nathan drückt ihr sein Shirt auf die Brust, dort wo sich die Verletzung entlang zieht. Er kniet nun ohne Oberbekleidung vor meiner Freundin und kämpft um ihr Leben.

„Wir müssen nun schnell handeln, Esme. Hör zu: Du schaffst das hier von nun an allein. Es ist nicht mehr weit. Vor uns ist keiner und hinter uns auch nicht.

Hier hast du das Seil, falls du es brauchst.

So lange Jana noch sprechen kann, können wir darum bitten den Wettkampf zu verlassen. Wir werden ins Haus zurückkehren und eventuell wird es für Jana dann noch nicht zu spät sein. Ich bete darum, dass wir es schaffen."

Ich schaue ihn an. So schnell habe ich den Abschied nicht kommen sehen. Mir wird übel bei dem Gedanken von nun an auf mich allein gestellt zu sein.

Als Team waren diese Aufgaben bereits schwer genug, aber allein?

Doch mein Überlebenswille und die Gedanken, die ich mir um meine Freundin mache, sind größer als meine Angst.

„Okay.", gebe ich von mir, mehr nicht.

Nathan schnappt mit seinen Händen, die besudelt sind von Blut unserer Freundin, die meinen und sagt: „Esme, für immer, hörst du?!"

Dann drückt er mir einen Kuss auf die Stirn und Jana und Nathan bitten die Königin aufgeben zu dürfen.

Es sind die letzten Worte, die Jana bei Bewusstsein zu halten scheinen. Bevor sie verschwinden, sehe ich sie in eine tiefe Ohnmacht versinken. Die Tränen rinnen meine Wange hinunter.

Doch ich möchte mir die Sicht nicht von dem Wasser in meinen Augen verschleiern lassen.

Ich trete den Parcours weiter nach oben an. Nur noch einige Stationen trennen mich von einem letzten Tag voller Qualen. Ich hangele, klettere und quäle mich hoch hinaus.

Beim letzten Gleichgewichtsparcours gerate ich ins Straucheln. Ich drehe mich auf den Balken, die nicht fest in der Verankerung gelagert sind. Doch ich bekomme Halt und eile über den Balken hinweg.

Und noch bevor die anderen Krieger in Sicht kommen, klettere ich das letzte Stück der Königin entgegen.

Ich habe es tatsächlich geschafft.

Voller Trauer und Unwissenheit, was aus meiner lieben Freundin geworden ist, verschlinge ich mein Abendessen. Allein. In meinem einsamen Zimmer. Ich gehe duschen und schlafe einen unruhigen Schlaf. Immer mit der Ungewissheit im Rücken.

52

Nun bleibt nur noch das Land der Liebe übrig, denke ich mir.

Mein Land. Diese Übung wird doch hoffentlich nicht allzu schwer für mich sein.

Immerhin verkörpere ich die Liebe dieses Landes.

Doch die vorherigen Aufgaben haben wir als Team gemeistert. Nun stehe ich allein vor meinen Gegnern. Von den siebzehn Kriegern sind nur noch Samuel, Klara und ich übriggeblieben.

Die letzte Aufgabe ist eine ganz besondere, das habe ich gelernt. Diese dient dazu seine Gegner auszuschalten. Restlos. Denn pro erledigtem Gegner gibt es zehn Punkte.

Und ein freiwilliges Ausscheiden während der letzten Runde ist nicht mehr möglich.

Das Lösen der Aufgabe bringt fünfzehn Punkte.

Der Gewinner erhält den Kuss der Götter. Und somit seinen Herzenswunsch erfüllt.

So einfach und doch so unendlich schwer.

Da Klara noch keine Punkte gesammelt hat, muss sie entweder vorher noch aufgeben, oder die Runde gewinnen. Denn nur einen von uns zu erledigen bringt ihr zu wenig Punkte.

Meine Chancen stehen sehr gut, wenn ich die Runde gewinne. Dann habe ich fünfundzwanzig Punkte. Selbst wenn Samuel Klara beseitigt und somit zehn Punkte erhält, würde ich noch führen. Doch ohne diese Runde zu gewinnen, klappt es nicht.

Das Prozedere beim Frühstück geht schnell von statten, da wir lediglich noch zu dritt übrig sind. Die Krieger mit Macht erhalten ihre Tränke.

Die Gefallenen werden vorgelesen, Jana ist nicht dabei. Ich atme auf, bin mir aber nicht sicher, ob es auch zählen würde, wenn sie ihren Verletzungen im Land der Liebe erlegen wäre.

Klara hat beschlossen nicht aufzugeben. Sie ist mutig und voller Hoffnung auf den Sieg.

Die Königin schnippt mit den Fingern und schon befinden wir uns wieder draußen vor dem Palast im Wald.

Es ist der gleiche Wald, in dem wir uns schon einmal befunden haben. Doch dieses Mal bin ich keinem Team mehr angehörig. Mich fröstelt es leicht an den Schultern.

„Ihr seid die letzten drei Krieger. Einer von euch wird bald mit dem Wunsch seines Herzens an die Götter treten dürfen. Doch zuvor steht euch das Spiel des Hauses der Liebe noch bevor.

Um zu diesem letzten Duell antreten zu können, müssen alle drei diesen Trank zu sich nehmen." Sie deutet auf drei Kelche neben ihr in den Händen eines Wächters.

„Er wird euch nach und nach die Lebensgeister rauben, bis er euch um die Mittagszeit vernichten wird. Denn diese Runde endet zur Mittagsstunde. Um dem sicheren Tod zu entgehen, bleibt euch lediglich das Gegenmittel. Für jeden von euch ist es irgendwo in diesem Wald versteckt.

Doch erst wenn das Band der Liebe bewiesen wird, wird sich der Sieger zeigen."

Wir starren einander an, doch dann trinkt jeder seinen Kelch aus.

Die Königin schnippt mit den Fingern und ist verschwunden.

Noch bevor der Startschuss fällt, achte ich darauf genug Abstand zwischen mich und meine Gegner zu bringen. Dann höre ich ihn und laufe, was das Zeug hält.

Meine Taktik ist es den für mich bestimmten Trank zu finden ohne Kontakt zu den anderen beiden zu haben.

Doch schon nach der ersten halben Stunde, die ich suchend im Wald verbracht habe, geht mein Plan nicht auf. Klara ist mir auf den Fersen und ihr Plan mich zur Strecke zu bringen, liegt offen vor uns.

Sie kommt mit schnellen Schritten auf mich zu. Ihre Waffe gestreckt. Auch meine liegt mir sicher in der Hand. Wir kämpfen. Dieses Mal Frau gegen Frau.

Klaras Taktik verstehe ich. Ich würde auch zuerst versuchen mich zu beseitigen, bevor ich an Samuel herantrete. Doch das ist es nicht, was mich ärgert. Vielmehr ist es die Tatsache, dass der Dritte im Bunde die Chance hat ohne Gegenwehr den Trank im Wald zu finden und gewinnen wird.

Ich lege noch mehr Wut in den Kampf. Der Trank der Königin macht mich langsamer als vorher. Auch die Wucht in meinen Schlägen wird schwacher. Ein Hieb rechts, einer links. Ich treffe meine Gegnerin folgenschwer am Arm.

Sie blutet. Ich schnuppere das Blut und bin gierig danach. Gierig auf Vergeltung für das, was man Jana angetan hat. Ich kämpfe wie ein Tier. Immer um die Bäume herum die uns im Weg stehen.

Dann möchte Klara mir einen Hieb mit der Waffe versetzen, doch sie bleibt im Baum stecken. Wehrlos steht sie vor mir, doch nur zwei Schritte hinter ihr taucht Samuel auf.

Ich beschließe zu fliehen. Sollen die beiden sich doch mit dem Kampf abmühen. Die Punkte sind es nicht, die den Sieg ausmachen. Ich muss gewinnen.

Und so flüchte ich in die entgegengesetzte Richtung. Ich laufe und laufe. Mein Training hatte seine Berechtigung.

Als ich eine gute viertel Stunde gelaufen bin, bin ich mir sicher nicht verfolgt worden zu sein. Ich halte kurz um etwas zu trinken. Meine Kräfte lassen nach und die vergangenen Tage zehren sehr an meinem Körper. Auch wenn ich vorher täglich trainiert habe.

Ich lehne mich einen kurzen Moment gegen einen Baum und zwirbele an meiner Kette. Dann geschieht es wieder. Sie brennt scharf auf als ich mich in Richtung Westen begebe. Instinktiv folge ich meiner Kette. Ich bin mir sicher ich kann ihr vertrauen. Sie ist von Jaxon.

Es ist ein weiter Weg. Fast komplett durch den Wald. Meine Waffe habe ich erhoben. Doch dieses Mal tauchen keine Wölfe oder Untiere vor mir auf. Ich höre keine Stimmen und bin mir sicher mutterseelenallein in diesem Waldgebiet zu sein. Immer weiter Richtung Westen. Sobald ich mich kurz abwende, und sei es nur um zu trinken, erlischt das Glühen. Meine Kräfte versagen mir fast den Dienst.

Aus dem Laufen wird ein Gehen, bis nur noch ein Schleichen möglich ist. Kurz bevor ich wieder eine Pause einlegen möchte, sehe ich es. Das Unheil erahnt sich direkt vor mir an einen Baum.

Die letzten Kräfte stauen sich in mir auf und ich haste so schnell es geht zu ihm. Zu Jaxon.

Er hängt in sich zusammengesackt am Fuße eines Baumes festgebunden. Er ist nicht bei Bewusstsein. Seine Kräfte haben ihn genauso verlassen, wie mich die Meinen bald verlassen werden.

Es ist kurz vor Mittag. Ich versuche ihn wach zu bekommen.

„Jaxon, wach auf! Du musst aufwachen, hörst du?!" Was soll ich denn mit der Ewigkeit, wenn ich sie nicht mit ihm teilen kann. Dann war alles umsonst.

Ich will ihn. Lebendig. Jetzt und hier.

Ich schlage ihm fester auf die Wange. Er soll erwachen. Dann besinne ich mich wieder meines Medizinstudiums.

Ich binde ihn vom Baumstamm und überprüfe die Atmung und den Puls. Beides vorhanden, wenn auch nur schwach.

Doch was soll ich tun?

Einen Krankenwagen wird es hier nicht geben. Mein Blick gleitet neben Jaxon, der leblos auf dem Boden liegt. Eine Flasche mit einem kleinen Brief daran. Ich erhoffe dort des Rätsels Lösung zu finden.

„Das Haus der Liebe: Dies ist der Lebenstrank. Doch er kann nur einen von euch retten."

Keine weitere Erläuterung. Ich bin stinksauer. All meine Mühe umsonst. Was soll das hier? Warum legen sie mir den Mann, den ich liebe vor die Füße und lassen ihn hier vor sich siechen? Das war ein Hinterhalt, um die Mächtigen aus zwei Ländern zu beseitigen. Und das Land der Liebe soll sich diesen Test ausgedacht haben?

Atmen! Denken! Atmen!

Ich fordere mich dazu auf rational zu denken. Der Kopf von Jaxon, den ich gehalten und getätschelt habe, gleitet mir langsam aus den Fingern. Ich habe keine Kraft mehr darin.

Auch meine Atmung wird flacher. Ich muss eine Entscheidung treffen.

Entweder lebe ich ohne ihn in einem Land für die Ewigkeit oder er lebt wie bislang in einem Land, in dem keine Kinder mehr geboren werden.

Diese Entscheidung ist so folgenschwer. Doch für mich steht eines fest. Schon so lange steht es fest, und erst jetzt ergibt alles einen Sinn.

Die Prophezeiung!

Den Tanz habe ich erlebt, das Gemetzel im Kampf der Krieger habe ich erlebt und nun folgt die Schwärze, die ich ebenfalls gesehen habe. Ich kenne meine Prophezeiung und daher auch den richtigen Weg. Außerdem ist es der, den ich für ihn wähle.

Einen langen traurigen Kuss aus tiefer Liebe drücke ich meinem geliebten Jaxon auf den leblosen und unterkühlten Mund.

Dann ziehe ich die Flasche auf. Es sind nur noch wenige Sekunden bis Mittag.

Ich träufele ihm den Trank zwischen die Lippen, die ich mit meiner Hand aufhalte.

Immer darauf achtend, dass kein Tropfen daneben geht.

Einige Tränen tropfen auf sein Gesicht. Ich weine nicht um mich, sondern um die wenige Zeit, die uns beiden zusammen vergönnt war.

Ich weine um Jaxon, den ich nun verlassen werde.

Meine Augen werden schwer, meine Finger zittern. Das Herz schlägt nur noch langsam und ich kann mich nicht mehr halten. Mit letzter Kraft träufele ich ihm die letzten Tropfen in den Mund.

Bevor sich meine Augen schließen, sehe ich noch wie sich seine wieder öffnen. Mit einem Lächeln auf meinen Lippen verlasse ich diese Welt. Es wird schwarz.

53

Jaxon

Meine Augen öffnen sich zaghaft, doch was ich nun erblicke, versetzt mir einen erneuten Schlag in die Magengrube.

Esme hält meinen Kopf auf ihrem Schoß, sackt mit einem Lächeln auf den Lippen in sich zusammen und schlägt mit dem Hinterkopf gegen den Baum, an den ich zuvor gekettet war.

Es war ein heimtückisches Spiel des Hauses der Liebe. Das habe ich sofort gewusst, als sie mich gefangen genommen hatten, um mich hier her zu führen.

Ich werde mir meiner zurück erlangten Kräfte bewusst, doch meine Heilversuche reagieren bei Esme nicht. Ich sitze über ihr gebeugt und versuche es wieder und wieder. Doch ich habe keine Chance.

Nichts geschieht.

Mir gehen auf einmal so viele Gedanken durch den Kopf, die genauso hemmungslos auf mich einfließen, wie die Tränen, die meine Augen verlassen.

Meine geliebte Esme. Meine Prophezeiung. Ich habe sie gesehen, schon lange bevor sie geboren wurde. In dem wunderhübschen Kleid, welches ihre Vorzüge perfekt zur Geltung brachte. Damals in der Vision, in der Prophezeiung und auch in echt.

Ich habe jeden Moment mit ihr geliebt. Wie ich sie trainieren durfte, ihr das Gleichgewicht angesehen habe, was sie in Perfektion halten konnte. Alles und jeden Moment mit ihr geliebt. Ersehnt und geliebt.

Mir wird bewusst, dass die Ewigkeit manchmal doch begrenzt ist. Doch warum hat sie mich gerettet, wenn sie selbst gestorben ist? Warum hat sie mich nicht sterben lassen, dann müsste ich jetzt nicht die Höllenqualen meines Herzens durchstehen. Ich greife nach ihrem Dolch, der sich noch immer an ihrer Seite befindet.

Der Griff ist noch warm. Noch warm von ihrer Körperwärme. Das ist zu viel für mich. Ich schreie. Ich schreie alle Qualen hinaus.

Die Liebe meines Lebens liegt vor mir. Tot. Und ich muss weiterleben, ohne sie. Wie soll das gehen? Mein ganzes Leben habe ich nach ihr gesucht.

Mir kommen die Gedanken an unsere Kutschfahrt in Andara. Wie ich ihre Hand halten durfte. Oder wie ich sie fliegen durfte, da sie selbst diese Fähigkeit nicht besitzt.

Oder die Berghütte. Dort haben wir uns geliebt, immer und immer wieder. Ich habe sie auf Händen getragen und ich hätte es ein Leben lang getan. Und wenn sie nicht die Macht erhalten hätte, dann wäre ich bei ihr geblieben und hätte sie bis in ihren menschlichen Alterstod hinein begleitet. Danach wäre ich ihr heldenhaft gefolgt. Noch in ihren letzten Atemzügen, damit wir zumindest die Ewigkeit im Tod haben.

Und dieser Gedanke kommt mir auch nun. Den Dolch von ihr halte ich bereits in den Händen. Ich wische mir die Tränen aus dem Gesicht. Und flüstere ihr zu: „Meine kleine Liebe, wir werden uns gewiss wieder sehen. Ohne dich gibt es kein wir und somit gibt es mich auch nicht. Ich werde dir folgen, wohin du auch gehst."

Einen innigen Kuss drücke ich ihr auf die Lippen.

Ich erhebe den Dolch mit dem festen Willen ihn mir in die Magengrube zu versenken.

54

Jaxon

Die Fanfarentöne erschallen und die Königin erscheint neben mir.

„Jaxon, leg den Dolch zurück. Es ist zu spät."

Und mit diesen Worten hebt sie die Hand, der Dolch gleitet mir aus den meinen und er begibt sich in die Scheide, wohin er gehört.

Dann erhebt sich der Körper meiner geliebten Esme.

Ich erhebe mich, will immer in ihrer Nähe bleiben. Noch etwas wackelig auf den Beinen schaue ich ihrem Körper zu, wie er zur Königin schwebt.

„Es ist vorbei, du wirst sehen, es wird alles seinen Weg gehen."

Doch diese Worte können mich nicht trösten.

Die Königin ist in den Jahren zuvor eine treue Begleiterin in kritischen Situationen gewesen. Niemals böswillig oder brutal an Stellen, an denen sie auch Milde hat walten lassen können. Dennoch fällt es mir schwer ihr hier und jetzt zu vertrauen.

Ich lege die Hand auf die von Esme und begleite den leblosen schwebenden Körper.

Sie gleitet dahin neben der Königin und mir.

Ich bin mir sicher den Weg zum Palast hätten wir auch im Handumdrehen durch Magie bewältigen können, doch die Königin möchte mir die letzten Minuten mit meiner geliebten kleinen Liebe lassen.

Es fühlt sich an wie ein Trauerzug durch den Wald.

Die Wachen, die nun rechts und links den Weg säumen, haben die Häupter gesenkt.

Ich kenne die Regeln des Wettkampfes genau, doch nun bin ich haltlos. Das hier muss gegen die Regeln sein. Es kann nicht das Ende sein. Ich verstehe es nicht.

Ich stolpere neben dem Körper meiner Freundin, meiner Lebensgefährtin daher.

Hätte die Königin mir meinen Willen gelassen, würde ich sie nun im Land des Todes sicher schon gefunden haben. Sie fehlt mir nun schon, wie soll ich es eine Unendlichkeit ohne sie aushalten. Das ist nicht möglich.

Wir kommen dem Palast näher. Und als ich sehe, wer sich bereits in dessen Inneren befindet, setzt es mir einen erneuten Stich zu.

Das Land der Liebe hat alle entbehrlichen Mitglieder geschickt. Der Führungsrat. Allen voran Jana und Nathan.

Ismail und Aaron liegen sich in den Armen. Sie sind alle bestürzt.

Das hier kann nicht das echte Leben sein. All die Mühen, die Esme auf sich genommen hat, sollen umsonst gewesen sein? Und das nur meinetwegen?

Ich spüre die Trauer der Umstehenden, aber auch ihre Wut auf mich.

Wegen mir allein wird das Land der Liebe ohne Herrscherin dastehen und zwei Welten werden nach und nach vernichtet werden. Denn wenn die Liebe fehlt, was bleibt dann noch?

Wir ziehen an allen vorbei hoch auf die Empore. Der Körper von Esme schwebt voran wie ein Sarg mit unsichtbaren Trägern.

Die Königin bietet mir den Platz neben sich an. Ich wage es nicht den Gästen des Palastes in die Augen zu schauen. Viel lieber wäre ich vor Trauer auf die Knie gegangen und hätte geschrien.

Leblos schwebt der Körper vor mir. Den, den ich so sehr liebe und geliebt habe. Wir waren ein eingeschworenes Team. Unsere Körper perfekt aufeinander abgestimmt. Im Training, im Kampf, im Tanz und im Bett.

Ich würde alles dafür geben, ihr wieder so nahe zu sein. Selbst mein Leben, meine Unsterblichkeit.

Die Königin erhebt das Wort, doch was sie sagt, dringt nur gedämpft an mich: „Ihr Lieben, die Spiele sind beendet. Klara wurde von Samuel erstochen. Somit erhält dieser zehn Punkte."

Ich frage mich, wen das jetzt noch interessiert.

„Samuel hat das Turnier erhobenen Hauptes verlassen. Er konnte seinen Trank zu sich nehmen und lebt."

Einige Augen wandern zu dem mächtigen Krieger aus dem Land des Glaubens. Vereinzelt ertönen Jubelschreie, denn nicht nur das Land der Liebe ist versammelt.

„Doch wie ich schon sagte, der Gewinner ist das Band der Liebe. Samuel hat den Trank und somit den vermeintlichen Gewinn seiner Liebe vorgezogen. Er hat seine Freundin dem Tod überlassen, nur um den Wunsch seines Herzens zu erfüllen. Somit ist er nicht der Sieger dieser Runde.

Nur das mächtige Band der Liebe konnte diese Runde überstehen.

Esme hat ihr Leben geopfert, um die Liebe ihres Lebens am Leben zu erhalten. Sie hat das Kostbarste geopfert. Ihr Leben und das Leben ihres Volkes.

Mehr konnte sie nicht geben. Doch sie hat es mit einem Lächeln auf den Lippen gegeben. Um seinetwillen."

Das ist zu viel für mich. Ich sacke auf dem Boden zusammen. Ich breche in Tränen aus. Will diese Frau mich foltern? Was bringt Esme der Gewinn, wenn sie gestorben ist?

Salvina hilft mir. Sie tröstet mich. Doch mein Herz kann niemals mehr geflickt werden. Es bröckelt. Es zerreißt.

Blitze donnern draußen vor der Tür. Eines der gewaltigsten Gewitter, dass das Land je gesehen hat, bahnt sich seinen Weg über den Palast.

„Das Band der größten Liebe!"

Die Königin wischt mit ihrer Hand über meinen Kopf und den Körper von Esme. Und noch in dieser Bewegung höre ich ein Husten.

Dann zuckt es vor meinen Augen und die Arme von meiner Geliebten bewegen sich.

Ich kann es nicht fassen. Ich stürze mich auf sie und befreie sie aus dieser Starre. Meine Arme umfassen ihren Körper und heben ihn hoch an meine Brust.

Tränen verlassen meine Augen. Doch es sind Freudentränen. Die Freude darüber meine kleine Liebe wieder zu spüren. Ihren Herzschlag an meinem. Ihr Leben ganz dicht an meinem. „Ich liebe dich."

55

Esme

„Ich liebe dich." Das sind die ersten Worte, die meine Ohren wieder vernehmen. Sie stammen von meinem geliebten Jaxon.

Eben befand ich mich noch in undurchdringlicher Schwärze, doch jetzt bin ich an meinem Lieblingsplatz. In den Armen des Mannes, mit dem ich die Unendlichkeit verbringen möchte.

„Ich liebe dich auch." Die Worte klingen wie selbstverständlich. Zwar noch etwas rau, da mein Hals wie ausgetrocknet ist, doch das ist egal. Hauptsache er hat es verstanden.

Ich kann die Tränen nicht aufhalten. Ich bin davon ausgegangen seine starken Arme nie mehr an meinem Körper zu spüren, nie mehr den Klang seiner Stimme zu hören oder ihn umarmen zu können.

Mein Mund wandert zu seinem und wir küssen uns innig, so als ob wir im Saal die einzigen Anwesenden wären. Wir küssen uns, als ob es der letzte Kuss wäre. Doch es ist der erste in meinem neuen Leben.

Nie hätte ich gedacht, dass dieses Turnier noch so für mich enden würde. Ich kann mein Glück kaum fassen. Doch ich halte es in den Händen. Mein Glück, meine Liebe, mein Halt und meine Hoffnung hat einen Namen: Jaxon.

Wir verweilen eine geraume Zeit in inniger Umarmung und Küssen, bis die Königin erneut anfängt zu sprechen.

„Meine liebe Esme, es freut mich sehr, dass du wieder unter uns weilst. Den Gewinner dieses Wettkampfes können wir natürlich nicht dem Tod überlassen.

Doch ich muss gestehen die Unschuldigen haben wir nur betäubt. Sterben können hättet nur ihr Teilnehmer bei diesem Kampf. Die Freundin - oder Exfreundin - von Samuel und auch Jaxon wurden nur betäubt. Ihnen wäre kein Leid geschehen. Doch das Band der mächtigsten Liebe hat gesiegt.

Esme hat uns bewiesen, dass sie ihrem Wunsch der Götter gewachsen ist. Morgen Abend werden wir uns wieder hier treffen und die Sommersonnenwende mit dieser besonderen Ehrung unserer Gewinnerin zu Ehren der Göttin der Liebe feiern. Ich bin mir sicher es wird ein berauschendes Fest werden."

Mit einer Handbewegung weist sie uns den Weg zur Treppe.

„Ich habe mir erlaubt den engsten Freunden von Esme einige Zimmer der bisherigen Teilnehmer herrichten zu lassen. Ich denke, ihr habt viel zu besprechen.

Seid meine Gäste für die nächsten zwei Nächte."

Und mit einer einladenden Handbewegung ist die Königin verschwunden.

Meine Augen verharren weiter nur auf Jaxon. Er hält mich wie eine Kostbarkeit, die er nie wieder hergeben möchte. Wir waren verloren und haben eine neue Chance bekommen. Wir haben sie hart erarbeitet und fast mit dem Leben bezahlt. Nichts im Leben ist wertvoller als unsere Liebe. Rein und innig.

Seine Augen erzählen seine innerste Seelengeschichte.

Ich bin unendlich müde, doch traue ich mich nicht meine Augen zu schließen, denn ich habe Angst er könnte verschwinden.

Es ist Salvina, die, noch immer neben Jaxon stehend, als Erste wieder Worte findet.

„Was haltet ihr beiden davon, wenn ihr in euer Zimmer hoch geht und erst einmal zur Ruhe kommt? Wir kümmern uns um etwas zu Essen und geben euch dann Bescheid?"

„Das hört sich wunderbar an, danke Salvina!" Ohne die Augen von mir zu wenden, tätschelt Jaxon ihren Arm. Wenn man bedenkt, dass der Herrscher des Zorns seine arrogante Art meinen Freunden gegenüber nie abgelegt hatte, hat er mit diesem Auftritt hier sein Ansehen tüchtig verbessert. Doch es scheint ihn nicht im Geringsten zu stören. Er hebt mich mit einem Ruck hoch und trägt mich die vielen Stufen hoch in mein Zimmer.

Dankbar dafür, dass ich sie nicht selbst hinaufgehen muss, lehne ich mein Gesicht an seine starke Brust. Die Muskeln unter der Ledermontur fühlen sich fantastisch an. Ich fühle mich sicher und beschützt. Genau das, was ich jetzt gebraucht habe.

Beim Hinaufgehen erblicke ich Jana und winke ihr müde zu. Ein zweiter Herzenswunsch scheint in Erfüllung gegangen zu sein.

Ich hoffe, dass ich mein Glück nicht überstrapaziert habe. Oben angekommen öffnet Jaxon die Tür gekonnt mit seinem Ellbogen und bringt mich hinein zum Bett. Dort legt er mich behutsam ab und schließt die Tür.

„Bei den Göttern, Esme, wie kann das sein? Was ist innerhalb einer Woche mit uns geschehen? Ich dachte, ich hätte dich verloren."

Er kommt auf Knien über mich und fasst mit beiden Händen mein Gesicht. Die Tränen, die für einen kurzen Zeitraum getrocknet waren, beginnen wieder sich den Weg an seinen Händen vorbei zu meinem Kinn zu bahnen.

„Und als ich dich dort gesehen habe, so verletzlich, ohne Bewusstsein, an den Baum gefesselt …. Ich hatte solche Angst. Und … ich habe mir überlegt, wie es wäre, ohne dich in einer Unendlichkeit zu leben. Ich habe allein den Gedanken schon nicht ertragen können. Ohne dich …" Ich schaue ihm tief in die Augen:" … ohne dich ist jede Unendlichkeit nichts wert."

Wir umarmen uns, tief und innig.

Er umklammert mein Gesicht fester und seine Lippen finden wieder die meinen.

Auch wenn mein Körper vor Erschöpfung schreit, ich möchte ihn spüren. Seinen Körper, seinen Duft riechen, seine Küsse auf meiner Haut.

Alles an ihm an mir.

Er streift mir die Lederklamotten vom Körper, ich mache mich an seinen zu schaffen. Wir haben es eilig. Zu lange haben wir uns nicht mehr gesehen und nicht mehr spüren können. Der Tod war uns vorherbestimmt, die Prophezeiung hat ihn vorhergesagt, doch wir sind ihm entkommen.

Mein Körper schmiegt sich mit jeder seiner Bewegungen an ihn. Seine Hände finden ihren Weg hinunter zu meinen empfindlichsten Stellen. Ich werde ganz verrückt und spüre großes Verlangen. Ich brauche ihn hier und jetzt.

Als auch er nackt vor mir kniet entflieht mir ein Stöhnen. „Oh, Jaxon.", hauche ich an seinen Hals.

Sein zustimmendes Knurren ist Beweis für seine Lust. Pure Lust, die auch meine Adern durchspült. Lust auf mehr, auf intime Nähe, auf ihn. Ihn in seiner vollen Größe tief in mir.

Doch er geht sehr behutsam mit mir um, vielleicht ein wenig zu zaghaft, doch er scheint Angst vor meiner Zerbrechlichkeit zu haben.

„Ich bin nicht verletzt. Nur mein Herz hat gelitten."

Er küsst die Stelle über meinem Herzen und wandert das Schlüsselbein,- dann die empfindliche Stelle an meinem Hals entlang und neckt mich auf eine angenehme Art. Immer etwas drängender.

Seine Finger bahnen sich den Weg an meinem Höschen vorbei. Ich stöhne auf vor Verlangen und Hoffnung dem Verlangen bald ein Ende zu bereiten.

Er streift meine Unterwäsche ab und ich heiße ihn willkommen. Er nimmt die Einladung dankend an und dringt in mich ein. Immer tiefer und tiefer. Es gibt nun kein Halten mehr. Mein Verlangen scheint kaum zu befriedigen zu sein. Wie verrückt kann man eigentlich nach einem Mann sein?

Die Zeit der Entbehrung hat Spuren bei ihm und bei mir hinterlassen. Der Liebesakt selbst dauert kaum fünf Minuten, denn wir haben uns so sehr vermisst. Mein Körper brauchte ihn so sehr. Das lässt er sich nicht zweimal sagen. Es fühlt sich so wunderbar an.

Gleichzeitig befriedigt er meine Brüste, indem er sie an der empfindlichen Spitze zwirbelt. Ich gebe mich ihm voll und ganz hin. Meinem Liebhaber.

Und wir kommen stöhnend und schreiend zum Abschluss. Gleichzeitig und ineinander verschlungen. Er schreit meinen Namen in die Kissen und sackt außer Atem neben mir in die Kissen hinein.

Meine Finger, die zuvor noch in seinen Rücken gekrallt waren, liebkosen ihn nun.

„Das habe ich vermisst. Auch wenn wir uns vor einer Woche noch gesehen haben. Aber ich bin abhängig von dir.", gebe ich gerne ihm gegenüber zu.

„Meine kleine Liebe." Er nimmt meine Hände und verteilt liebevolle Küsse über deren Oberfläche.

So liegen wir noch lange zusammen, bis unsere Freunde uns zum Essen rufen. Wir machen uns frisch, kleiden uns schnell an und treten in die benachbarten Räume, um dort gemeinsam zu speisen.

Doch bevor ich überhaupt nur an das Essen denken kann, falle ich Jana um den Hals.

„Du lebst!", stoße ich heraus.

„Ja, anscheinend." Sie grinst und ist sichtlich erleichtert über das Happy End der Spiele.

„Was ist geschehen, als ihr verschwunden wart? Wohin seid ihr dann gekommen?

„So ganz genau kann ich dir das gar nicht sagen. Doch Nathan war die ganze Zeit bei mir. Er hat mich nicht verlassen, bis ich wieder zu mir kam. Und da befanden wir uns bei uns zu Hause. Salvina und Nathan haben all

ihre Heilkünste für mich aufgewendet. Und, siehe da ...
es hat geklappt."

Sie dreht sich einmal um meine Hand, wie im
Tanzunterricht.

Nathan tritt an mich heran und umarmt mich innig. „Ich
sagte dir doch, für immer." Er fasst mich bei den Händen
und betrachtet mich.

„Wie geht es dir?", fragt er mich aus.

„Eigentlich ganz gut. Körperlich bin ich nur etwas matt,
aber das wird. Aber als ich das Leben aufgegeben habe,
da ist mein Herz zersprungen. Ich war unendlich
glücklich, dass Jaxon überleben wird, aber gleichzeitig
unendlich traurig, da ich dachte unsere Mission wäre
hinfällig. Ich dachte mein Herz würde wirklich aus meiner
Brust gerissen werden."

Wir drei, unser Team, wir umarmen uns innig. So gute
Freunde findet man kein zweites Mal auf der Welt. Ich
muss sie einfach festhalten.

Dann bittet Salvina uns zu Tisch. Es ist eine große Tafel,
die sie aufgetan haben. Und alle meine Lieben sind
versammelt: Salvina, Gerold, Nathan, Jana, Ismail, Aaron
aus dem Haus der Liebe und mein geliebter Jaxon.

Nacheinander bedanke ich mich bei allen mit einer dicken
Umarmung.

Dann schenkt Jana uns Wein ein und wir stoßen
gemeinsam an.

„Auf die Liebe!"

„Auf die Liebe!"

Und es wird zu einem Fest. Einem ganz privaten und intimen Fest nur unter uns. Wir plaudern und Jana, Nathan und ich berichten über jeden einzigen Wettkampftag.

Nathan über die Kämpfe zwischen den Teilnehmern, Jana über die endlosen Märsche und Suchen durch den Wald, die Kälte und die Untiere und Geister und ich berichte über die Dinge, die ich allein durchstehen musste.

Der Abend rinnt uns davon. So traurig der Vormittag noch war, so ausgelassener wird die Nacht.

„Nur eins verstehe ich nicht.", wende ich mich an Jaxon." Wo war der Drache? Ich hatte ihn doch gesehen. Ein roter Drache."

„Tja, das wird wohl so lange das Geheimnis des Schicksals bleiben, bis du ihn entdeckst."

Er fasst meine Hand und lässt sie nicht mehr los.

Ismail und Aaron berichten wie gespannt sie die Berichte in dem College mit all den Schülern verfolgt haben. Und als klar wurde, dass wir es eventuell nicht schaffen würden, sei richtige Trauer entstanden. Sie hatten eben, nachdem klar wurde, dass wir als Gewinner hervor gingen, auch sofort einen Brief an das College verfasst.

„Die Freude wird riesig sein, wenn sie den Brief erhalten."

Es tut so unendlich gut, solche Freunde zu haben.

Es ist ein Fest der Liebe und des Lebens.

Wir dachten alle, das Land der Liebe sei Geschichte, die künftige Herrscherin sei gestorben und die Macht würde verrinnen, doch innerhalb von Sekunden hat sich das Blatt gewendet.

Ich kann es immer noch nicht fassen.

Wir feiern noch lange bis in die Nacht hinein.

Doch irgendwann fallen mir die Augen zu. Ich habe gut gegessen und mich mit meinen Freunden unterhalten. Doch jetzt wird es langsam Zeit mich auszuruhen.

Ich ziehe Jaxon mit mir und wir verlassen als Erste die Zimmerparty.

Gemütlich schlafen wir nebeneinander ein. So vertraut und so glücklich, wie nie zuvor in meinem Leben.

Meine Träume beherrschen in dieser Nacht lediglich zwei Gedanken. Jaxon und der Wunsch, den ich morgen an die Göttin der Liebe wenden darf.

56

Das Frühstück, oder viel mehr der Brunch am nächsten Tag, verläuft gemütlich. Weder die Königin noch andere Lords oder Ladys befinden sich im großen Saal. Uns werden alle Vorteile als Gäste der Königin zuteil. Ein reichhaltiges Frühstück mit allen Schikanen. Wir genießen es. Einige von uns sehen etwas verkatert aus. Doch das macht gar nichts.

Heute geht die Party weiter.

Nach dem ausgiebigen Mahl mit meinen Freunden begeben Jaxon und ich uns zu einem Spaziergang auf den Ländereien des Palastes.

Wir genießen den sonnigen Wintertag. Selbst die Sonne scheint es zu genießen, dass die Spiele erfolgreich beendet sind.

Wir beide genießen die Zweisamkeit gerade sehr. Noch immer habe ich das Gefühl, Jaxon nicht loslassen zu können, da er sonst verschwinden würde und alles nur ein Traum in meiner dicken, undurchdringlichen Schwärze sei.

Wir schlendern einige Zeit, ohne zu reden vor uns hin. Die Gegend rund um den Palast erscheint mir nun viel friedlicher, viel freundlicher als noch vor ein paar Stunden.

„Konntest du uns eigentlich beobachten, während des Wettkampfes?"

„Manchmal, ja. Es gab eine Art Tribüne. Von dort aus habe ich jeden deiner Schritte beobachtet. Jedoch konnte ich die Unterwasserszene zum Beispiel nicht sehen. Oder das, was in der Bibliothek vor sich ging. Aber die Szenerie hier draußen habe ich verfolgt."

„Und wann wusstest du, dass auch du Teil des Spiels werden würdest?"

„Das wusste ich nie. Sie haben mich überrumpelt, betäubt und gefesselt. Die Königin hat es veranlasst. Ich hatte nicht damit gerechnet."

Ich drücke seine Hand.

„Aber du hast schon ganz schön gerissene Ideen entwickelt, das muss ich dir sagen. Das mit den Glasblasen zum Beispiel. Hut ab. So kreativ sind die Avas hier nicht. Sie stehen eher für Gewalt und Kämpfe. Ach, und als ich dann gesehen hab, wie ihr vom Land des Glaubens überrumpelt werden würdet. Am liebsten wäre ich aufgesprungen und hätte sie selbst getötet."

Bei diesen Worten breitet er seine mächtigen Flügel aus und sie ziehen sich straff.

„Es ging ja alles gut." Ich drücke mich an seine Seite.

„Und was hat es mit der Kette auf sich? Also hast du das gesteuert oder war es die Kette?"

„Esme, ich war es jedenfalls nicht. Entweder steckt doch schon mehr Macht in dir oder die Kette hat ein Eigenleben entwickelt. Aber ich denke eher es ist deine Macht von deinem Vater, die lediglich ein wenig materielle Unterstützung benötigt hat."

Ein gewisser Stolz macht sich in mir breit. Zu gerne würde ich meinen Vater einmal kennen lernen, wenn ich doch schon so viele Eigenschaften von ihm habe.

„Wie läuft das morgen eigentlich ab? Werde ich alle Götter sehen? Werden sie zu uns kommen oder komme ich in ihr Reich?"

„Im Normalfall kommt die Göttin deines Landes zur Königin auf das Podest. Dann wirst du dazu gerufen und kannst deinen Herzenswunsch äußern. Andere Götter halten sich eher zurück, da ihre Länder nicht gewonnen haben und sie eher verärgert darüber sind. Doch in deinem speziellen Fall kann ich es dir nicht sagen. Die Götter sind mächtig. Sie machen ihre eigenen Spielregeln."

Langsam kehren wir wieder zum Palast zurück. Es wird Zeit sich für den Abend fertig zu machen. Auf unserem Zimmer befinden sich die Kleider für den feierlichen Abend. Doch bevor ich mich ankleide, nehme ich ein ausgiebiges Bad. Anschließend lässt Jana es sich nicht nehmen mich einzukleiden, zu frisieren und zu schminken.

Ich trage den Schmuck meiner Mutter, den sie mir aus meinem Haus mitgebracht haben. Eigentlich um mich damit zur letzten Ruhe zu geleiten. Bei dem schmerzlichen Gedanken blinzele ich die Tränen weg. Ich suche die Hand meines Freundes und drücke sie.

Das Kleid, welches die Königin für mich erwählt hat, ist eines der elegantesten, das ich je getragen habe. Es ist schwarz mit roten Stickereien und einem tiefen Ausschnitt. Sowohl vorne als auch hinten. Die Schichten Tüll lassen es wie ein dunkles Hochzeitskleid wirken.

Jana flicht die Haare in unzähligen Strähnen wunderschön zu einer Hochsteckfrisur zusammen. Ein Blick in den Spiegel und ich erkenne mich selbst nicht mehr wieder. Wenn ich hätte eine Königin beschreiben sollen, ich hätte es nicht passender treffen können als mein eigenes Spiegelbild.

Die Wunden in meinem Gesicht sind beinahe verschwunden und ich strahle eine herrschaftliche Erhabenheit, Freude und Stolz aus. Ich fühle mich auch so, als ich in die hochhackigen schwarzen Lackschuhe gleite und mich an die Seite meines Begleiters begebe. Gemeinsam mit unseren Freunden gehen wir der Treppe entgegen. Dann drehe ich mich zu ihnen um: „Auf die Liebe, meine Freunde, auf die Liebe."

Sie entgegnen: „Auf die Liebe!"

Der Saal unten ist gut gefüllt. Die wichtigsten Persönlichkeiten der Häuser sind anwesend. Immerhin feiern wir heute nicht nur meinen persönlichen Sieg, sondern auch das Fest des längsten Tages. Die Sommersonnenwende und das Fest zur Göttin der Liebe.

Wir werden von den Wächtern zu unseren Plätzen geleitet. Jaxon zu meiner Rechten, Nathan zu meiner Linken. Der Rest versammelt sich um den runden Tisch.

Die Band in der vorderen Ecke des Saals spielt unaufdringliche Songs. Die geladenen Gäste finden sich alle ein. Wir genießen das erste Glas Wein bevor die Königin sich erhebt und die Feier eröffnet.

„Herzlich willkommen zu Sommersonnenwende. Ich hoffe ihr seid auch alle so guten Mutes, wie es das Haus der Liebe am heutigen Abend ist.

Ich darf die Gewinnerin des diesjährigen Duells der Krieger nach oben rufen, bevor ich die Göttin der Liebe rufe."

Ich schiebe meinen Stuhl zurück und trete selbstsicher die Schritte zum Podest herüber. Heute kann mich nichts mehr umhauen. Meinen Dolch habe ich fest um meinen Oberschenkel unter dem Kleid gebunden. Ich rate also keinem mich anzugreifen, ich wehre mich.

Oben angekommen drehe ich mich in Richtung des Publikums.

Die Königin erfasst meine Hand und hält sie nach oben.

„Der heutige Abend wird noch so einige Überraschungen für uns parat halten."

Sie wendet sich zu mir herum. Ihre Hand lässt mich nicht los. Sie schreitet mit mir zusammen hinüber zur Prophezeiung. „Esme, Gewinnerin des Duells. Mit dem Turnier hast du nicht nur deinen Herzenswunsch gewonnen, noch etwas anderes wird sich offenbaren."

Mit einem Wisch ihrer mächtigen Hand fährt sie über mich hinweg zu den anderen Gästen. Und es erscheint eine Art magisches Band, klein und rot. Von meinem Muttermal beginnt es sich an meinem Arm hinauf zu kringeln, an meinem Schlüsselbein entlang hinauf in die Luft durch die Masse der Avas, an den Tischen vorbei und hin zu Jaxon, der nichtsahnend zu mir blickt. Das Band zieht seine Kringel und Windungen auch um seinen Arm bis zu den Fingerspitzen. Dann zieht es uns zusammen bis Jaxon neben mir auf dem Podest mit dem Arm über der Prophezeiung steht.

Ich habe keinen Schimmer, was diese Zeremonie bedeutet, doch es fühlt sich gut an. Jaxon und ich reichen uns die Hände. Fast, als ständen wir vor einem Altar. Das Band zieht sich fester. Die rote Farbe verblasst und wird zu einem sanften Schwarz. Die Windungen um unsere

Arme sind identisch. Sie signalisieren, dass wir zusammengehören.

Die Band spielt einen schönen ruhigen Song. Jaxon und ich kommen uns immer näher. Ich weiß nicht, ob es angebracht ist, doch ich kann nicht anders. Vor der versammelten Gemeinschaft küssen wir uns. Leidenschaftlich. Es ist ein Kuss, der unter die Haut geht.

Als wir uns voneinander lösen, erschallt der Applaus der Menge. Die Mitglieder meines Landes applaudieren am lautesten. Ich grinse ihnen entgegen.

„Esme, Jaxon, die Prophezeiung hat gesprochen. Ihr wart schon immer füreinander bestimmt. Ihr beide seid nun aufeinander geprägt. Festlich und mit uns als Zeugen eures Bundes."

Wieder küssen wir uns. Es ist, als sollte es schon immer so sein. Wir gehören zusammen von jetzt an bis in die Unendlichkeit.

„Doch lasst uns nun zu deinem Herzenswunsch kommen. Ich rufe dich oh Göttin der Liebe, Freya."

Die Königin macht eine Bewegung, als ob sie jemanden begrüßen würde, doch noch erblicke ich keinen. Jaxon lasse ich nicht los. Nie wieder. Doch ich bin aufgeregt. Einer Göttin habe ich noch nie gegenübergestanden.

Krampfhaft versuche ich meinen Wunsch im Kopf richtig zu formulieren.

Die Unendlichkeit? Oder doch das Leben meiner Mutter? Die Frage erschreckt mich selbst, doch es ist eine Überlegung, die sich langsam, aber sicher in meinem Herzen breit gemacht hat.

Wenn meine Mutter wieder auferstehen würde, könnte sie dieses Land führen. Und ich könnte mein Leben genießen. Doch ich müsste ohne Kräfte auskommen – und bliebe sterblich.

Mit einem Mal erschallt eine himmlische Musik. Es sind nicht die Musiker von vorhin, nein, die Musik kommt von göttlichen Wesen. So lieblich und rein.

Und mit der Musik gleitet auch eines der schönsten Wesen, das ich je gesehen habe von der Decke auf uns zu.

Sie lässt uns alle lapidar aussehen. Ihr Glanz ist der einer Göttin, daran besteht kein Zweifel. Jaxon drückt meine Hand. Ich weiß, dass auch er einmal an dieser Stelle stand.

„Willkommen im Palast von Statera, meine liebe Göttin der Liebe."

„Ich bedanke mich für diesen wunderbaren Empfang." Die Göttin spricht weise. Dann dreht sie sich zu mir herum.

„Meine Liebe Esme, der heutige Tag ist nicht nur der Tag der Sommersonnenwende, welcher als mein Feiertag geehrt wird, er ist auch der Tag, an dem der mächtigste Krieger den Wunsch an uns Götter richten kann. Da du aus dem Land der Liebe stammst, gebührt mir die Ehre, dir deinen Herzenswunsch zu erfüllen. Du hast große Mühen auf dich genommen, um nun an dieser Stelle zu stehen. Die Gefahren, die auf dich lauerten, hast du überwunden, denn dein Wunsch hat dich angetrieben.

Ich frage dich nun vor all der versammelten Menge wonach verlangt dein Herz, welchen Wunsch kann ich dir erfüllen?"

Ihre Stimme ist so seidig wie ihre Haut. Die pure Macht umstrahlt ihre Aura.

Nun ist es an meiner Zeit den Wunsch zu äußern.

„Göttin der Liebe, ich bitte dich für mein Land ..."

Elara oder Jaxon, Land der Liebe oder mein bisheriges Leben ...?

„... schenke ihm in mir die neue Herrscherin des Landes der Liebe und verleihe mir die Kräfte der Unsterblichen. Mache aus mir, dem Menschenkind, eine Ava."

Den Gedanken an meine Mutter lasse ich nicht noch einmal aufkommen. Viel zu gerne hätte ich sie an dieser Stelle wieder in die Arme schließen wollen. Es wäre möglich gewesen, doch ist der Wunsch einmal ausgesprochen, so ist der Wunsch verwirkt.

Du hast das einzig Richtige getan. Ich bin stolz auf dich.

Freya erhebt ihre Hände in Richtung meines Gesichtes. Ich wende mich ihr zu, jedoch nicht ohne Jaxons Hand zu halten.

Dann drückt sie mir den Kuss der Göttin auf die Stirn und die göttliche Musik erschallt erneut.

Als sie von mir ablässt, schwebe ich einige Zentimeter gen Himmel. Es ist, als ob alles, was ich vorher war, was mich ausgemacht hat, nun erweitert wird durch die Macht der Unsterblichkeit. Ich fühle mich mächtiger, selbstbewusster und stärker.

Mich umgibt ein goldener Glanz, der einer Göttin würdig wäre, und hüllt mich in Sternenstaub. Von unten nach oben werde ich umnebelt und der Duft, den ich so oft an meiner Mutter wahrgenommen hatte, überkommt mich.

Der Sternenstaub legt sich auf meine Haut und nun weiß ich, dass dieser nie wieder von mir gleiten wird, denn nun bin ich ebenfalls eine Ava.

Doch es ist nicht nur die Haut und mein Gefühl, das sich verändert. Ganz sachte erstrecken sich mächtige Schwingen aus meinem Rücken. Sie fangen winzig an und dehnen sich immer weiter, bis sie ihre volle Größe erreicht haben. Mächtige, schwarze Flügel, die zum Fliegen bereit zu sein scheinen.

Das ich meine Macht zwar spüre aber sie sich erst durch Üben entfalten muss, ist mir aus Erklärungen von meinen Lehrern bekannt.

Von der Empore aus kann ich in die Gesichter der Menge ausmachen. Sie starren mich an als etwas Wunderschönes und Seltenes. Als eine Art Krönung, der sie noch nie beiwohnen durften.

Nach einigen Momenten komme ich wieder zur Erde zurück. Meine Hand gleitet wieder seitlich zu meinem Freund, den ich dringend bei mir brauche.

Ich fühle mich nicht seltsam oder benommen, nein, ich bin mir dessen, was ich nun bin, vollkommen bewusst. Ich bin die Herrscherin des Landes der Liebe. Ich bin die Liebe in Person. Ich bin die Tochter meiner Mutter und ich werde das, was sie angefangen hat, würdig weiterführen.

„Esme, mit dieser Krone würdige ich dich als Lady des Landes der Liebe. Führe dein Amt zum Wohl deines Volkes und unter der Anerkennung seiner Prophezeiung, wie es auch deine Mutter tat."

Ich beuge mich vor der Königin, die mich krönt.

Sie setzt eine wunderschöne goldene Krone mit roten Steinen in meine Haare.

Meine würdevolle Art, die ich soeben empfangen habe, steigt ins Unermessliche.

Nun stehen wir hier vor dem Publikum. Die Göttin der Liebe, die Königin, Jaxon und daneben ich, die neu gekrönte Herrscherin.

Das Gefühl überkommt mich, dass ich eine Rede halten sollte.

„Ihr, die ihr von überall aus dieser Welt hergekommen seid, ich danke euch dafür. Ich danke euch, die ihr zu mir gehalten habt, dass ihr mich gelehrt und unterrichtet habt. Soeben wurde ich zur Herrscherin des Landes der Liebe gekrönt. Mein Versprechen, dieses Amt in Treue zu meinem Land und zu Ehren aller Bewohner auszuführen, möchte ich euch geben. So wie meine Mutter euch gedient hat, so möchte ich es weiterführen und in Ehren halten. Ich bitte euch jedoch mir weiterhin dabei behilflich zu sein und mir den richtigen Weg zu weisen. Ich danke euch."

Über meine weisen Worte bin selbst ich überrascht, doch die Rede könnte gut und gerne von einer Herrscherin stammen. Ich applaudiere mir innerlich, wie auch die Masse an Avas vor mir.

Und dann treten die Lords und Ladys der anderen Länder an ihre gewohnten Plätze. Jaxon reicht mir den Arm und begleitet auch mich zu meinem Thron.

Die Menge jubelt. Sie grölen und toben. Einige Herren wedeln mit ihren Hüten, andere schlagen mit den Flügeln. Dann erschallen die Fanfaren und die Avas sinken vor uns auf die Knie.

„Sie huldigen uns, aber vor allem der Tatsache, dass dein Stuhl wieder besetzt ist, denn nun können auch sie wieder ihre Familien gründen oder erweitern." Jaxon wispert es mir zu.

Und als sich das Volk wieder erhebt, geht ein Getuschel durch dieses.

Die Wachen, die an vorderster Front stehen schreiten zur Königin und berichten, was sich zugetragen hat.

Sie blickt nach draußen durch die großen Fenster und spricht zu uns: „Der Rat der Herrscher ist wieder vollständig, das Gleichgewicht zwischen Zorn, Eitelkeit, Neid, Glaube, Hoffnung und der Liebe ist wieder hergestellt. Der Frühling ist zurückgekehrt und der Fluch ist besiegt!" Erneuter Jubel.

Und Tatsache, draußen vor den Fenstern taut der Schnee, die Sonne steht am Himmel und vertreibt die letzte Düsternis. Der Frühling kommt.

Mein Herz macht einen Satz. Die Freude, die mich umgibt, ist nicht zu begreifen. Erst langsam fange ich an zu realisieren was geschehen ist. Die Umwandlung in eine Ava, die Krönung, der Frühling, die Liebe, der besiegte Fluch und nun auch die Prägung auf Jaxon. Ich bin mir nicht sicher, wie ich all diese Glücksgefühle miteinander vereinen kann, ohne zu platzen.

Doch ich drehe mich einfach nur zu Jaxon um und lächle ihn an, aus tiefstem Herzen.

Nun beginnt die offizielle Zeremonie zu Ehren der Sommersonnenwende. Die Göttin Freya wohnt ihr in unsere Reihen bei und ihr werden Gaben geopfert, gesungen und gebetet. Die Messe dauert knapp zwei

Stunden. Doch ich genieße es, bleibt mir so doch Zeit um die Ereignisse des Tages in meinem Kopf zu sortieren.

Anschließend folgt das prächtigste Fest, dem ich je beigewohnt habe. Mit Feuerwerk, Musik, Drinks und jede Menge Tanz.

Jaxon und ich sind natürlich das beäugteste Pärchen in dem großen Saal. Und wir lassen uns nicht lumpen. Wir tanzen herrschaftlich und voller Leidenschaft. Zuerst ein paar Standardtänze, Walzer und dann einen Tango, der es in sich hat. Das Tanzen mit den Flügeln stellt sich als leichter heraus als gedacht.

Jaxon führt mit Haltung und kennt sich aus. Er wirbelt mich umher und beugt meinen Körper gekonnt in die jeweilige Richtung.

Hier sind wir in unserem Element. Zwei Körper, die zusammen harmonieren, aufeinander geprägt wurden.

Und als sich die Musik zu ihrem Höhepunkt neigt und wir uns außer Atem in die Schlussposition begeben, gesellt sich ein lautes Donnern mit Blitzen aus allen Himmelsrichtungen, so als ob auch mein Vater dieser Vereinigung zustimmen wollte.

57

Das Fest dauert bis weit in die Nacht hinein. Meine neue Unendlichkeit genießend tanze ich jeden Tanz mit meinem Liebhaber, den ich ihm abringen kann. Denn gelegentlich gebietet es uns dem Anstand zu entsprechen und mit den anderen Herrschern oder wichtigen Avas der Politik des Landes das Tanzbein zu schwingen. Auch mit Nathan tanze ich. Jaxon schaut zwar gelegentlich nervös zu mir herüber, doch er weiß, dass er mir vertrauen kann.

„Ich habe so fest an dich geglaubt, Esme."

„Tja, aber ohne dich, Nathan, und Jana hätte ich es niemals geschafft. Ohne euer Training, eure Vorbereitungen und den Einsatz während des Duells wäre das alles nicht möglich gewesen. Jetzt hoffe ich, du bleibst weiterhin an meiner Seite im Führungskader?!"

„Esme, für immer, das sagte ich doch bereits." Und ich drücke ihn so sehr an mich, dass ich selbst denke ich erwürge ihn.

Er fasst mich an den Händen. „Als wir dich durch diese Pforten haben, hineingleiten sehen, tot, mausetot, da wussten wir nicht wohin mit unserer Trauer. Wir dachten das Allerschlimmste. Wir hätten dich, unsere Freundin, für unser Wohl geopfert. Esme, wenn es so gewesen wäre, ich bin mir nicht sicher was geschehen wäre, aber sicherlich nichts Gutes. Salvina dachte sie hätte versagt auf der ganzen Linie. Dabei hatte sie doch ihrer Freundin versprochen auf dich aufzupassen. Es war eine Trauertour hierher in den Palast und als du dann hereinkamst, so leblos und bleich...ich dachte ich falle auf der Stelle um und muss auch sterben."

Die Tränen stehen uns beiden in den Augen.

„Ich werde versuchen euch nie wieder einen solchen Schrecken einzujagen. Aber in dem Moment, in dem ich mich im Wald entscheiden musste, da konnte ich nicht anders. Ich habe auch an euch gedacht, habe überlegt, wie es für alle gut ausgehen könnte, doch ich konnte Jaxon nicht vor meinen Augen sterben lassen. Ich würde mich jederzeit wieder so entscheiden, das weiß ich jetzt."

Unser sentimentales Gerede wird unterbrochen von Jana, die aufgeregt auf uns zu gestolpert kommt und ebenfalls mit Nathan tanzen möchte. Im Schlepptau hat sie die Brüder von Jaxon. Casimir und Aiden.

„Wir freuen uns sehr, dass das Land der Liebe wieder von einer Herrscherin regiert wird. Auch wenn unsere Länder in der Vergangenheit nicht sonderlich freundlich zueinander waren, bin ich mir sicher, dass das der Geschichte angehört. Willkommen auch in der Familie."

Beide Brüder umarmen mich innig. Ihre Frauen haben sie ebenfalls mitgebracht. Sie stehen feiernd auf der Tanzfläche, ich winke ihnen zu.

„Ich freue mich darauf die Beziehungen unserer Länder etwas aufzumöbeln.", entgegne ich ihnen neckisch.

„Darf ich?", fragt Casimir und bietet mir den Arm an, um mit mir auf die Tanzfläche zuzusteuern.

„Aber natürlich." Er tanzt gut, aber nicht so gut wie sein ältester Bruder.

Später, als die Musik von der klassischen zu Partymusik wechselt, tanzen wir wie wild alle zusammen. Gerold,

Salvina, Ismail, Aaron, Casimir und Enya, Aiden und Ina, Nathan, Jana, Jaxon und ich.

Wir tanzen und feiern, bis alle restlichen Gäste die Party verlassen haben und auch die Göttin der Liebe wieder in ihr Reich gereist ist.

Noch immer bewundere ich meine eigene glitzernde Haut, wie sich das Licht der Kronleuchter auf ihr widerspiegelt, wenn ich mich bewege beim Tanzen.

Wir schreiten alle zusammen die Treppe zu unserem Schlaftrakt hinauf und verabschieden uns. Morgen geht es zurück in das Haus der Liebe.

Doch zuvor haben Jaxon und ich die erste Nacht der Unendlichkeit vor uns. Und wir feiern sie, bis wir erschöpft nebeneinander liegen und uns einkuscheln. Am nächsten Morgen packen wir all unsere Habseligkeiten, auch das Notizbuch meiner Mutter, zusammen und verlassen den Palast in Richtung Haus der Liebe.

Da ich noch nicht gelernt habe mich zu verdünnisieren, versuchen Jaxon und ich unser Glück mit unseren Flügeln.

„Du musst die Flügel weit aufspannen und den Wind zu wissen nutzen."

Er versucht es mir unzählige Male zu erklären, ich springe in die Luft und versage auf ganzer Linie. Es ist schwerer als es aussieht. Da wir voran kommen wollen beschließen wir, dass ich meine Flügel im Rücken verschwinden lasse und Jaxon mich zum Haus fliegt. So wie noch vor ein paar Tagen.

Die Flügel im Rücken zu versenken, stellt keine Schwierigkeit dar. Das ist eher ein ganz natürlich erscheinender Vorgang.

Und so hebt mich Jaxon an meiner Taille hoch, drückt mich an seine Brust und fliegt mit mir davon.

Wir tragen wieder die übliche Ledermontur, obwohl die Temperaturen langsam frühlingshaft geworden sind.

Aus der Luft können wir die grünen Bäume und saftigen Wiesen ausmachen. Einige Bauern können wir dabei beobachten, wie sie ihr Land bestellen. Es macht Freude das Leben in diesem Land zu entdecken. Es scheint noch viel freundlicher als geahnt. Die blühenden Wiesen, die Tiere, die aus ihren Höhlen kriechen. Die Schmetterlinge und Vögel, die uns in der Luft begrüßen, als wollten sie sich bedanken.

„Es ist wunderschön hier."

„So war es immer, bis der Fluch der Götter uns traf. Aber jetzt, jetzt bist du bei uns, bei mir." Er drückt mich. „Jetzt ist alles wieder gut."

Wir kommen bedeutend später an als die anderen der Führungsriege, die hier her verdünnisiert sind.

Sie heißen mich in meinem Daheim willkommen. Mit Blumen und einem ausgiebigen Essen.

Das Haus hat es gut mit uns gemeint und sämtliche Lieblingsgerichte aufgetischt. Von Lasagne, bis Pizza, Kuchen, Rhabarberstreusel, Torten, alles, was ich mir wünschen würde.

Nach dem Essen verabschiedet sich Jaxon von mir ins Haus des Zorns, jedoch nicht ohne dass wir eine Verabredung für den Abend ausmachen.

Die Führungsriege trifft sich zur ersten Besprechung im Arbeitszimmer.

An meinem ersten Arbeitstag gibt es viele wichtige Entscheidungen zu treffen.

Gerold fasst den aktuellen Stand unserer Armee zusammen, ich bekomme Berichte über die aktuellen politischen Situationen der anderen Länder und Salvina und Jana geben mir den Stand des Hauses und Hofes wieder. Ismail und Aaron fassen sich, nachdem bereits sehr viel Zeit vergangen ist, kurz mit dem Bericht über das College.

Zum Abschluss habe ich mir einige Worte zurechtgelegt: „Meine Lieben, ich halte dies für den geeigneten Moment euch von den ehrenwerten Pflichten und dem Versprechen, welches ihr meiner Mutter gegeben habt zu befreien. Ihr habt euch um mich und dieses Land gekümmert, wie es keiner hätte von euch verlangen können. Ihr habt alles gegeben und noch viel mehr.

Daher bitte ich euch, legt die Arme in meinen und lasst mich euch danken."

Ich strecke meinen rechten Arm aus. Sie legen ihre Arme zusammen hinein. Ich umfasse all ihre Hände und wie durch Zauberhand verschwinden ihre Tattoos, die als Zeichen ihrer Treue zu meiner Mutter ihre Haut gezeichnet hatten.

„Und nun frage ich euch, jeden einzeln: Seid ihr weiterhin bereit eurem Land und mir in gewohnter Weise zu dienen und mit Rat und Tat zur Seite zu stehen? Seid ihr bereit für euer Volk zu kämpfen und wenn nötig auch mit eurem Leben zu bezahlen?

So antwortet mit ja und legt euern Arm wieder auf den meinen."

Zuerst antwortet Gerold mit ja, dann Jana und Nathan, Salvina, Ismail und Aaron.

Wir legen die Hände aufeinander und ein mächtiges Band zeichnet unsere rechten Arme, dort wo zuvor das Versprechen meiner Mutter bei meinen Freunden aufleuchtete, entsteht ein neues Versprechen. Es ist wesentlich kleiner, jedoch nicht weniger wichtig. Ein kleines Herz in einer Art Armreif aus gewundenen Linien und Blumenranken.

Wir treten zurück und beschauen uns unseren neuen Armschmuck. Es ist wunderschön und soll uns jeden Tag erneut daran erinnern, dass wir ein Team sind.

„Ihr habt das Land bislang im Sinne meiner Mutter weitergeführt. Ich bin weiterhin auf eure tatkräftige Unterstützung angewiesen. Besonders jetzt, da ich meine Macht erst erlernen muss."

Zum Zeichen dafür schlage ich mit meinen gewaltigen Flügeln. Fast wäre eine Vase zu Bruch gegangen.

Nathan kichert. Jana beäugt ihn kritisch. Er verstummt.

Dann stimme ich in sein Lachen mit ein und schließlich tun es alle.

Unsere Sitzung ist beendet. Ich mache mich zurecht und warte darauf, dass Jaxon mich abholt. Wir wollen zusammen in seine Wohnung, um unseren zweiten Abend der Unendlichkeit in Zweisamkeit zu feiern.

Auf dem Flug in sein Haus frage ich ihn: „Wie wird sich unsere Beziehung entwickeln? Wo werden wir leben, wenn wir beide ein Land zu regieren haben?"

„Esme, ich weiß es nicht. Es wird eventuell nicht einfach werden, aber ich bin mir sicher uns wird eine geeignete Lösung einfallen, oder? Für`s Erste dachte ich an eine Art Wochenendbeziehung bis du gelernt hast dich zu verdünnisieren. Oder zumindest bis Nathan den Schutzzauber um dein Zuhause soweit gelockert hat, dass ich eintreten kann ohne vorher auf ihn zu warten."

Wir beide kichern, denn ich bin mir nicht sicher ob Nathan diese kleine Gemeinheit jemals aufgeben wird.

Die nächsten Tage verbringen wir immer zwischen weiterem Training im Verdünnisieren in meinem Haus, oder Flugtraining über den Dächern von Andara.

Es macht Spaß zusammen mit meinen Freunden locker zu üben und nicht diesen Druck des Duells zu verspüren.

Jana, Nathan und ich sind ein gutes Team. Jeder respektiert die Stärken und Schwächen der anderen. Sie fordern, ohne zu überfordern. Es gefällt mir.

Nach einigen Wochen übernachte ich, nach einem Treffen mit Jaxons Geschwister, bei ihm. Seine Wohnung über den Dächern Andaras ist mir mittlerweile so vertraut wie auch mein Haus.

Wir liegen nebeneinander im Bett. Die Liebe, die wir füreinander empfinden haben wir uns vorhin gegenseitig bewiesen. Auf sehr eindrucksvolle Art und Weise auf dem Balkon mit dem Blick in die Weite der Stadt. Das Stöhnen und Schreien zu unterdrücken, hat den Reiz des Verbotenen noch reizvoller werden lassen.

Nun liegen wir im Bett und ich betrachte meinen geliebten Jaxon der mit seinen breiten Schultern neben mir liegt. Es macht Spaß ihn mit meinen Fingern, die über seine glänzende Haut fahren, zu necken. Wie er so daliegt, wirkt er vollkommen und unantastbar. Doch wir beide haben in jüngster Vergangenheit andere Erfahrungen machen müssen. Schmerzhafte Erfahrungen, die uns noch jede Nacht im Traum erschrecken. Die Trauer, die unser Herz erfüllt ist grenzenlos, wenn wir wieder und wieder diesen Schockmoment durchleben.

„Glaubst du wir werden uns irgendwann an die Unendlichkeit miteinander gewöhnen oder wird es immer so schön sein?"

Ich habe keine Lust auf düstere Traumgedanken.

„Ich bin davon überzeugt, dass dir immer etwas Neues einfallen wird, meine kleine Liebe. Das mit dem Balkon vorhin war schon mal eindrucksvoll, muss ich dir sagen."

Ich grinse. Solche verdorbenen Einfälle wären mir in meiner Menschenwelt wahrscheinlich nicht gekommen.

Wir küssen uns und versuchen noch einige Stunden Schlaf zu bekommen, bevor das Training am Morgen wieder ansteht.

58

Mitten in der Nacht kann ich nicht mehr schlafen. Viel zu oft verfalle ich in den Traum, der mein Herz zu zerreißen droht. Wieder und wieder sehe ich Jaxon vor mir sterben. Ich schüttele den Schlaf von mir ab und schwinge meine Beine leise aus dem Bett. Ich will meinen geliebten Freund nicht wecken. Er schläft so friedlich in die Kissen gekuschelt. Die Decke lediglich bis zu der Hüfte gezogen, die Haut darüber nackt.

Ein wunderschöner Anblick.

Ich gehe zu der Tasche, in der ich meine Dinge verstaut habe und ziehe den letzten Brief meiner Mutter hinaus.

Nach der endlosen Party zur Sommersonnenwende hat Salvina ihn mir zugesteckt. Es sei ein Geschenk meiner Mutter, welches ich nach meinem Erfolg lesen solle. So habe sie es verfügt zu ihrer Lebzeiten.

Ich falte ihn auseinander und beginne zu lesen.

„Meine geliebte Esme,

Salvina habe ich gebeten dir diesen Brief zu überreichen wenn deine Mission erfolgreich verlaufen ist.

Daher darf ich davon ausgehen, dass du nun rechtmäßige Nachfolgerin meinerseits bist.

Herzlichen Glückwunsch, dir als Herrscherin des Landes der Liebe. Ich habe immer an dich geglaubt. Auch wenn

ich dich anscheinend nicht davor beschützen konnte
diese schwere und tödliche Aufgabe anzutreten.

Wie gerne hätte ich dir mehr Hilfe gegeben, als das, was
ich in diesen Briefen habe festhalten können.

Aber glaube mir, ich war immer bei dir. Ich habe dich von
dort, wo ich nun bin begleitet und bin weiterhin immer in
deinem Herzen.

Wenn du genau hinhörst, kannst du mich auch
verstehen. "

Ich muss an die leisen Stimmen in meinen Kopf denken.
Ist es meine Mutter, die mir bei den schwierigen
Entscheidungen in meinem Leben hilft?

„Für deine künftigen Aufgaben habe ich dir einiges in dem
Geheimversteck in deinem Schrank hinterlassen. Wenn
du Hilfe suchst, wirst du dort sicher fündig.

Wie gerne würde ich dich nun an mich drücken und dich
wiegen, wie ich es immer mit dir als Kind getan habe,
doch ich fürchte diese Gnade wird uns nicht mehr
zuteilwerden. Nun bleibt mir nichts mehr zu sagen, als
dass ich dir alles erdenklich Gute wünsche. Geh deinen
Weg. Führe das Land, so, wie du es für richtig hältst, und
erkenne die Zeichen der Zeit. Mit der Führungsriege wirst
du geeignete Begleiter an deiner Seite haben, auf die du
dich verlassen kannst. Richte ihnen meine herzlichen
Grüße aus.

Ich bin stolz auf dich mein Schatz.

Nur vergiss bei all deinen Aufgaben als Herrscher eines
Landes nicht deinen Vater und die Freunde in der Welt
der Menschen. Sie werden dein Leben nicht verstehen,
versuche ihnen nicht so viele Schmerzen zuzufügen, wie

ich es letztendlich getan habe. Und falls du mit Jonas sprechen solltest, drück ihn herzlich von mir und sage ihm danke für alles, was er mir zuliebe geopfert hat. Er war dir ein guter Vater und ihm gilt mein tiefer Dank.

Ich liebe dich meine Kleine.

Auf ewig deine Mama

Ich bin mir nicht sicher, ob es normal ist, dass man als erwachsene Frau und Herrscherin eines Landes immer weinen muss, doch ich kann es nicht unterdrücken. Einige Wochen habe ich diesen Abschied von meiner Mutter versucht hinauszuzögern. Doch nun habe ich sie gelesen, die letzten Worte.

Alles, was sie mir noch mit auf den Weg geben wollte. In diese Worte hat sie alle Liebe gepackt.

Sie vertraut mich ihren Freunden, ihrer Familie an und vergisst auch Jonas nicht zu danken.

Meine Gedanken gleiten hinüber in die Menschenwelt. Zu Jonas und Laura. Es fühlt sich an wie in einem anderen Leben, doch da sind Menschen, die sich auf mich verlassen. Menschen, die in einer kniffligen Situation festhängen, die ich nicht enttäuschen kann. Mein Herz droht wieder zu zerspringen.

Ich schleiche leise zu dem Bett, in dem ich mich vorhin noch gewälzt habe. Zu meinem Liebhaber. Ich trete an sein Kopfende und drücke ihm einen leichten Kuss voller Liebe und Vertrauen auf den Scheitel. Er erwacht nicht. Dann lege ich ihm einen Zettel auf seinen Nachttisch.

„Ich liebe dich. Danke für alles. Deine kleine Liebe."

Die Klamotten, die neben dem Bett auf dem Boden verteilt liegen, klaube ich zusammen und ziehe sie mir über. Für das, was ich nun vorhabe, benötige ich mehr als nur ein seidenes Nachthemd. Den Dolch schnalle ich mir, wie immer, um die Seite.

Dann begebe ich mich vor die große Fensterfront ins Wohnzimmer und knete mein Muttermal, so wie Salvina es mir vor einer halben Ewigkeit gezeigt hat. Ich knete die empfindliche Stelle an meiner linken Hand zwischen Daumen und Zeigefinger. Dann entspanne ich mich und stelle mir den Ort, an den ich nun gehen muss, fest vor.

Und es ist so, wie sie mir versprachen. Der Weg zurück ist einfacher als hin.

Eine tiefe Schwärze umgibt mich und mit einem Mal bin ich aus dem Land des Zorns verschwunden.

Danksagung

Es ist vollbracht. Mein erstes Buch ist geschrieben. Auf dem Weg bis zum Druck hat mich meine Familie begleitet. Sie sind alle kreativen Ideen und Begegnungen im Buch mit mir mitgegangen und haben sich stundenlang meine Erzählungen angehört. Ich danke euch von Herzen, dass ihr die verrückte Idee dieses Buch zu veröffentlichen immer unterstützt habt. Allen voran mein Mann. Vielen Dank!!

Da das Projekt „Steffi schreibt ein Buch" bis hin zu „es werden mehrere" bislang von mir geheim gehalten wurde, wussten nur ganz Wenige darüber Bescheid. Zwei der Wenigen sind Lena, meine Buchfreundin, und Moni, meine Probeleserin. Vielen Dank für eure Hilfen beim Kritiküben, in der kreativen Namensfindung oder Diskussion über manche Buchsituationen. Ihr habt mir viel Freude bereitet und eigentlich hat es sich mehr nach Freizeit als nach Arbeit angefühlt mit euch von Jaxon zu schwärmen oder ins Land der Liebe abzutauchen.

Doch was wäre ein Buch ohne Leseverrückte, so wie ihr? Vielen Dank an euch Leser! Ich hoffe, ich konnte auch euch in das Land Statera entführen und ihr habt den Hauch des Duftes von Elara riechen, die kalte Winterluft auf der Haut spüren und die Geschichte gespannt miterleben können. Und nun bleibt gespannt, wie es weiter geht ….

Eure Steffi